Doris Jannausch

Als hätte der Teufel die Karten gemischt

Doris Jannausch

Als hätte der Teufel die Karten gemischt

Roman

Langen Müller

Schutzumschlaggestaltung: Werner Rebhuhn
Satz: Fotosatz-Service Weihrauch, Würzburg
gesetzt aus der 10/12 Punkt Souvenir, System Berthold
Druck und Binden: Ebner Ulm
Printed in Germany
ISBN 3-7844-2305-1

Für OTTO SCHNEIDEREIT

»Ich glaube an die Unsterblichkeit des Theaters. Es ist der seligste Schlupfwinkel für diejenigen, die ihre Kindheit heimlich in die Tasche gesteckt und sich damit auf und davon gemacht haben, um bis an ihr Lebensende weiterzuspielen.«

(Max Reinhardt: Rede über die Schauspieler)

Inhalt

Mit Goethe und Zahnbürste

Der Zug blieb mit einem Ruck stehen, so unvermittelt, daß Franziska an der Brust des jungen Mannes vor ihr landete. Auch er kam ins Stolpern und prallte gegen eine dreiköpfige Familie. Die wiederum fiel hinterrücks auf die Knie der Sitzenden. Es war eng wie in einer Sardinendose.

»Hoppla«, alles rappelte sich auf, lächelte verlegen und murmelte eine Entschuldigung.

»Mein Rucksack!« rief Franziska erschrocken. Die ganze Zeit über hatte sie das gute Stück zwischen ihren Füßen festgehalten. Nun war es verschwunden.

»Ist er das?« Der junge Mann angelte etwas Eckiges unter dem Sitz hervor. Es standen noch andere Rucksäcke herum, doch dieser war unverkennbar. Kanten und Ecken zeichneten sich ab, er hatte fast eine geometrische Form angenommen, was für einen Rucksack ziemlich ungewöhnlich war.

»Ja, das ist er«, Franziska feierte beglücktes Wiedersehen, klemmte sich den Schatz zwischen die Beine und war fest entschlossen, ihn vor dem erreichten Ziel nicht mehr loszulassen.

»Was haben Sie denn da drin?« erkundigte sich der junge Mann. »Steine?«

»Zwei Goethebände«, antwortete Franziska, »ein Buch über Josef Kainz, ein Opernalbum fürs Klavier und meine Tagebücher. Sieben Stück.«

Der junge Mann starrte sie fassungslos an. »Na fabelhaft«, sagte er nach einer Weile. »Das ist genau das, was man für ein neues Leben braucht.«

Sie lachte. »Eine Zahnbürste ist auch dabei. Und ein Nachthemd.« Dann deutete sie auf seinen Rucksack, der war etwas größer als ihrer, weich und rund. »Und was schleppen Sie da mit sich herum?«

»Meinen Smoking.«

»Auch nicht gerade lebensnotwendig für einen Neubeginn.«

»Für mich schon«, er klopfte mit der Fußspitze an einen hölzernen Kasten, der neben dem Rucksack stand. Ein Instrumentenkoffer. Den hatte Franziska vorher gar nicht bemerkt. »Meine Oboe. Ich bin Musiker.«

»Ach so!« Franziska betrachtete ihn amüsiert. Er war lang und dürr, der Anzug schlotterte um ihn wie eine Pelerine. Sein Kopf, verhältnismäßig klein, thronte auf einem dürren Hals und erweckte den Eindruck, als könne er sich dort nicht mehr lange halten. »Komisch.«

»Was ist komisch?« Er sah ernsthaft auf sie herab, als wolle er ihr einen Verweis für unangebrachtes Lächeln erteilen.

»Der eine reist mit Goethe und Zahnbürste«, antwortete sie, »der andere mit Smoking und Oboe.«

»Mehr ist uns ja auch nicht geblieben.«

»Das ist wahr«, stimmte sie ihm zu. Es entstand eine Pause. »Wo haben Sie zuletzt gespielt?« fragte sie. »Im Theaterorchester in Teplitz«, erwiderte er. »Drei Jahre war ich dort engagiert.«

»Dann muß ich Sie oft gehört haben«, wieder lächelte sie ihn an, doch sein Gesicht blieb verschlossen. »Wir waren regelmäßig im Theater, meine Mutter und ich. Eigentlich sind wir ja fast Kollegen«, fügte sie nicht ohne Stolz hinzu.

»Auch Musikerin?« In seine Augen kam leichtes Staunen, eine Spur von Interesse.

»Schauspielerin. Studium an der Theaterschule in Aussig. Erstes Engagement in Wien. Einige Wochen geprobt. Dann wurden die Theater geschlossen, totaler Krieg. Das ist genau ein Jahr her.«

»Ja, o ja«, der junge Mann fuhr sich mit nervösen Fingern über die Stirn. »Ein schlimmes Jahr, ein verlorenes Jahr.«

»Aber – wir leben noch. Oder nicht?«

»Kommt drauf an«, er sah tatsächlich wie gestorben aus. So

trostlos, daß auch Franziskas unerschütterliche Lebensfreude auf den Nullpunkt sank, von einer Sekunde zur anderen. Bis jetzt war sie voller Hoffnung gewesen: Über die Grenze gehen, in Deutschland neu anfangen, die Ärmel hochkrempeln und loslegen! In den letzten Monaten war soviel anderes zu tun gewesen. Das Beschwichtigen der Angst, die mit dem Krieg nicht aufgehört hatte, kostete viel Zeit und alle Kraft: Werden sie mich abholen und zur Zwangsarbeit ins Tschechische transportieren, werden sie den Vater wieder quälen, die Mutter schlagen, dürfen wir überhaupt am Leben bleiben? Dann die Lauferei von Behörde zu Behörde, schließlich das Abschiednehmen. Nun diese Zugfahrt: ein Vakuum zwischen Abreise und Ankommen. Die Jugend war damit zu Ende, das Erwachsensein begann. Vor drei Tagen war Franziska zwanzig geworden.
»Wollen Sie in Dresden bleiben?« fragte der Musiker.
»Vorerst ja.«
»Die Stadt ist ein Trümmerfeld«, er sprach wie zu sich selbst. »Kein Stein mehr auf dem anderen. Und Theater?« Er lachte kurz auf, es klang nicht ermutigend. »Theater gibt es keine mehr.«
»Wir werden sehen«, zum Glück hielten Franziskas pessimistische Anwandlungen nicht lange an. Ihre Lebensfreude lud sich im Schnellverfahren auf wie eine Batterie. »Wenn Sie den Namen Franziska Buresch auf dem Plakat des Staatstheaters lesen sollten, dann erinnern Sie sich bitte an mich.«
Nun aber lächelte er doch. Nur ganz wenig. »Sie geben wohl nie auf, was?« Er setzte zu einer Verbeugung an, doch das klappte nicht, dazu standen sie zu dichtgedrängt. So begnügte er sich mit einem höflichen Kopfnicken. »Vollmers mein Name«, stellte er sich altmodisch vor. »Eduard Vollmers.«
So sieht er auch aus, dachte Franziska ketzerisch. Er sieht tatsächlich aus wie ein Eduard. Laut aber sagte sie: »Sehr angenehm.«
Die Mitreisenden waren still. Vertrieben aus dem ehemaligen Sudetenland, wo sie ein Leben lang zu Hause waren. Frauen,

Kinder, alte Leute, kaum Männer. Hohle Wangen, Schatten auf den Gesichtern. Alles hatten sie zurückgelassen, geblieben waren ihnen nur ein paar Habseligkeiten: ein Rucksack, eine Tasche, ein alter Koffer, hastig vollgestopft mit sinnlosen, doch geliebten Dingen, an denen ihr Herz besonders hing: eine geschliffene Karaffe aus böhmischem Glas, eine sperrige Schatulle von der Großmutter, ein Fotoalbum oder – wie in Franziskas Fall – eben zwei Bände Goethe und sieben Tagebücher.
Sie kamen aus Dörfern und Städten rund ums Erzgebirge. Ihre Wohnungen hatten sie verlassen müssen, ihre Häuser, ihre Bauernhöfe. Nichts gehörte ihnen mehr. Am frühen Morgen war der Zug von Geising nach Dresden abgefahren. Eine kurze Strecke, normalerweise. Doch nun war es schon Nachmittag. Im Schrittempo zuckelte die Lokomotive dahin, blieb immer wieder stehen, immer öfter, je mehr sie sich Dresden näherten.
»Sehen Sie sich das an!« Vollmers zeigte auf Häuser mit geborstenen Balkonen, verbrannten Dächern, mit Brettern vernagelten Fenstern. »Das ist erst der Anfang.«
Franziska kannte die Gegend. Die alljährliche Pfingstfahrt nach Dresden, lieber Himmel, ab Weihnachten freuten sie sich darauf, die Mutter und sie. Der Vater fuhr nie mit, weil das Geld für drei Personen nicht reichte, vielleicht aber auch, weil er die freien Tage genießen wollte. Er hing zwar sehr an seiner Frau Maria und an Franzi, doch allein war es auch mal schön. Ruhe haben. Nach dem Büro heimkommen, sich aufs Sofa legen oder Bekannte einladen, was er sonst nie durfte, wenn Maria zu Hause war. (»Ich will das nicht, Viktor!«)
Was sie wollte, war: Mit Franzi nach Dresden fahren. Beide im neuen Frühjahrskostüm aus gutem Wollstoff, Vorkriegsware noch, englischer Stoff, dazu ein flottes Hütchen aus Stroh, ach ja, fesch sahen sie aus, Mutter und Tochter, wenn sie Arm in Arm durch die elegante Prager Straße bummelten. (»Wie Geschwister, nicht?«) Männer sahen ihnen nach. Die Mutter registrierte gewissenhaft, verlegen kichernd, wie früher, als sie mit

ihrer Freundin Mizzi auf dem Korso in Teplitz entlangschlenderte. – »Schau nur, Franzi, die Parfums!« Hinter den Schaufensterscheiben teure Flakons. Doch leider –! Dafür reichte das Geld nun wirklich nicht.
Wohl aber für zwei Kännchen Kaffee und Kuchen in der Konditorei Kreutzkamm auf dem Altmarkt. Oder für einen Theaterbesuch: »Faust« im Staatstheater, ein Erlebnis! Das Hotel »Annenhof« hinter dem Postplatz war nicht teuer. Alter Bau, sehr gediegen. Dort wohnten sie jedes Jahr zu Pfingsten.
Einmal war Dascha mitgefahren, kurz bevor er einrücken mußte. Er bestand darauf, den Damen die Stadt zu zeigen, die sie längst kannten: Weißer Hirsch. Brühlsche Terrasse. Die Elbdampfer an der Anlegestelle. Die Augustusbrücke, Verbindung zwischen Alt- und Neustadt. Die Hofkirche. Und vor allem – der Zwinger! Wundervolles, blühendes Barock. Am Abend Mozarts »Kleine Nachtmusik«, getanzt vom Ballett der Staatsoper, zwischen Pavillons und Springbrunnen.
In diesen Tagen blieb Franziska atemlos vor Begeisterung.
Diese Bläue über den Dächern, wenn der Abend herabsank, nur Dresden hatte das. Der Fliederduft und die purpurroten Pfingstrosen im Park.
Wenn die drei Tage um waren, fuhren sie wieder nach Hause.
»Bis zum nächsten Mal«, sagte Maria dann und seufzte. »Wer weiß, was bis dahin sein wird.«
Als die Bomben auf die Stadt fielen, in den Abendstunden des 13. Februar 1945, hörte sie es in Teplitz. Über das Erzgebirge kam ein feuerroter Schein. »Dresden brennt!« hieß es. Und dann: »Es gibt kein Dresden mehr!«

Wieder blieb der Zug stehen. In der Ferne die Silhouette ausgebrannter Häuser.
»Jetzt sind wir gleich da«, Vollmers machte ein Gesicht wie ein Delinquent, der zum elektrischen Stuhl geführt wird.
Nach einer Weile kroch der Zug weiter, stöhnend und keuchend, auf dem einzigen, notdürftig zusammengeflickten Gleis,

das übriggeblieben war. Dann schnaufte die Lokomotive auf, als hauche sie ihr Leben aus und blieb endgültig stehen.
»Dresden, Hauptbahnhof«, rief eine Stimme.
Franziska konnte den Bahnhof nicht entdecken. Zwar schien die Sonne wie früher, wenn sie hier angekommen waren, doch schien sie nicht auf Dächer mit stolzen Bronzefiguren, nicht auf breite wundervolle Straßen und Plätze, sondern auf eine Trümmerwüste. Kein Bahnsteig, keine Halle, keine Straße. Nicht mal ein Weg.
Vollmers stolperte neben Franziska her, blieb stehen und stöhnte: »O Gott!«
Irgendwo geradeaus mußte die Prager Straße gewesen sein.
»Kommen Sie weiter«, drängte Franziska. Sie kletterten über Geröllhalden, Staub in den Augen, Trockenheit in der Kehle. Ein süßlicher Geruch stieg vom Boden auf. »Meine Güte, was riecht da so entsetzlich?«
»Die Leichen«, antwortete Vollmers. »Die Verschütteten. Die liegen ja noch alle unter den Steinen. Hunderttausende – ich weiß nicht, ich – ich . . .« Er würgte, als müsse er sich übergeben, blieb wieder stehen, setzte das Gepäck ab und murmelte: »Ich muß zu einem Agenten in Radebeul, der vermittelt Musiker.« Der lange Eduard wirkte total überdreht, schenkte Franziska einen verhuschten Blick und nickte ihr flüchtig zu. »Machen Sie's gut. Reservieren Sie mir eine Karte im Staatstheater, wenn Sie spielen.« Er schulterte den Rucksack und schwankte davon.
»Ihre Oboe!«
Er hatte sie in seiner Verwirrung vergessen. Wie ein großer, schwarzer Vogel lag der Kasten im Schutt.
»O danke, vielen Dank.« Vollmers kam zurück, holte sein Instrument, drückte es an die Brust, als wolle er sich für seine Vergeßlichkeit entschuldigen und verschwand endgültig zwischen den Trümmern.
Einen Agenten, ach ja, den hätte Franziska auch gebraucht, falls es noch einen gab. Was gab es überhaupt noch?
Sie sah sich um. Kilometerweit nur Hügel und Täler aus Schutt

und Steinen. Sie machte sich auf den Weg, über Steinhalden, die einst die Prager Straße gewesen sein mußten. Kein Mensch weit und breit. Nur unheimliche Stille. Irgendwo hier mußte der Altmarkt sein. Die Kreuzkirche zusammengesunken. Überall leere Fassaden, Mauerreste und Fensterhöhlen. Das Staatstheater ausgebrannt, die Hofkirche eine dunkle Ruine.
Der Abend kam nicht zärtlich wie früher, als er seine sanfte Bläue über die grün-goldenen Dächer senkte.
Franziska lief und lief, konnte nicht sagen, wie lange. Wo waren die Menschen geblieben? Der süßliche Geruch wurde immer unerträglicher, kein Fliederduft mehr.
Da, die Augustusbrücke stand noch! Sie wölbte sich über die ruhig dahinfließende Elbe. Brücke und Fluß taten unbekümmert, als wäre nichts geschehen. Sie präsentierten sich wie losgelöst von der trostlosen Umgebung, strömten Kraft und feierliche Ruhe aus.
In der Mitte der Brücke setzte Franziska den Rucksack ab, um zu verschnaufen und sich in Ruhe umzusehen. Seit ihrer Ankunft war ihr zumute, als sei ihr Herz in eine tiefe Ohnmacht gefallen. Noch hatte sie die Wirklichkeit nicht eingeholt. Alles war nur ein böser Traum.
Ja, ein Alptraum!
Von der Brühlschen Terrasse flatterte ein Lachen herüber. Dort, am gußeisernen Geländer, stand ein Mädchen im Frühjahrskostüm (noch englischer Stoff, Vorkriegsware!) mit ihrer Mutter und einem netten Jungen. Sie beschlossen soeben, eine Dampferfahrt nach Pillnitz zu machen. »Laß meine Hand los, Dascha, ich mag das nicht!«
»Warum denn nicht –?«
Die Mutter: »Sei nicht so kratzbürstig, Franzi, hör mal …«
Gespenster. Niemand stand auf der Brühlschen Terrasse. Alles leer. Die Stadt schien ausgestorben. Nur das Mädchen mit dem Rucksack auf der Brücke.
Wohin sollte sie?
Auf jeden Fall weiter. Sie hievte den Rucksack auf den Rücken

und ging hinüber nach Dresden-Neustadt, wie von einem Ufer des Lebens zum anderen. Und überquerte doch nur die Elbe. Bis zum Albertplatz stand kein Haus mehr. Vom Theater war nur noch eine Treppe vorhanden, die ins Nichts führte. Hier hatten sie den »Boccacio« gesehen – was für eine Erinnerung an ein vergangenes Leben! Wie lange war das her – hundert Jahre? Mit der Mutter hatte sie in der Loge gesessen, überwältigt von Freude: »Bald stehe ich auch auf der Bühne, aber dann –!« Die Welt aus den Angeln heben, alles anders machen, neue Wege gehen. Was singen die da auf der Bühne? »Hab' ich nur deine Liebe, die Treue brauch' ich nicht ...« Nun ja, ein wenig Treue ist auch ganz schön. Hinterher waren sie Arm in Arm zurück in die Altstadt marschiert, mußten viel lachen, richtig albern waren sie.

Nun zuckelten Straßenbahnen klingelnd vorüber, fuhren geradeaus nach Hellerau, die Königsbrücker Straße entlang oder bogen um die Ecke, Richtung Weißer Hirsch.

Unschlüssig blieb Franziska stehen. Wohin? Ein alter Mann spießte Zigarettenkippen mit seinem Spazierstock auf und steckte sie in die Tasche seiner schäbigen Jacke. Er sah verknöchert aus, hakennasig, wie das lebendig gewordene Rumpelstilzchen.

Das Merkwürdige war: er bewegte sich ausschließlich um die Ruine des Alberttheaters, wie mit einer unsichtbaren Schnur verbunden. Franziska sah dem Alten fasziniert zu.

Nach einer Weile unterbrach er seine Wanderung, hob den Kopf und blickte sie mit Habichtaugen an.

»Na?« Er wartete.

»Ich wollte nur ...« Sie nahm den Rucksack ab, er drückte auf den Rücken, sie spürte alle Knochen. Verlegen zeigte sie auf die Ruine und die in der Luft endende Treppe. »Schade um das schöne Theater«, sagte sie leise.

»Kaputt«, der alte Mann sprach, als spucke er das Wort aus. »Alles kaputt. Woher kommen Sie?«

Franziska antwortete nicht gleich. Sie hatte keine Lust, ihre

Lebensgeschichte zu erzählen. Schließlich sagte sie aber doch: »Aus Teplitz.«
Der alte Mann nickte. »Hätte ich mir denken können! Die meisten Vertriebenen bleiben hier hängen. Wo wollen sie bloß hin in dieser kaputten Stadt? In Höhlen wohnen, zwischen Trümmern schlafen?«
»Irgendwo werden sie schon bleiben«, sie betrachtete besorgt den Himmel, der sich mit Wolken bezog. Auch wurde es langsam dunkel. »Hätten Sie vielleicht eine Höhle für mich?« Die Frage kostete sie Überwindung. Ihr wurde schlagartig klar, daß sie nichts anderes war als ein heimatloser Vagabund.
Der alte Mann hatte wieder eine Kippe entdeckt, die ein russischer Besatzungssoldat aus einem vorbeifahrenden Laster geworfen hatte. Vorsichtig polkte er sie von der Spitze seines Stockes, verwahrte die Kostbarkeit in der Jackentasche, klopfte zufrieden mit der Hand darauf wie ein Geschäftsmann, der soeben einen guten Abschluß hinter sich gebracht hatte. Dann wandte er sich wieder Franziska zu und musterte sie abschätzend.
»Haben Sie was mit dem Theater zu tun?«
»Ich bin Schauspielerin.«
Der Alte nickte, als habe er das erwartet.
»Direktor Steinmann«, stellte er sich vor. Dann fummelte er sich eine der Kippen heraus, zündete sie an, kaute darauf herum und wies mit dem Kopf auf die Theaterruine. »Bin mal hier Direktor gewesen. Ist schon lange her. Da waren Sie, liebes Kind, noch nicht auf dieser zweifelhaften Welt.« Er sprach mit rollenden R's, wie es von einem alten Mimen erwartet wurde. Vielleicht, dachte Franziska, ist dies das einzige, was ihm geblieben ist, wie mir der Rucksack mit den Büchern.
Ein leichter Wind kam auf, vertrieb den Rest von Wärme, die noch auf den Steinen lag, vertrieb den süßlichen Geruch, der hier, in Neustadt, nicht mehr so stark zu spüren war.
»Hören Sie«, Direktor Steinmann warf einen Blick auf seine Armbanduhr. Sie sah aus, als hätte sie bessere Zeiten gesehen.

»Ich bin dabei, ein Ensemble zusammenzutrommeln. Deshalb stehe ich hier, weil ich weiß, daß Schauspieler herkommen, um sich die Reste des Theaters anzusehen. Ich habe auch schon vor dem Staatstheater gestanden. Was ich vor allem bräuchte, wäre eine junge Schauspielerin, die bereit ist, alles querbeet durch den Garten zu spielen. Was haben Sie für Rollen drauf?«
Franziska lachte.
»Was finden Sie an meiner Frage so lustig?« erkundigte er sich mit hochgezogenen Brauen.
Zögernd antwortete sie: »Daß ich in Dresden ankomme und mit einem Rucksack durch die Ruinen stolpere und ausgerechnet Sie hier finde – was für ein Zufall!«
»Kein Zufall«, er winkte ab. »Theaterleute riechen einander. Die finden sich immer und überall. Sogar in der Wüste. Wie ist das nun mit Ihrem Rollenrepertoire? Haben Sie überhaupt eines?«
»Aber ja«, Franziska zählte auf: »Das Annchen in ›Jugend‹. Die Franziska in der ›Minna‹. Die ...«
»Na fabelhaft«, unterbrach er sie. »Ich beabsichtige Max Halbes ›Jugend‹ aufzuführen. So wie Sie stelle ich mir das Annchen ungefähr vor. Sie können es spielen.«
»Was?!« rief Franziska. »Aber Sie kennen mich doch gar nicht. Sie würden mich engagieren – ohne mich vorsprechen zu lassen?«
»Ich wittere Talent«, Steinmann grinste wie ein tückischer Faun. »Sollten Sie aber unbegabt sein, kann ich Sie noch immer auswechseln. Feste Gagen gibt es nicht. Gespielt wird auf Teilung. Wo – weiß ich noch nicht, das wird sich finden.«
Es war wohl doch ein Traum. Franziska mußte sich auf eine der Stufen setzen. Jetzt erst merkte sie, wie erschöpft sie war.
»Mir ist alles recht«, sagte sie leise. »Wenn ich nur spielen darf. Von mir aus in einem Schuppen.«
»Mehr werde ich Ihnen auch nicht bieten können«, Steinmann betrachtete sie mitleidig. »Sie wissen nicht wohin und sind ziemlich am Ende, ja?« Seine Stimme klang nun ganz einfach, ohne Bühnenton.

»Ja«, am liebsten hätte sie sich auf die Stufen gelegt und wäre auf der Stelle eingeschlafen.
»Ich glaube, ich kann Ihnen helfen. Vorübergehend, für ein paar Nächte.« Steinmann nannte eine Adresse in Neustadt. »Frau Dallhopp ist eine Bekannte von mir. Aber erwarten Sie keinen Palast.«
Franziska stammelte Dank.
»Morgen kommen Sie in die Jordanstraße. Die ist ganz in der Nähe. Frau Dallhopp wird es Ihnen erklären. Dann sehen wir weiter.«
Er tippte sich kurz an die Stirn, was als Abschied zu deuten war, steckte die Hände in die Taschen, zog den Kopf zwischen die Schultern und ging davon. Für die Kippensuche war es zu dunkel.
Franziska machte sich auf den Weg zur – wie war das noch? Ihr Kopf hämmerte, als wollte er platzen. In die Lärchenstraße zu Frau – Frau Dallhopp. Lustiger Name. So könnte ein Clown heißen: Dallhopp. Die Gegend sah nicht mehr so trostlos aus, einige Häuser standen, Läden gab es, die Straßenbahn fuhr. Nun weiter! Die Königsbrücker Straße entlang über den Bischofsplatz. Franziska studierte die Straßenschilder, fragte.
»Lärchenstraße? Die übernächste links ab, Fräulein.«
Eine schmale Gasse, die zum Bahndamm führte. Sie war nur kurz. Auf beiden Seiten schäbige, einstöckige Häuschen. Doch sie standen wenigstens noch.
Lärchenstraße 10 b. Das letzte Haus auf der rechten Seite.
Frau Dallhopp wohnte im Hinterhaus, das noch viel schäbiger war als das vordere. Im Treppenhaus baumelte eine trübe Birne am Kabel. Franziska klingelte im ersten Stock. Eine junge Frau öffnete. Sie sah verdrossen aus.
»Direktor Steinmann schickt mich.«
»Ach ja«, ein Ausruf des Unmuts.
Franziska stand und wartete. Seit morgens hatte sie nichts mehr gegessen, außer dem Stück Brot, das ihr die Bäuerin in

Zinnwald mit auf den Weg gegeben hatte. Leere im Magen, Schwäche in den Knien.
»Kommen Sie rein«, sagte die Frau.
Ein etwa zehnjähriges Mädchen hockte auf einem Stuhl in der Küche und beäugte Franziska.
»Das ist Annemarie«, Frau Dallhopp zeigte mit dem Kopf auf ein altes, durchgesessenes Sofa, »hier können Sie schlafen. Wir haben nur ein Zimmer.«
»Vielen Dank«, Franziska nahm den Rucksack ab und setzte sich auf das ramponierte Möbelstück. Sie nannte ihren Namen. Die Küche drehte sich vor ihren Augen.
»Schauspielerin?«
»Ja.«
»Steinmann schickt uns immer nur Schauspieler. Irgendwelche versprengte Leute. Heimatvertriebene, ja? Annemarie, bring mal das Brot.«
Das Kind stand unbeweglich, fixierte Franziska, sah störrisch aus, strich wortlos das kurzgeschnittene, gescheitelte Haar zurück.
»Hast du nicht gehört?«
»Nein.«
»Warum bringst du nicht das Brot?«
»Weil keins mehr da ist.«
»Alles muß man selber machen«, Frau Dallhopp öffnete die Brotbüchse, fand einen Kanten, legte ihn auf den Tisch und sagte: »Essen Sie, ehe Sie umkippen.«
Hastig griff Franziska danach, aß den trockenen Kanten auf.
»Ich kann aber nur wenig bezahlen«, erklärte sie kauend. »Ein paar Mark habe ich schon, aber nicht viel.«
»Sie zahlen, was Sie können«, versetzte die Frau achselzukkend. »Wir brauchen jeden Pfennig.«
»Wenn ich Gage bekomme, zahle ich mehr«, versprach Franziska. Sie bat um einen Schluck Wasser, das sie gierig trank. Noch immer der Staub in der Kehle.
Frau Dallhopp setzte sich zu ihr, betrachtete sie, ohne ihre ver-

drossene Miene abzulegen. Sie schien müde und abgearbeitet. Es drängte sie aber wohl, zu reden.
»Mein Mann war auch Schauspieler«, sagte sie, »bei Steinmann. Viele Jahre. Er ist gefallen, gleich am Anfang des Krieges. Vorher hat er nicht viel Geld verdient. Sie sehen ja«, mit einer Bewegung umfaßte sie die trostlose Schäbigkeit der Behausung. »Zu mehr hat es nicht gereicht.«
»Es ist aber wenigstens ein Zuhause«, meinte Franziska.
»Stimmt«, die junge Frau blickte etwas freundlicher drein. »Morgen früh gehen Sie als erstes zum Polizeipräsidium, Hauptmeldeamt. Dort beantragen Sie eine Aufenthaltsgenehmigung. Erst dann gibt's Lebensmittelkarten. Durchfüttern können wir Sie nicht.«
»Wir haben selber nichts«, rief Annemarie dazwischen. Sie stand noch immer vor der Kredenz, als wollte sie den Zugang zu den vorhandenen Lebensmitteln sperren.
»Ja, mach' ich«, Franziska dachte sehnsüchtig daran, endlich schlafen zu dürfen. »Könnte ich mich bitte irgendwo waschen?«
Frau Dallhopp zeigte zum Ausguß. »Bad haben wir nicht«, sagte sie kurzentschlossen. Darauf zog sie sich mit Annemarie ins angrenzende Schlafzimmer zurück.
Franziska ließ die Kleider fallen, viel zu müde, sie wegzuräumen. Als sie endlich lag, überfiel sie das Heimweh wie eine jäh ausbrechende Krankheit. Sehnsucht nach der Mutter. Was mochte sie machen, jetzt, zu dieser Stunde? Auch wach liegen und an sie, an Franzi, denken? Die Mutter wohnte nun bei Tante Vicky. Vertrug sich nicht mit ihr. Beide wie Hund und Katze. Dennoch hatte Tante Vicky ihre Wohnung zur Verfügung gestellt, weil die Leute vom Narodny Vibor sie noch auf unbestimmte Zeit darin wohnen ließen. Jeden Tag konnte sie hinausgeworfen werden, jede Stunde. Doch bis dahin ... »Ihr könnt bei mir bleiben, bis Viktor aus der Haft entlassen ist«, hatte sie vorgeschlagen, nachdem Maria und Franziska Hals über Kopf aus der Wohnung mußten, ohne mehr mitnehmen zu dürfen, als was sie tragen konnten.

Der Vater war noch immer verhaftet. Sie ließen ihn nicht frei, weil er staatlich angestellt gewesen war: Bergbeamter der Brüxer Kohlenwerke. Es half nichts, daß tschechische Nachbarn positiv über ihn aussagten. Ihm sollte, wie vielen anderen Leidensgenossen, der Prozeß gemacht werden. Das dauerte. Maria Buresch weinte den ganzen Tag. Tante Vicky, Vaters resolute Schwester, behielt zum Glück ihren klaren Kopf, obgleich sie ihn auch voller Sorgen hatte! Onkel Georg, ihr Mann, war noch nicht aus der Kriegsgefangenschaft zurückgekehrt. Sie hatte keine Nachricht von ihm, wollte in Teplitz bleiben, damit er sie vorfand, falls er zurückkam. Sie nutzte die Gelegenheit, sich nach einem guten tschechischen Anwalt umzusehen, opferte ihren besten Teppich dafür, auch ein Ölgemälde, das sie von ihren Eltern besaß. Gegenstände, die für sie ohnehin verloren waren. Immerhin erreichte sie damit, daß ihr Bruder einen tüchtigen Verteidiger bekam.
Franziska lag in der dunklen Küche, faltete die Hände hinter dem Kopf und dachte nach. Zu erschöpft, um einzuschlafen. Nein, weinen wollte sie nicht. Bloß nicht so sein wie die Mutter: nur weinen, nichts tun, andere machen lassen.
Morgen begann ein neues Leben. Bald würde sie endlich, endlich Theater spielen dürfen – nach mehr als einem verlorenen Jahr! Jetzt ging es los mit der Karriere. Freilich, mit dem Burgtheater war es nichts geworden. Doch irgendwo würde sich schon eine Bühne finden.
Der Flug in den Himmel begann, weit hinauf. Phönix aus der Asche.
Doch zuerst die Aufenthaltsgenehmigung. Später den Zuzug. Eines nach dem anderen. Und vor allem: etwas zu essen.

Phönix, in die Asche!

Die Gesichter der Götter im Präsidium blieben unbewegt. »Die Aufenthaltsgenehmigung? Die können Sie nur kriegen, wenn Sie Arbeit haben.«
»Direktor Steinmann hat mich engagiert, aber ich habe noch keinen Vertrag. Das geht nicht so schnell. Ich muß doch etwas essen! Könnten Sie mir wenigstens die Lebensmittelkarte geben?«
Ein Auflachen war die Antwort, der Olymp zeigte sich amüsiert. Der zuständige Beamte sagte, sie solle sich bloß mal vorstellen, wie viele Tausende über die Grenze kamen und in Dresden hängenblieben, in einer fast vollkommen zerstörten Stadt. »Die haben auch alle Hunger, keine Arbeit, keine Wohnung, nicht mal ein Zimmer.«
Franziska schwieg erschüttert. Das gleiche hatte ihr Vollmers auch schon gesagt. »Aber – ich bin Schauspielerin!«
Erneutes Lachen.
»Wo spielen Sie?«
»Noch nirgends. Aber – ich sagte Ihnen doch schon: Direktor Steinmann hat mich engagiert.«
»Zeigen Sie uns den Vertrag.«
»Habe ich nicht, noch nicht.«
»Dann kommen Sie wieder, wenn Sie einen haben!«
Franziska blickte ratlos von einem zum anderen. Der nächste kam an die Reihe, im Flur wartete eine lange Schlange. Es half nichts, sie mußte unverrichteter Dinge gehen. Zur Jordanstraße. Steinmann hatte ihr keine Hausnummer genannt, also mußte sie sich durchfragen, von Haus zu Haus.
Ein Theaterbüro? Hier nicht! Wo dann? Im Nebenhaus oder vielleicht gegenüber? Nach langem Suchen endlich ein Schild an der Tür: »Sächsische Landesbühne«. Schwarze Schrift auf Pappe. Darunter: »Direktor Josef Steinmann.«
Sie ging in den Hausflur. Links im Parterre wieder ein Schild

mit der gleichen Aufschrift. Die Tür verschlossen. Auf ihr Klingeln öffnete keiner.
Eine Frau kam die Treppe herab, wollte vorbeigehen. Franziska sprach sie an, erkundigte sich, wann jemand im Theaterbüro zu erreichen sei.
»Keine Ahnung«, die Frau hatte das müde Gesicht aller Menschen, die Franziska in den letzten Tagen getroffen hatte. Auf gewisse Weise ähnelten sie einander, es war wie ein perfektes Mimikry, als hätten sie die Farbe der Steinwüste angenommen. »Mal ist jemand da, mal nicht. Bürostunden haben die wohl keine.«
»Kennen Sie den Direktor, Herrn Steinmann?«
Die Frau zuckte die Achseln und verließ das Haus.
Es wäre ja auch zu schön gewesen! Ein Theaterbüro, ein Vertrag, bereits eine Rolle in Aussicht – zuviel des Guten.
Franziska setzte sich auf die Treppe, die zum ersten Stock führte und überlegte, was zu tun sei. Der Hunger bohrte in ihr und machte sie unkonzentriert. Was hätte sie für eine warme Suppe gegeben oder – Allmächtiger! – für ein Gulasch mit Semmelknödeln!
Nicht unbescheiden sein, wies sie sich zurecht und biß sich auf die Lippen, weil sie lachen mußte und so wenig Grund dazu hatte. Bisher war es die Mutter gewesen, die sie zurechtwies: Franzi, tu dies nicht, tu lieber das – warum machst du alles verkehrt? Du wirst es eben nie lernen.
Nun hatte sie einen besseren Lehrmeister: die Lage, in der sie sich befand, war ein unerbittlicher Pädagoge. Dabei ging es nicht nur um eine achtlos fallengelassene Jacke oder um eine unaufgeräumte Schublade.
Immer wieder versuchte sie es mit Klingeln und Klopfen, wollte nicht wahrhaben, daß keiner im Büro sein sollte, falls es überhaupt schon eines war. Doch nichts rührte sich.
Zwei Männer kamen und steuerten auf die Tür zu, vor der Franziska stand. Männer mittleren Alters, ein seltener Anblick! Der eine trug eine flotte Windjacke, grüßte und lächelte Franziska

zu. Der andere war dunkelhaarig, hatte ein etwas volleres Gesicht und auffallend tiefblaue Augen.
»Wollen Sie auch zur Sächsischen Landesbühne?« erkundigte sich der mit der Windjacke.
»Ja, aber es ist keiner da.« Franziska erkannte sofort, daß es sich um Schauspieler handeln mußte. Sie überdachte kurz ihren Aufzug: den Staub hatte sie abgewaschen. Nun trug sie eine dunkelblaue lange Hose und einen hellblauen, leichten Seidenpulli. Frau Hennebichler, die tschechische Nachbarin, hatte ihr die Kleidungsstücke gegen den heißgeliebten Kanarienvogel Fritzl eingetauscht. Fritzl wurde nicht vertrieben, der durfte bleiben. Ihm war es egal, welcher Nationalität sein Frauchen angehörte. Hauptsache, er bekam sein Futter, täglich frisches Wasser, und ab und zu ein Salatblatt. Tiere sind eben vernünftiger als Menschen. Vor allem nicht so gefährlich. Der Gedanke an Fritzl – auf dem Umweg über Hose und Pulli – machte Franziska vorübergehend traurig. Er war ein Schatz gewesen. Die Welt ging unter – und Fritzl begrüßte den neuen Tag mit fröhlichen Arien.
»Dann kommt heute auch keiner mehr«, sagte der Mann mit den tiefblauen Augen. Er war gut angezogen, hatte sogar eine Krawatte um und betrachtete Franziska fast ehrfürchtig. »Hat Steinmann Sie engagiert?«
Franziska berichtete, was sie wußte, auch daß Steinmann sie herbestellt hatte.
»Ich dachte, es ginge um einen Vertrag, aber jetzt ... haben Sie denn Verträge?«
»Nur per Handschlag«, antwortete der mit der Windjacke. »Ich bin Harry Kühne«, stellte er sich vor, »Väterspieler. Das ist Toni Rosenberger. Er legt Wert darauf, als Volksschauspieler angesprochen zu werden.«
Der mit den ernsten Augen lachte und gab Franziska ebenfalls die Hand. Auch sie nannte ihren Namen. Sie plauderten, kamen einander vertraut vor, wie das so ist, wenn einer im fremden Land auf Gleichgesinnte stößt. Nur waren die beiden

Herren in Dresden wohnhaft, zum Glück in Außenbezirken, und somit nicht heimatlos und angewiesen auf eine Aufenthaltsgenehmigung.
»Steinmann hat uns auch herbestellt«, Harry Kühne warf einen Blick auf die Armbanduhr und schüttelte den Kopf. »Vielleicht ist er aufgehalten worden. Es gibt noch viel Rennerei zu Behörden. Jeder zehnte will ein Theater gründen, einen Verlag oder eine Zeitung. Alle wollen drankommen nach der Stunde Null. Kein Wunder, wenn die nun genau prüfen, wer prädestiniert ist und wer nicht.«
»Steinmann ist ein alter Theaterhase«, fügte Rosenberger hinzu. »Die Lizenz für die Sächsische Landesbühne hat er schon. Es fehlen nur noch Stempel. Da haben ja auch die Russen noch ein Wörtchen mitzureden.«
Franziska hörte mehr auf den Klang seiner Stimme als auf das, was er sagte.
»Sie sind aber nicht aus Dresden«, stellte sie fest. »Sie klingen nach dem Egerland.«
Er lachte wieder und es stand seinem ernsten Gesicht sehr gut. »Ich bin auch Egerländer«, er sah sie mit einem seltsamen Blick an, sanft und väterlich, obwohl er gar nicht der Väterspieler war.
Franziska freute sich und sagte: »Dann sind wir ja Landsleute!«
»Er hat eine Dresdnerin geheiratet«, fügte Harry Kühne hinzu. Es klang warnend, als hielte er diese Mitteilung für sehr wichtig. »Aber was machen wir mit Ihnen?«
Franziska zuckte die Achseln, fiel wieder zurück in die Hoffnungslosigkeit. »Wo wohnt Herr Steinmann?«
Das wußten sie nicht.
»Ich dachte, Sie kennen ihn schon länger?«
»Das schon«, erwiderte Harry Kühne. »Aber er ist ausgebombt. Wohnt bei einer alten Freundin. Ihre Adresse kennen wir nicht.«
»Schade«, Franziska wußte, daß die Unterhaltung beendet war. Sie verabschiedete sich und nahm sich eisern zusammen, um ihre Verzweiflung nicht zu zeigen.

»Versuchen wir es morgen wieder«, Harry Kühne nickte ihr aufmunternd zu. »Oder übermorgen.«
»Wenn ich bis dahin nicht verhungert bin«, versetzte Franziska galgenhumorig. Sie schaute den beiden Männern nach. Sie waren, zumindest optisch, ein Lichtblick in der trostlosen Umgebung. Der Geruch nach Theater haftete ihnen an. Ein seltsam vertrautes Fluidum, das Franziska genoß. Nur leider war es zu schnell vorbeigegangen.
Eine Chance, Steinmann zu treffen, gab es noch: vor dem Alberttheater! Vielleicht klapperte er nicht nur die Behörden ab, sondern sammelte wieder Kippen. Doch vor dem Theater war er nicht.
Vor dem Staatstheater?
Sie lief über die Augustusbrücke, in die Wüste der Altstadt, sah sich zwischen den Trümmern um – kein Steinmann. Der Septemberhimmel hatte sich eingetrübt. Ein Regenschauer durchnäßte Franziska. Wenigstens nicht mehr so staubig. Auch der süßliche Geruch hatte nachgelassen.
Zurück in die Neustadt. Immerhin wußte sie heute, wo sie schlafen würde. Nur etwas essen, lieber Himmel, ihr war hundeelend. Zwischen den Steinen lag etwas. Schimmerte rötlich. Franziska bückte sich, hob es auf: eine Möhre! Verkrustet zwar von Schmutz und Erde, aber doch – eine Möhre. Mit einem Stein schabte sie das wertvolle Stück ab, so gut es ging. Auf einer Seite war es angefault, doch man konnte es ohne weiteres essen. Franziska hockte sich auf einen Mauerstumpf und futterte, wie ein glückliches Kaninchen, die Möhre auf. Das tat gut! Der Magen fand Gefallen daran, wollte mehr, doch leider konnte sie ihm nichts weiter bieten. Warum hatte er sich nicht vorher an ihrem gesunden Appetit schadlos gehalten? Wie oft hatte sie früher ihre Eßlust dämpfen müssen, auch als Krieg war: Kakao und Zucker gab es zu Hause, allerdings unter Verschluß. Wenn die Eltern weggegangen waren, machte sie sich darüber her, vermischte beides und löffelte es in sich hinein. Das ging auf die Hüften. Da sie nur 1,58 Meter groß war, mußte sie sich beherr-

schen, durfte nicht viel mehr als fünfzig Kilo wiegen. Dann die stibitzten Haferflocken aus der Büchse! In der Pfanne geröstet, Zucker dazwischen – der Himmel auf Erden. Nachher die Scherereien mit der Mutter: »Wenn du zur Bühne willst, mußt du abnehmen!«

Nun, dieses Problem hatte sie längst nicht mehr. Wenn sie sich auszog und sich im Spiegel betrachtete, konnte sie die Rippen zählen.

Frau Dallhopp empfing sie mit der für sie typischen Gleichgültigkeit. Sie ließ sich erzählen, was auf dem Präsidium passiert war.

»Kennen Sie die Adresse von Herrn Steinmann?« fragte Franziska.

Frau Dallhopp überlegte. Sie saß am Tisch, den Kopf in die Hände gestützt und war sehr müde, man sah es ihr an. Um ein bißchen Geld zu verdienen, arbeitete sie als Platzanweiserin im Kino, zwei Ecken weiter, am Bischofsweg. Auch am Abend mußte sie hin, kam spät heim, wenn Nachtvorstellung war.

»Da kann ich Ihnen nicht helfen«, erwiderte sie. »Aber irgendwann wird er ja ins Büro kommen.«

Irgendwann!

»Was soll ich nur anfangen, ohne Aufenthaltsgenehmigung und Lebensmittelkarte!« Franziska hielt den hungrigen Magen mit beiden Armen fest, als befürchte sie einen Ausbruchsversuch.

»Zu essen haben wir nichts«, Annemarie umschlich Franziska mit einem argwöhnischen Blick von Bewunderung und Abwehr.

»Von Mittag sind noch zwei Kartoffeln da«, Frau Dallhopps Herz war wohl nicht so gleichgültig wie ihre Miene. »Auch etwas Mehlsoße. Mach's doch mal warm, Annemarie.«

»Warte, ich helfe dir«, Franziska rührte den Pamps im Topf und warf die Kartoffeln hinein. Bald dampfte es. Sie fragte nach einem Teller.

»Essen Sie doch gleich aus dem Topf«, empfahl Annemarie. »Dann haben wir nicht so viel Abwasch.«
Franziska nahm den Vorschlag an. Ihr blieb es gleich, wovon oder woraus sie aß. Hauptsache, sie bekam was zwischen die Zähne.
Am Abend war sie mit Annemarie allein. Sie nutzte die Gelegenheit und schrieb einen Brief an die Mutter: »Ich habe einen Theaterdirektor kennengelernt, der hat mich sofort engagiert, buchstäblich von der Straße weg. Ich werde das ›Annchen‹ in ›Jugend‹ spielen, stell dir vor! Bin ich nicht wirklich ein Sonntagskind?«
Der 30. August 1925 war tatsächlich ein Sonntag gewesen. Doch das Glück für die Sonntagskinder gab es nur im Märchen. Da Franziska Märchen liebte und zuweilen sogar an sie glaubte, schilderte sie ihre Lage in rosigsten Farben, erzählte von einem hübschen, kleinen Zimmer bei der lieben Frau Dallhopp, gab die Adresse an, hoffte, die Mutter würde nicht auch noch ihretwegen weinen, sie sollte sich keine Sorgen um sie machen, so würde auch Tante Vicky es leichter haben. Und der Vater im Gefängnis brauchte auch nicht um sie zu zittern. Sie gab einige Zeilen für ihn mit in den Brief, für den Fall, daß die Mutter ihn besuchen durfte.
»Spielen Sie was mit mir?« Annemarie hatte ihr beim Schreiben zugesehen, war ihr nicht von der Seite gewichen.
Franziska klebte den Brief zu, nahm sich vor, gleich morgen früh eine Marke zu kaufen und fragte: »Was denn?«
»Mensch ärgere dich nicht«, das Kind hatte schon das Spiel gebracht und war dabei, die Figuren aufzubauen.
Alles andere hätte Franziska im Augenblick lieber getan, als mit diesem Kind Mensch-ärgere-dich-nicht zu spielen! Doch sie mußte, ob sie wollte oder nicht. Eine Weile würfelten sie schweigend und verschoben die Figuren. Dann sagte Annemarie:
»Ich weiß, wo Direktor Steinmann wohnt.«
Franziska stieß vor freudigem Schreck einen Stein um. Anne-

marie protestierte. Sie war jähzornig und regte sich auf, weil es ihr Stein gewesen war.
»Woher weißt du das?« Störrisches Schweigen. Franziska buhlte um sie, redete mit lieblichster Zunge, heuchelte wie ein Hofschranze im klassischen Drama, wollte unbedingt ihr Ziel erreichen. »Also das finde ich wirklich fabelhaft, wie gescheit du bist! Deine Mutter hat keine Ahnung, wo Herr Steinmann wohnt, aber du weißt es. Wo wohnt er denn? Sag schon, bitte! Woher weißt du es überhaupt?«
Annemarie holte einen Zettel aus der Schublade und hielt ihn mit beiden Händen fest. Sie sah blaß, mager und tückisch aus.
»Annemarie, bitte!«
»Den hat er mir gegeben, ist noch nicht lange her. Mama hat es wohl vergessen. Die vergißt alles, ist immer bloß weg. Aber ich weiß, wo Steinmann wohnt.«
»Gib mir die Adresse, ja?«
Das Kind trat zurück. »Nur, wenn Sie mir versprechen, noch –« sie überlegt kurz und drehte die Augen zur Decke, »noch vier Spiele mit mir zu machen.«
»Mußt du denn nicht ins Bett?«
»Ich gehe immer spät schlafen. Also – vier Spiele?«
»Drei«, bat Franziska.
Annemarie ließ nicht mit sich handeln. Vier Spiele oder keine Adresse. Basta.
Franziska betrachtete sie nachdenklich. Was für ein altes Gesicht das Kind hatte! Im Krieg aufgewachsen, ohne Vater, zwischen Ruinen und immer nur Hunger im Bauch. Mit einer ständig übermüdeten Mutter. Überall Trümmer, auch hier.
»Also gut«, sagte Franziska. Die Füße taten ihr weh von der erfolglosen Lauferei und der Kopf hämmerte. »Gib den Würfel her.«

Auch am nächsten Morgen war kein Mensch im Theaterbüro. Allmählich glaubte Franziska nicht mehr an den zweifelhaften Direktor Steinmann. Wären nicht die zwei Schauspieler gewe-

sen, der Kühne und der Rosenberger, hätte sie alles für einen Schwindel gehalten. Ein Pappschild konnte jeder anbringen in dieser verworrenen Zeit.
Wieder hatte Franziska ihre dünnen, langen Hosen an und den leichten Pulli, es fehlte eine Jacke, denn es war kühl. Doch leider gab der Rucksack nicht viel mehr her. Sie begann zu überlegen, ob es nicht vielleicht doch besser gewesen wäre, statt der Bücher wärmere Kleidung einzupacken, denn der Winter kam bestimmt. Goethe und die Tagebücher wärmten nur mäßig an kalten Tagen.
Nun, Laufen war auch nicht schlecht, das brachte das Blut in Wallung. Ihre Schuhe, das einzige Paar, hielten noch eine Weile. Sie machte sich auf den Weg nach Strießen, wo Steinmann wohnen sollte. Bei Frau Lubitsch, Wormser Straße 32. Mit der Straßenbahn fuhr sie durch die Altstadt, mußte immer wieder umsteigen und streckenweise zu Fuß gehen, weil die Geleise zerstört waren, kam endlich an. Nur noch wenige Häuser standen in der Wormser Straße. Eines davon war die 32.
Ein Haus aus der Gründerzeit, das früher bessere Tage gesehen haben mußte, wie Steinmanns Armbanduhr. Im zweiten Stock wohnte Frau Lubitsch.
»Sie wünschen?« Distinguierte ältere Dame, ganz sicher ebenfalls mit dem Theater verbunden, es könnte zur Zeit der Neuberin gewesen sein. Dicke Schminke lag auf ihrem Gesicht wie eine Maske.
Franziska fragte nach Direktor Steinmann.
»Der ist nicht da, macht wieder seine Behördenwanderung.«
Schon wollte Frau Lubitsch die Tür schließen, bekam Mitleid mit dem enttäuschten Mädchen und winkte Franziska in die gute Stube. »Hat er Sie engagiert?«
»Ja, das heißt: ich weiß es nicht.«
»Möchten Sie einen Eierlikör? Sie sehen aus, als könnten Sie ihn brauchen.«
Hier schien die kleine Welt das Chaos draußen überlebt zu haben, auf engstem Raum, in einer Ruinenwüste. Franziska trank

den dicklichen gelben Likör, ließ ihn auf der Zunge zerfließen, schloß die Augen. Zu Hause hatte stets eine Flasche Eierlikör in der Wohnzimmerkredenz gestanden, gleich neben der Klappe des eingebauten Sekretärs, an dem Franziska schrieb oder ihre Rollen lernte. Der Vater braute alljährlich selbst eine Flasche Eierlikör. Die wurde wie eine Kostbarkeit im Schrank aufbewahrt. Es kam vor, daß Franziska schnell und heimlich die Schranktür öffnete, an der Flasche nippte und sie wieder zurückstellte. Sie tat es sehr vorsichtig, nie war den Eltern aufgefallen, daß ein Millimeter weniger in der Flasche war.

»Schmeckt gut«, sie atmete tief durch, lehnte sich zurück und genoß die Weichheit des plüschernen Sessels. Frau Lubitsch wollte wissen, woher sie kam. Also berichtete sie in Stichworten.

»Lieber Himmel, nicht mal eine Aufenthaltsgenehmigung!« Die alte Dame schlug die Hände zusammen. Weiße Spitzenmanschetten fielen über ihre Handgelenke. Das Kleid erinnerte an ein Bühnenkostüm um die Jahrhundertwende, doch wirkte es sehr beeindruckend. Frau Lubitsch sah aus wie eine Schauspielerin an einem Provinztheater, die den vergeblichen Versuch machte, überzeugend eine Schauspielerin zu mimen. Doch das Mitleid, das sie zeigte, schien echt zu sein. Franziska hoffte, daß außer dem »Stamperl Eierlikör«, wie sie zu Hause zu sagen pflegten, möglicherweise noch eine Scheibe Brot heraussprang oder eine Suppe. Doch sie hoffte vergebens. Nichts kam mehr. Nur die Beteuerung, daß Frau Lubitsch Herrn Steinmann ausrichten würde, er möge doch morgen früh im Büro sein.

»Er hat ja noch nicht mal eine Sekretärin«, sie fuhr sich mit dem Zeigefinger vorsichtig über die gemalten Brauen, als wollte sie nachprüfen, ob sie auch an der richtigen Stelle saßen. »Heute ist er zum Arbeitsamt, um eine Kraft fürs Büro anzufordern. Das dauert alles eine Ewigkeit! Nun sehen Sie zu, daß Sie ganz schnell Ihre Papiere kriegen. Viel Glück, Fräulein!« Sie legte ihren Arm um Franziskas Schulter und tat sehr vertraut. »Anfänger können jede Menge Glück gebrauchen, ich weiß das, ich

habe ja auch mal angefangen, blutjung, freilich, in einer anderen Zeit. Da hat es zwar keine Trümmer gegeben, aber auch sehr viel Hunger.«
Franziska dachte: Das wird doch nicht im Dreißigjährigen Krieg gewesen sein! Doch sie lächelte den kleinen, boshaften Gedanken schleunigst fort. »Wann war denn das?«
»Wirtschaftskrise, Inflation. Es war immer was. Die gute, alte Zeit hat es nie gegeben!« Frau Lubitsch bugsierte sie mit sanftem Nachdruck zur Tür. »Seien wir doch mal ehrlich: das Leben ist immer lebensgefährlich!« zitierte sie und gab dem Mädchen einen leichten Klaps auf die Wange. »Oder etwa nicht?«
Schneller als sie dachte, stand Franziska wieder im Treppenhaus. Was nun? Zurück nach Neustadt. Nochmals zum Präsidium. Doch das hatte geschlossen. Zum Arbeitsamt. Vielleicht traf sie Steinmann.
Er war nicht da, natürlich. Möglicherweise ergab sich eine andere Chance? Es mußte ja nicht unbedingt ein Engagement bei Rumpelstilzchen sein!
Franziska bekam einen fünfseitigen Fragebogen, den sie gewissenhaft ausfüllte. Die Beamtin nahm ihn, warf einen Blick darauf und meinte achselzuckend: »Schauspieler vermitteln wir nicht. Aber Sie könnten ja was anderes machen.«
»Ich bin nun mal gelernte Schauspielerin«, antwortete Franziska.
»Was wir brauchen sind Leute, die aufräumen«, sagte die Schreibtischgewaltige unbeeindruckt. »Als Trümmerfrau bekämen Sie umgehend Zuzug und Lebensmittelkarten.«
Franziska schwieg.
»Trümmer wegräumen und Städte aufbauen ist im Augenblick viel wichtiger als auf einer Bühne zu stehen«, fuhr die Dame fort und blickte Franziska durchdringend an. »Meinen Sie nicht auch?«
Keine Antwort.
Franziska hatte es satt, ständig über Wert und Unwert ihres Berufs diskutieren zu müssen. Erst war Krieg (»Was willst

du, auf die Theaterschule, in dieser Zeit? Als ob's nichts Wichtigeres gäbe!«), und nun sollte es wieder nicht sein! Mußte sie warten, bis das zerstörte Land entrümpelt war und die Häuser wieder standen? Na fabelhaft! Dann durfte sie vielleicht in zwanzig Jahren endlich mit gutem Gewissen auf die Bühne. Eine »Muntere und Naive« mit Vierzig. Im Rollstuhl sitzend, weil sie sich bis dahin die Beine um ein Engagement abgelaufen hatte.
»Die Kinos spielen wieder«, sagte sie nun doch. »Sind überfüllt. Zeitungen und Bücher werden gedruckt. Die Leute sind ausgehungert nach Unterhaltung, nach Kultur. Das Interimstheater hat eröffnet. Also brauchen wohl nicht alle Schauspieler Trümmer wegzuräumen.«
»Unsere Künstler vom Schauspielhaus müssen als erste untergebracht werden«, gab die Beamtin zu. »Das sehen Sie doch hoffentlich ein.«
Das war keine Frage, sondern ein Befehl. Franziska gab auf und ging.
In den nächsten Tagen trieb der Hunger sie von Behörde zu Behörde. Und immer wieder in die Jordanstraße. Die Tür blieb verschlossen. Abends spielte sie mit Annemarie: Schwarzer Peter oder Flohhüpfen mit runden, flachen Steinchen. Dafür rückte das liebe Kind mit etwas Eßbarem heraus, und wenn es nicht mehr als eine Handvoll Getreidekörner war, die Frau Dallhopp in einer Box aufbewahrte.
Eines Tages, Franziska war bereits zwei Wochen in Dresden und lebte von Dallhopps Gnaden, stand die Tür des Theaterbüros offen.
»Hallo, wo stecken Sie denn?« Direktor Steinmann begrüßte sie, als hätte er tagelang auf sie gewartet. »Kommen Sie nur herein, wir machen Vertrag.«
Ein himmlisches Wort, der schönste Satz, den Franziska in den letzten Jahren gehört hatte, wohlklingender als ein Sonett von Shakespeare. Hinter dem Schreibtisch saß eine Frau mittleren Alters und tippte.

»Frau Merkers«, stellte Steinmann vor. »Die Sekretärin unserer Sächsischen Landesbühne.«
Der legendäre Theaterdirektor Striese hätte es nicht feierlicher sagen können. Es klang nobel und war Musik in Franziskas Ohren.
Auch Harry Kühne und Toni Rosenberger waren da.
»Sehen Sie, nun kommt alles ins Lot«, Kühne nickte ihr aufmunternd zu und sie begrüßten sich wie alte Bekannte.
»Herzlich willkommen in unserem Verein«, sagte Toni Rosenberger. Er war wieder tipp-topp gewandet und sah einem seriösen Beamten ähnlicher als einem Volksschauspieler. Nur – da war so ein gewisses Lachen in den Augenwinkeln, das mochte Franziska.
In dem kleinen Büro, das aus zwei winzigen Zimmern bestand, herrschte bald Betriebsamkeit. Frau Hetzel kam hereingewirbelt. Sie war die Mütterspielerin. Blond, großbusig und drall, mindestens schon fünfzig, wenn nicht noch älter, mit rosigen Wangen und runden blauen Augen, die aussahen, als wären sie stets voller Staunen.
Die anderen kannten sich bereits, hatten sich irgendwann irgendwo getroffen, nun gab es Umarmungen und das vergnügte Warten auf Verträge.
Frau Merkers wußte nicht, wie und wo sie anfangen sollte. Es begann damit, daß keine Vordrucke vorhanden waren und sie auf einer uralten Schreibmaschine alles Erforderliche tippen mußte. Das dauerte.
Franziska stand abseits und sah dem Trubel zu. Das Gefühl, fremd und verloren und völlig überflüssig zu sein, ließ nach. Ein jüngerer Schauspieler kam herein, er hieß Peter Peukert, sah sympathisch aus, umarmte Franziska, die Steinmann ihm als Partnerin vorstellte.
»Sie gefällt mir«, sagte Peukert und küßte Franziska auf die Wangen.
»Sie gefallen mir auch«, antwortete sie, und vergaß allen Hunger und die Aufenthaltsgenehmigung, fühlte sich wie ein ver-

wirrter Vogel, der ein Nest gefunden hatte, in dem er sich wärmen konnte.

Am nächsten Tag, es war der 19. September, ging Franziska zum Polizeipräsidium, legte den Vertrag vor und wartete mit angehaltenem Atem. Der Gott hinter dem Schreibtisch warf einen Blick auf das für Franziska so kostbare Dokument, winkte eine Beamtin herbei, sprach leise mit ihr, gab ihr den Vertrag und dann nahm sich die Dame der Sache an, mit der üblichen gleichgültigen, fast angeekelten Miene. Sie musterte Franziska. Auch dieser Blick war nicht neu, Mißtrauen lag darin und Ablehnung. Galt er dem Beruf oder der Tatsache, daß hier wieder einer von jenseits der Grenze kam?
»Wir können den Vertrag nur anerkennen, wenn Sie eine Unterkunft haben«, sagte die Beamtin. »Sie müssen zum Einwohnermeldeamt.«
Franziska, an das Galoppieren durch die Stadt gewöhnt, zog los zum inzwischen vertrauten Rundgang. Diesmal mit Erfolg! Sie bekam den Wohnungsmeldeschein. Und – die Lebensmittelkarten. Mit Schwerarbeiterzulage! Offensichtlich hielt man den Beruf des Schauspielers doch nicht für völlig überflüssig, wie die Leute auf den Behörden ihr weismachen wollten. Franziska verbarg ihre freudige Überraschung hinter einer gleichmütigen Miene, wie es in den geheiligten, noch standfesten Mauern an der Tagesordnung war. Geschafft! Das alles hatte viel Kraft, Nerven, Hunger und fünfzig Pfennig gekostet. Ein halber Bogen schlechtes Papier, eine Marke, ein Stempel, eine Unterschrift.
Am Abend schrieb sie ihrer Mutter: »Ich bin ein Glückskind. Morgen fangen endlich die Proben an. Heute gehe ich ins Kino, in die ›Schauburg‹, wo Frau Dallhopp Platzanweiserin ist. Der Film heißt ›Fürst Igor‹ und kommt aus Rußland. Er soll sehr spannend sein. Ganz liebe Grüße an Papa, o Gott, hoffentlich haben wir ihn bald unversehrt wieder. Liebes Mutzili, komm recht schnell zu mir, ich habe große Sehnsucht! Einen dicken

Kuß an Tante Vicky und die kleine Mona. Ich denke immerzu an Euch, könnte ich Euch nur bei mir haben! Eure glückliche Franzi.«
Der Phönix schüttelte die Asche von den Flügeln und versuchte den ersten Flug. Zwar führte er nicht geradewegs in den Himmel, aber doch in eine Ruine hinter dem Theaterbüro. Dort war eine provisorische Bühne aufgebaut. Der zerbombte Hof wurde zum Zuschauerraum umfunktioniert. Es war dunkel wie in einer Höhle.
Sie probten das Lustspiel »Glück auf der Alm«.

Gladiolen

Direktor Steinmann hätte tatsächlich ein Zwillingsbruder des Schmierendirektors Striese sein können. Er führte Regie im Schnellverfahren.
»Ihr seid ja alte Hasen«, pflegte er zwischendurch einzuwerfen, wenn er die Schauspieler wieder mal allein agieren ließ, ohne sich einzumischen. Zu Franziska, als der Jüngsten, sagte er dann: »Und Sie als Anfängerin wollen ja wohl alles spielen, alles! Also spielen Sie nach Herzenslust, mit jugendlicher Begeisterung.«
Nur zu gern hätte Franziska eine straffe Regiehand gespürt, die sie zur Rolle führte. Ein derbes Bauernmädel sollte sie sein, hübsch und gescheit. Das war nicht nur mit Hände-in-die-Hüften-Stemmen getan, mit burschikosen Schritten und breitbeinigem Dastehen. Da mußte mehr kommen, vom Ton und überhaupt. Doch Steinmann beschränkte sich lediglich auf Anordnungen wie: »Sie kommen von rechts« oder »Hinten links ist die Tür, da gehen Sie ab.« Also bastelte Franziska sich ihre Rolle selbst zurecht, dachte an das, was sie in der Theaterschule gelernt hatte und stellte enttäuscht fest, daß die Grundausbildung nicht ausreichte. Um über die Runden zu kommen, brauchte sie eine gewisse Routine. Die aber hatte sie nicht. Woher auch?

Daß sie richtig atmen und sprechen gelernt hatte, erwies sich allerdings als sehr vorteilhaft. Die Stimme »saß«. Die ellenlangen Sprechübungen hatten sich gelohnt. »O Sonne, thronst so wolkenlos ...« oder »Ning, neng, nang, nein – nein, nein, nein...« Oder: »Es streben der Seele Gebete...« (›Denkt an das EEEEE: Lippen breit, Kopf nach vorn, Ton in die Nasenwurzel, anhalten, die E's auf eine Linie reihen, nicht wackeln, Zwerchfellatmung, Stoppuhr – nicht wackeln! Die Buchstaben auf eine Wäscheleine hängen ...‹) Jahrelanges Training. Doch eine imaginäre Wäscheleine mit Buchstaben zu bestücken ist etwas anderes als eine Rolle zu gestalten. Nicht nur einige Szenen, wie gehabt, nein: eine richtige Rolle! Und so gut wie keine Regie. An alles denken: Requisiten zurechtlegen, abgehen, ohne auf den Boden zu sehen, wie es Laien meist tun, nicht den Vorhang berühren, und wenn er zehnmal um die Ohren knallt, lässig sein und doch ganz angespannt ... verdammtes Theater, geliebtes Theater. Seid umärmelt, Ruinen.
Im neueröffneten Interimstheater hinter dem Albertplatz hatte das ehemalige Staatstheater eine Bleibe gefunden. Dort traten sie nun alle auf, die Schauspieler von Format. Erich Ponto, Antonia Dietrich und viele andere. Eröffnungsvorstellung: »Nathan der Weise«. Franziska ergatterte eine Karte und ging hinein, nicht nur um zu sehen, wie gutes Theater gespielt werden konnte. Sie war ausgehungert danach.
Das Haus war eine Notlösung. Ein improvisierter Theatersaal, dem die Armut der Zeit anzusehen war. Keine rotsamtenen Polstersessel, kein Stuck, nur ein kahler Saal mit harten, unbequemen Holzstühlen. Doch es war wenigstens keine Ruine. Erich Ponto als Nathan. Völlig unerheblich, in welcher Umgebung er spielte, nur das Wort war wichtig.
Am Anfang war das Wort – nicht die Ausstattung eines Theaters.

> »Vor grauen Jahren lebt' ein Mann im Osten,
> der einen Ring von unschätzbarem Wert
> besaß. Der Stein war ein Opal ...«

Es klang ganz einfach. Ponto beherrschte die Kunst des Weglassens. Wenn er eine Pause im Satz machte, hielt er die Spannung. Darauf kam es an: Spannung halten in den Sprechpausen!
Der Vorhang fiel, das nach Kunst süchtige Publikum applaudierte begeistert und Franziska hatte Tränen in den Augen. Die Recha spielen, Nathans Tochter, hier an diesem kahlen, wundervollen Theater! Sollte sie es riskieren und Ponto rundheraus fragen, ob sie ihm vorsprechen dürfe? Dem Mutigen gehört die Welt, pflegte der Vater zu sagen. Freilich, er meinte eine andere Art von Mut, als Franziska ihn bewies. Einen »Heute gehört uns Deutschland und morgen die ganze Welt«-Mut. Ein schlechter Mut, ein feiger Mut, ein Großmaulmut. Was Franziska praktizierte, war eher so was wie Zivilcourage, vielleicht. War sie nicht mit der Frage »vorsprechen zu dürfen« zu Deggarter gegangen, damals, als die Tanzstundengesellschaft im Teplitzer Theatercafé saß und er, der Oberspielleiter, im angrenzenden Speisesaal mit seinen Kollegen dinierte? Mit hochrotem Kopf und weichen Knien stand sie an seinem Tisch, eingehend fixiert, gutmütig belächelt. Doch sie stellte die Frage, vor allen! Wenn das kein Mut war. Und er? Nun, er hatte sie als Schülerin angenommen und für die Eignungsprüfung vorbereitet. So fing es an.
Auch diesmal faßte sich Franziska ein Herz und ging zum Bühneneingang. Warten auf Ponto. Sie erinnerte sich an die Zeit, als sie mit Kumpel Gerti den Schauspielern aufgelauert hatte, um sie um ein Autogramm zu bitten. Was für ein pubertäres Verhalten! Sie war längst nicht mehr vierzehn Jahre alt und auch nicht mehr sechzehn, wie seinerzeit im Theatercafé. Ihr wurde klar, daß es sinnlos war, sich auf diese Weise vorzustellen, ohne hilfreiche Empfehlung. Außerdem: Wenn schon eine Anfängerin in das bewährte Ensemble aufgenommen werden sollte, dann eine aus der Dresdener Theaterakademie. Nein, wirklich: dies war kein günstiger Augenblick für Zivilcourage. Sie gab auf und ging zurück in die Lärchenstraße.

Die Premiere von »Glück auf der Alm« fand auf dem »Weißen Hirschen« statt. Weithin sichtbar thronte der »Luisenhof« auf der Loschwitzer Höhe, schäbig geworden, doch unzerstört. Einmal, zu Pfingsten, hatten sie hier oben Kaffee getrunken, auch Dascha war dabei. Auf der Terrasse standen zierliche Tische unter bunten Sonnenschirmen. Unter ihnen dehnte sich die Stadt und die Elbe funkelte im Sonnenlicht. Als der Kuchen serviert wurde, marschierte plötzlich ein Heer Ameisen über die Tischplatte, so wild entschlossen, als hätte einer zum Angriff geblasen. Dascha wedelte mit den Händen und machte entrüstet »ksch, ksch!«, was die militärisch formierten Insekten nicht störte. »Glaubst du denn, daß die Viecher dadurch erschrecken und abziehen?« Franziska und die Mutter lachten um die Wette. Sie wechselten den Tisch, aber sie zogen Dascha noch lange mit seinem mißglückten Abwehrmanöver auf.
Die Terrasse war zwar noch vorhanden, doch standen weder Tische, Stühle, noch Sonnenschirme darauf. Zu bewirten gab es nichts mehr.
»Schön, der frühe Herbst, nicht?« Toni Rosenberger war neben sie getreten.
»Ja«, Franziska sah hinauf in die Baumkronen. Bunt leuchtete das Laub. Wie oft hatte sie sich gewünscht, den Herbst in dieser zauberhaften Stadt zu erleben, er war ihre Lieblingsjahreszeit. Und jetzt? Türme wie gekappte Masten, das dürre Stahlgerippe der Dächer und stundenweite Wüste.
Aber hier oben – ein Rausch von spätem Sommer und frühem Herbst. Die Sonne vergoldete das Laub und die Natur war prächtig. Die konnten die Menschen nicht zerstören. Noch nicht.
Rosenberger betrachtete nicht die Bäume, nicht die Reste der Stadt, er sah nur Franziska an. Seine Nähe tat ihr gut. Nestwärme ging von ihm aus. Sie duldete, daß er den Arm um sie legte. So standen sie beide versunken in den Anblick, der sich ihnen bot.
»Wo waren Sie, als es passierte?« fragte Franziska. Wieder kam

er ihr vor, wie jemand aus einer heilen Welt, fein angezogen, säuberlich gekämmt und sehr gepflegt.
»Ich wohne ziemlich außerhalb«, antwortete er. »Zum Glück haben die Außenbezirke nicht viel abbekommen. Aber in der Innenstadt war die Hölle los.«
»Wir haben es bis nach Teplitz gehört«, sagte Franziska. »Auch den Feuerschein haben wir gesehen, lange, hinter dem Erzgebirge stand eine rote Wand, Tag und Nacht.«
Sie schwiegen. Die untergehende Sonne spiegelte sich in der Elbe und beleuchtete Loschwitz. Dort stand auch das unversehrt gebliebene Schillerhäuschen. Vor zwei Jahren hatten sie es besichtigt, waren am Elbufer entlanggeschlendert, die Mutter und sie. »Hier müßte man wohnen!« hatte Maria Buresch geseufzt und neidvolle Augen gemacht. Franziska mußte trösten: »Teplitz ist doch auch sehr schön!« – Ach ja, Teplitz-Schönau war eine bekannte Kurstadt gewesen, die älteste Böhmens, nicht so prächtig wie Karlsbad, doch ebenso gern besucht von den Großen der Welt. Eine Stadt der Musik, des Theaters, der Literatur. Die Stadt, in der Franziska geboren und aufgewachsen war.
Rosenberger betrachtete sie nachdenklich, mit seinem sanften, väterlichen Blick. »Sie sind ein so vergnügter Kerl«, stellte er fest und ließ einen gemäßigten Egerländer Dialekt durchhören, der gemütlich klang. »Aber oft sind Sie traurig. Dann denke ich, Sie haben vielleicht Sehnsucht nach Ihrem Schatz.«
»Aber nein«, sie lachte. »Einen Schatz gibt es nicht. Ich mache mir Sorgen um meine Eltern. Sie sind noch drüben. Mein Vater ist in Haft. Wir wissen nicht, wann und ob er überhaupt freigelassen wird. Ich komme mir recht albern vor, weil ich seit Jahren nichts anderes möchte als Theater spielen.«
»Das ist was sehr Wichtiges«, Rosenberger ließ ihre Schultern los und wurde ernst. »Das Theater hat alle Katastrophen der Weltgeschichte überstanden. Trotz Krieg, Pest und Cholera rollte der Thespiskarren mit den Komödianten durch alle Länder der Welt. Lache, Bajazzo – das gilt immer. Es stirbt sich wohl leichter mit dem Schminktopf.«

Franziska antwortete lange nicht. »Die Vergangenheit –«, sie mußte sich räuspern, »die Vergangenheit kann man nicht schminken. Und doch ...«
»Und doch?«
»Wenn ich an die durchlebte Zeit zurückdenke, kann es sein, daß ich lächeln muß, wie jemand, der eine uralte Erinnerung zurückholt. Ich bin, glaube ich, tausend Jahre alt.«
»Ach was«, er legte wieder die Hand auf ihre Schulter und rüttelte sie ein wenig. »Sie sind noch so jung. Nur haben Sie eben mehr erlebt, als drei Generationen zusammen. Und das in einer Zeit, in der Sie spielen sollten. Egal, ob mit Puppen, Bällen oder auf dem Theater.«
»Dann sollte ich es schleunigst nachholen«, sie lächelte ihm zu und warf einen letzten Blick auf die Trümmer der Stadt. Der Abend senkte sich darüber wie ein barmherziges, dunkles Tuch. »Bald beginnt die Vorstellung. Ich geh' mich schminken.«

Die Garderobe glich einer Abstellkammer, alles drängte sich um den großen, fast blinden Spiegel. Die Schauspieler schminkten sich. Die Damen »klunkerten«. Das bedeutete: den weichen, wachsartigen Augenbrauenstift über eine Flamme halten und die Paste schmelzen lassen, bis sie zu tröpfeln begann. Dann – auf die Wimpern damit. Das gab schöne, dicke Klumpen, die im Scheinwerferlicht die Augen umrandeten und sie rassig aussehen ließen.
Franziska befeuchtete ein Stück Seife und schmierte sie über ihre dunklen, energischen Augenbrauen, solange, bis nichts mehr davon zu sehen war. Sie überpuderte alles und zog mit gespitztem Stift zwei Halbkreise.
»Meine liebe Amelie«, sagte Peter Peukert, der sie mit dem Namen ihrer Rolle ansprach, »ich bin sehr froh, daß du meine Partnerin bist und wir uns, leider nur im Stück, heiraten. Aber eines muß ich dir sagen: du schminkst deine Brauen unmöglich.«
»Lieber Xaver«, Franziska beugte sich zum Spiegel, um besser sehen zu können. Ihre angeborene Kurzsichtigkeit erlaubte nur

geringen Abstand. »Du wirst mich mit diesen Augenbrauen heiraten oder es lassen.«
»Lassen geht nicht«, mischte sich Frau Hetzel ein und trug eine dicke Schicht Rouge auf ihre runden, ohnehin blühenden Wangen. »Dann müßten wir das Stück ändern. Wenn sich das junge Paar nicht kriegt, brauchen wir gar nicht erst zu spielen.«
»Sie soll sich andere Brauen schminken«, sagte Peukert störrisch.
»Das mach' ich, wie ich will!«
»Wenn ihr euch nicht vertragt, verpetze ich euch beim Direktor«, drohte Frau Hetzel, doch sie lachte dabei.
»Bitte, Amelie, andere Brauen«, flehte Peukert und ging vor ihr dramatisch in die Knie. »Ich möchte eine hübsche Braut haben.«
Franziska betrachtete sich kritisch im Spiegel. Sie dachte nach. Die Brauen waren ein Relikt aus der Zeit der Theaterschule. Hannes König, der Maskenbildner, hatte ihr geraten – nein, befohlen! –, die an der Nasenwurzel zusammengewachsenen Brauen zu überschminken und mit abenteuerlichem Schwung zu übermalen. Dadurch bekam ihr Gesicht etwas Eulenhaftes. – Selbstvergessen starrte Franziska sich an. Die Theaterschule lag nicht länger als fünfzehn Monate zurück. Wieder kam es ihr vor, als wären tausend Jahre vergangen. Begrabene Hoffnungen unter Schutt und Asche.
Hannes König war allerdings keine Hoffnung für sie gewesen, nur ein Mann, den sie im letzten Augenblick, vor Schulzeitschluß, dazu ausersehen hatte, den Zustand ihrer neunzehnjährigen Jungfräulichkeit zu beenden. Fast war es ein Opfer gewesen. Doch sie hatte es für die Kunst getan. Schuld war Traude, die Studienfreundin. »Wenn du jemals das Gretchen spielen willst, mußt du wenigstens einmal einen Mann geliebt haben!« Also steigerte Franziska sich in eine wilde Verliebtheit hinein, bis es passierte: nachts, im Sanitätsraum des Aussiger Stadttheaters. Geblieben daran war weder eine beglückende Erinne-

rung, noch ein Seufzer. Geblieben waren nur diese unmöglichen Augenbrauen.
Übrigens war das Opfer umsonst gewesen, das Gretchen hatte sie bisher noch nicht gespielt. Doch vielleicht lag es am Krieg.

»Meine Ruh ist hin,
mein Herz ist schwer,
ich finde sie nimmer und nimmermehr ...«

»Haben Sie Lampenfieber?« Frau Hetzels Stimme riß sie aus ihren Gedanken. »In der Gaststätte vorn gibt's Brühe mit Ei. Soll ich Ihnen eine bringen lassen?«
»Bitte ja«, nun stand Franziska wieder mit beiden Beinen in der Gegenwart. Etwas zu essen war besser als eine verdorrte Erinnerung!
Franziska tauchte den Lappen in die Blechdose mit Leichner's Abschminke (weißes, dickes Fett, sah aus wie Schmierseife), wischte die Brauen ab und zog sie so nach, wie sie waren.
Toni Rosenberger sah ihr andächtig zu.
»So ist es hübsch«, sagte er, unterstützt von Peukerts Beifall.
»Danke«, Franziska übersah den Partner und hatte nur ein Lächeln für Rosenberger. Es fiel ihr leicht, ihm zuzunicken wie einem alten Bekannten. Sie mochte alles an ihm: seine wohlerzogene Zurückhaltung, sein einfaches Gemüt, ohne Lust heftig zu reden oder zu diskutieren, wie sie es bisher von ihren Freunden gewohnt war. Rosenberger strahlte besonnene Reife aus.
Wenn sie das Heimweh überfiel oder die Sehnsucht nach ihrer Mutter, die Angst um den Vater und das Mitleid mit ihm, all die Qual der Enttäuschungen der letzten Zeit, dann dachte sie ganz schnell an Toni Rosenberger. Und Ruhe kam über sie.
In seinen dunkelblauen, sanften Augen leuchtete väterliche Güte, die Franziska neugierig machte. Sie sah ihn an, länger als sie wollte.
Er spielte den Knecht Korbinian, Frau Hetzels Schatz. Die zwei waren als komisches Pärchen gedacht. »Da gehst her, Korbinian!« Darauf er, zitternd: »Bin ja schon da, mein Herzl.«
Und dann – Frau Mühl!

Achtzig Jahre alt. Sie gehörte einer Generation von Schauspielern an, die für Franziska Legende war. Namen, die sie in der Theaterschule gelernt hatten. Josef Kainz zum Beispiel. Rosa Mühl war mit ihm aufgetreten, damals in Wien. Das mußte fünfzig Jahre oder länger her sein, denn Kainz war 1910 gestorben. Frau Mühl selbst war das verkörperte Theater. Sie erwachte erst zu vollem Leben, wenn sie auf der Bühne stand. Dann war sie »da«, agierte und strahlte aus. Nur den Text konnte sie nicht recht behalten, sie hatte »Hänger«, das forderte die anderen auf der Szene zum Improvisieren heraus. Frau Hetzel und Rosenberger, die früher schon mit ihr gespielt hatten, warnten Franziska: »Sie müssen geistesgegenwärtig sein!« Das hatten sie in der Theaterschule nicht gelernt. Franziska hoffte, daß die Geistesgegenwart sie nicht im Stich ließ.
»Ich bin ja noch Lehrling«, hatte sie etwas verzagt gesagt. Die Älteren trösteten sie. Lehrlinge waren sie schließlich alle mal gewesen. »An der Schmiere lernt man Routine«, versicherte Frau Hetzel. »Ans Staatstheater können Sie dann immer noch.«
Na, hoffentlich!
Harry Kühne, der nicht im Stück beschäftigt war, kümmerte sich um den Aufbau der Dekoration. Die anderen halfen sowie sie mit Anziehen und Schminken fertig waren.
Franziska ließ sich Zeit. Sie drehte sich vor dem Spiegel. Ihr gefiel die Bauerntracht, die weiße vergilbte Bluse, der derbe, weite Rock mit der schillernden Schürze darüber. Alles aus Steinmanns Fundus, der den Bombenangriff überlebt hatte, was man von den wertvollen Kunstschätzen leider nicht behaupten konnte. Vielleicht hätte man sie seinen bewährten Händen anvertrauen sollen, bestimmt wäre es ihm möglich gewesen, ein sicheres Versteck für sie zu finden. Franziska lachte, als ihr der Gedanke durch den Kopf ging. Zwei Zöpfe hatte sie sich angesteckt. So wie sie aussah, hätte sie auch das Gretchen spielen können.
Doch nun war sie Amelie, die reiche Bauerntochter.

Steinmann erschien mit der Kippe im Mund und verkündete, daß der Saal voll besetzt sei und die Vorstellung in genau zehn Minuten beginnen könne.
Das letzte Mal, als Franziska auf der Bühne im Scheinwerferlicht gestanden hatte, war sie Käthchen von Heilbronn gewesen. Abschlußprüfung. Im Zuschauerraum die Kommission der Reichstheaterkammer.

»Mein hoher Herr – da fragst du mich zuviel.
Und läg ich so, wie ich vor dir jetzt liege,
vor meinem eigenen Bewußtsein da,
auf einem goldnen Richtstuhl laß es thronen
und alle Schrecken des Gewissens ihm
in Flammenrüstungen zur Seite stehen,
so spräche jeglicher Gedanke noch
auf das, was du gefragt: ich weiß es nicht.«

Sie war gut gewesen in der Rolle, in den Szenen, die sie vorspielen mußte. Auch die Lehrer waren von ihrer Begabung überzeugt gewesen: Dr. Groß, der Intendant. Der Oberspielleiter Fritz Rohrbeck, den sie glühend verehrte und der doch bereits vergeben war. »Begabtes Mädchen«, hatte er gesagt, nachdem sie einen Monolog beendet hatte, »du wirst dich freischwimmen, mitten auf die Bühne eines großen Theaters!«
Nun also spielte das begabte Mädchen eine Bauerntochter in einem unbekannten Volksstück, in einem brüchigen Theatersaal auf dem Weißen Hirschen.
Klingelzeichen, auf die Bühne. Harry Kühne hielt die Schnur des Vorhangs einsatzbereit in der Hand.
»Toi, toi, toi«, Rosenberger spuckte ihr symbolisch auf die Schulter. Sie legte kurz den Kopf an seine Brust und atmete tief durch.
Der Vorhang ging auf, das Stück begann. Auf die Bühne kommen, ganz Amelie sein, sehr verliebt in Xaver, Text sprechen und hören, wie die Leute lachen.
Welch ein Gefühl!
Während Franziska spielte, merkte sie, daß sie sich immer mehr

von dem entfernte, was sie war. Es gab kein anderes Schicksal als das des jungen Bauernmädchens und ihrer störrischen Großmutter, die übrigens keineswegs den Text vergaß. Frau Mühl spielte energisch und fehlerlos, vielleicht ein wenig zu routiniert.

Zwei Stunden gingen vorüber wie im Flug. Das Ensemble faßte sich an den Händen und verbeugte sich vor dem Vorhang. Viel Beifall. Jemand kam auf die Bühne, im Arm einen Strauß langstieliger Gladiolen. Korallenfarben. Die Blumen bekam Franziska. Peukert schob sie einen Schritt vor, damit sie den Applaus in Empfang nehmen konnte. So oft geträumt, so oft ersehnt – endlich wahr. Doch plötzlich überkam sie ein Gefühl der Peinlichkeit. Wieso dankten ihr die Leute, für die sie hatte spielen dürfen? Sie war es, die zu danken hatte! Ganz tief verbeugte sie sich, drehte sich um und verließ fluchtartig die Bühne.

»Was ist denn?« rief Frau Hetzel enttäuscht in der Garderobe. »Wir hätten noch mindestens drei Vorhänge haben können! Das Publikum will in erster Linie die hübsche, junge Amelie sehen, nicht uns alte Leute.«

»Und was ist, bitte schön, mit mir?« Peter Peukert stemmte in gespielter Empörung die Hände in die Hüften. »Bin ich denn gar nichts?«

»Du bist der Schönste«, gab Frau Hetzel zurück und warf ihm eine Kußhand zu. Er gab sie zurück. Überhaupt verstanden sich alle prächtig miteinander, duzten sich auch. Nur Franziska stand etwas außerhalb. Die Schüchternheit ihrer frühen Jahre hatte sie überfallen, vorbei war das Selbstbewußtsein. Ihr ging es wie einer Liebenden, die sich lange Zeit nach dem Geliebten gesehnt hatte und nun, da der Traum sich erfüllte, zu kraftlos war, um glücklich zu sein.

»Warum heulst du denn?« Peukert war der einzige, mit dem sie sich duzte.

Jetzt erst merkte sie, daß ihr die naßgewordenen Klunkern von den Wimpern über die Wangen liefen, sie sah aus wie ein weinender Clown.

Auch die anderen sahen sie an. Harry Kühne schüttelte den Kopf. Er sagte: »So was! Spielt wie besessen, rennt von der Bühne und fängt wie ein Schloßhund zu heulen an. Also wirklich, ich habe ja schon manches gesehen ...«
»Die jungen Leute heutzutage sind total überdreht«, das kam von Frau Mühl, die in ihrer Ecke das Gesicht mit Fett abschrubbte. »Ich weiß nicht, was los ist mit der Zeit.«
»Es ist nur ...« Franziska nestelte die Zöpfe von ihrem Kopf. Sie wollte sagen: »Es ist wundervoll, endlich auf einer Bühne stehen zu dürfen, das Publikum hat gelacht und applaudiert, ich bin außer mir vor Glück, alles, was ich erlebt habe, ist wichtig gewesen – für diese Stunde!« Doch als sie sah, daß die anderen ganz selbstverständlich ihren Beschäftigungen nachgingen und keine Erklärung von ihr erwarteten, bemühte sie sich um eine gleichgültige Miene. Sie mußte sich eben daran gewöhnen, daß die Zeit der Emotionen endgültig vorüber war. »Die Blumen ...«
Der Strauß lag neben der Schminke und vielem Gerümpel in dem trostlosen Raum, wie ein Gruß aus einer anderen, frohen Welt.
Trümmer überall. Aber sie hatte die ersten Blumen auf der Bühne überreicht bekommen.
Von wem?
Rosenberger schaute sie an. Mit einer kleinen, fragenden Bewegung zeigte sie auf die Gladiolen. Er nickte kaum merklich. Da mußte sie sich wieder schnell abwenden, weil die Tränen hochkamen.

Nach der Vorstellung konnten sie nicht mehr zurück in die Stadt. Die Talbahn fuhr erst wieder am nächsten Morgen. Eine andere Möglichkeit gab es nicht. – Die Männer bauten die Bühne ab, verpackten die Requisiten, die Frauen falteten die Kostüme und legten sie in die dafür vorgesehenen Kisten.
Direktor Steinmann kam mit der Kasse. Er hatte die unvermeidliche Kippe im Mundwinkel und grinste.
»Es gibt Geld«, verkündete er.

Redlich wurde geteilt. Außerdem bekam jeder eine Adresse von Leuten aus dem Publikum, wo die Darsteller übernachten konnten.

Franziska wurde von einem Ehepaar erwartet, das sie freundlich empfing. »Sie schlafen bei der Oma«, sagte die Frau. »Es ist nicht weit.«

Ehe sie sich den beiden anschloß, drehte sie sich noch einmal um. Rosenberger stand in einer Gruppe von Leuten, die sich seiner angenommen hatten. Eine Frau schäkerte mit ihm, hängte sich ein und tat sehr vertraut. Das war ihm wohl nicht sehr angenehm, er löste sich von ihr und ging auf Franziska zu.

»Danke für die Blumen«, sie gab ihm die Hand und wich einen Schritt zurück, weil sein Gesicht sehr nahe war. »Ich habe noch nie welche auf die Bühne bekommen.«

»Es werden nicht die letzten sein«, antwortete er und drückte ihr fest die Hand.

Etwas später lag sie in einer winzigen Küche der Oma des Paares, das sie bei ihr abgeliefert hatte. Sie kuschelte sich unter ein dickes Deckbett auf dem Sofa. Das trübe Licht einer Straßenlaterne fiel herein und beleuchtete die korallenroten Gladiolen.

»O Gott«, Franziska seufzte. Sie wäre nicht glücklicher gewesen, wenn sie an diesem Abend am Burgtheater gespielt und in einem der vornehmsten Hotels übernachtet hätte. Glück – was ist das? Ein gelungener Theaterabend und ein Strauß Gladiolen auf dem Küchentisch. Sie streckte die Hand aus und berührte ein Blütenblatt. Es war kühl und fühlte sich an wie Seide.

Eine alte Standuhr tickte laut und holte zum Schlagen aus. Es klang wie ein Erdbeben.

Großenhain

»Was der alte Steinmann verspricht, das hält er auch«, der Direktor hatte das Ensemble zusammengetrommelt und spazierte auf dem Ruinengrundstück herum wie ein Fürst, der seine Ländereien zeigt. »Hier werden wir also proben. Doch für die Premiere kriegen wir ein Theater, ein richtiges Haus mit Bühne, Zuschauerraum, Schnürboden, und allem Drum und Dran.«

»Mach's nicht so spannend, Direktor«, Harry Kühne, der älteste der Schauspieler, konnte sich eine gewisse Respektlosigkeit leisten. »Was werden wir proben, welche Premiere soll ...«

Steinmann hob gebieterisch die Hand. »Abwarten!« Wenn er das Sächseln aufgab und feierliches Bühnendeutsch sprach, wurde die Lage ernst. Er blickte Franziska scharf an. »Hatte ich Ihnen nicht das Annchen versprochen?«

»Ja, aber ja«, sie nickte atemlos. Seit sie ihn in der Trümmerwüste vor dem Alberttheater getroffen hatte, war er nicht auf das Stück »Jugend« zu sprechen gekommen. Auch wollte sie sich nicht nach dem Spielplan erkundigen, denn alle wußten, daß Steinmann ziemlich spontan entschied, wie es sich eben ergab. Das Publikum wollte Possen sehen, viel Lachen und sich amüsieren, doch nach und nach wurde auch Tragisches verlangt. Sogar die Geschichten in den Zeitungen schüttelten Staub und Asche ab, und erlaubten sich kokette Sentimentalität. Erstaunlicherweise nahmen die Menschen wieder teil an fiktivem Schmerz, obwohl sie selbst so viel echten erlebt hatten. Oder vielleicht gerade darum.

»Also gut, Sie werden das Annchen spielen«, Steinmann winkte der bereitstehenden guten Seele, Frau Merkers, und ließ sie die Textbücher verteilen. Die sahen ziemlich abgegriffen aus, mit Strichen und Randbemerkungen gespickt, als hätten sie schon Generationen von »Jugend« überstanden. Dann gab der Direktor die Besetzung kund: Rosenberger als fanatischer Kaplan

Schigorski, Peukert als der geisteskranke Amandus; Annchens Halbbruder, Harry Kühne als Pfarrer Hoppe und ... hier stockte Steinmann.
»Und Hans?« rief Franziska. »Wer soll mein Hans-chen spielen?«
Verlegen zupfte sich Steinmann am Ohrläppchen, breitete ratlos die Arme aus und antwortete: »Wir haben keinen.«
»Was?«
Steinmann hob beschwichtigend die Hände, weil ein Aufruhr loszubrechen drohte.
»Nur die Ruhe, meine Kinder! Seht mal – ihr kennt doch das Stück. Der Hans Hartwig ist ein junger Student, achtzehn Jahre alt. Lest mal im Textbuch nach«, er klappte seines auf und zitierte: »Hans ist blond, mittelgroß, schlank, sehr beweglich, mit Ansätzen von Nervosität und so weiter. Könnt ihr mir sagen, wo ich einen jungen Schauspieler hernehmen soll, der dieser Beschreibung entspricht? Entweder sie waren im Krieg, dann sind sie versaut und ganz bestimmt nicht das, was Max Halbe unter einem Hans Hartwig versteht. Oder sie sind zu alt. Oder blutige Laien, weil sie bisher keine Gelegenheit hatten, sich ausbilden zu lassen. Aber ich verspreche euch, ich werde mich nach einem geeigneten Darsteller umsehen. Ganze Legionen von Hans Hartwigs werden hier aufmarschieren!«
»Wie ich dich kenne«, sagte Harry Kühne, »machst du das auch wahr!«
»Da kannst du Gift drauf nehmen, falls du welches hast«, Steinmann trat zu Franziska, tätschelte ihr die Wange und sagte in seinem schönsten Sächsisch: »Nu mach mal nich so'n Gesicht, meine Tleene! Nen Hans finden wir schon noch für dich – keene Bange nich!« Mit großer Geste an alle und im feierlichsten Bühnenton: »Bis dahin habt ihr erst mal drei Tage frei!« Gemächlich holte er eine dicke Zigarre aus der Tasche, steckte sie in Brand, zog daran und grinste in die Runde.
»Oooo«, machten die Schauspieler und applaudierten.

Er schritt davon wie ein König, in Wolken von Rauch gehüllt. Es ging aufwärts mit dem Theater.

»Franzerl«, jemand berührte ihre Schulter, so leicht, als hätte sich ein Vogel darauf niedergelassen. Franzerl? So hatte sie die Großmutter genannt, und Frieda mit dem Buckel, die stocktaub war und statt einer Nase einen unförmigen Fleischklumpen im Gesicht trug. Frieda, die große Liebe ihrer Kindheit. Die verleugnete Schwester ihrer Mutter: »Franzerl, mein Franzerl!«
Sie drehte sich um. Vor ihr stand Rosenberger und lächelte lieb.
»Ich wollte Sie nicht erschrecken!«
»Haben Sie gar nicht«, sie wurde etwas rot, kam sich albern vor, irgendwann mußte sie das Rotwerden in den Griff kriegen, es war idiotisch. »Es ist nur – weil Sie mich so nennen.«
»Darf ich?«
Sie nickte.
»Meine Großmutter war aus Saaz, wenn sie mich ›Franzerl‹ nannte, hat es genauso geklungen wie bei Ihnen.«
Auch er war verlegen, suchte nach Worten, fragte schließlich ohne Übergang: »Möchten Sie Kartoffeln?«
»Kartoffeln?« Lieber Himmel, aber gern, nur – woher nehmen?
»Wir könnten nach Großenhain fahren«, sagte Rosenberger, ohne ihre Antwort abzuwarten. »Dort kenne ich Leute, die Beziehungen haben. Morgen früh? Neustädter Bahnhof? Und bringen Sie sich was zum Übernachten mit.«

Sie sah ihn schon stehen, während sie den Bahnhofsvorplatz überquerte. Er empfing sie freudestrahlend, mit Taschen und Rucksack, alles noch leer. »Und Sie?« fragte er. »Worin wollen Sie die Kartoffeln nach Hause tragen?« Als er ihr verstörtes Gesicht sah, winkte er lachend ab. »Kein Weltuntergang, Franzerl! Ich werde das organisieren.«
Franziska genoß es, daß jemand da war, der für sie sorgte. In praktischen Dingen fehlte ihr die Übung. Oft vergaß oder verlor sie irgendwas, schusselig und immer zuviel Dampf drauf.

Der Personenzug fuhr ein. Was für ein Anblick! Die Trittbretter waren mit Gestalten besät, auf den Wagendächern hockten, dicht aneinandergepreßt, nicht weniger Fahrgäste als in den Abteilen. Die Leute saßen, hingen, standen, klammerten sich an, dachten nur an das, was sie hamstern wollten.
»Wie sollen wir denn das bloß ...«
»Ich mach' das schon!«
Rosenberger redete eine Weile mit dem Schaffner, der schüttelte den Kopf, mußte lachen, nickte schließlich und dann durften sie ins Dienstabteil steigen. Dort saßen sie wie zwei Luxusreisende in friedlicher Zeit und schauten zum Fenster hinaus.
»Sie kriegen wohl alles fertig, was?« zog Franziska ihn auf.
»Alles nicht«, antwortete er. »Aber doch so manches.«
In Großenhain war nichts kaputt, jedenfalls nicht da, wo Rosenbergers Bekannte wohnten. Franziska stellte sich eine solide Familie vor, mit Landwirtschaft, Kindern und einer lieben, ein bißchen schwerhörigen Oma. Darum überraschte es sie, als sie zu einem hübschen kleinen Haus in einer sauberen Siedlung kamen und eine flotte junge Frau ihn mit einem Jubelruf empfing.
»Toni, du alter Schlawiner!«
»Rosa, mein Mäuschen!«
Eine Szene wie im Volksstück. Rosa war hübsch und rundlich und ihr Sächseln klang gar lieblich. Der Blick, mit dem sie Franziska zur Kenntnis nahm, sagte alles.
»Wen hast du denn da mitgebracht?«
»Eine junge Kollegin«, Rosenberger machte die beiden miteinander bekannt. »Sei lieb zu ihr, Rosalein, sie ist eine Landsmännin von mir.«
»Angenehm«, schwindelte Franziska und dachte, daß es wohl besser gewesen wäre, nicht mitzukommen. Dann erschienen noch zwei weitere junge Frauen: Irmi und Hildegard, Rosas Schwestern. Sie waren nur wegen Toni gekommen. Da war was los! Schnaps gab es und Brote und viel Gelächter. Toni prostete Franziska zu, auch sie hatte schon einen in der Krone, war müde und wollte ins Bett.

»Kommen Sie, ich zeig's Ihnen«, Rosa brachte sie auf ein Zimmer mit Doppelbett. »Ich habe nur das eine Zimmer«, meinte die Gastgeberin, die sich freute, daß Franziska vorerst aus dem Weg geräumt war. »Ihr müßt sehen, wie ihr damit klarkommt. Na, der Toni feiert ja noch mit uns – gute Nacht.«
Vom Erdgeschoß herauf schallte Gläserklingen, Gekicher, Tonis Stimme, Kreischen der Damen. »Prost Mahlzeit!«, dachte Franziska »da bin ich ja in ein Wespennest geraten!« Sie kuschelte sich in das frischbezogene, duftende Bett. Darin lag es sich anders als auf Frau Dallhopps altem Küchensofa. Keine Freude dieser Welt konnte größer sein, als der Schlaf in einem solchen Bett, nach diesen Abenteuern!
»Franzerl«, es war schon fast Morgen, als ihr eine Schnapsfahne um die Nase wehte. Die Nachttischlampe brannte, mattes Dämmerlicht kam durch die Vorhänge. Ganz nahe die dunkelblauen Augen Rosenbergers. Er hatte einen Schlafanzug an, das registrierte Franziska trotz der Verschlafenheit, denn es war das erste Mal, daß sie ihn ohne Krawatte sah. Hätte ja auch nicht gepaßt, weder zum Schlafanzug noch zur Situation.
»Schläfst du schon?«
Nun duzte er sie auch noch!
»Jetzt nicht mehr«, sie wandte den Kopf ab. »Scheußlich, Sie stinken nach Schnaps! Bitte, gehen Sie weg.«
»Wo soll ich denn hin?« Er machte ein fassungsloses Gesicht. »Rosa hat doch nur das eine Zimmer für die Gäste.«
»Warum legen Sie sich nicht zu Rosa ins Bett?« fragte Franziska, ohne anzüglich sein zu wollen. »Das kennen Sie doch bestimmt schon.«
Er widersprach nicht, lächelte geschmeichelt.
»Sie ist sehr allein«, sagte er aufseufzend, streckte sich in gemessenem Abstand neben Franziska aus und sprach die Zimmerdecke an. »Ihr Mann ist noch nicht vom Krieg zurück, genau wie die Männer von Irmi und Hildegard. Die armen Mädchen kommen um vor Sorge.«

»Man konnte es bis hier herauf hören«, warf Franziska nun doch etwas spitz ein, denn sie wollte gern weiterschlafen.
Rosenberger merkte nicht die Ironie. Er seufzte und sagte leise: »Ach, Franzerl, ich mag dich so gern!« Und schlief auf der Stelle ein.
Zum Frühstück gab es echten Bohnenkaffee. Und Schinkenbrötchen. Und frische Eier. Die Hölle hatte Pause. Das Paradies breitete sich aus und darin waltete Rosa. Sie zeigte keine besondere Eifersucht mehr auf Franziska. Es schien ihr sogar ganz angenehm, mit Toni nicht allein zu sein – wegen der Nachbarn. Ein wenig durchschaute Franziska das Spiel. Ein im Krieg viel gesungenes Lied fiel ihr ein. Sie summte es vor sich hin: »Tapfere kleine Soldatenfrau ...« Ganz hübsche Melodie. Keiner hörte hin. Toni war damit beschäftigt, ihr Kaffee nachzugießen und ließ sich wiederum von Rosa bedienen. Eine hübsche Dreiergemeinschaft. Jeder war zufrieden. Dann meinte Rosa: so, nun könnten sie gehen, Kartoffeln holen.
»Wohin denn?« fragte Franziska.
»Vom alten Krähwinkel«, Toni blinzelte ihr zu. »Das ist ein Bauer ganz in der Nähe, der hat Beziehungen und kümmert sich darum. Am besten, du bleibst hier. Ich mach' das schon mit Rosa.«
Das war Franziska nur recht. Nicht so ganz recht war es ihr, daß Rosenberger beim Du blieb, doch immerhin handelte es sich um einen Kollegen. Auch sie duzte ihn. Außerdem hatten sie in einem Bett geschlafen! Kein Mensch würde glauben, daß sie lediglich nebeneinander gelegen hatten wie die Bücklinge in Spankistchen – als es noch welche gab.
»Sie können sich ja in den Garten setzen«, schlug Rosa vor. »Wir sind bald wieder zurück.«
Sie zogen ab. In einem wackeligen Liegestuhl sonnte sich Franziska und ließ sich vom Wind streicheln. Ein Pflaumenbaum spendete Schatten, die Blätter rauschten wie im tiefsten Frieden. Wie lange war es her, daß sie entspannt in der Sonne gelegen hatte, auf einer Wiese, im Mittelgebirge vielleicht, an der

Elbe unter blühenden Bäumen, und ringsum Himmelschlüssel, wie ein gelber Teppich. Oder war es im Erzgebirge, wo sie jeden Gebirgskamm kannte, jeden Weg, die Wälder und die kleinen, geduckten Dörfer und die einsamen Gehöfte? »Haben Sie ein Glas Milch für uns?« Der Vater freute sich auf den bevorstehenden Genuß, der die Krönung der langen Ausflüge war. Die Bäuerin brachte drei Glas Milch, noch kuhwarm, frisch gemolken. »Setzen Sie sich nur!« Wackelige Holzstühle und ein alter Tisch standen bereit für durstige Wanderer.
Lang war das her.
Tausend Jahre oder zwei. Dazwischen lag ein Leben und das Ende der Jugendzeit.
Schneller als sie dachte, kehrte Toni mit Rosa zurück. Von einem Leiterwagen hievten sie Säcke und Taschen mit Kartoffeln.
»Na?« Toni legte ihr strahlend einen Teil des Schatzes zu Füßen, als breite er Gold und Edelsteine aus. »Zufrieden?«
Sie blieben noch eine Nacht. An diesem Abend verabschiedete Toni sich schon sehr bald von Rosa, obwohl Irmi und Hildegard anrückten. Enttäuscht ließen sie ihn ziehen und riefen ihm gutmütig anzügliche Bemerkungen nach.
Franziska, schon oben im Zimmer, hörte es und schloß schnell die Tür. Tonis Schritte auf der Treppe, dann kam er schon herein, aber erst nach höflichem, allerdings sehr flüchtigen Anklopfen.
»Verzeih«, er legte die Hände auf ihre Schultern, als wolle er einen Volkstanz starten, dann zog er sie an sich. Mit sehr liebem Gesicht.
»Was soll ich denn verzeihen?«
»Daß ich gestern abend – nun ja, ich trink' halt ab und zu ganz gern. War es schlimm für dich?«
»Was soll denn schlimm gewesen sein?« Höchstens die Schnapsfahne, dachte sie, doch sie sagte es nicht. Diesmal hatte er nicht getrunken. Er küßte Franziska behutsam und sie ließ es zu. Allerdings nicht besonders gern. Seit der »sündigen Stunde«

mit Hannes König, im Sanitätsraum des Aussiger Stadttheaters, hatte sie sich für keinen Mann interessiert. Vielleicht war sie tatsächlich, wie Freund Julian, der Zyniker, behauptet hatte, ein Spätentwickler. Keine brennende Leidenschaft, niemals der Wunsch, mit einem Mann im Bett zu sein. Doch nun stand das »Annchen« bevor! Eine Figur, die viel Sinnlichkeit ausstrahlen mußte, etwas kindlich Hingebungsvolles, Empfangendes, Schmiegsames. Äußerlich entsprach sie dem Bild, das der Autor von seinem Annchen hatte, doch im Wesen war Franziska anders. Zur Hingabe mußte sie sich zwingen, sie sah den Zweck nicht ein. Doch warum nicht versuchen? Eine Schauspielerin muß die Skala des Gefühlslebens beherrschen – und Unerfahrenheit war keine gute Voraussetzung dafür. Also überließ sie sich seinen streichelnden Händen. Die waren recht geschickt. Forderten sie heraus. Sie fand das Vorspiel recht angenehm. Erst als alles vorbei war, fiel ihr auf, daß außer der streichelnden Zärtlichkeit nichts passiert war.
Wenn sie sich recht erinnerte – da war doch noch etwas?
Da war nichts weiter, nicht bei Toni. Sie seufzte und fragte nicht. Wollte schlafen. Toni nahm sie in die Arme wie ein Kind. An seiner Brust schlief sie ein. Sie atmete ruhig wie lange nicht mehr. Erst später dachte sie darüber nach, wer Toni Rosenberger für sie war: Vater oder Geliebter? Zwei Hälften, von jedem etwas. Zwei halbe Nußschalen, die nicht zusammenpaßten. Was war der Kern?
Am nächsten Tag fuhren sie, beladen mit Säcken und Taschen voller Kartoffeln, zurück nach Dresden. Rosa hatte sie zum Bahnhof begleitet, dem Toni tief in die Augen gesehen und gefleht: »Komm bald wieder, du, ja? Mit den Kartoffeln klappt's immer. Wir freuen uns so sehr auf dich, jedesmal!« Zu Franziska, »Wenn Sie wollen, kommen Sie ruhig mit.«
Die Einladung klang echt. Franziska bedankte sich. Sie sah interessiert zu, wie Toni einen herzhaften Kuß auf Rosas volle Lippen drückte. »Ob er sie auch nur gestreichelt hatte?« überlegte sie. »Oder sind sie wirklich nur Freunde und haben gar

nichts miteinander? Wer weiß – ist ja auch nicht besonders wichtig für mich.«
Jedenfalls freute sie sich, auf der Rückfahrt wieder neben Toni zu sitzen, selbstverständlich im Dienstabteil, und sich an ihn zu kuscheln.
»Das war also Großenhain«, stellte sie aufatmend fest. »Eine hübsche, kleine Stadt.«
»Und sonst?« Er küßte sie sanft auf eine gewisse Stelle zwischen Hals und Schulter, was derart angenehm war, daß sie eine Gänsehaut bekam. »Wie war es sonst in Großenhain?«
»Ach ja«, sie wiegte den Kopf, um den verliebten Toni aufzuziehen, aber auch ein wenig aus echter Enttäuschung, »ganz nett. Vor allem, was die Kartoffeln betrifft.«
Er zwickte sie warnend in den Arm und lachte dabei. »Wir fahren bald wieder, ja?«
»Mal sehen«, antwortete sie ausweichend. Sie dachte daran, daß morgen die Proben für »Jugend« beginnen sollten und sie noch immer keinen Partner hatte, der den Hans spielte. Alles war schwierig in dieser unordentlichen Zeit. Es gab keine jungen Männer – und wenn, waren sie angeschlagen, versehrt, kaputt. Man sollte neue Stücke schreiben, Frauenstücke, ohne Männer oder nur mit älteren Herren, die gut sind fürs Kartoffelhamstern und ein bißchen Streicheln.
Kein Wunder, daß es nichts wurde mit der Hingabe.

Ein Hans kommt selten allein

Wie heißt das Zeug – Alkolat?« Franziska probierte und schüttelte sich.
»Trinken Sie nur«, Steinmann war mit ihr ins »Löwenbräu« gegangen. Ein Gartenlokal in der Königsbrücker Straße, etwas verwüstet, verkommen und beschädigt, doch das einzige Re-

staurant weit und breit, das noch stand. – Schräg gegenüber hatte Erich Kästner gewohnt, als er ein kleiner Junge war. Franziska kannte und liebte seine Bücher bis zu ihrem dreizehnten Lebensjahr. Das heißt, sie liebte sie nachher auch noch, doch seit Hitler einmarschiert war, durfte man nicht mehr lesen, was man wollte, durfte nicht mehr die Musik hören, die einem gefiel: der ist Jude, hieß es, der Russe, der ist entartet – was immer das heißen mochte. Kästner stand ebenfalls auf der Liste, obwohl er zu keiner der verfemten Kategorien gehörte. Irgendwas war eben mit ihm. Ein gefährlicher Warner, ein Moralist, ein Mensch, der Herz und Hirn benutzte? Wer weiß. »Sie hören mir ja gar nicht zu!« Steinmann runzelte die Stirn. Er war gewöhnt, daß die Blicke der Schauspieler, vor allem die der jungen, an seinen Lippen hingen, als predige er von der Kanzel.
Franziska nippte nochmals angewidert an dem Glas. Kein Zweifel: reinster, purer Alkohol, der sofort in den Kopf stieg und die Beine außer Gefecht setzte.
»Alkolat«, wiederholte sie, »woraus besteht das Zeug überhaupt?«
Steinmann winkte unwillig ab. Er hatte etwas Bestimmtes vor. Nicht umsonst lud dieser Geizkragen ein Nachwuchstalent zu diesem Teufelstrank ein.
»Da ist Wein drin«, antwortete er mit faunischem Grinsen. »Echter Wein, mein Kind. Alkolat ist ein Gottesgeschenk, trinken Sie nur. Wissen Sie, was eine Flasche davon kostet? Achtzig Mark.«
»Allmächtiger, was für eine Verschwendung!« Franziska schüttete das rote, klebrige, abscheuliche Zeug hinunter. Es schmeckte wie – wie alles auf einmal: Süß, bitter – ganz ekelhaft. Sofort setzte die Wirkung ein: alles drehte sich! Ihr wurde übel. »Ich kann nicht mehr!« Sie schob das Glas zurück, in das er neu eingießen wollte. »Sagen Sie schon, worum es geht.«
»Also zunächst«, Steinmann räusperte sich, »ich habe ein Theater gemietet, ganz in der Nähe. Ab ersten November werden wir dort spielen, wenn wir nicht unterwegs auf Abstecher sind. Jetzt gehen wir mal hin und sehen es uns an.«

Sie mißtraute dem Burgfrieden. Warum sollte sie allein das Haus ansehen? Warum nicht Kühne, Rosenberger, Peukert oder Frau Mühl und Frau Hetzel? Warum nicht das ganze Ensemble?
»Austrinken«, befahl Steinmann.
Während er zahlte, kippte Franziska den Inhalt unter den Tisch, denn Steinmann hatte nun doch nachgegossen. Sie wunderte sich, daß der Boden nicht aufriß von der Schärfe des Fusels.
Das Theater stand gegenüber der Drei-Königs-Kirche, zwischen Ruinen. Nicht sehr groß, kleine Bühne, intimer Zuschauerraum, wie durch ein Wunder gut erhalten.
Franziska betrat es mit angehaltenem Atem, sprang die Stufen zur Bühne hinauf, probierte die Akustik (»Eins, zwei drei – komm, mein Romeo! He, Nickelamann, hier ist Rautendelein ...«), alles in Ordnung.
Steinmann schaltete die Scheinwerfer ein, spazierte durch den Saal, ganz in seinem Element.
»Ich höre Sie bis in die letzte Reihe!« Er warf einen ungeduldigen Blick auf seine Armbanduhr und murmelte einen Fluch. Franziska konnte sich sein Verhalten nicht erklären. Es war ihr ohnehin gleichgültig. Sie nahm die Atmosphäre des Theaters in sich auf wie eine Verdurstende das Wasser. Konnte nicht genug davon bekommen.
Steinmann saß nun in der dritten Reihe und sah ihr zu, als gehöre er zu einer Prüfungskommission.
»Sprechen Sie mal was aus ›Jugend‹!« forderte er sie auf.
»Was denn?« Sie überlegte kurz und begann mit einer Szene, die sie bei der Abschlußprüfung gespielt hatte. Schnell kam sie wieder in die entsprechende Stimmung: Annchen, keusch, sinnlich, verliebt in den Studenten Hans, der in den Ferien ins entlegene Pfarrhaus zu Besuch gekommen war, womit die verhängnisvolle Liebe ihren Lauf nahm. Die Verkleinerungssilben flogen nur so durch die Luft: Onkelchen, Kaplanchen, Hanschen, mein Hanschen ... Franziska stutzte. Der Text kam ihr mit einem Mal recht albern vor. War so viel Zeit vergangen seit da-

mals, als sie ihn so sehr liebte, daß er ihr wie Honig von den Lippen tropfte? Der gleiche Text, derselbe Mensch, kaum mehr als ein Jahr dazwischen – und plötzlich so anders? Annchen hatte an Glaubwürdigkeit verloren. Uneheliches Kind, »in Sünde gezeugt«, beim lieben Herrn Pfarrer aufgewachsen – »Onkelchen, ich bin Ihnen ja so dankbar!«, vom fanatischen, eifersüchtigen Kaplan Schigorski gequält und erpreßt. (»Ich kann nicht ins Kloster, Herr Kaplan. Ich bin ja noch so jung!«). Sie weint. Annchen weint immer, wenn sie nicht gerade ihren Hans küßt. Aber auch dann weint sie, vorher oder nachher.
»Was ist los?« Steinmann beugte sich vor und wartete. »Text vergessen?«
Draußen lag die Stadt in Schutt und Asche. Hunderttausend Menschen darunter vergraben. (»Mutterchen, warum hast du mich in Sünde geboren?«) Der Mensch hat wohl die Freiheit zu sterben, wie es ihm paßt, ehelich oder unehelich. Die Freiheit so oder so geboren zu werden, die hat er nicht. – Dieses törichte Annchen, das immerzu weint, Kuchen bäckt, Gott gefallen will und sich schuldig fühlt, weil Mutterchen sie unehelich geboren hat, dieses Annchen, das sich schützend vor den Leichtfuß Hans stellt, als der geisteskranke Stiefbruder ihn erschießen will, das sich für den jungen Jammerlappen opfert – nein, dieses Mädchen war schlichtweg dumm. Zuviel war geschehen, um ein solches Stück zu spielen.
»Ich weiß nicht«, Franziska trat an die Rampe, »die Geschichte paßt nicht in die Zeit.«
»Ach was«, Steinmann lehnte sich zurück, schlug die Beine übereinander, holte eine Zigarre hervor und steckte sie an. Er ließ sich Zeit wie jemand, der seine Überlegenheit spüren lassen will. »Das Stück paßt nicht in die Zeit? Können Sie mir sagen, weshalb?«
»Die Figuren sind Klischee.«
»Das müssen Sie näher erklären.«
»Nun ja«, Franziska zuckte die Achseln. Eigentlich gab es da nichts zu erklären, das mußte doch jeder selbst empfinden. »Die

Menschen sind so – so eng«, sie deutete Scheuklappen an. »Selbstgerecht oder devot, diese Liebe Annchens zu Hans, ihm und den anderen so ganz untertan, das ist unmöglich. Er ist Student, gut. Aber was ist denn heute schon ein Student? Der muß doch auch sehen, wie er über die Runden kommt. Diese Verherrlichung der Männer, weil sie Pfarrer sind oder Kaplan oder Student. Und dann auch noch Opfer eines Geisteskranken –! Ich kann's nicht ändern, ich mag die Rolle nicht mehr. Dieses Annchen ist beschränkt.«

»Sie ist Opfer der Umstände und der Zeit«, warf Steinmann ein. »Glauben Sie etwa, so was gibt es heute nicht mehr?«

»Ich glaube nicht«, antwortete sie mit Überzeugung. »In einer Zeit des Umsturzes, der Flucht, der Zerstörung, der Heimatlosigkeit – was ist denn da schon ein uneheliches Kind – das Ende der Welt?«

Steinmann räusperte sich. Stand auf, kam zur Bühne, ging hin und her.

»Also erstens«, sagte er, »gibt es das heute noch. Gehen Sie doch mal in Gegenden, in denen nichts passiert ist: keine Fliegerangriffe, keine Vertreibung, nichts. Rationierte Lebensmittel, das ja, ein gefallener Vater oder Sohn, das auch. Aber sonst? Gehen Sie in die Dörfer, die den Krieg verschlafen haben, in die Kleinstädte oder sonst wohin. Sie werden sich wundern, wie wenig sich verändert hat.«

»Und zweitens?« fragte Franziska.

»Zweitens spielt das Stück um die Jahrhundertwende.« Er wandte sich ab und nahm wieder Platz. Diskussion beendet. Daran ließ er keinen Zweifel.

Franziska setzte sich auf den einzigen Stuhl, der einsam auf der Bühne stand. Sie merkte, wie der Alkolat in ihrem Kopf wirbelte.

»Aber vielleicht«, sie lächelte reizend zu Steinmann hinab, »vielleicht können wir das Stück sowieso nicht spielen – ohne Hanschen.« Sie ließ das S säuseln, um das »Chen« um so törichter klingen zu lassen.

In dem Augenblick betrat ein junger Mann den Zuschauer-

raum. Er blickte sich verstört um und sagte: »Guten Tag. Bin ich hier richtig bei der Sächsischen Landesbühne?«
»Gewiß, mein Sohn«, Steinmann erhob sich, um den Neuankömmling zu begrüßen. »Sie haben sich verspätet, wie?«
Franziska hörte, wie die beiden leise miteinander sprachen. Was war los?
Steinmann wandte sich ihr zu und sagte mit großer Geste: »Dies hier, Herr Mücke, ist Ihr Annchen, Fräulein Buresch. Nun laßt mich mal was hören, meine Kinder!«
Franziska brauchte eine Weile, um zu begreifen: ein Hans war da! Dieser Fuchs von einem Direktor, nichts hatte er verraten. Der junge Mann, der Mücke hieß, kam auf die Bühne und gab Franziska die Hand. Gott, sah der gut aus! Groß, schlank, schwarzhaarig, ein Bonvivant, wie man sich ihn erträumt.
Der als Hans-chen?
Ungefähr sechsundzwanzig. Im Textbuch stand: »Hans Hartwig, ein junger Student, achtzehn Jahre. Sein Aussehen ist noch ziemlich grün.«
Dies hier war ein Vollblütler.
Franziska lachte. »Fangen wir an! Welche Szene?«
Er konnte den Text nicht, natürlich nicht, Steinmann gab ihm ein Buch, aus dem er ablesen konnte.
Annchen: »Ach, du mußt doch auch Kaffee trinken, Hanschen. Wir haben ja gleich Kaffee.«
Hans: »Ich hab' wirklich keinen Appetit, Anna. Ist mir vollständig vergangen.«
Annchen: »Der wird schon wiederkommen, Hanschen, wenn du meinen schönen Kuchen schmeckst, den ich für dich gebakken habe.«
Zweifellos hatte Annchen einen Fütterungskomplex. Wenn das Stück mangels Handlung nicht weiterging, bot sie Kuchen an. Kein Wunder, daß der arme Hans Fluchtgedanken bekam.
Mücke spielte unverdrossen weiter. Er las den Text, bemühte sich kindlich zu sein, erinnerte an den Wolf im Märchen, der Kreide aß, um die Stimme einer Geiß zu bekommen.

»Nein«, Franziska unterbrach sich. »Es geht nicht.«
»Es geht«, brüllte Steinmann, »er muß nur den Text lernen! Herr Mücke, morgen früh, zehn Uhr, Probe mit den anderen. Sie haben eine ganze Nacht, um die Rolle zu lernen.«
Mücke machte einen Diener und zog ab.
Steinmann löschte das Licht, Franziska ging an ihm vorbei und sagte: »Deshalb also der Alkolat. Warum haben Sie mir nicht gleich Bescheid gesagt? Das hätte uns Zeit erspart.«
Der Direktor zog den Vorhang zu und antwortete, mit der Zigarre im Mund: »Weil ich Wert darauf lege, die Liebespartner allein miteinander bekannt zu machen.« Mit erhobener Stimme: »Allein, verstehen Sie? Ich möchte nämlich sehen, wie sie aufeinander reagieren. Sie haben leider wenig Geduld mit dem jungen Mann, die müssen Sie noch trainieren, mein Kind. So. Jetzt ab nach Hause. Oder haben Sie mir noch was zu sagen?«
»Ja.«
»Was denn?«
Franziska zeigte auf die Zigarre. »Ein Glück, daß kein Feuerwehrmann in der Nähe ist. Sehen Sie mal das Schild!«
›Rauchen verboten‹ stand darauf. Es hing über der Tür und sah aus, als sei es noch vor dem Krieg dort angebracht worden. Immerhin schien es bis jetzt seinen Zweck erfüllt zu haben, denn die acht Tage währende Feuerbrunst, die Dresden zerstörte, war nicht von diesem Theater ausgegangen.
»Bis morgen dann«, hocherhobenen Kopfes verließ Franziska den Zuschauerraum, in der Hoffnung, Direktor Steinmann irritiert zu haben.
Sie konnte nicht sehen, wie er hinter ihr hergrinste.
Sie probten und probten. Zwischendurch fuhren sie auf Abstecher in die Außenbezirke, in umliegende Städtchen und Dörfer, auch die Elbe entlang durch die Sächsische Schweiz. Dann stand Franziska am Ufer und dachte daran, daß der Fluß durch Aussig gekommen war, vorbei an der Burgruine Schreckenstein und all den Orten, die sie so sehr geliebt hatte. Sie mußte den Atem anhalten und ihr Herz beruhigen, weil das Heimweh

sie überfiel. An die Vorstellung denken, an die Zukunft! Alles andere war unwichtig.
Sie spielten noch immer das Volksstück mit Erfolg, spielten den »Froschkönig«, Franziska als Prinzessin, die Kinder hatten viel Spaß, die Darsteller ebenfalls, die Säle waren ausverkauft. Das Ensemble spielte nicht mehr »auf Teilung«, jeder bekam im Monat zweihundert Mark Gage. Zweihundert Mark! Außerdem jede Menge Bezugsscheine: für Kleider, Schuhe, Mäntel, Wäsche und Strümpfe. Doch es gab nichts zu kaufen.
Vom Wohnungsamt bekam Franziska ein Zimmer in der Helgolandstraße zugewiesen. Als sie sich von den Dallhopps verabschiedete, weinte Annemarie.
»Du weinst ja nur, weil du jetzt keinen mehr hast, mit dem du abends spielen kannst«, sagte Franziska und umarmte das Kind, das wohl doch nicht ganz so ausgekocht war, wie sie angenommen hatte.
»Ja«, gab Annemarie zu. »Es wird langweilig werden.«
Franziska versprach, sie zu besuchen, irgendwann. Dann zog sie ein bei Frau Escher in der Helgolandstraße, in ein gemütliches Zimmer, sogar ein Klavier stand darin, auf dem sie spielen konnte, wenn sie Zeit dazu hatte. Das im Rucksack mitgeschleppte Opernalbum konnte sich nun bewähren. Ein Sofa, ein Bett, ein Tisch, zwei Stühle, ein Schrank, eine Waschschüssel mit Krug. Jeden Morgen bekam sie von Frau Escher einen Teekessel mit heißem Wasser zum Waschen. Der Himmel auf Erden.
Als erstes schrieb sie einen Brief an die Mutter:
»Hoffentlich hast du einen meiner fünf Briefe erhalten! Warum habe ich keine Nachricht von Dir – von Euch? Ach, kannst Du denn nicht herkommen? Versuche doch, Dir eine Ausreise zu beschaffen. Ich werde alles tun, um für Dich möglichst schnell die Aufenthaltsgenehmigung zu kriegen und auch ein Zimmer. Das Essen ist ein wenig besser geworden. Not ist vor allem an Kohle. Doch zu zweit schaffen wir das schon! Denk doch: abends könntest Du mich auf der Bühne sehen. An spielfreien

Abenden gingen wir ins Theater, in ein Konzert, in ein Kabarett. Gibt es hier alles schon. Geld verdiene ich für uns beide. Was macht denn bloß unser Papa? Hätte ich Euch nur bei mir!

Viele Küsse Eure Franzi.

PS.: Versuche, mir den Fohlenmantel zu schicken. Vielleicht kann ihn ein ausreisender Tscheche mitnehmen. Es wird kalt.«

Es wurde immer kälter, denn der November war da. Aus einer Decke ließ sich Franziska einen Trachtenmantel schneidern, er sah gar nicht schlecht aus. Sie zog ihn an, als sie mit Toni wieder nach Großenhain fuhr. Die Kartoffeln waren längst aufgefuttert. Rosa erwartete sie freudestrahlend in ihrem gemütlichen Häuschen. Am ersten Abend feierte Toni wieder mit den Damen, am zweiten nahm er Franziska in den Arm, lieb wie immer. Sie schlief an seiner Brust ein, das tat gut. Am dritten Tag fuhren sie, mit Kartoffeln beladen, zurück.

Sie konnte sich stärken für die zermürbenden Proben mit Mücke.

Doch am nächsten Morgen kam Herr Mücke nicht. Steinmann absolvierte einen Tobsuchtsanfall. Danach machte er sich auf die Suche nach einem Telefon, um den Agenten anzurufen.

»Das Stück kommt nie raus«, Harry Kühne tupfte sich den Schweiß von der Stirn, obwohl das Theater nicht geheizt war. »Wir können doch nicht ewig nur ›Glück auf der Alm‹ und ›Froschkönig‹ spielen!«

»Da kommt er«, flüsterte Frau Hetzel, die in »Jugend« das Dienstmädchen Maruschka spielen sollte. »Er strahlt!«

Steinmann, tatsächlich bester Laune, teilte mit, daß der Agent einen neuen »Hans« schicke; er würde bald kommen und bis dahin sollten sie die »hanslosen« Szenen proben.

»Und Mücke?« fragte Harry Kühne. »Was ist mit dem?«

»Der hat ein besseres Angebot. Geht an ein Provinztheater, den Marquis Posa spielen.«

Franziska lachte. Diesen Hans war sie los. Mücke hatte eine Fliege gemacht.

Der nächste hieß Detlev Sagenbrück. Zwar entsprach er einigermaßen dem Vorbild im Stück, nur hatte er die Angewohnheit, den Text labil durch die Nase zu ziehen und die Vokale singend tönen zu lassen.
»Sehen Sie, Herr Kaplan, das muß ich besser wissen!
Natürlich hab' ich bis jetzt nur die Stuhlbank gedrückt ...«
»Schulbank«, unterbrach Steinmann und raufte sich die Haare. »Es heißt Schulbank, mein Junge, nicht Stuhlbank!«
»Die Schulbank gedrückt«, verbesserte Detlev Sagenbrück.
»Ich wünschte, ich hätte was von der Welt gesehen! Das ist es ja eben! Man sitzt und sitzt und hat den Drang ...«
Hier prustete Toni lauthals heraus. Die anderen stimmten ein.
Es war weder zu übersehen, noch zu überhören: Detlev Sagenbrück war schwul. Er machte keinerlei Anstalten, das zu verbergen.
Wenn er Annchen umarmte, wurde er steif wie ein Stock. Er wandte den Kopf, heftete seinen saugenden Blick auf Toni, der in der Kulisse stand und zusah, und beteuerte laut Textbuch: »Weißt du, was ich könnte? Ich könnte dich gleich totküssen!«
Darauf Annchen: »Und ich dich aufessen!« Sie biß ihn in die Nase, was nicht zum Stück gehörte.
Die anderen lachten wieder.
Steinmann stampfte mit dem Fuß auf. »Ich wußte bisher nicht, daß dieses Stück ein derartiger Lacherfolg ist! Hundertmal haben wir es gespielt, 1921 gastierten wir damit in Berlin, sogar der Autor war anwesend und zeigte sich tieferschüttert. Jawohl – tieferschüttert!«
»So schlimm war es?« fragte Harry Kühne scheinheilig.
Steinmann hob die Finger zur Decke wie der Meineidbauer und schrie: »So großartig war es, so umwerfend! Doch das könnt ihr ja nicht wissen, ihr Dilettanten!«
In seiner Verwirrung schob er sich, statt einer Zigarre, eine Kippe in den Mund. Er kaute darauf herum, schritt die Reihe seiner »Untertanen« ab und gab Grunzlaute von sich. Alle zeigten sich

aufs höchste belustigt. Nur Detlev Sagenbrück stand erschrokken da und stammelte:
»Ich bin – kein Dilettant, ich habe Schauspielunterricht gehabt, bei Frau Blumke-Zimmermann, ich habe sogar schon gespielt, das kann Ihnen Herr Ladewig bestätigen . . .«
Ladewig war der Agent, einer der ersten, der sich um die Vermittlung engagementloser Schauspieler kümmerte, er wohnte in Blasewitz und war sehr wählerisch.
Sagenbrück hatte die Hände auf Franziskas Schultern, wie es die Szene erforderte. Während er sich zu rechtfertigen versuchte, schüttelte er sie bei jedem Wort. Sie schlug ihm auf die Finger und trat zurück. Lange genug hatten ihre Nerven durchgehalten. Bei dieser albernen Streiterei streikten sie.
»Schluß jetzt«, sie nahm alle Energie zusammen, es war ihr egal, ob sie in diesem Wachsfigurenkabinett die Jüngste war oder nicht, »entweder wir spielen das Stück oder wir spielen es nicht. Ich habe mir jahrelang nichts sehnlicher gewünscht, als das Annchen zu spielen. Jetzt finde ich den Text ziemlich kindisch.« Außer Steinmann nickten alle zustimmend. »Aber wenn wir es spielen, dann proben wir! Und wenn wir proben, Herr Sagenbrück, sollten Sie sich wie ein Hanschen benehmen und sich nicht abwenden und Männer anstarren, wenn Sie mich umarmen müssen.«
Hier nickte Steinmann. Das Problem schien dem erfahrenen Theaterdirektor nicht neu zu sein. »Sehen Sie, lieber Herr Sagenbrück«, begann er milde und warf die Kippe in einen Eimer, der mit Sand gefüllt war, »ich kann Ihnen nicht Herrn Rosenberger als Partner geben oder Herrn Kühne.«
»Gott bewahre«, riefen die beiden und machten entsetzte Gesichter.
»Sie müssen schon mit Fräulein Buresch vorliebnehmen. Ist doch ein recht niedliches Mädchen – oder nicht?« Sagenbrück blickte traurig an Franziska vorbei. »Haben Sie denn noch niemals eine Liebesszene gespielt?« fragte Steinmann.
Sagenbrück fuhr sich mit der Hand ratlos über sein langes, ge-

locktes Haar, blickte Franziska aufseufzend an und sagte: »Also gut, probieren wir es.« Dabei machte er ein Gesicht, als müsse er in eine Wanne voller Quallen steigen.
Nach der Probe hielt er Franziska am Ärmel zurück, zog sie in eine Ecke und sagte: »Es geht nicht. Nehmen Sie's bitte nicht persönlich. Aber ich kann nun mal keine Frau umarmen.«
»Liebesszenen zwischen Männern gibt es selten auf der Bühne.«
»Das ist mein Problem.« Er sah so kummervoll aus, daß ihr fast das Herz brach. »In der Nazizeit habe ich ständig in der Furcht gelebt, die könnten mich erwischen oder jemand zeigt mich an. Und jetzt, da der Spuk vorbei ist, jetzt ist wieder alles schlimm. Anders schlimm, verstehen Sie?«
»Sehr gut«, Franziska hatte Mitleid mit ihm. Was er sagte, war zu verstehen, irgendwie. Die Summe der Probleme blieb wohl stets die gleiche. Sie ändern sich nur, wie Steinchen im Kaleidoskop, setzen sich neu zusammen und drücken auf die Brust wie ein Alptraum. Vor wenigen Wochen wollte sie nichts weiter als eine Bühne, ganz gleich, wo. Zwischen Ruinen in einer Scheune, Hauptsache ein Dach über dem Kopf. Jetzt hatten sie ein hübsches, kleines Theater. Sie durfte die ersehnte Rolle spielen. Und nun? Die Rolle war lächerlich, das Stück antiquiert, der Partner schwul. Er brachte es nicht fertig, sie zu umarmen.
»Was soll ich tun?« fragte Sagenbrück verzweifelt.
»Informieren Sie Steinmann«, schlug Franziska vor. »Wechseln Sie das Rollenfach, werden Sie Väterspieler. Da brauchen Sie keine Frau mehr zu umarmen. Oder am besten: Sie wechseln den Beruf.« Sie gab ihm die Hand und sagte herzlich: »Seien Sie nicht böse, daß ich Sie in die Nase gebissen habe. Nehmen Sie's nicht persönlich.« Ehe er antworten konnte, war sie auf und davon.
Wenige Tage später kam ein dritter Hans. Er hieß Wolfgang Pantsch, war nicht groß, etwas rundlich, hatte glattes, braunes Haar und sah ganz nett aus. Nur – er hatte eine feuchte Aussprache.

»Annschen, mein Annschen!« Auch sächselte er himmelschreiend.
»Bitte«, Franziska unterbrach die Szene, »wenn Sie etwas trokkener sprechen könnten, Herr Pantsch!«
»Was ist denn?« reif Steinmann aus dem Zuschauerraum.
»Er spuckt.«
»Dann tun Sie so, als merkten Sie es nicht«, schrie der Direktor.
»Haben Sie mir nicht versprochen, daß Sie Schauspielerin sind?!«
Auch ihm gingen nach und nach die Nerven durch.
Franziska nahm sich zusammen. Sie bemühte sich, die Fontäne zu ignorieren. Wolfgang Pantsch sächselte gemütlich:
»Annschen, leg den Gopf hierher, so ganz dicht!«
Er zog ihren Kopf an seine Brust, als handle es sich um einen soeben aufgefangenen Fußball. Steinmann sah und hörte zu, ohne einzugreifen. Dann erst, nach einer Weile, beim Szenenwechsel:
»Sooo, Auftritt von Pfarrer Hoppe – nu los, Harry, mach' schon, Annchen rechts ab, Hans Fenster öffnen, tief einatmen, hinsetzen, Annchen singt von hinten, na, ich höre nichts.« Stille.
»Nu singen Sie schon, Buresch: ›Lang, lang ist's her . . .‹ Ich denke, Sie kennen die Rolle – was ist denn nu schon wieder?«
Franziska verstört: »Annchen begleitet sich dabei am Klavier.«
»Na und?«
»Es ist aber keines da.«
»Dann sing' eben ohne!« Wenn Steinmann wütend war, duzte er die ganze Mannschaft.
»Nein.«
»Was nein?«
»Annchen geht ab in den Salon, um Klavier zu spielen und zu singen. Wenn sie aber nur singt, ohne zu spielen, warum bleibt sie dann nicht gleich auf der Szene?«
»Weil es so nicht im Textbuch steht!«
»Da steht aber auch: ›Annchen spielt Klavier‹.«
Steinmann hielt sich den Kopf mit beiden Händen. »Wen, zum

Kuckuck, hab' ich da bloß engagiert? Spielen sollen Sie, nicht logisch denken!«
Franziska stellte sich dem Kampf. »Entweder Sie streichen die Szene oder wir brauchen ein Klavier!«
»Na fabelhaft«, stöhnte Steinmann, »was für Ansprüche! Wollen die gnädige Primadonna vielleicht gleich ein ganzes Orchester, ja?«
»Nur ein Klavier.«
Schweigen. Toni blinzelte ihr beifällig zu. Harry schmunzelte. Penkert bekam vor Lachen einen Hustenanfall. Frau Hetzel hielt beide Hände vor den Mund gepreßt.
»Gehen Sie nach hinten und singen Sie!« befahl Steinmann. »Ohne Klavier, wenn ich bitten darf.«
Franziska folgte der Anweisung. Auf der Bühne lief der Dialog zwischen Pfarrer Hoppe und Hans. Annchen sang unsichtbar:

»Kennst du das Lied, das so oft ich gehört,
lang, lang ist's her, lang, lang ...«

Frau Hetzel quietschte vor Lachen. Toni und Peukert applaudierten. Hoppe und Hans, die dem Gesang verklärt lauschen sollten, machten Gesichter, als hätten sie Zahnschmerzen.
Franziska kam auf die Bühne, grinste und sagte: »Besser kann ich nicht – ohne Klavier.«
Sie hatte total falsch gesungen.

Es gab dennoch kein Klavier. Steinmann konnte beim besten Willen keines auftreiben. Nicht mal er. Was nicht im Bombenhagel zerstört worden war, hatten die Russen abgeholt. Lastzüge, vollbeladen mit Klavieren, konnte Franziska vorbeifahren sehen, als sie am Bahndamm bei Frau Dallhopp wohnte. Tag für Tag. Geplündert wurde weiter, es kam noch immer einiges zusammen. – So blieb es dabei: Annchen sang hinter Szene – ohne Klavier.
»Wissen Sie, was das ist?« sagte sie wütend zu Steinmann. »Das ist Schmiere, Herr Direktor.«
»Nee«, er schüttelte den Kopf. »Das ist: Krieg-verloren-Haben.«

»Man kann nicht alles auf den verlorenen Krieg schieben«, widersprach Franziska. »Gerade jetzt sollten wir uns besondere Mühe geben. Der Krieg ist eine Ausrede.«
Steinmann lachte, ohne den Mund zu verziehen. Es war mehr ein sarkastisches Ausstoßen von Luft. »Ist die zerstörte Stadt etwa auch eine Ausrede, wie?« Franziska antwortete nicht. »Der Hunger, die Heimatlosigkeit, die Toten, die Vermißten, die Gefangenen, alles nur eine Ausrede?« Er nahm die Zigarre aus dem Mund, sie war längst ausgegangen, setzte sich auf ein Versatzstück, das auf der Bühne herumstand, er ließ Kopf und Schultern hängen, eine für ihn ungewohnte Haltung. »So ein Krieg«, murmelte er, mehr zu sich selbst, »der ist, als – als hätte der Teufel die Karten gemischt und die Joker herausgenommen. Was immer wir ziehen, ist eine Lusche.«
»Eine Lusche?« fragte Franziska, die nichts vom Kartenspielen verstand. »Was ist das?«
»Eine Karte ohne Zählwert«, erwiderte Steinmann. »Wir dürfen zwar mitspielen, aber ohne Hoffnung.«
Damit wollte Franziska sich nicht abfinden. Sie dachte lange über das Gespräch mit Steinmann nach. So gesehen, wäre auch der sächselnde, spuckende Ersatz-Hans »verlorener Krieg«. Eine Lusche. Eine Karte ohne Zählwert. Wie lange? Bis eine neue Generation von »Hans Hartwigs« herangewachsen war? Ja, so lange.

Die Premiere fand an einem feuchtkalten Novemberabend statt. Vollbesetzt der Saal. Aufmerksam verfolgte das Publikum Annchens Schicksal. Als ihr schwachsinniger Halbbruder das Gewehr hob, auf Hans zielte und brüllte: »Hund, fremde, schieß ich tot!«, hielten die Zuschauer den Atem an. Als Annchen sich schützend vor Hans stellte und getroffen zu Boden sank, schnaubten sie sich die Nasen. Als sie ersterbend fragte: »Bist du – heil – Hanschen?« war die Erschütterung nicht aufzuhalten. Das Publikum vergoß Tränen. Es hatte mehr Mitleid mit Annchens Bühnentod als mit seiner eigenen Not.

Am anderen Tag stand in der Zeitung: »Franziska Buresch spielte die weibliche Hauptrolle mit intensiver Sinnlichkeit und bemerkenswertem Wohllaut in der Stimme, die ihr sofort die Sympathie des Publikums sicherte. Ein ideales Annchen, wie der Dichter es sich wohl dachte.«
Na bitte.
Ihr Partner kam weniger gut weg. Der Kritiker verglich ihn mit einem kleinen Angestellten aus Kötschenbroda, der die Hände auf den Bauch faltet und gemütlich auf den Feierabend wartet. »Die Liebestragödie erlebte er höchstens als Zuschauer.« Dann stand da noch: »Im zweiten Aufzug fehlte übrigens ein Klavier.«
Na bitte.

Hotel »Paradies«

Der Lastwagen zuckelte die Landstraße entlang. Hinter ihm pendelte ein Anhänger mit der Bühnendekoration und den Requisiten. Die Schauspieler hockten eng aneinandergedrückt auf den Bänken und froren. Die Plane war undicht, es zog »wie Hechtsuppe«. So drückte sich jedenfalls Frau Hetzel aus, die von oben bis unten in Wolle gewickelt war, eine Kapuze um den Kopf gebunden hatte und wie ein rotbackiges Heinzelmännchen aussah.
»Bei so was ist der olle Steinmann nicht dabei«, schimpfte Frau Mühl, die eigentlich beim Fahrer hätte sitzen sollen, doch dort saß Peter Peukert. Er hatte hohes Fieber und gehörte ins Bett. Doch keiner durfte sich krankmelden, die Vorstellungen in dem kleinen Nest mußten stattfinden, eine am Nachmittag, eine am Abend, die Plätze waren ausverkauft, die Hotelzimmer bestellt. Franziska war damit beschäftigt, das Zähneklappern zu unterdrücken, es war wie ein Schüttelfrost, sie hätte nie für möglich gehalten, daß es so was gab. Als Kinder hatten sie es oft aus

Spaß gemacht und Gerti, die es am besten konnte, verdrehte die Augen und sagte: »Ich kann gar nicht so schnell zittern wie ich friere!« Aus dem Spaß war Ernst geworden. Noch immer war der Fohlenmantel nicht angekommen. Die Mutter wußte nicht, wie sie ihn über die Grenze schicken sollte, das ging höchstens, wenn ein verläßlicher Tscheche besuchsweise nach Dresden kam. Dem hätte sie den Mantel mitgeben können. Aber so –? Franziska mußte mit ihrem Trachtenmantel vorliebnehmen, immerhin war er mal eine Decke gewesen und sollte sich darum seiner wärmenden Funktion bewußt sein. Doch die Kälte war stärker als er.
Toni hatte den Arm um sie gelegt und rubbelte an ihr herum, damit ihr wärmer werden sollte.
»Schade, daß ich meine Stiefel nicht mitgenommen habe«, seufzte Franziska. »Die gingen leider nicht in den Rucksack.«
»Ich werde dir ein Paar besorgen«, Toni lupfte ihr Kopftuch und hauchte ihr einen Kuß aufs Ohr. Es kitzelte angenehm. Sie lachte und boxte ihn sanft in die Rippen.
»He, ihr Turteltauben«, rief Wolfgang Pantsch, der auf dem Boden hockte, zu Füßen Frau Hetzels, die ihn sich kollegial zwischen die Knie geklemmt hatte, um ihm Wärme zu geben, was aber nicht viel nützte. Der Boden war zu kalt und auf der Bank kein Platz mehr. »Könnt ihr mich nicht auch ein bißl wärmen?«
»Komm her«, Franziska half ihm, sich zwischen sie und Toni zu quetschen, sie machten sich dünn, so gut sie konnten. »Sag noch mal ›Turteltauben‹«, bat sie.
»Durdldaubn«, wiederholte Pantsch und dachte sich nichts dabei, als die anderen lachten.
Draußen pfiff ein eisige Wind. Schneeregen prasselte gegen die Plane, es hörte sich an wie ein Trommelfeuer.

Gespielt wurde im Gasthaussaal. Stühle waren aufgestellt, verblaßte, staubige Papiergirlanden hingen lasch herum, übriggeblieben von einem längstvergangenen Tanzabend. In einem eisernen Kanonenofen brannte ein himmlisches Feuer und ver-

breitete angenehme Wärme. Die Schauspieler standen um ihn herum, blickten verklärt in die Flammen, rieben sich die steifen Finger und stöhnten wohlig.
»Wollt ihr euch nicht mal um die Bühne kümmern?« Harry zog den Vorhang auf, seine Nase war rotgefroren. »Die Kostüme müssen auch ausgepackt werden!«
»Wir kommen ja schon«, Frau Hetzel wickelte sich aus Wollschal und Mantel, nahm die Kapuze ab, ihr fröhliches Gesicht kam zum Vorschein. »Wie soll man sich die Ärmel hochkrempeln, wenn man so eingemummt ist? Die Garderobe wird sicher auch wieder eisig sein.«
»Und dreckig«, verkündete Harry, der sich bereits umgesehen hatte. »Wie die Bühne.«
»Die Bretter, die die Welt bedeuten«, Frau Mühl stand darauf wie eine Heroine früherer Zeiten und machte eine ausladende Geste. »Was für ein erhebendes Gefühl!« Und dann, nach Tonwechsel: »Wer bringt mal Eimer und Lappen, damit wir sie schrubben können – die geheiligten Bretter?«
Es begann ein eifriges Herumwirtschaften. Möbel wurden aufgestellt, der Prospekt, der als Hintergrund diente, angebracht. Toni hämmerte, Harry sägte, Pantsch wurde herumgescheucht und stand überall im Weg, Peukert saß in eine Decke gehüllt bibbernd am Ofen und war an diesem Abend von der Bühnenaufbauarbeit beurlaubt. Franziska brachte ihm eine heiße Brühe, die der Wirt wie eine Kostbarkeit ausschenkte.
»Trink mal«, inzwischen waren sie per du, gute Freunde, die einander halfen, soweit es möglich war. »Mach' mir bloß nicht schlapp!«
»Danke, Amelie, mein guter Geist!«
Am Nachmittag spielten sie »Glück auf der Alm«, abends »Jugend«.
»Warum spielen wir eigentlich kein Stück, in dem wir uns warm anziehen können?« Franziska hockte sich auf einen Schemel und zog ihn ganz nah ans Feuer. »Es wird nicht lange dauern, dann haben wir alle die Grippe wie du. Mit nackten Beinen und

nackten Armen in den Eisbuden herumhopsen, das kann doch nicht gutgehen!« Franziska haderte mit sich, mit der Welt und dem Spielplan. Auch drückte sie sich gern vor der Bühnenarbeit, sie haßte das Auspacken und Aufhängen der Kostüme, sie wollte sich nur auf die Vorstellung konzentrieren, wie die Schauspieler am Staatstheater, die sich auf ihre »Heinzelmännchen« verlassen konnten: Requisiteur, Garderobiere, Friseuse, Bühnenarbeiter, Beleuchter. »Warum spielen wir nicht so was wie ›Drei Männer im Schnee‹ oder ›Liebe in der Skihütte‹?«
»Das könnte dir so passen«, Peukerts Nasenspitze ragte aus der Deckenumhüllung, die Stimme klang dumpf hervor. »Wofür, glaubst du, kriegen wir Schwerarbeiterkarten?«
Franziska seufzte und ging zum Klavier, das unterhalb der Bühne stand. Sie schlug ein paar Takte an.
»Weißt du«, sagte sie nach einer Weile, »wir ziehen durchs Land wie früher die Neuberin mit ihrer Komödiantentruppe. Das ist fast zweihundert Jahre her. Damals waren Schauspieler noch sehr verpönt. Und im Mittelalter wurden sie nicht mal begraben, stell dir vor!«
Peukert murmelte: »Ich glaube, begraben werden wir. Alles andere aber ist geblieben.«
»Oder wieder so geworden«, meinte Franziska. »Weißt du, daß die Neuberin in Laubegast gestorben ist?«
»Prost Mahlzeit«, stöhnte Peukert. »Dort spielen wir übermorgen!«
Franziska hieb in die Tasten, sang im Marika-Rökk-Stil: »So schön wie heut, so müßt es bleiben, für alle Zeiten, so schön wie heut ...«
»Sie machen mir Spaß«, rief Frau Hetzel von der Bühne. »Für alle Zeiten wünsche ich mir was Besseres! Wie wär's, wenn Sie sich langsam anziehen? Die ersten Zuschauer strömen schon.«
»Das Klavier muß hinter die Bühne«, kommandierte Harry Kühne, der nicht nur die Reiseleitung, sondern auch die Abendregie hatte. »Damit sich Annchen endlich mal selber begleiten kann.«
»Wie im Staatstheater«, freute sich Franziska.

»Sie mit Ihrem Staatstheater«, die alte Frau Mühl schüttelte den Kopf. »Die kochen auch nur mit Wasser!«
»Aber sie würzen besser«, warf Franziska ein und erntete einen strafenden Blick.

Die Garderobe war ein Abstellraum, die hatten sie erst ausräumen müssen. Das Fenster schloß miserabel, der Wind pfiff durch die Ritzen, wie vorher durch die Plane des Lasters. Das Wasser in der Schüssel war gefroren. Auf wiederholtes Bitten rückte der Wirt einen Eimer heraus, für den Fall, daß einer mal mußte. Bei den Männern war das ja kein sehr großes Problem: sie stellten sich einfach ans Fenster und zielten nach draußen. Bei den Damen war es komplizierter. Die mußten erst aufs Fenster klettern, Röcke hoch, Hinterteil in die Kälte halten ... nein, ein Eimer war die Rettung! Vor allem für Frau Mühl, die eine schwache Blase hatte.
Franziska schlotterte im Dirndl. »Mir ist heiß, mir ist heiß«, redete sie sich pausenlos ein, überpuderte zum x-ten Mal die blaugefrorene Nase und wirbelte auf die Bühne wie ein Sonnenstrahl in ein dunkles Kellerloch. Auch Peukert hielt sich gut. Rosenberger hatte eine Flasche Alkolat gestiftet, der alle eifrig zusprachen, wenn auch mit Vorsicht, um nicht von der Bühne zu kippen. So ging die Nachmittagsvorstellung zu Ende.
Applaus, Bravo-Rufe, Verbeugungen. Franziska floh wie immer von der Bühne. Fast gewaltsam mußten die anderen sie herausziehen.
»Warum tust du das bloß?« fragte Toni, der nicht aufhörte, sich über ihr merkwürdiges Verhalten zu wundern. »Der Höhepunkt für uns ist doch der Applaus.«
»Nicht für mich«, protestierte sie, »nicht für mich.«
»Warum denn nicht?«
»Ich weiß nicht. Vielleicht ist es die Angst, der Applaus könnte plötzlich verebben, und ich stehe noch immer da und verneige mich. Nichts ist schlimmer als eine Gunst, die einem entzogen wird. Dann schon lieber weglaufen.«

»Aber sie hören nicht auf zu applaudieren, während du dich verbeugst«, versuchte Toni ihr klarzumachen. »Wir können sogar Applaus ›schinden‹, das heißt: immer wieder und wieder herauskommen.«

Franziska schüttelte den Kopf. »Ich biedere mich nicht an.«

Sie wußte, daß sich das niemals ändern würde. So ähnlich mußte es mit der Liebe sein. Die Furcht, der andere könnte eher damit aufhören, ließ den Gedanken aufkommen, sich zuerst zurückzuziehen. Doch das konnte sie natürlich nicht beurteilen, denn bisher war mit der Liebe nicht viel losgewesen. Lag es an der Zeit, den Umständen – an ihr selbst? Lag es daran, daß sie noch nie richtig darüber nachgedacht hatte? Immer nur vernarrt ins Theater, sich freikämpfen von den widrigen Umständen, die ihr den Weg dahin versperrten, wie dem Prinzen die Dornenhecke zu Dornröschens Schloß. War es den vollen Einsatz wert? Stand der Aufwand, den sie seit Jahren trieb, nicht im Gegensatz zu dem, was ihr das Theater zurückgab?

Dies hier?

Sie sah sich um. Die Kälte. Der Hunger. Der Schmutz. Die Übermüdung.

Der Genuß der Anstrengung – war es das? Eine Art sportlicher Ehrgeiz: ich muß es schaffen! Die wundervolle Herausforderung, die das Letzte abverlangte. Du spürst keinen Schmerz auf der Bühne, weil du ihn nicht spüren darfst. Die da unten, die interessiert nicht, ob du draufgehst oder nicht. Die wollen unterhalten sein, lachen oder weinen, egal, ob du von Peukert als Amelie geküßt oder von ihm als Annchen erschossen wirst. Lache Bajazzo!

Franziska hatte sich umgezogen. Sie begann wieder zu frieren. Mit klammen Händen holte sie den Brief aus der Manteltasche. Er war angekommen, als sie sich gerade auf den Weg zur Abfahrt machte. Von der Mutter.

»... so habe ich mich also entschlossen, nun doch von hier wegzugehen. Tante Vicky wird noch bleiben, um auf Onkel Georg zu warten. Sie hat Nachricht, daß er lebt. Papa weiß noch nicht, was aus ihm wird, Dr. Fibir, ein tschechischer Anwalt, wird ihn verteidigen. Papa hat ja nichts verbrochen. Tante Vicky meint, sie wird alles tun, um ihn freizubekommen. Herr Czermak, Du weißt ja, der Bäcker aus der Königsstraße hat lebenslänglich bekommen. Die verurteilen die Leute ohne Prozeß, nur weil sie Deutsche sind. Papa ist sehr verzweifelt. Aber ich kann nicht mehr bleiben. Es gibt immerzu Streit mit Tante Vicky. Ich will zu Dir. – Spielst Du schön Theater? Vielleicht können wir Weihnachten schon zusammen feiern ...«

»Ja, ich spiele schön Theater« – Franziska lachte leise. Noch immer hatte die Mutter eine Ausdrucksweise, als spräche sie mit einem Baby.

»Franzerl«, eine sanfte Hand legte sich auf ihren Nacken. Ein kurzes, doch sehr heftiges Glücksgefühl überkam sie: Toni! Er war bei ihr. Er sorgte für sie. Er brachte ihr Salzheringe und fuhr mit ihr nach Großenhain, Kartoffeln holen. Er hatte sie gern. Auch sie mochte ihn.

»Tonitschku«, sie sah zu ihm hoch und rieb ihren Kopf an seinem Arm.

»Wieder der Brief von der Mama? Wie oft willst du ihn noch lesen?«

»Du wirst sehen, sie ist furchtbar nett. Meine Freunde in Teplitz haben sie gemocht, die Jungs vom Gymnasium – richtig angeschwärmt haben sie meine Mutter. Sie hat ...« Franziska schwieg. Plötzlich fiel ihr wieder ein, daß die Mutter sie zweimal gezwungen hatte, eine Freundschaft aufzugeben. Damals, der Abschiedsbrief an »Kumpel« Gerti! Und dann, etwas später, wieder ein Brief an Freund Julian, mit dem sie nur hatte reden wollen, nur reden: über Bücher, über Musik, über Dorian Gray, über so vieles. Es war eine reiche, sehr fruchtbare Jugendfreundschaft gewesen, die sie – grundlos – beenden mußte. Warum hatte die Mutter sie dazu gezwungen? Eifersucht? Vielleicht. Und Franziska, die sich sonst von keinem was sagen ließ, tat widerspruchslos, was die Mutter verlangte. Würde es bei Toni auch wieder so sein? »Du schreibst ihm sofort einen Brief, daß du Schluß mit ihm machst!« Ging ja gar nicht. Mit Toni mußte sie proben, reisen, auftreten. Toni konnte sie den Stuhl nicht einfach vor die Tür setzen. Außerdem war sie schon über zwanzig. Keine Fünfzehn mehr.

»Weißt du, wie du aussiehst?« Toni betrachtete sie prüfend, etwas besorgt.

»Wie denn?«

»Wie jemand, der durch einen dunklen Wald geht und vor sich hinpfeift, um sich Mut zu machen.«

»Unsinn«, sie stand auf. Die Kälte wurde nun wirklich unerträglich. »Gibt's in der Gaststube was zu essen?«

»Spiegeleier«, antwortete Toni. »Oder Omeletten, ganz nach Wunsch.«

»Ein Wunder!« rief Franziska glücklich.

»Kein Wunder«, Toni blieb gelassen. »Der Wirt hat Hühner.«

Das Hotel war klein, stand an der Hauptstraße und hieß »Zum Paradies«. Allerdings blieben die Wonnen, die das Paradies erhoffen läßt, leider aus. Die Zimmer ungeheizt. Noch immer keine Kohlen. Die Betten klamm, sie rochen modrig.

Die Abendvorstellung war nun auch endlich geschafft. Peukerts Grippe hatte sich verschlimmert. Er hustete seit Stunden. Auf der Bühne hätte er fast zu schießen vergessen, was eine Katastrophe gewesen wäre, denn ohne Annchens dramatischen Tod war das Stück kalter Kaffee. Harry, der gütige »Pfarrer Hoppe«, mußte ihn erst unauffällig, doch mit Nachdruck in den Allerwertesten treten. Da schoß Peukert und Annchen konnte ihr junges Leben aushauchen.

»Mir ist elend«, jammerte der arme Peukert. Er wankte, auf Frau Hetzels stabile Schulter gestützt, den Gang entlang. »Ich bin am Ende.«

»Ach was«, röhrte Frau Mühl, die mit ihrem langen, weiten Mantel und einem ausladenden Umhängesack hinterherstapfte, »ihr jungen Leute seid zu zimperlich! Reißt euch gefälligst zusammen.«

»Morgen früh, acht Uhr Abfahrt«, mahnte Harry, bevor er in sein Zimmer verschwand. »Aber pünktlich, wenn ich bitten darf!«
Rosenberger schleppte Franziskas und sein Gepäck die Treppe herauf, der Aufgang war schmal, Taschen und Koffer stießen gegen die Wände, es hörte sich an, als wäre ein Möbeltransport im Anmarsch.
»Hier herein«, Franziska stand an der Tür. »Du wohnst nebenan.«
»Darf ich nachher noch mal nach dir sehen?« Er stellte ihre Tasche auf eine Holzkiste, die als Ablage gedacht war und sah Franziska verliebt an.
»Wenn du meinst«, eigentlich wollte sie sofort ins Bett. Doch sie war vor Kälte wie erstarrt. Ihr grauste vor dem Ausziehen. Ein wenig Wärme wäre ganz angenehm. Meist gingen sie, wenn sie auswärts übernachteten, mit den Kleidern, sogar mit Mänteln ins Bett. Staubig und ungewaschen.
»Bis gleich dann«, Toni zog sich zurück, wirtschaftete nebenan herum, die Wände waren wie aus Papier. Er hatte wesentlich mehr Gepäck als sie. Ein frisches Hemd zum Wechseln, sogar einen zweiten Anzug, wenn sie einige Tage unterwegs waren. Seine Frau sorgte dafür und gab ihm stets einen musterhaft gepackten Koffer mit, der auf Franziska wie eine Herausforderung wirkte, wenn sie dagegen die Unordnung in ihrer hastig vollgestopften Tasche betrachtete. Oft ragten überall Zipfelchen heraus, und manchmal ging das Prachtstück auf und der Inhalt kollerte über den Boden, sehr zur Freude der staunenden Kollegen.
Nun stand sie am Fenster. Mit Russen besetzte Lastwagen rumpelten vorbei. Was fuhren die bloß immer hin und her – Tag und Nacht? Gab es soviel noch zu plündern, auszuräumen, wegzubringen, auch hier, in dieser kleinen Stadt?
Es schneite in dicken Flocken. Ab und zu fuhr der Wind dazwischen und ließ sie tanzen. Es sah gemütlich aus, erinnerte an friedliche Zeiten: an Kindheit, an Freuen auf das Weihnachts-

fest, auf das neue Buch, das unter dem geschmückten Baum lag, an duftende Kerzen und bunte Kugeln.
Wenn nur das Zimmer nicht so kalt gewesen wäre!
Ob der Vater es im Gefängnis etwas wärmer hatte? »Bitte, lieber Gott, mach« ... Nein, der liebe Gott machte gar nichts. Jeder ist für sich und den anderen selbst verantwortlich. Sich den Gegebenheiten stellen ist besser als drei Gebete.
Es klopfte. Toni stellte sich ein. Franziska stand noch immer angezogen da, nicht mal das Nachthemd hatte sie ausgepackt. Nun war es zu spät. Sie besaß nur das eine. Rosa mit Spitze. Leider war die Spitze abgerissen, auch an der Seite gähnte ein Loch und vergrößerte sich nach jeder Wäsche. Wenn sie nur nicht die Näherei so gehaßt hätte! Der Umgang mit Nadel und Faden – ein Alptraum! Alles, nur nicht das.
»Franzerl«, Toni hatte einen Morgenmantel über den Pyjama angezogen, sah frischgewaschen und gepflegt aus, als spiele er eine Rolle auf der Bühne. »Du hast ja noch gar nicht ausgepackt?«
Warum wurde sie nur den Gedanken nicht los, daß er – obwohl doch schon in die Jahre gekommen und gewiß doppelt so alt wie sie – immer »Mammis Bubi« blieb, umsorgt und betüttelt?! Allen Dingen, die ihn umgaben, haftete etwas von unerträglicher Ordnungsliebe an, wie Ehefrauen sie zum Ausdruck bringen, wenn sie nichts anderes haben – als den Mann. Ihren Mann. »Meinen Mann!«
Toni hatte nie von seiner Frau gesprochen. Hin und wieder trugen Kollegen ihm Grüße auf. Oder sie fragten: »Na, Toni, wie geht's denn Mammi?« Mammi! »Ausgezeichnet«, pflegte Toni zu antworten und beklopfte seinen Magen, als hätte er Mammi verschluckt. »Wie ihr seht, verpflegt sie mich sehr gut.« Dann lächelte er in einer selbstgefälligen Art, die Franziska nicht mochte. Kleinbürgerliches kam zum Vorschein. Es miefte, so schien es ihr, nach Kohl und Muckefuck. – »Wieso Mammi?« hatte Franziska kopfschüttelnd gefragt. Darauf Toni, etwas verlegen: »Sie ist älter als ich, weißt du.« »Wieviel?« Er antwortete

nicht. Hinter der vorgehaltenen Hand hatte Frau Hetzel ihr verraten: »Zwölf Jahre. Cilly Rosenberger hat Geld. Großer Betrieb, Textil oder ähnliches. Da ist in den Jahren vor dem Krieg einiges zusammengekommen.«
Toni hatte also eine zwölf Jahre ältere Frau mit Geld geheiratet. Über fünfzig mußte die Dame bereits sein. Allmächtiger! Daß sie »Cilly« hieß, machte die Sache nicht besser.
»Zieh dich aus«, bat Toni. »Die Nacht ist kurz.«
»Ich traue mich nicht in das eisige, klamme Bett!«
»Ich wärme es dir vor«, da war er bereits unter der Decke, samt Morgenmantel. In dem trostlosen Zimmer duftete es nach Lavendel. Cilly hatte für »Bübchen« wohl Reserven gehortet. »Nun mach' schon!«
Zögernd stieg Franziska aus dem Kleid, hielt es mit beiden Händen fest.
»Dreh dich um«, sagte sie. Ihr fiel ein, daß die Träger ihres Hemdes abgerissen waren. Sicherheitsnadeln hielten sie notdürftig fest. »Oder ich mach' das Licht aus.«
»Was mir an dir besonders gefällt«, flüsterte Toni ins Kopfkissen, »das ist deine rührende Schamhaftigkeit.« Er hatte sich tatsächlich folgsam umgedreht und hielt sich sicherheitshalber die Hände vor die Augen.
Franziska trödelte am Waschbecken, hantierte mit dem Eis, erwärmte es mit den Händen, versuchte sich notdürftig zu waschen. Der Staub des Tages, der Schweiß der Arbeit, das Lampenfieber, alles klebte an ihr. Sie fühlte sich unbehaglich und sehnte sich nach einer heißen Dusche. Wie unerreichbar waren doch die Selbstverständlichkeiten des Lebens geworden! Mit den halbaufgetauten Eiswürfeln und den erstarrten Händen ging die Säuberungsaktion nur sehr schwer. Es dauerte eine Weile. Als sie ins Bett kroch, war Toni bereits eingeschlafen. Sie kuschelte sich an ihn, da erwachte er, nahm sie in die Arme – diesmal wurde es was. Sie liebten sich, erwärmten einander und es war ganz wundervoll.
Draußen pfiff der Wind, es klang, als spiele er Flöte.

In jungen Jahren, noch als halbes Kind, hatte Franziska eine recht romantische Vorstellung von ihrer Hochzeitsnacht gehabt, ohne dabei an das Wesentliche zu denken, das sich zwischen Mann und Frau abspielte. Sie stellte sich lediglich ein märchenhaftes Himmelbett vor, in dem sie mit dem Liebsten lag. Natürlich handelte es sich um eine große Liebe, mit Herzklopfen und Kniezittern, die hier ihrem Höhepunkt zustrebte. Vor der Tür des Hochzeitszimmers spielte ein Kammerorchester Mozarts »Kleine Nachtmusik«. So schwebte sie vom siebenten Himmel geradewegs ins Paradies.
Was das Paradies betraf, nun, da war sie ja nun. Mit Toni, der ein zärtlicher Liebhaber sein konnte, wenn auch nicht gleich auf Anhieb. Himmelbett und Kammerorchester fielen aus. Dafür pfiff der kalte Winterwind auf der Flöte.

Die Ankunft

Er hieß Claudius von Rügenau und war der neue Verwaltungsdirektor. Steinmann brauchte Unterstützung, allein konnte er es nicht mehr schaffen, nur mit der guten Frau Merkers als Theatersekretärin.
»Ich bin alt, Kinder«, sagte er und machte eine entschuldigende Geste. »Fast achtzig. Ich habe zwei Kriege überlebt und mindestens zwanzig Theater. Ich werde auch dieses noch überleben. Aber nur, wenn ich nicht alles allein machen muß.«
Herr von Rügenau stand in dem winzigen Büro neben dem alten, kleinen Direktor. Um ihn gruppierte sich die Schar der von Proben und Vorstellungen übermüdeten Schauspieler, erschöpft vom Frieren in eisigen Garderoben und von langen Fahrten auf dem Laster.
»Ich habe alles in die Wege geleitet«, fuhr Steinmann fort. »Habe Leute engagiert, Regie geführt und den Spielplan gemacht, ich

werde es noch weiter tun, solange ich kann. Doch unser Herr von Rügenau wird mir vieles abnehmen, vor allem das Geschäftliche.«

Da stand er nun, der große, schlanke Mann, gut aussehend und offensichtlich unberührt von den Schrecknissen der Zeit. Niemand wußte, woher er kam. Kein Einzelfall in diesen Zeiten.

»Ich darf Ihnen versichern, daß ich mich voll für Sie alle und das Theater einsetzen werde«, versprach Claudius von Rügenau. Er hatte etwas im Blick, das Faszination erzeugte.

»Lieber Himmel«, seufzte Christine Hausding, die jugendliche Liebhaberin, die zum Zweitensemble gehörte, das Steinmann inzwischen ebenfalls zusammengestellt hatte. Wenn die einen im Theater spielten, gingen die anderen auf Tournee. Und umgekehrt. Keine schlechte Lösung, doch sie erforderte eine präzise Planung. »Was für ein Mann!«

Christine war jung, von auffallender Ernsthaftigkeit. Sie kam vom Schauspielhaus, wo sie vor Kriegsende in kleineren Rollen aufgetreten war. Nun spielte sie die »Rose Bernd« und Ibsens »Frau vom Meer«, Frauengestalten, die ihr lagen: schwerblütig, mit einem unwiderstehlichen Hauch von Tragik umweht.

Franziska mochte die nur wenige Jahre ältere Kollegin. Vielleicht deshalb, weil sie völlig anders war. Christine wirkte viel vernünftiger, weitaus besonnener. Um so erstaunlicher war es, daß sie ihr Interesse an dem neuen Verwaltungsdirektor so offen zeigte. Wer war er und wo kam er her? Franziska hielt ihn für einen ehemaligen SS-Mann, der einen sicheren Unterschlupf suchte. Er war genau der Typ: kalt, berechnend, mit nachsichtig zur Schau gestellter Überlegenheit, von der er wußte, daß sie ihm zum gutgeschnittenen Gesicht stand. Natürlich blieb ihm Christines gespannte Aufmerksamkeit nicht verborgen. Immer öfter ging sein Blick in ihre Richtung und versenkte sich in ihren Augen.

»Meine Damen und Herren«, er verneigte sich wie ein König vor seinen Untertanen, wenn er sie für sich gewinnen wollte, da er wußte, daß wohlwollende Unterwerfung der Macht vorausging. »Ich werde mein Bestes tun, um die Sächsische Landesbühne zu dem zu machen, was sie werden soll: einem erfolgreichen Theaterunternehmen! Wenden Sie sich bitte mit Ihren Sorgen, ganz gleich welcher Art, an mich. Ich werde jederzeit für Sie da sein.« Worauf er jedem einzelnen die Hand schüttelte. Steinmann nickte zufrieden. Er lächelte sogar, was bei ihm nur selten vorkam. Doch als Franziska vor dem Händedruck zögerte, runzelte er unwillig die Stirn.

»Na, was ist, Fräulein Buresch?« half er mahnend nach. »Wieder mal geistesabwesend?«

»Im Gegenteil«, sie unterdrückte das Rotwerden, das sie meist überfiel, wenn sie im Blickpunkt des allgemeinen Interesses stand. »Ich möchte Herrn von Rügenau nur etwas fragen.«

»Meine Güte«, Steinmann rang theatralisch die Hände, »diese jungen Schauspieler von heute sind ein Nagel zu meinem Sarg!« Sein Zeigefinger deutete auf Franziska. »Und Sie, mein liebes Kind, sind ein besonders dicker Nagel. Mich muß der Teufel geritten haben, als ich Sie aus den Ruinen klaubte.« Es klang zum Glück nicht allzu böse, es schwang sogar etwas Sympathie in seinen Worten. »In Gottes Namen: fragen Sie! Wir haben ja Zeit, viel Zeit, nicht wahr?« Der Sarkasmus war nicht zu überhören.

Franziska hatte den Mut verloren, auch wollte sie Steinmann nicht verletzen. Sie hatte ja eigentlich keine sehr große Erfahrung mit Männern. Doch sie besaß eine recht gute Beobachtungsgabe. An einem federnden Wippen der Knie erkannte sie den Angeber. Hinter überheblichem Auftreten witterte sie Unsicherheit. Ihr genügte nicht, was sie sah oder hörte. Der Hintergrund interessierte sie. Dieser feine, adelige Herr war – um mit Steinmann zu reden – eine Lusche. Schlimm genug, daß der alte Mann es nicht merkte.

Rügenau stand vor ihr und wartete. Auf seiner Stirn erschien eine Falte, nur ganz kurz, er machte schmale Augen und etwas Warnendes kam in seinen Blick. Die Abneigung war gegenseitig.

»Ihre Frage –!« erinnerte er sie.

»Na schön«, Franziska setzte ihr arglosestes Gesicht auf und fragte: »Wie lange waren Sie an einem Theater – und wo?«
Rügenau fiel nicht aus der Rolle. »Das sind schon zwei Fragen«, er lächelte sie an wie ein Vater sein ungehorsames Kind, das er mit gnadenloser Liebe strafen wollte. »Aber Sie sollen eine Antwort haben, Fräulein – ä ...« Schiefgelegter Kopf. Zeitgewinnungsgeste.
»Buresch«, sagte sie.
»Ich bin noch niemals an einem Theater gewesen«, erklärte er milde. »Es war Krieg, nicht wahr? Ich habe gekämpft als Soldat. Wir alle fangen neu an. Ich auch. Geben Sie mir bitte eine Chance, Fräulein Buresch.«
Die mit Charme garnierte Überheblichkeit kam gut an. Einige der Kollegen lachten, auf Franziskas Kosten. Gutmütig zwar, doch immerhin. Auch Toni Rosenberger amüsierte sich. Er nahm ihre Hand und sagte: »Ach, Franzerl, laß doch!«
Christines Blick schwankte zwischen Vorwurf und Empörung. Peukert bemühte sich, seinen Hustenanfall zu unterdrücken – der Bronchialkatarrh war noch immer nicht viel besser – und zuckte ratlos die Achseln.
Da überwand sich Franziska, reichte Rügenau die Hand und sagte: »Also dann – auf gute Zusammenarbeit!«
Sie hatte richtig vermutet: seine Finger waren schweißnaß. Auch auf seiner makellosen Stirn standen Hitzeperlen. Sie zog schnell die Hand zurück und wischte sie, unauffällig, an ihrem Rock ab. Kein Zweifel: Claudius von Rügenau hatte Angst. Doch wovor?

»Er bringt weltmännischen Glanz in die Bude«, stellte Toni fest, als sich die Versammlung auflöste und die beiden Direktoren sich mit Frau Merkers zu einer Besprechung zusammensetzten. »Paß auf, bald erhöhen sich unsere Gagen.«
»Wenn du dich da nur nicht täuschst«, meinte Franziska.
Frau Mühl wetterte: »Der Mann gefällt mir nicht! Er hat was in den Augen – wie ein Raubtier, das auf Beute aus ist!«

»Sie sagen es«, Franziska freute sich, daß die alte Dame ihrer Meinung war. »Sehen Sie sich Christine an!«
Die Hausding stand vor der Tür des Büros und sah unverwandt hinein, konnte sich nicht trennen vom Anblick des Herrn von Rügenau.
»Die hat's erwischt«, Toni lachte. »Und wir haben sie für unnahbar gehalten!«
Franziska machte Anstalten, Christine zu rufen. Frau Mühl aber tippte ihr auf die Schulter und sagte: »Lassen Sie das Mädchen! Jeder hat das Recht auf seine eigene Erfahrung. Warnen kann man nicht. Dadurch wird alles nur viel schlimmer.«
Sie stakste mit großen Schritten davon, in ihrem weiten Umhang und der Kapuze: ein Rübezahl, der in die Stadt gekommen war, um die Menschen zu verstehen.
»Fast hundert Jahre Erfahrung«, murmelte Franziska bewundernd, »aber sie verzichtet darauf, sie weiterzugeben!« Keine Nörgelei an den jungen Leuten, keine ungebetenen Belehrungen. War das Größe?
Sie bogen in die Luisenstraße ein und gingen zum Albertplatz. Überall Matsch. Keine Spur von Vorweihnachtsstimmung. Franziska schlug den viel zu kleinen Kragen ihres Trachtenmantels hoch und hatte keine Lust, sich mit Toni zu unterhalten. Ein spielfreier Abend lag vor ihr. Auch am nächsten Tag hatte sie frei. Keine Probe, keine Vorstellung.
»Wollen wir noch ins Löwenbräu, Brühe oder Alkolat trinken?« Toni nahm ihren Arm und paßte seinen Schritt dem ihren an.
»Keine Lust!«
Franziska hatte sich eine Karte für das Konzert im Interimstheater besorgt. Professor Keilberth dirigierte die Staatskapelle. Auch trug sie bereits das einzige gute Kleid: schwarzer Wollstoff der Rock, mit eingenähten Plisseefalten. Samtoberteil. Frau Escher, die stets um sie besorgte Wirtin, hatte ihr einen großen Spitzenkragen mit einem Jabot geschenkt, das lose über die Brust fiel. Sie kam sich vor wie ein Rokokokavalier.

»Außerdem gehe ich ins Konzert. Will mich noch etwas einstimmen.«
»Darf ich dich abholen?« fragte Toni, der sich nur ungern von Franziska trennte.
»Mußt du nicht bei Mammi sein – am spielfreien Abend?« stichelte sie.
»Davon weiß sie nichts«, er blieb stehen, nahm ihren Kopf in beide Hände und küßte sie auf den Mund. »Auf jeden Fall sehen wir uns heute noch.«

Richard Strauss' »Tod und Verklärung«. Franziska saß zwischen den Zuhörern im kahlen Saal, auf hartem Stuhl, und der Rücken tat ihr weh. Doch sie achtete nicht darauf. Was für eine Musik! Sie lauschte, ließ sich hineingleiten in das Tongemälde, empfand das Alleinsein. Das Gefühl der Verlassenheit überkam sie in solchen Augenblicken: wenn sie Musik hörte und keiner neben ihr saß, dessen Hand sie drücken konnte – weil es so schön wurde, daß es allein kaum zu ertragen war! Schulter an Schulter sitzen, sich freuen auf das Leben, beieinander sein, ohne voneinander Besitz zu ergreifen – gab es das?
Diese Musik! Das strahlende Thema der Verklärung. Wie eine Vision von einer Liebe, die bisher ausgeblieben war. Ihr Herz war voller Sehnsucht. Der kühle Verstand hatte sich ausgeschaltet und machte Pause.
Als sie an der Garderobe stand, um ihren Mantel zu holen, rief jemand ihren Namen. Sie sah sich um. Ein Mann überragte die anderen. Er war dünn, hatte Hängeschultern und sah aus, als müsse er schleunigst gefüttert werden. Doch – er lachte.
Eduard Vollmers, du liebe Zeit! Der einst so verstörte Musiker mit seiner Oboe.
Sie drängten durch die Menge aufeinander zu, um sich zu begrüßen. Er nahm ihre Garderobenmarke und ließ sich beider Mäntel geben. Da er über sämtliche Schultern und Köpfe langen konnte, ging es ganz schnell.
»Der Vorteil aller Großen«, Franziska ließ sich von ihm in den

Mantel helfen. »Wir Kleinen brauchen ein viel stärkeres Selbstbewußtsein und auch mehr Durchsetzungsvermögen.« Sie lachte. »Ziemlich miefig da unten.«
Er bahnte den Weg zum Ausgang. Kaum wiederzuerkennen, dieser einstige Pessimist ohne Hoffnungsschimmer.
Sie blieben im Foyer, drückten sich an die Wand und ließen die anderen vorbei. Durch die offene Tür kam frische Winterluft.
»Haben Sie ein Engagement bekommen?« erkundigte sich Franziska.
»In Görlitz, ja. Ich war nur zwei Tage in Dresden.«
»Und heute – warum sind Sie heute hier?«
»Besuch bei meinem Agenten, fürs nächste Jahr. Wahrscheinlich Berlin.«
»Das ging ja schnell bei Ihnen«, sagte Franziska nicht völlig neidlos.
»Und Sie?« fragte er. »Staatstheater?«
»Nicht ganz. Ein uralter Schmierendirektor hat mich beim Kippensammeln zwischen den Ruinen aufgelesen und vom Fleck weg engagiert. Wenige Stunden nach unserer Ankunft.«
Die letzten Besucher hatten das Theater verlassen. Der Türschließer stand mahnend vor ihnen.
»O Gott«, Franziska schloß eilig den Mantel über dem Jabot. »Ich glaube, ich werde abgeholt!«
»Ich auch«, gestand Vollmers und errötete leicht. »Von Lucia.« Er sagte »Lutschia«, es klang wie ein Lied.
Franziska betrachtete ihn neugierig. »Eine Freundin?«
»Sie ist Chorsängerin«, Vollmers senkte den Kopf, als fühle er sich schuldig. »Lucia ist mitgefahren. Hat leider keine Karte mehr für das Konzert bekommen. Es gab nur eine. Ein Freund hat das vermittelt.«
»Und ich habe stundenlang angestanden«, gab Franziska zu.
Sie traten hinaus in die Dunkelheit. Die Straße war menschenleer, in einiger Entfernung notdürftig beleuchtet von einer müden Straßenlaterne, in deren Schein Schneeflocken wirbelten.
»Man hat uns vergessen«, stellte Franziska fest. Kein Toni. Er

war wohl lieber doch nach Hause gefahren, zu Mammi, in die warme Stube. »Wo steckt Ihre Lucia?«
»Im Hotel, nehme ich an«, nun war er wieder total verstört, der arme Vollmers, wie damals im Zug und in der Ruinenwüste, als er um ein Haar seine Oboe hatte stehenlassen. »Ich begreife nicht – sie wollte doch ... lieber Himmel ...«
»Nun kippen Sie nicht gleich um«, Franziska trommelte beruhigend auf seinen Arm ein. »Vielleicht hat sie sich hingelegt und verschlafen.«
»Nein, nein ...« Er wollte davonstolpern, da rief eine Stimme: »Hallo, Edi, hier bin ich!« Eine Gestalt trat aus einem Hauseingang. Sie war klein und rund.
»Lucia«, Vollmers stürzte ihr entgegen, als kehre er von einer Weltreise zurück. »Warum versteckst du dich?«
Sie hatte sich gar nicht versteckt, nur Schutz gesucht vor der kalten Luft. Eifersüchtig war sie wohl auch. Sicher hatte sie ihren Edi beobachten wollen. Er stellte ihr Franziska vor, erklärte, um wen es sich handelte.
Lucia, die durchaus nicht wie ein romantisches Lied aussah, eher wie ein handfester Brocken, schien beruhigt.
»Wir bringen Sie ein Stück«, schlug sie freundschaftlich vor. »Ein junges Mädchen allein um diese Zeit – das kann man doch nicht verantworten – was Edi?«
Er nickte eilig. Vollmers hätte bedingungslos zu allem genickt, was Lucia vorschlug. Also nahmen sie Franziska in die Mitte: der lange Lulatsch und die kleine Lucia. Sie gingen nebeneinander her wie alte Bekannte.
»Wir haben Glück mit unserem Kapellmeister«, plauderte Lucia unbefangen. Sie war eine echte Frohnatur. »Er ist noch ganz jung. Hat Musik im Blut. Leider nur ein Auge. Kriegsverletzung. Sieht aber gut aus, zum Verlieben.«
»Na, na«, mahnte Vollmers schelmisch und simulierte Eifersucht, was ihr gefiel.
Franziska blieb stehen. Sie schluckte aufgeregt und starrte Lucia an.

»Übrigens kommt er auch aus Teplitz«, fuhr die herzhafte Chorsängerin fort. »Ist dort geboren.«
»Gogsch«, murmelte Franziska. Sie unterdrückte einen Jubellaut.
»Nee«, sächselte Lucia, »Poulet heißt er. Robert Poulet.«
»Auf deutsch: Hühnchen!« Franziska lachte. Ihre Begleiter sahen verblüfft drein. »Einer meiner Jugendfreunde. Wir waren eine kleine Gruppe. Julian, der Spötter, ich und Robert Hühnchen, der Musiker. Wir nannten ihn immer nur ›Gogsch‹. Er ist es bestimmt! Nennt sich jetzt französisch. Würde ich auch tun, wenn ich Hühnchen hieße. Ihr nicht?«
Nun lachten auch die zwei anderen. Sie versprachen, das Geheimnis zu wahren, um die Würde des jungen Kapellmeisters nicht in Frage zu stellen.
Die Laternen gingen aus, es wurde noch dunkler. Eine Uhr schlug Mitternacht. Die Flocken fielen still und regelmäßig, der scharfe Wind hatte sich gelegt. Klare Sterne funkelten friedlich. Ein Atemholen zwischen dem chaotischen Gestern und dem ungewissen Morgen?
Lucia angelte aus der Tiefe ihrer Manteltasche ein Fläschchen. Sie ließ es kreisen. Echter Wodka! Er wärmte Herz, Hirn und Magen.
Vollmers setzte die Flasche ab, übergab sie ordnungsgemäß seiner Lucia und sagte: »Auch der Intendant ist gut. Er heißt Rohrbeck.«
»Fritz Rohrbeck?« rief Franziska überrascht. Der ehemalige Oberspielleiter des Staatstheaters Aussig. Unterrichtete auch in der Schauspielschule. »Er war mein Lehrer!«
»Fahren Sie nach Görlitz«, rief Lucia viel zu laut für die späte Stunde. »Er wird Sie engagieren!«
»Ich fahre«, versprach Franziska. »Morgen schon. Oder übermorgen. Spätestens aber nächste Woche.« Vor Aufregung genehmigte sie sich noch einen Schluck aus Lucias Flasche. »Grüßen Sie Rohrbeck und Gogsch von mir, ja? Ich glaube, in Rohrbeck bin ich sogar verliebt gewesen, für einige Tage.

Das war, nachdem ich einen Monolog in der Unterrichtsstunde gesprochen hatte – welchen denn? Lieber Himmel, ich bin ganz durcheinander! Ach ja: die ›Melitta‹ aus Grillparzers ›Sappho‹. Als ich damit zu Ende war, strich er mir übers Haar, ganz zart, und sagte: ›Begabtes Mädchen!‹ Ganz einfach, ganz lieb: ›Begabtes Mädchen!‹ Seitdem glaubte ich an mich, seitdem ...« Sie lief auf Hochtouren, fing sich ab und sagte: »Entschuldigung! Aber durch Sie ist alles plötzlich zurückgekommen: Teplitz, Aussig, die Hoffnung und – und der Blütentraum.«
»Was ist ein Blütentraum?« fragte Vollmers. Er machte wieder sein entgeistertes Gesicht, als zweifle er an ihren Verstand.
»Schwer zu erklären«, Franziska verabschiedete sich herzlich. »Ich bin jetzt bald zu Hause. Danke für die Nachricht – und die Begleitung.«
Die letzten Schritte lief sie, atemlos vor Freude. Erst als sie um die Ecke der Helgolandstraße bog, blieb sie stehen, um tief einzuatmen. Zur Freude bestand kein Anlaß. Noch saß sie fest in dieser geschundenen Stadt. Sie mußte sich abgewöhnen, stets himmelhochjauchzend zu reagieren.
In ihrem gemütlichen Zimmer würde sie darüber nachdenken. Ins Tagebuch schreiben. Zu sich kommen und die Zukunft planen.

Sie suchte, wie immer, den Hausschlüssel, fand ihn nicht, sah ratlos die Fassade hoch, ganz oben, rechts, die zwei langen, schmalen Fenster, das war ihr ...
Licht! In ihrem Zimmer brannte Licht. Toni hatte sie schon einmal hier zurückerwartet. Das wollte sie nicht. Frau Escher duldete es zwar, doch begeistert war sie nicht, das konnte man ihrem Gesicht ansehen.
Ein Fenster stand offen. Lachen! Was ging da oben vor?
Im Seitenfach der Handtasche lag der Hausschlüssel. Franziska lief die Treppe hinauf, nahm zwei Stufen auf einmal, steckte vorsichtig den Schlüssel ins Schloß, öffnete leise, um Frau

Escher nicht zu stören, schlich zu ihrem Zimmer und stieß die Tür auf.
»Franzerl, schau, wer da ist!« Toni, nicht mehr ganz nüchtern, breitete die Arme aus.
Am Tisch saß Maria Buresch und lachte ihr entgegen.
»Na endlich«, sagte die Mutter. »Seit Stunden sitzen wir da und warten auf dich! Frau Escher hat mich hereingelassen. Dann kam Herr Rosenberger. Freust du dich?«
Franziska kehrte vom Höhenflug ihrer Zukunftsträume zurück zur Erde. Auf dem Tisch stand eine Flasche Schnaps mit zwei Gläsern. Ein Koffer lag aufgeklappt auf dem Sofa. Die letzten Habseligkeiten, die ihr geblieben waren, hatte die Mutter mitgebracht. Obenauf die Brotschneidemaschine, Marke Leinbrock. Mit Handkurbel zu drehen, das modernste Stück im ehemaligen Haushalt der Bureschs. Ein Marienbild lag daneben, auf Tücher gebettet, es hatte im Schlafzimmer gehangen und war garantiert zu nichts zu gebrauchen.
Maria Buresch war aufgestanden und sah verlegen aus.
»Und deinen Fohlenmantel«, sagte sie, »den habe ich auch mitgebracht.«
Da stürzte Franziska ihr in die Arme und heulte wie ein Schloßhund. Aber nicht wegen des Mantels, den sie übrigens nie hatte leiden können.
Toni schenkte neu ein, sah lachend von einer zur anderen und sagte: »Also dann – Prost, meine Damen!«

Mit der ersten Straßenbahn fuhr er nach Hause. Er sah ziemlich verwüstet aus. ›Mammi wird sich wundern!‹ dachte Franziska mit einer Spur von Schadenfreude. So kannte sie den sonst so gepflegten Toni gar nicht. Die Ankunft ihrer Mutter schien ihn überwältigt zu haben.
Maria Buresch räumte die Gläser weg und machte Anstalten, das Zimmer in Ordnung zu bringen.
»Laß stehen, bitte«, flehte Franziska. »Du schläfst im Bett, ich auf dem Sofa.« Sie stritten ein bißchen, jede wollte der anderen das

Bett überlassen. Als sie endlich lagen, fragte Franziska: »Und Papa – was ist mit Papa?«
»Sein Prozeß läuft«, antwortete Maria Buresch aus der Dunkelheit. »Dr. Fibir setzt sich sehr für ihn ein. Bisher hat keiner von den tschechischen Zeugen dem Papa etwas nachsagen können. Wenn es weiter so gut läuft, kommt er bald frei.« Sie seufzte tief. »Gott geb's!«
»Gott wird sich hüten«, dachte Franziska. »Aber wenn wir daran arbeiten, renkt sich alles ein. Auch für mich!«
»Morgen fahre ich nach Görlitz«, sagte sie leise. »Zu Rohrbeck. Der ist dort Intendant. Kann sein, daß er mich engagiert.«
Marias Bettdecke, die Frau Escher zurechtgelegt hatte, raschelte.
»Du willst mich allein lassen?!«
»Ich komme ja bald wieder zurück. Aber wenn du willst, fahre ich eben erst nächste Woche.«
Stille.
»Du mußt für mich eine Wohnung suchen«, sagte Maria Buresch nach einer Weile. »Das wird ein paar Wochen dauern. Und dann die Anmeldungen! Ich kenne mich hier doch nicht aus.«
»Natürlich kümmere ich mich um alles«, versprach Franziska. »Aber nach Görlitz muß ich. Es geht schließlich um meinen Beruf.«
»Dein Beruf –!« Maria stieß die Luft durch die Nase. »Warum suchst du dir nicht ...« Der Rest ging in Gemurmel über. Die Mutter schlief ein, erlosch wie eine ausgeblasene Kerze.
Franziska bedeckte das Gesicht mit den Händen. Alles kehrte nach und nach zurück: das Gute und das weniger Gute.
Und plötzlich war die Freude wie weggeblasen.

Nägel ohne Köpfe

Der Behördentanz begann aufs neue, diesmal nicht ganz so zermürbend. Maria Buresch bekam aufgrund der Arbeitsbescheinigung ihrer Tochter die Aufenthaltsgenehmigung, vorläufig nur auf unbestimmte Zeit. Auch Lebensmittelkarten und ein Zimmer. Zwei Straßen weiter, in einem Neubaublock, der vom Bombenhagel verschont geblieben war.

Gemeinsam feierten sie Weihnachten. Sie schrieben an den Vater im Gefängnis. Bekamen Nachricht von Tante Vicky: der Prozeß ging seinem Ende zu, nun müsse man abwarten und hoffen. Onkel Georg würde demnächst endlich aus der Kriegsgefangenschaft entlassen. Wann und wohin war nicht bekannt.

Nach wie vor ruckelte Franziska mit den anderen im Laster von Bühne zu Bühne, bekam nicht spielfrei, verschob die Reise nach Görlitz von Woche zu Woche. Das Zimmer, das die Mutter bewohnte, war nur für kurze Zeit vermietet worden. Etwas Neues mußte gefunden werden.

»Such' doch bitte«, trieb Maria die Tochter an. »Was soll ich denn bloß machen, wenn du mir nicht hilfst? Ich kenne mich doch nicht aus.«

Die Mutter von Christine Hausding war ganz anders: von früh bis spät unterwegs, um Lebensmittel heranzuschaffen. Dadurch hatte Christine Zeit, ihre Rollen zu lernen, sich ab und zu ein wenig auszuruhen und vor allem Gelegenheit, sich sattzuessen. Doch Franziska – nun ja, die Mutter hatte viel durchgemacht. Leicht war es für sie nicht gewesen. Einundvierzig Jahre war sie nun alt, schlank, und nicht größer als 1,56. Noch immer war ihr Gesicht mit den ausgeprägten Backenknochen hübsch anzusehen. Gerade Nase, schmaler Mund, blaue, sehr helle Augen. Verwöhnt von ihrem Mann (»Muttl, laß das nur, ich mach' das schon!«). Nun mußte eben die Tochter einspringen. Das Einzelkind. (»Franziska kann das nicht, das schafft sie nicht, sie ist so ungeschickt!«)

Es war keine Zeit für Ungeschicklichkeit. Nicht für Franziska. Zeit der Bewährung, das schon eher. Für Franziska. Nicht für Maria Buresch. Für sie war alles »einfach fürchterlich!« Dabei beließ sie es. Noch immer faßte sie es nicht, daß der Führer den Krieg verloren hatte, da er doch ein »Gottgesandter« war.
»Wenn sie ihn nicht verraten hätten –!«
»Wer hat ihn verraten?«
»Die Generäle, überhaupt alle.«
Maria sah die Dinge von ihrer Perspektive aus, was allerhand war, wenn man bedachte, daß sie keine besaß. Ihr wirres Weltbild bestand aus Aufgeschnapptem und ihrem trotzigen Widerspruch, zu dem sie jederzeit bereit war. Opposition und Anerkennung. Das galt für die Weltgeschichte als auch für die Tochter. So wußte Franziska nie, in welcher Phase die Mutter sich jeweils befand: Lob oder Herabsetzung?
Franziska widersprach nicht. Sie betrachtete die Mutter nachsichtig, lächelte ihr zu. Vieles schien in Marias Kopf durcheinanderzugehen, als hätte sie das Kriegsende verschlafen, gar nicht wahrgenommen, was wirklich passiert war.
»Wir müssen eben zurechtkommen«, Franziska räumte die Kaffeetassen ab, stellte sie samt Kanne auf ein Tablett und trug es in die Küche, zu Frau Escher. Eine große, blonde Frau, deren Mann auch noch nicht zurückgekommen war, genau wie Onkel Georg. Doch sie wartete, war fröhlich und gab nicht auf.
»Na?« Frau Escher nickte Franziska zu. »Schön, die Mutter hier zu haben, nicht?«
»Ja, doch ja. Danke für den Kaffee.«
»Es waren sogar ein paar Bohnen drin!«
»Wir haben es bemerkt«, Franziska stellte die Tassen in die Spüle. Sie mußte sich zwingen, an solche Dinge zu denken. »Übrigens spielen wir übermorgen ›Jugend‹. Im Kleinen Theater. Für Sie und meine Mutter liegen Karten bereit.« Stolz setzte sie hinzu: »Ehrenkarten!«
Frau Escher freute sich. Sie war eine begeisterte Theaterbesucherin und nahm jede Gelegenheit wahr, sich ein Stück anzuse-

hen. Franziska besorgte ihr ab und zu Karten, das ging, wenn man den Theaterausweis vorlegte. Steuerkarten, ganz billig. Dankbar nahm Frau Escher an und versorgte Franziska, so gut sie konnte. Kümmerte sich auch um die Mutter.
So gingen die beiden Damen an einem Februarabend ins Theater, um Franziska zu sehen: als Annchen in »Jugend«.

Steinmann fühlte sich nicht besonders. Er griff sich oft an die Brust, dorthin, wo sein Herz saß, schnappte nach Luft und bekam starre Augen.
»Was ist mit Ihnen?« Frau Hetzel führte ihn besorgt zu einem Stuhl hinter der Bühne. Er setzte sich und wedelte abwehrend mit den Händen.
»Geht schon wieder, lassen Sie nur«, er scheuchte sie davon. »Macht euch lieber zurecht, es wird Zeit.«
Frau Hetzel ging in die Garderobe. Es gab zwei: eine für Damen, eine für Herren. Es gab sogar noch eine dritte: »Für Statisten«. Doch Statisten hatten sie keine. Da niemand den Luxus einer Einzelgarderobe in Anspruch nehmen wollte, blieb sie leer. Nur wenn Frau Mühl mitspielte, residierte sie darin, ließ aber die Tür offen: »Falls mir was passiert, Kinder, damit ihr es gleich merkt.«
»Das merken wir spätestens, wenn du deinen Auftritt verpaßt«, hatte Harry Kühne letztlich gespöttelt und dafür eine Ohrfeige bekommen. Eine leichte nur, doch immerhin. Hochaufgerichtet stand die Mühl vor Harry, noch hatte sie nicht »Maske« gemacht, und sie sagte: »Du bist ein Flegel, mein Sohn!« Dann spielte ein Lächeln um ihre Lippen, etwas milder fügte sie hinzu: »Nun habe ich dir endlich mal ungeschminkt die Meinung gesagt!« Worauf sie sich dem Spiegel zuwandte und sich nicht mehr um die anderen kümmerte, die natürlich lachten.
»Der Steinmann sieht miserabel aus«, Frau Hetzel patschte sich die Schminke ins Gesicht, klopfte sie auf den runden Wangen ein, legte Rouge auf, klunkerte sich dicke, schwarze Wimpern. »Er könnte wirklich aufhören. Wozu hat er den Rügenau? Was

wir vor allem brauchten, wär' halt ein guter Regisseur. Ist aber wohl nicht drin im Etat!« Sie warf Franziska einen Blick zu. »Was fummeln Sie denn mit Ihren Haaren herum?«
»Ich krieg' heute die Zöpfe nicht an – verdammt!« Bereits die dritte Haarnadel verbogen, zwei abgebrochen. Der Gedanke an eine Friseuse ließ Sehnsucht aufkommen. Utopie!
»Sie sind aber fiddelig«, Frau Hetzel schüttelte den Kopf. »Wegen Ihrer Mutter, ja? Sieht sie Sie zum ersten Mal auf der Bühne?«
»In einer Hauptrolle, ja. In Aussig, als ich noch in die Theaterschule ging, durfte ich mal einen Satz sprechen, den allerersten auf der Bühne.« Franziska hatte endlich den einen Zopf angesteckt, er hielt, auch als sie daran zog. »Wir spielten ein Stück, frei nach Calderon: ›Das große, deutsche Welttheater‹, von Heinrich von Scholz. Die Betonung lag auf dem Wort ›deutsch‹, also nicht irgendein Welttheater. Sondern ein deutsches. Beeindruckend, nicht?«
»Und?« Frau Hetzel war nicht aufgeschlossen für kritische Ironie, »was spielten Sie?«
»Einen Embryo.«
»Was?!«
»Präzise: ein ungeborenes Kind.«
»Wie spielt man so was?« Frau Hetzel unterbrach den Schminkprozeß und starrte Franziska durch den Spiegel gespannt an.
»Ganz leicht. Doch für mich war es ein Weltuntergang. Aufregung, Herzklopfen, feuchte Hände, trockener Hals. Meine Mutter im Saal.«
»Wie heute«, warf Frau Hetzel ein.
»Der liebe Gott saß auf einem Thron. Er ließ die Geschöpfe vor sich auftreten. Eine graue Gestalt nach der anderen. Er verteilte die Rollen: Schönheit, Jugend, Kraft, Anmut, Bosheit. Damals dachte ich, daß er doch eigentlich gar kein so lieber Gott sein könnte, wenn er auch die Bosheit erschafft. Oder –?«
»Wie war das also mit dem ungeborenen Kind?« drängte Frau Hetzel.

»Ich mußte von der linken Seite des Orchestergrabens heraufsteigen, im langen, weißen Hemd und mit gefalteten Händen, vor Gottes Thron treten und fragen: ›Was, Herr, bestimmst du mir?‹ Mein erster Satz auf der Bühne, vor vollbesetztem Zuschauerraum. Meine Mutter in der ersten Reihe, Mitte. Was für ein Gefühl –!«

»Und was passierte?« Frau Hetzel hielt den Atem an.

»Nichts«, Franziska mußte sie enttäuschen. »Ich hatte den Satz lange geprobt, er klang wunderbar. Der liebe Gott auf seinem Thron hob segnend die Hände und sagte: ›Du, ungeborenes Kind, aus der Dunkelheit gekommen, wirst niemals das helle Licht des Lebens erblicken. Gehe zurück ins Nichts, aus dem du gekommen bist.‹ Ich stieg auf der anderen Seite wieder in den Orchestergraben – mit gesenktem Kopf und noch immer gefalteten Händen. Meine Mutter saß da und weinte. Sie konnte es nicht verkraften, daß ich ungeboren in die Tiefe des dunklen Nichts geschickt werden sollte. Dabei war ich doch nur im Orchestergraben.«

Frau Hetzel lachte. »Sie müssen sehr überzeugend gewesen sein!«

»Trotzdem hat keiner zum Schluß begeistert meinen Namen gerufen«, bedauerte Franziska.

Toni kam in die Garderobe und verkündete: »Deine Mutti, Franzerl, und deine Wirtin habe ich ganz nach vorn gesetzt: erste Reihe, Mitte.«

»Schon wieder«, stöhnte Franziska. »Das hält doch kein Mensch aus!«

Sie hatte den derben Wollrock verkehrt herum angezogen. Auch das Mieder saß nicht, es platzte auf, Frau Hetzel half zuschnüren.

Steinmann erschien, er war wieder obenauf. »Kümmert euch um eure Requisiten«, er mußte unbedingt seine Ermahnungen loswerden. »Vergeßt den Vorhang nicht und tretet nicht zu nahe an die Rampe, vor allem die Damen, sonst brennen die Röcke, wenn wieder ein Scheinwerfer platzt.«

Christine war neulich fast in Flammen aufgegangen! Sie hatte einen Schock – aber doch weitergespielt. Nervös allerdings, mit flatternder Stimme, denn auch ihr Privatleben war seit Rügenaus Auftauchen durcheinandergeraten. Auch hier Flammen, auf beiden Seiten: entbrannte Liebe.
Steinmann gab noch einige Anordnungen und verschwand. Es klingelte zum dritten Mal. Franziska spähte durch das Loch im Vorhang, sah die Mutter sitzen, mit erhobenem Kopf und skeptischen Augen. Frau Escher neben ihr, feingemacht, sie flüsterte Maria etwas zu, die nickte nur flüchtig und starrte unverwandt zur Bühne.

Der Vorhang ging auf, von Steinmann eigenhändig bedient. Auf der Bühne empfing der Herr Pfarrer seine Nichte Annchen, die mit dem Kaplan und Amandus aus der Kirche kam. »Guten Morgen, Onkelchen!« Handkuß. Dialog. Der strenge Kaplan beobachtete Annchen mit halbherzigem Lächeln, versteckte seine Verliebtheit hinter Fanatismus.
Toni versuchte fanatisch zu sein.
Harry Kühne gütig.
Annchen naiv, verspielt – o Gott, dachte Franziska, ich bin zu neckisch, was tu' ich denn da? Ich muß den Ton wechseln, etwas tiefer die Stimme, ruhiger die Bewegung, Sinnlichkeit ist nicht verschusselt, sie gibt sich träge, hau' nicht gleich mit voller Stimme in den ersten Satz ...
Pantsch trat auf und legte los. Mimte sächselnde Liebe. Das Publikum war nachsichtig. Und klatschte dankbar.
Der zweite Aufzug kam – und damit die Katastrophe.
Franziska hatte der Mutter von der Bühne aus unauffällig zugenickt. Maria nickte zurück, sah stolz aus, das mußte Franziska ausnützen. Sie mußte besser werden, noch besser. Ja, sie merkte, wie sie endlich die Rolle in den Griff bekam: wie sie neben sich stand, um sich kritisch zu beobachten, doch gleichzeitig auch in sich versenkt, um zu empfinden. Der glücklichste Zustand für einen Schauspieler. Wie sich alles dreht, wie sich alles dreht ...

Hans: »Warum bist du nun nicht mitgekommen spazieren! Ich hab' dich so gebeten. Aber nein!«
Annchen: »Dann hätt' ich doch die Kuchen nicht machen können. Paß mal auf, wie schön die sind!«
Schnell ab. Fast hätte sie Steinmann umgerannt. Dunkel und eng hinter der Bühne. Der Tisch mit den Requisiten. Die Kekse aus Pappmaché nicht darauf.
»Wo sind die Kekse?«
Das Karussell stand still, sie fiel vom hohen Roß.
Steinmann machte ein Gesicht, das seinem Namen entsprach.
»Habe ich euch nicht gesagt, ihr sollt die Requisiten ...«
»Wo, um Himmels willen, sind die Kekse?!«
»Sie sind wirklich der letzte Nagel zu meinem Sarg«, stöhnte Steinmann. »Sehen Sie nur zu, wie Sie da rauskommen! Ich bin gespannt.«
»Helfen Sie mir, bitte, was soll ich denn machen?« Ebensogut hätte sie die Festung Königsstein anflehen können.
Auf der Bühne wechselte Hans mit dem Kaplan einige Sätze, kurz nur, höchstens eine halbe Minute.
Kaplan: »Die Geschichte wird Ihnen sagen, daß wir hier auf polnischer Erde sind, Herr Studiosus!«
Ihr Stichwort. Jetzt sollte sie mit dem Kuchenteller kommen. Steinmann stand bewegungslos und machte ein hämisches Gesicht. Ein Teller war da, immerhin. Nur mußte etwas draufliegen. Franziska blickte sich verzweifelt um, stolperte über einige Holzklötze, die herumlagen, rostige Nägel ragten heraus, kopflos wie Franziska.
Der Kaplan räusperte sich. Auf der Bühne entstand eine Pause. »Jaja«, sächselte Hans gutmütig, um eine Brücke über das Schweigen zu bauen. »Die Luft hier ist so ganz anders als bei uns. Hat sowas Polnisches im Charakter ...«
Die Holzklötze lagen auf dem Teller. Franziska betrat die Bühne wie ein mittlerer Hurrikan.
»Da, das ist für den eigensinnigen, jungen Herren!«
Hans: »Die sehen ja wirklich großartig aus. Darf ich, Annchen?«

Zunächst hatte er nichts bemerkt. Erst als er zulangen wollte und sich an einem der Nägel ritzte, starrte er auf den Teller.
»Die sind für dich gebacken, Hanschen. Siehst du, daß ich nicht so schlecht bin, wie du immer denkst?«
Auch die Zuschauer entdeckten nun, was auf dem Teller lag. Vor allem jene in der ersten Reihe. Gemurmel, Geraune, unterdrücktes Gelächter.
Annchen setzte sich neben Hans, obwohl sie neben dem Kaplan am Tisch stehen bleiben sollte. Doch dazu war sie nicht mehr imstande. Tonis entgeisterter Blick machte es ihr unmöglich. »O, Panna Annuschka«, er sank auf den Stuhl und hielt sich beide Hände vors Gesicht. Seine Schultern zuckten. Kein Zweifel: der finstere Kaplan lachte. Dann brach auch Hanschen in Lachen aus. Und Annchen. Und das Publikum. Alle, alle lachten sie. Der Vorhang blieb offen. Steinmann wollte seine Rache.
In einer letzten Aufwallung von klarer Überlegung schlang Annchen die Arme um Hanschens Hals und stöhnte: »Ich habe dich so lieb, so lieb, so lieb ...«
»Annschen, mein Annschen!«
Vorhang.
Der zweite Akt hatte nur zehn Minuten gedauert, doch er ging, zumindest vom Text her, ordnungsgemäß zu Ende.

»Ich weiß nicht«, Maria hängte sich auf dem Heimweg bei Franziska ein, »diese Holzklötze und dann die rostigen Nägel –! Habt ihr denn keine anständigen Requisiten?«
Franziska verbiß das Lachen, wechselte über den Kopf der Mutter hinweg einen Blick mit Frau Escher und antwortete: »Wir sind eben ein sehr armes Theater. Denk doch mal, wie kaputt die Stadt ist. Kein Fundus, keine Requisiten ...«
»Trotzdem«, Maria, meist alles witternd und argwöhnisch vorausfühlend, blieb arglos. Auch das gehörte zu ihren Unberechenbarkeiten. »Die Leute haben gelacht! Und wie kurz der zweite Akt war. Was hat denn da gefehlt?«

»Nichts«, schwindelte Franziska. »Die beiden lieben sich so sehr, die sind nicht länger zu halten.«
Maria dachte nach, sie bogen in die Helgolandstraße ein. »Und dann diese Knutscherei, ich weiß ja nicht –!« Sie seufzte und fügte tröstend hinzu: »Aber gestorben bist du gut. Die Leute haben geweint. Ich auch. Stimmt's, Frau Escher?«

In der Nacht faßte Franziska endgültig den Entschluß, nach Görlitz zu fahren. Höchste Zeit. Die Telefonleitungen funktionierten noch immer nicht, schlimm genug, daß sie Rohrbeck nicht verständigen konnte.
Gleich früh ging sie ins Büro zur Jordanstraße, um über zwei spielfreie Tage zu reden. Frau Merkers war völlig aufgelöst.
»Was ist denn los?« erkundigte sich Franziska. »Ist der Direktor da?«
Claudius von Rügenau sah um Jahre gealtert aus. »Sagen Sie es ihr, Frau Merkers!«
Steinmann lag im Krankenhaus. Er hatte, kaum daß er ins Büro gekommen war, einen Herzanfall. Der Notdienst war gekommen, um ihn abzuholen.
»Es sieht sehr schlecht aus«, schluchzte die Merkers.
»Es ging ihm gestern abend schon nicht besonders gut«, Franziska mußte sich setzen. »Und ich habe ihn auch noch aufgeregt.«
Rügenau musterte sie mit hochgezogenen Brauen.
Vor dem nicht! dachte sie und nahm sich zusammen. »Ich bin nur gekommen, weil ich einen oder zwei freie Tage brauche. Ich muß mich um ein Engagement kümmern, für die neue Spielzeit.«
»Wenn Steinmann stirbt«, wandte Rügenau ein, »dann können Sie sich gleich um ein Engagement für diese Spielzeit kümmern.«
»Wie können Sie nur so was sagen«, tadelte die Merkers und schüttelte den Kopf.
»Wir alle können uns nach was Neuem umsehen«, sagte Rügen-

au mit der herzlichen Wärme eines Glasscherbens. »Die Lizenz lautet auf Steinmanns Namen.«

Wieder verschob Franziska die Reise nach Görlitz. Sie spielten jetzt mit vollem Einsatz, um Geld in die Kasse zu kriegen. Steinmann war schwerkrank, es sah aus, als würde er sich nicht mehr erholen. Franziska besuchte ihn im Krankenhaus. Klein und winzig lag er im Bett. Ein sterbender Befehlshaber ohne Heer. Keine Zigarre, nicht mal eine Kippe. Nur das blasse Gesicht mit der Adlernase.
»Ich bin's«, Franziska näherte sich auf Zehenspitzen seinem Bett. In der Ecke saß Frau Lubitsch und weinte. »Guten Tag, Frau Lubitsch.«
Die alte Dame nickte ihr flüchtig zu und versank wieder in ihrem Schmerz.
»Wer ist denn da?« murmelte Steinmann.
»Der dickste Nagel zu Ihrem Sarg«, antwortete Franziska kleinlaut. »Aber den brauchen Sie noch lange nicht.«
Ein erschöpftes Lächeln geisterte um den eingesunkenen Mund.
»Die Buresch«, er hob schwach die Hand. »Komm her, Nägelchen!«
Seine Finger waren kalt. Franziska hauchte sie an und rieb sie ein wenig. Dann beugte sie sich zu seinem Ohr, damit die Lubitsch es nicht hörte.
»Ich mache mir Vorwürfe, weil ich denke, Sie haben sich gestern abend so über mich aufgeregt, daß Sie ...«
»Wie?« Er hielt ihr das Ohr näher hin.
»Weil ich doch die Kekse vergessen habe, statt dessen die Holzklötze mit den Nägeln ...«
Er lachte, die Luft blieb ihm fast weg. Die Lubitsch sprang besorgt auf. Er winkte ab, sagte zu Franziska: »Geschah dir ganz recht«, er bekam wieder sein Gnomengesicht wie beim ersten Mal, als sie ihn Kippen sammelnd an der Ruine des Alberttheaters getroffen hatte. »Hast dich aber wacker geschlagen.«

»Dann war es also nicht meinetwegen, Ihr – Ihr ...«
»Herzinfarkt«, half die Lubisch im vorwurfsvollen Ton. »Er hatte einen Herzinfarkt, jawohl.«
»Aber nicht deinetwegen, Nägelchen«, tröstete Steinmann. »Was bildest du dir bloß ein?!«
Franziska atmete auf, drückte seine Hand.
»Die Uhr ist bald abgelaufen«, er drehte sich um und sagte: »Gute Nacht, Kinder! Seht zu, daß ihr das Theater erhaltet.«
»Leicht gesagt«, seufzte die Lubitsch. »Aber jetzt seid ihr Jungen dran. Wie wär's mit einem Likörchen?« Sie hob einen Flachmann und schwenkte ihn einladend.
»Danke nein«, im Hinausgehen wischte Franziska sich eine Träne ab.
Adieu, du alter Haudegen! Letzter betagter Schmierendirektor von einst. Vorhang zu, Licht aus.
Am nächsten Tag fuhr Franziska nach Görlitz.

Görlitz

Sie war darauf vorbereitet: eine geteilte Stadt. Mittendurch die Oder-Neiße-Linie, wie ein Schnitt mit dem Messer. Gab es vorher zwei Flüsse mit Namen Oder und Neiße, wurde jetzt nur noch von der doppelnamigen Linie gesprochen. Das klang hart und endgültig. Der östliche Teil der Stadt kam gleich nach dem Krieg unter polnische Verwaltung. Dort hieß Görlitz »Zgorzelec«.
Anno 1220 war Görlitz als deutsche Stadt gegründet worden. Siebenhundertfünfundzwanzig Jahre blieb sie, was sie war. Seit knapp einem Jahr hatte man sie nun amputiert.
Das Theater befand sich auf der deutschen Seite. Rohrbeck saß an einem großen Schreibtisch im Intendanzbüro, sah auf und sagte: »Nein!«

»Doch«, Franziska ging auf ihn zu, zwischen Lachen und Heulen. Sie umarmten sich. Auch er wischte sich kurz die Augen. »Die kleine Buresch!« Er betrachtete sie kopfschüttelnd. »Seit Wochen warte ich auf Sie. Der Vollmers hat mir erzählt, daß Sie in Dresden sind. Aber wo? Das hat er nicht gewußt. Vorgestern habe ich Ihre Vakanz besetzt.«
Diesmal sagte Franziska: »Nein!«
Und er: »Doch!« Er drückte sie sanft in den tiefen Polstersessel, damit sie sich von der Enttäuschung erholen konnte. »Warum sind Sie denn, um Himmels willen, nicht gleich gekommen?«
»Ich – ich ...« Sie schnaubte sich erst mal die Nase, weil es nötig war und weil sie Zeit gewinnen wollte. »Zuerst kam meine Mutter an, die ließ mich nicht weg, dann ständig Proben und Tournee, und jetzt hatte unser alter Direktor einen Schlaganfall.«
»Was für außergewöhnliche und ungünstige Umstände«, Rohrbeck war noch ganz der alte. Seine gescheiten Augen betrachteten sie wohlwollend, wie früher, wenn sie einen Monolog gut vorgesprochen hatte. Der kleine Bart stand ihm gut, seinerzeit hatte er bei Franziska Herzklopfen verursacht, nicht allein nur der Bart. »Viel lieber hätte ich Sie engagiert als die Ingeborg N., das können Sie mir glauben! Doch Sie blieben unauffindbar. Ich habe es lange hinausgeschoben.«
»Tja«, Franziska versuchte ein Lächeln, »da kann man nichts machen.«
Er ließ einen Kaffee kommen, sie tranken und unterhielten sich. Er berichtete von seinen letzten Tagen in Aussig. Um ein Haar wäre er von tschechischen Polizisten erschossen worden.
»Ich bildete mir ein, ich müsse ins Theater und ging über den Marktplatz. Plötzlich kamen Männer in Uniform, sie trieben uns zusammen und wir mußten uns an die Wand stellen. Sie schossen mit Maschinengewehren. Blind vor Wut. Im letzten Moment konnte ich durch einen Hauseingang in einen Hof fliehen, sie haben es nicht bemerkt, doch so konnte ich überleben. Das

war genau am 31. Juli im vorigen Jahr. Zweitausend Deutsche, egal ob Frauen oder Männer, alt oder jung, wurden an diesem Tag getötet und in die Elbe geworfen.«
»Allmächtiger«, Franziska spürte wieder die Schwäche, alle Schrecknisse der vergangenen Zeit kamen zurück.
Rohrbeck sah, daß sie blaß wurde und schenkte Kaffee nach. »Trinken Sie, schnell!« Dann im anderem Ton, weil es eben noch gesagt werden mußte: »Die Elbe hat sich rot gefärbt vom Blut der Ermordeten. Ich habe es gesehen. Zwei Tänzerinnen von unserem Theater waren dabei, die wohnten drüben, auf der anderen Seite, beim Schreckenstein, sie wollten nur nach Hause gehen. Am nächsten Tag bin ich mit einem Transport ab nach Deutschland.« Nach einer Weile fügte er hinzu: »Das alles ist vorbei.«
»Aber wir zappeln noch am Strang«, wandte Franziska ein. »Darum bin ich ja auch zu spät zu Ihnen gekommen.«

Am Nachmittag sollte sie sich mit Gogsch treffen. Er war nicht im Theater, probte mit dem Orchester im Konzertsaal. Rohrbeck schickte einen Boten. Der kam bald zurück.
»Der Herr Musikdirektor wird in einer Stunde an der Ecke sein«, richtete er aus. »Gleich hier unten am Theater.«
»Musikdirektor?« staunte Franziska.
Rohrbeck nickte. »Ein geniales Talent«, sagte er. »Andere brauchen Jahre, bevor sie soweit sind. Darum der Titel für den jungen Mann.«

An der Ecke flanierten mehrere Leute. Offensichtlich ein stark frequentierter Treffpunkt. Wo blieb Gogsch, der schlaksige, mit viel zu langen Armen und Beinen pendelnd? Vorbei ging ein älterer Mann, kurzhalsig und dicklich. Zwei Mädchen. Ein gestandenes Mannsbild, das sie kurz in Augenschein nahm und weiterging.
Moment mal: die dunkle Brille?
Als sie das zweite Mal aneinander vorbeischlenderten, stutzte

auch er. Der Mann war groß, breitschultrig, ernsthaft. Gogsch in zwanzig Jahren.
Beim dritten Mal blieben sie stehen.
»Sind Sie vielleicht der Herr Musikdirektor Robert Boulet?«
Ein Überraschungslaut kam über seine Lippen. Er grinste und antwortete: »Bin ich nicht. Für dich, Franzi, noch immer Gogsch.«
Stürmische Begrüßung. Warum hatten sie sich nicht auf Anhieb erkannt? Ganz einfach!
»Ich habe Ausschau gehalten nach einem schlaksigen Jungen.«
»Und ich nach einem niedlichen kleinen Pummel. Und wer geht da an mir vorbei? Eine sehr schlanke, junge Dame.«
»Wir sind eben beide gereift«, meinte Franziska lachend. »Der eine in die Breite, der andere – am verlorenen Babyspeck.«
Sie saßen zusammen und erzählten: von Wien, wo er im Lazarett gelegen hatte, bis zum Ende des Krieges, so blieb ihm die Vertreibung erspart. Von Karola, die in Berlin engagiert war. Als er von ihr sprach, ging ein Schatten über sein Gesicht, kaum zu erkennen, da die Augen von der dunklen Brille verdeckt waren. »Kann sein, daß sie am Metropoltheater spielen wird. Ein Glücksfall. Wir sind alle nur auf Glücksfälle angewiesen, heutzutage. Zur rechten Zeit am rechten Ort, darauf kommt es an, nicht nur auf das, was du kannst...« Gogsch redete sich in spöttisch erbitterte Ironie, wie früher, als sie es schick fanden, ironisch zu sein. Nur steckte damals keine Erbitterung dahinter. Sie waren sehr jung gewesen und der Krieg hatte eben erst begonnen.
»Weißt du etwas über Julian?«
Gogsch antwortete nicht, er spann seinen Gedankenfaden weiter.
»Sie haben uns in den Krieg geschickt, statt uns Musik machen zu lassen. Ich habe dem Vaterland ein Auge geopfert. Hat es was genutzt?«
»Gogsch, hör auf mit den Rechenschaftsberichten! Wir sollten vorwärts sehen. Die Vergangenheit liegt hinter uns.«

Er schüttelte den Kopf. »Die Vergangenheit ist feuerfest. Man kann sie nicht in Stücke reißen oder verbrennen. Darum stirbt sie nicht, darum holt sie uns immer wieder ein.«
»Sei nicht sarkastisch!«
»Es geht nur mit heiterem Sarkasmus, wenn die Gabe der Frömmigkeit fehlt. Und die brauchen wir zwei doch nicht zu erörtern, oder?«
»Nein. Nur – so heiter klingt dein Sarkasmus nicht.«
»Verzeih!« Er rieb sich die Augen unter der Brille, als müsse er eine Träne fortwischen. Dann lächelte er, holte tief Luft und bemühte sich um einen fröhlichen Ton. »Das war nur, weil du dich nach Karola erkundigt hast.«
»Was ist mit euch? Seid ihr denn nicht mehr zusammen – ich meine: liebt ihr euch nicht mehr?«
Er zuckte die Achseln. »Alle starken Beziehungen enden zu früh. Das wirst du auch noch feststellen.«
»Soll das heißen, daß ihr ...«
»Es ist aus, ja«, er seufzte und streifte mit den Lippen flüchtig Franziskas Wange, wie früher, wenn sie sich wiedergesehen oder verabschiedet hatten. »Wir haben uns anderweitig orientiert. Sie in Berlin, ich hier. Und du?«
»Was ich?«
»Große Liebe?«
Sie schüttelte den Kopf. »Ich kann mir gar nicht vorstellen, daß es überhaupt jemals passiert.«
»Das befürchtete Julian ebenfalls für sich«, Gogsch nickte bekümmert. »Er hat dich sehr geliebt.«
»Gogsch, wir waren sechzehn.«
»Julian ist zeitlos. Das weißt du. Frühreif sagen die Alten.«
»Na wunderbar«, Franziska lachte. »Er frühreif, ich ein Spätentwickler! Sie konnten zusammen nicht kommen.«
»Eben. Weißt du, was Julian gesagt hat?«
»Was denn?«
»Die Franzi, hat er gesagt, die wird ein Leben lang nach etwas suchen, was sie nie findet. Schönheit vielleicht. In dieser Zeit! Da

findet sich eher eine Stecknadel im Heuhaufen. Die Zeit, hat Julian gesagt, wird, solange wir leben, nie schöner werden. Besser vielleicht. Aber schöner –? Das einzige, worauf ich vertraue, hat Julian gesagt, ist Franziskas Kraft. Ihre Energie. Die hat sie. Wenn sie sagt: Hier bin ich glücklich, dann ist sie es, basta. Sie bestimmt den Zeitpunkt und den Ort. Und den Mann. Und das Glück.«

»Hat Julian gesagt«, ergänzte Franziska. »Hätte er doch recht!«

Sie schwiegen und dachten an ihn. Und hatten doch keine Ahnung, wohin der Wind ihn getrieben hatte.

Rohrbeck fand sich ein, auch Vollmers mit seiner Lucia. Sie saßen in einem Lokal gegenüber dem Theater, es gab Gulasch, das erste richtige Essen für Franziska seit langer Zeit.

Danach spazierten sie durch die Stadt. Sie fühlten sich heiter, entspannt und vergaßen vorübergehend ihre Sorgen. Träge floß die Neiße dahin, wirkte mißmutig und spiegelte den bleiernen Winterhimmel.

»Sieh mal«, Gogsch zeigte zum anderen Ufer. »Dort liegt Polen.«

»Und unser Fundus«, sagte Rohrbeck. »Den rücken die Polen nicht heraus.«

»Dafür haben sie kein Theater«, frohlockte Vollmers.

»Wozu brauchen sie dann einen Fundus?« fragte Franziska.

»Gibt es keine vernünftige Lösung für beide Teile?«

»Die verhandeln nicht mit uns«, bedauerte Rohrbeck. »Wir sind die Verlierer.«

Sie blieben stehen und schauten hinüber. Drüben sah es nicht viel anders aus: verfallene Häuser, leere Straßen, Trostlosigkeit. Laternen brannten, kaum zu erkennen in dem milchigen Winterlicht.

»Merkwürdig«, staunte Franziska, »die haben drüben Licht brennen. Wieso?«

»Nun«, antwortete der grüblerische Gosch nach eingehendem Überlegen, »vielleicht ist es in Polen schon finster?«

Witzbold!

Am Abend »Fidelio«. Musikdirektor Gogsch am Dirigentenpult. Franziska in der Intendantenloge. Rohrbeck neben ihr. Sie stellte sich vor, wie schön es sein könnte, hier zu spielen! An diesem unzerstörten Theater, unter Regie ihres ehemaligen Lehrmeisters, von dem sie alles gelernt hatte, was Steinmann sie vergessen lassen wollte. Weil er nicht inszenieren konnte. Weil sie Vorhang ziehen mußte. Kostüme einpacken, Kostüme auspakken, Zöpfe anstecken, bügeln, sich um die Requisiten kümmern, in Garderoben mit Eiszapfen an den Fenstern und erfrorenem Wasser im Waschbecken. Sich ständig um die Mutter kümmern (»ich kenne mich hier doch nicht aus!«), zwischen den Vorstellungen in den jeweiligen Orten beim Bäcker klingeln und nach einer Sonderration Brot fragen, nein: darum betteln. (»Hast du denn heute nichts mitgebracht?!«) Zum Fleischer traute sie sich erst gar nicht, der gab nie etwas, höchstens der eine oder andere Bauer ein Ei oder zwei Scheiben ausgemergelten Schinken. Wann, bitte schön, sollte man da eintauchen in eine Rolle, sie gestalten und wachsen lassen?
»Ah, welch Dunkel hier ...« begann Florestan seine Arie im Kerker. Ein schönes »Ah«, ein von Tenören gefürchtetes »Ah«, der höchste Ton, mit dem je eine Arie begann. Großartige Stimme. Franziska machte einen langen Hals, schaute über die Logenbrüstung, sah Gogsch den Stab schwingen, entdeckte Vollmers und seine Oboe. Sie hatte also den Weg aus den Ruinen gefunden, geradewegs vor das Notenpult, wo sie hingehörte.
Rohrbeck sah Franziska von der Seite an, sehr lange, legte väterlich den Arm um ihre Schulter und hielt sie fest. Was für ein gutes Gefühl, gehalten zu werden. Doch wie lange? Danach war das Alleingelassensein um so spürbarer.

Sie übernachtete in einer Pension, in die Gogsch sie brachte, auch Vollmers und Lucia begleiteten sie. Rohrbeck hatte eine Nachtprobe mit dem Schauspielensemble angesetzt und gefragt: »Wollen Sie nicht zusehen?« Franziska hatte abgelehnt. Appetit bekommen und nicht essen dürfen! Vielen Dank.

Am nächsten Morgen, als sie sich verabschiedete, sagte Rohrbeck: »Hören Sie, wenn ich Sie schon nicht mehr engagieren kann, will ich Ihnen wenigstens helfen, von der Schmiere wegzukommen. Ich habe mit E.G. Schneider gesprochen. Der hat ein Theater aufgemacht, in Ebersbach, das ist unmittelbar an der Grenze unserer Heimat ...« Er sagte »unserer«, obwohl er doch Berliner war! »Schneider leitete das Theater in Leitmeritz. Hat, soweit auffindbar, sein früheres Ensemble engagiert, im kleineren Stil, versteht sich. Ich spreche mit ihm. Wenn es klappt, wird er Ihnen schreiben.«
»Ebersbach?« fragte Franziska. »Wieviel Einwohner hat denn das?«
»Ungefähr neuntausend. Aber dort wird gutes Theater gemacht. Auch wenn keines vorhanden ist. Sie wissen schon, was ich meine.«
»Danke«, murmelte Franziska nicht sehr überzeugt. »Ich freu' mich.«
»Schwindeln Sie nicht«, er gab ihr einen amüsierten Nasenstüber. »Sie freuen sich gar nicht, weil Sie viel lieber hier geblieben wären. Doch ein Jahr in Ebersbach, zum Atemholen, mit Landsleuten und guten Schauspielern, ist doch besser als die Dresdener Schmiere. Wobei ich nichts gegen das Schmierentheater gesagt haben will! Viele Große haben da ihre Lehrzeit absolviert.«
»Jaja«, sagte Franziska.
»Ich bleibe nicht in Görlitz«, fuhr Rohrbeck fort, »ich will nach Westdeutschland, möglichst schon nächstes Jahr. Mein eigenes Theater aufmachen. Aber wir sehen uns wieder, bald, versprochen?«
Franziska nickte und gab ihm die Hand.
Gogsch hatte Orchesterprobe, sie wollte ihm nur kurz zuwinken. Er legte den Taktstock aufs Pult und eilte ihr mit großen Schritten entgegen. Servus, Gogsch! Servus, Franzi – auf bald, auf bald!
Auch Vollmers winkte zum Abschied über seine Oboe hinweg.

Als Franziska im ungeheizten, überfüllten Zug einen Sitzplatz ergatterte und in die triste Landschaft blickte, war ihr schwer ums Herz. Viele Freunde und Kollegen hatten bereits einen Ort gefunden, an dem sie gern ihre Arbeit taten und sich zu Hause fühlten. Nur sie saß fest in der Ruinenstadt.
»Es ist nicht meine Schuld«, sagte sie halblaut vor sich hin. »Ich hätte längst zum Agenten Ladewig gehen können. Aber immer kommt etwas dazwischen: Probe, Vorstellung, Tournee, die Mutter.«
Mit dem festen Entschluß, den Agenten in Blasewitz aufzusuchen, richtete sie sich auf, zog das Buch aus der Tasche (Erich Kästners »Drei Männer im Schnee«), warf einen Blick in die Runde, ehe sie sich in die Lektüre versenkte. Alle starrten sie an. Das ärgerte sie. Leute, die andere unverhohlen angafften, waren ihr von jeher ein Greuel. Fragend blickte sie zurück. »Ist was?«
Die Mitfahrenden wandten schnell den Blick ab. Nur ein alter Mann, der unentwegt vor sich hinmümmelte, meinte: »Es ist nur – weil Sie mit sich selber reden, Fräulein.«
Da lachte Franziska und sagte: »Hören Sie nicht hin!« Etwas leiser: »Manchmal sage ich nämlich was Unanständiges.«
Unterdrückte, doch spürbare Entrüstung. Wieder überkam sie das deutliche Gefühl, daß die Menschen sich über Kleinigkeiten mehr entrüsteten als über den verlorenen Krieg und den Mann, dem sie heilrufend die Arme entgegengestreckt hatten, wofür er ihnen Trümmer, Not und Chaos bescherte. In solchen Augenblicken überfiel sie die unbändige Lust, das Wort zu sagen, das mit Sch anfing und das man, laut Erziehung, ebensowenig in den Mund nehmen durfte wie die Sache, die es bezeichnete. (»Das tut man nicht!«) Man durfte die Welt vernichten, durfte hungern und frieren, doch Sch … sagen durfte man nicht.
Weil die Leute sie nun wieder mit Blicken bombardierten, weil sie im Geiste die Mutter vor sich sah (»Ich kenne mich doch hier nicht aus!«), weil sie überhaupt alles im Augenblick gründlich satt hatte, weil sie fand, es wäre Zeit ein besseres Blatt zu be-

kommen und sich auch mal gegen die Mutter zu wehren, holte sie tief Luft und stieß das Wort laut und deutlich hervor, als übe sie es im Sprechunterricht.
Eisige Mienen. Ein Mädchen lachte laut, einige stimmten ein, fast befreit, denn gedacht hatte sie es alle. Nur eine Frau sagte: »So weit darf man sich nicht vergessen!« Sie sah arm und elend aus. Doch sie hatte das behalten, was sie für Anstand hielt.

Alles meine!

In der Ruine hinter dem Büro in der Jordanstraße wurde noch immer geprobt. Dort hatten sie angefangen, bevor sie das Kleine Theater an der Drei-Königs-Kirche bekamen. Jetzt gehörte das Haus einem Ensemble, das Musikalische Lustspiele zeigte. »Axel an der Himmelstür« und »Meine Schwester und ich«.
»Siehst du«, sagte Maria Buresch, »da müßtest du spielen!«
»Ich bin nicht sehr gut im Singen«, wandte Franziska ein. »Das sind Operettenleute, die dort auftreten.«
»Jawohl«, bekräftigte Toni. »Alles reifere Jahrgänge, auch die Soubrette.« Er lachte. »Ich würde ganz gut zu ihnen passen, aber ich bin leider nicht bekannt genug.«
Maria betrachtete ihn wohlgefällig. »Sie müßten sich gut machen in einer Operette«, sie kam wieder zu ihrem Lieblingsthema, wie damals, als ihre kleine Welt noch einigermaßen in Ordnung war. »Operette ist doch wirklich etwas, das man sich immer wieder ansehen kann. Na, und alt sind Sie noch lange nicht!«
Franziska saß mit den beiden im »Löwenbräu«, bei nichts, nein, kein Alkolat, er war ihr zuwider wie im Krieg die scheußlich bittere »Katzenseife«, die der Vater blockweise nach Hause brachte und von der sie Kopfschmerzen bekam. Brühe gab es zur Zeit

keine im »Löwenbräu«, weder mit Ei noch ohne. Die Ernährungslage hatte sich wieder verschlechtert, soweit das möglich war. Doch schräg gegenüber Erich Kästners Geburtshaus! Immer wieder wanderte ihr Blick hinüber zu den Fenstern. Sie liebte seine Bücher von Tag zu Tag mehr, seine klaren, klugen Sätze, seinen Humor. Wo mochte er jetzt sein?
Tonis Stimme holte sie aus ihren Gedanken.
»Ist es dir recht, Franzi, wenn ich mit der Frau Mama zum Wilden Mann fahre, Zimmer ansehen?«
Natürlich war es ihr recht. Der Wilde Mann lag weit draußen. Das Wohnungsamt hatte ihr die Adresse gegeben: ein kleines Zimmer in einem Haus am Waldrand.
»Viel Glück«, sie gab der Mutter einen Kuß auf den Mund und Toni einen auf die Wange. »Ich muß sowieso zur Probe.«
Zwar wußte keiner, was aus dem Theater werden sollte, doch sie machten eisern weiter. Probten für das »Weiße Rössl«, Lustspielfassung. Christine als Wirtin, Toni als Leopold, Franziska als Ottilie aus Berlin, Peukert als der umschwärmte Dr. Siedler, kurzum: die beiden Ensemble hatten sich zusammengetan.
Steinmann ging es besser. Er war nicht gestorben. Doch er wollte in den Ruhestand gehen.
An diesem Tag sollte die Szene Ottilie – Dr. Siedler geprobt werden.
Frau Merkers sah Franziska am Fenster des Theaterbüros vorbeigehen und winkte sie herein.
»Die Probe fällt aus«, sagte sie. »Herr Kühne will nun doch nicht die Regie übernehmen. Er meint: das will er nicht und könne er auch nicht, schon gar nicht, wenn keiner wüßte, wie es weitergeht.«
»Und nun?«
Die Merkers senkte die Stimme: »Ein Geldgeber hat sich gefunden. Jemand will uns sanieren, stellen Sie sich das vor. Dann haben wir ein finanzielles Polster und kriegen viel schneller eine neue Lizenz. Herr von Rügenau wird endgültig unser Direktor.«

»Das war zu erwarten«, Franziska reagierte kühl. »Und wer ist der Geldgeber?«
»Will anonym bleiben«, flüsterte die Merkers, obwohl keiner in der Nähe war, der es hätte hören können. »Vorerst jedenfalls.«
»Lassen wir uns überraschen«, Franziska wollte auf der Probebühne Rollen durchsprechen, Stimmübungen machen, Atemtechnik trainieren. Zwischen den Ruinen konnte sie sich austoben. »Auf bald.«
Im Hof war es still. Rundum nur kaputtes Gemäuer, wie aus einem Geisterstück oder einer Szene von Kafka. Doch was war das? Musik! Ein Walzer von Chopin. Franziska sah durch die ausgebrannten Fenster in die Probe-Ruine hinein. Am Klavier, das wie ein verstimmtes Spinett klang, saß Herr von Rügenau. Mit dem Rücken zum Fenster, doch nicht zu verkennen: Kurzhaarschnitt, breite Schultern, aufrechte Haltung. Nun hatte Franziska von jeher eine Schwäche für Männer, die an Klavieren saßen und spielten, vor allem – Chopin. Das hatte sich eingenistet in ihre Kitschecke, wo es sich heimisch fühlte, seit den UFA-Filmen mit Willi Forst und Johannes Heesters: »Ich bin heute ja so verliebt«, schwärmerisch ins Ohr der Dame gehaucht. Oder »Man müßte Klavierspielen können, wer Klavier spielt hat Glück bei den Frau'n ...«
Wie wahr.
Hatte Rügenau sie kommen sehen und wollte ihr eine Falle stellen? Sie mochte ihn nicht. Dennoch beschloß sie, sich dem Klavier zu nähern, Aufstellung zu nehmen und mit geneigtem Kopf ein wenig zuzuhören, sehr distanziert, versteht sich.
Als sie die nur dürftig beleuchtete Ruine betreten wollte, entdeckte sie eine Frau. Christine Hausding! Sie erhob sich aus einem Sessel in der Ecke und kam, wie die Schlange vom Flötenspiel fasziniert, langsam näher. Ihr schöngeschnittenes Gesicht leuchtete im Halbdunkel und machte die Situation tatsächlich zu einer Filmszene. »Claudius«, sie beugte sich hinab zu Rügenau. Ohne zu unterbrechen, küßten sie sich. Er verspielte sich nicht mal.

Franziska hätte sich bemerkbar machen sollen oder einfach weggehen. Doch sie wollte den Film weiter ansehen. Als Rügenau die Hände von den Tasten nahm, zog er Christine an sich, fuhr streichelnd über ihren Körper, umfaßte ihre Brust. Sie wehrte sich schwach.
»Wir müssen reden«, sagte Christine. »Jeden Morgen habe ich Angst, daß ich komme und du bist über alle Berge.«
Er lachte, schüttelte amüsiert den Kopf.
»Ich weiß, daß es Unsinn ist«, sie nahm seine wißbegierigen Hände und hielt sie fest. »Aber du bist auf der Suche nach deiner Frau und den Kindern ...«
Sieh mal an! Franziska lauschte wie gebannt. Der noble Herr hatte Familie.
»Was ist, wenn du sie findest?«
Er beruhigte Christine. So schnell gehe das nicht, meinte er. Und überhaupt – wer sage ihr denn, daß er wieder zurückmöchte zu seiner Frau? Kriegsehe. Die zwei Kinder so schnell nacheinander.
»Wir haben uns kaum gesehen«, beteuerte er und drückte einen Kuß auf ihre Hand. »Viel lieber möchte ich bei dir bleiben, für immer. Darum will ich ja auch die Lizenz. Ich könnte eine Menge für euch tun, für die Mama und für dich. Die möchte das auch. Und du?«
»Ich auch«, antwortete Christine leise. Sie umarmten sich ziemlich heftig. Franziska suchte schleunigst das Weite.
Noch lange hatte sie den Ton von Rügenaus Stimme im Ohr. Er hatte falsch geklungen. Christine hätte es merken müssen. War sie doch viel vernünftiger als Franziska. So ruhig, ordentlich und fraulich. »Ja, fraulich«, wiederholte die Mutter ständig, nachdem sie Christine kennengelernt hatte. Noch immer konnte sie es nicht lassen, ihrer Tochter Vorbilder unter die Nase zu halten. »Du solltest dir an Christine ein Beispiel nehmen.«

Maria Buresch hatte das Zimmer im Wilden Mann genommen. Ihr blieb keine andere Wahl. Mit Toni Rosenberger war sie hin-

ausgefahren, bis zur Endstation der Straßenbahn. Ab ersten April konnte sie einziehen.
»Es erinnert mich an zu Hause«, sagte Maria. »Die hohen Tannen, der dichte Wald und so viele Gärten – als hätte es nie einen Krieg gegeben.«
»Ja, alles noch wie früher«, stimmte Toni zu. Er spazierte mit ihr ein Stück in den Wald hinein. Es war ein sonniger Tag, noch sehr kalt, aber klar und mit wolkenlosem Himmel. »Jetzt fehlt nur noch Ihr Mann.«
»Viktor, jaja!« Maria seufzte. »Er fehlt mir so sehr!« Maria weinte ein wenig. Sie weinte gern. Denn sie liebte es, getröstet zu werden. Franziska hatte das früher oft getan. Doch in letzter Zeit ... Das Kind war so selbständig geworden, nicht mehr so leicht zu führen. Vielleicht lag es ja auch an der Zeit.
Die Zeit.
Toni blieb stehen und nahm Maria an beiden Schultern, um sie genauer zu betrachten.
»Eine hübsche Mutter hat das Franzerl«, stellte er fest. »Zwei völlig verschiedene Frauen!«
»Franzi kommt mehr nach ihrem Vater«, Maria machte ein Gesicht, als bedauere sie den Umstand. »Sie schlägt überhaupt mehr der Buresch-Familie nach.« Es folgte ein kleiner Seufzer. »Die setzen sich durch, die haben harte Köpfe, die Bureschs.«
Toni schaute sie an mit seinen lieben Augen.
»Sie haben sehr früh geheiratet, hat mir Franzerl erzählt.« Er lächelte anzüglich. »Haben Sie denn nie einen anderen Mann gehabt als Ihren Viktor?«
»Aber Herr Rosenberger!« Maria mimte entrüstete Zurückweisung. Derartige Direktheiten war sie nicht gewöhnt. Doch allmählich, im Umgang mit den Theaterleuten, verlor sie ihre Zimperlichkeit. Bedauernd fügte sie hinzu: »Nein, nie!«
Toni machte traurige Augen und streichelte sanft ihr Gesicht. »Armitschkerl«, sagte er mitfühlend. Ein Ausdruck aus der gemeinsamen Heimat. Er bedeutete so viel wie »Armes Luder!« Nur klang er weniger drastisch.

Marias Tränen flossen stärker. Ja, immer nur Viktor! Und der war nun auch nicht hier. In ihrer Phantasie aber, da hatte Maria Buresch, geborene Lößnitzer, auf Wolken getanzt, Willy Fritsch verführt – Gustav Fröhlich und sie waren ein Paar.
»Kommen Sie«, bat Rosenberger, »es wird bald dunkel.«
Sie blieb stehen wie ein trotziges Kind, das seinen Willen durchsetzen wollte. Das Gesicht tränennaß. Toni zog ein Tuch aus der Manteltasche und tupfte sacht die Tränen ab. »Aber, aber«, redete er auf sie ein, »so schlimm ist es ja auch nicht. Und vor allem: es ist nie zu spät!«
»Aber Herr Rosenberger«, protestierte Maria nochmals. Doch sie lächelte, ganz wenig nur, man durfte sich nichts vergeben – als Frau.
Er legte den Finger auf ihre Lippen und verbesserte: »Toni, wenn's geht: Toni!«
Noch nie hatte Maria einen Mann beim Vornamen genannt, es sei denn, er gehörte zur Verwandtschaft. Und die mochte sie nicht.
»Toni«, wiederholte sie voller Hemmungen. Sie staunte, daß es funktionierte. Die Welt geriet nicht aus den Fugen. Er drückte glücklich ihren Arm. Dann lachten sie beide.

Große Aufregung: Der geheimnisvolle Geldgeber sollte an diesem Vormittag erscheinen. Das Ensemble war, bis auf Toni, vollzählig im Büro versammelt. Wartete gespannt. Es tat sich nichts. Frau Merkers mimte gelassene Ruhe, tat wie immer sehr beschäftigt, doch ihre Hände zitterten. Rügenau trat aus dem Nebenzimmer und fragte ungeduldig, wann dieser geheimnisvolle Fremde denn wohl käme.
»Um elf wollte er hier sein«, antwortete die Merkers. »So hat es mir das Kulturamt mitgeteilt.«
»Es ist aber gleich halb zwölf«, beschwerte sich Rügenau und verschwand wieder.
»Das war wohl blinder Alarm«, seufzte Harry. »Wär' ja auch zu

schön gewesen. Vielleicht hat sich jemand nur einen Spaß gemacht.«
Sie waren dabei, aufzugeben. Doch da brach plötzlich die Hölle los!
Eine kleine, ältliche Frau fegte herein. Schwarzes, krauses Haar mit Stirnlöckchen, durchdringende helle Augen und eine ebensolche Stimme, das Ganze auf Sächsisch: »So, da bin ich, daß ihr's nur wißt! Jetzt pfeift's aus einem anderen Loch, jawohl Leute, ihr werdet euch ganz schön umgucken!«
»Cilly«, rief Harry zwischen Staunen und Lachen, »was machst du denn hier?«
»Ich habe das ganze Theater gekauft, mit meinem Geld, die Konzession kommt auch gleich, der Herr da hinten – laßt den doch mal durch! –, der bringt sie mit, der ist vom Kulturamt, so, jetzt seid ihr alle meine Angestellten.«
Es war wie auf dem Sklavenmarkt.
Die außer sich geratene, winzige Frau wirbelte herum, scheuchte den verduzten Rügenau auf und rief: »Das hier ist jetzt alles meine, alles, alles meine!« Ihr Blick ging in die Runde, durchbohrte einen nach dem anderen und blieb an dem jüngsten Mitglied des Ensembles hängen, mit diabolischem Funkeln. Ihr übertrieben beringter Zeigefinger deutete auf Franziska: »Sie sind doch sicher die –« sie sagte es tatsächlich so – »die tleene Buresch!«
Toni tauchte auf, völlig ratlos, versuchte die Frau zu beruhigen. Die schob ihn energisch beiseite und ging auf Franziska zu.
»Sie sind entlassen!« schrie sie.
»Moment mal«, Rügenau mischte sich ein. Er stellte sich vor Franziska und hob beschwörend die Hände. »So geht das ja nun auch nicht! Wer sind Sie denn eigentlich?«
»Cäcilie Rosenberger.«
»Angenehm«, heuchelte Rügenau. »Präzise: Worum geht es?«
»Um mein Geld«, herrschte sie ihn an und verschoß langaufgestautes Pulver. »Damit hol' ich diesen Schuppen aus den roten Zahlen. Und räum' hier auf.« Sie packte Franziska an den Man-

telaufschlägen. »Sie haben was mit meinem Mann, meine Gute, da brauchen Sie nicht zu leugnen! Kommt an und verdreht ihm den Kopf – aber jetzt sind Sie fristlos entlassen. Das hier ist nämlich alles meine. Raus mit Ihnen und lassen Sie sich nie wieder blicken!«

Der Mann vom Kulturamt ging dazwischen. So klein und unansehnlich er war, zwang er doch die aufgebrachte Frau, Franziska loszulassen.

»Hören Sie«, sagte der Mann, »Sie wollten das Geld geben und im Hintergrund bleiben.« Auf seinem Revers prangte das Abzeichen der kommunistischen Partei, das »Bonbon«, wie es spöttisch von den Nichtgenossen genannt wurde. »So eine Privatinitiative ist sehr begrüßenswert. Aber Sie dürfen nicht alles umkrempeln wollen. Verstehen Sie denn was vom Theater?«

»Schließlich bin ich mit einem Schauspieler verheiratet!«

»Das reicht nicht«, erklärte der Genosse vom Kulturamt. »Sie geben das Geld, ich bringe die Lizenz. Aber erst müssen wir alles besprechen.«

Die unheilige Cäcilie aber war nicht zu bremsen. »Zu besprechen habe ich nichts!« rief sie. Dann zu Franziska: »Sie sind ja noch immer da! Geh weg von ihr, Toni, das Mädchen ist schlimmer als eine ansteckende Krankheit.«

Nun mußte Franziska aber doch lachen. »Sie überschätzen mich«, die Szene machte ihr Spaß, jetzt, da sie sich von ihrem ersten Schrecken erholt hatte. »Ich bin nicht mal verliebt in Ihren Mann.«

»Franzerl«, rief Toni beschwörend.

»Wir fahren nur ab und zu nach Großenhain, Kartoffeln holen.«

»Das macht er immer so«, Cäcilie Rosenberger nickte, ihre krausen Haare ringelten sich wie Antennen, nein, wie Schlangen auf dem Haupt der Medusa. »Er fährt nach Großenhain, mit seinen Freundinnen zu seiner Freundin. Glauben Sie denn, Sie wären die erste?«

»Glaube ich nicht«, sagte Franziska. »Da sehen Sie, wie harmlos die Sache ist.«

»Aber die Schlimmste, das sind Sie, jawohl! Meinen Toni hat's erwischt.« Sie änderte die Tonlage und fuhr fast flehentlich fort: »Muß es denn ausgerechnet mein Mann sein? Sie sind noch so jung, Sie haben das Leben vor sich. Mädchen, Mädchen, was haben Sie bloß getan.« Doch ehe Franziska von Mitleid überwältigt wurde, verwandelte sich Cilly wieder in eine Furie. »Und jetzt raus mit Ihnen! Das hier ist alles meine, meine, meine.«
Franziska ging. Die Kollegen riefen ihr nach, sie möge doch bleiben. Nicht in diesem Narrenhaus! Sie hatte genug davon.

Zwei Tage rührte sich nichts. Franziska fuhr nach Blasewitz, zu dem Agenten Ladewig. Er war nett. Ein zierlicher Mann mit Brille und wenig Haaren. Sie sprach ihm vor und ihm gefiel es. »Warum kommen Sie erst jetzt zu mir?« fragte er. »Im März? In knapp fünf Monaten beginnt die neue Spielzeit. Das meiste ist unter Dach und Fach. Aber ein alter Freund von mir, in Ebersbach ...«
»E.G. Schneider, ich weiß«, Franziska fiel ihm ins Wort. »Herr Rohrbeck hat es mir gesagt.«
»Sie kennen Rohrbeck?«
»Ich bin eine Schülerin von ihm.«
Ladewig pfiff anerkennend. »Hören Sie zu«, sagte er. »Wenn Sie auf den Rat eines alten Mannes hören wollen«, hier legte er eine kleine Kunstpause ein, auf Protestrufe hoffend, im Hinblick auf den »alten Mann«. Franziska, inzwischen gut geschult, tat ihm den Gefallen. Geschmeichelt fuhr er fort: »Sie machen ein Jahr Ebersbach. Danach schließe ich für Sie ein Zuckerengagement ab. Mit einem guten Theater in der Provinz. Ich schwöre es bei meinem Asthma.«
Lachend verabschiedeten sie sich. Franziska ließ Bühnenfotos bei ihm, die sie sich hatte machen lassen. Guter Fotograf, gleich beim Neustädter Bahnhof. Wiederaufgebautes Atelier.

Als sie nach Hause kam, erwartete sie Toni.
»Bevor du mich hinauswirfst«, sagte er und hob die Hände wie

ein von Polizisten überraschter Täter, »ich komme als Bote. Rügenau schickt mich. Du sollst bleiben, er hat sogar ›bitte‹ gesagt. Meine Frau hat sich wie eine Verrückte aufgeführt.«
»Stimmt«, gab Franziska zu. »Und?«
»Das mit dem Geld hat sich erledigt. So viel war's ja auch nicht. Es gibt einen staatlichen Kulturfonds, zum Wiederaufbau der Theater, dazu gehören auch wir als Tourneebühne, wir kriegen eine ansehnliche Summe. Es wird wieder zwei Ensemble geben. Das Weiße Rössl entfällt, zuviel Mitwirkende in einem Stück. Die Ensemble müssen getrennt auftreten, das bringt mehr ein.«
So schnell konnte Franziska nicht umschalten. Sie setzte sich, sah an Toni vorbei. »Woher weiß deine Cäcilie so gut Bescheid über uns?«
Er zuckte die Achseln, stand vor ihr wie ein begossener Pudel. »Wer weiß, jemand hat geredet. Vielleicht ich selbst, kann sein. Ich habe noch nie ein Mädel gekannt wie dich, so – so ...«
»Ich weiß«, spöttelte sie. »So was Besonderes.«
»Ja«, stimmte er zu, ganz leise. »Du bist etwas – ganz – Besonderes.«
»Da wird sich deine Cilly aber freuen«, bemerkte Franziska trokken. »Also gut, ich bleibe, hab' ja auch einen Vertrag. Tschüs, Toni.« Sie wollte allein sein. Er blieb stehen. Sie herrschte ihn an, genau in Cillys Ton: »Gannste nich heern? Hau ab! Das hier –« sie machte eine umfassende Geste, »das ist alles meine, meine, meine!«
Sie mußte den Ton überzeugend getroffen haben. Denn Toni verschwand tatsächlich umgehend, ohne den Spaß zu verstehen.

Zwei Männer

Das Frühjahr kündigte sich an mit Wärme und Vogelgezwitscher. Keine Eiszapfen am Fenster, keine Eisbrocken in den Waschschüsseln.

»Universum-Theater« hatte Herr von Rügenau die Tourneebühne genannt, und sprach, so oft er konnte, das große Wort gelassen aus. Sie spielten in Dresden und um Dresden herum: volle Säle, viel Applaus, spät kamen sie, nachdem die Kulissen verladen waren, nach Hause zurück, oft erst in der Morgendämmerung.

Auch an diesem Tag war Maria Buresch mitgefahren. Sie gehörte fast schon zum Ensemble. Immer etwas scheu und verlegen, doch kaum mit Franziska allein, wuchs sie über sich selbst hinaus. Forderte, trieb sie an, kritisierte: »Ich an deiner Stelle...«

Nun saß sie auf der harten Bank im Laster, zwischen Toni und der Tochter. Er spielte Hahn im Korb, verschenkte seine Gunst an beide Damen. Einmal war er mit Maria in Großenhain gewesen, Kartoffeln holen. Seitdem hatte Maria ein verklärtes Leuchten in den Augen, schien wie umgewandelt. Franziska war zu sehr mit anderen Dingen beschäftigt, um es zu bemerken.

»Ich bringe die Mama zur Straßenbahn«, erbot sich Toni.

»Dann gute Nacht«, Franziska freute sich auf ihr Bett und den wohlverdienten Schlaf.

Doch Toni brachte Maria nicht nur zur Haltestelle, sondern er stieg mit ein, um mit ihr zum Wilden Mann zu fahren.

»Ob uns Franziska böse ist?« fragte er mit einigermaßen schlechtem Gewissen. Er wollte sie nicht verlieren. Mit seiner Cilly kam er schon klar, die verhielt sich ruhig seit ihrem mißglückten »Alles-meine-Auftritt«. Aber Franziska –! »Sie hat ja eigentlich gesagt, daß sie sich nichts aus mir macht. Aber vielleicht hat sie das nur behauptet, weil doch meine Frau dabei war.«

»Ach Toni«, Maria lächelte versonnen vor sich hin, »mach' dir keine Gedanken um Franziska. Die ist jung.«

Von der Endstation waren es noch zehn Minuten bis zum Häuschen am Waldrand. Die Luft war leicht und roch nach jungem Grün. Noch war es dunkel.
Toni blieb stehen, nahm Marias Kopf in seine Hände und sah sie liebevoll an. Ihre Unerfahrenheit und ihre Zurückhaltung rührten ihn, reizten ihn um so mehr. Er genoß das Geplänkel mit Mutter und Tochter.
»Darf ich mit zu dir?«
Maria zögerte. Die Wirtsleute! Das Haus war klein, eng und hatte dünne Wände.
»Auf ein Glas Bier vielleicht«, Maria, als Gastwirtstochter, hatte ein ungetrübtes Verhältnis zum Gerstensaft, nicht zu viel, nicht zu oft, doch ab und zu ... Früher, das Pilsner Bier, ach ja! Jetzt gab es nur ganz selten eine Flasche. Franziska hatte ihr eine mitgebracht, dem Wirt des Lokals, in dem sie auftraten, listig abgeluchst. Maria hätte es gern mit Toni geteilt.
»Fein«, er drückte ihren Arm, sie hielt den Atem an. Ihr Herz klopfte. Sie blieb kurz stehen, um Luft zu holen, fühlte Schwäche in den Knien, sah zum ersten Stock hinauf. Dort brannte Licht.
»Frau Liebknecht hat wieder geschnüffelt«, stellte sie ärgerlich fest und meinte damit die Wirtin, »jedesmal, wenn ich fort bin, schnüffelt sie in meinem Zimmer herum. Ich merkte es, weil vieles ganz anders liegt, daß sie herumgekramt hat.«
»Dann wird sie jetzt ein schlechtes Gewissen haben und nichts gegen deinen Besuch einwenden«, ermutigte sie Toni und betrat mit ihr auf leisen Sohlen das Haus. Auf Zehenspitzen schlichen sie die Treppe hinauf. Maria, die treue Gattin und zu früh gewordene Mutter, amüsierte sich. Wie in alten Lustspielfilmen, wirklich, ein Spaß!
Leise öffnete sie die Zimmertür, schreckte zurück.
»Viktor!«
Im Sessel saß ihr Mann und sah ihr wartend entgegen. Toni erstarrte zur Salzsäule.
»Wieso bist du – warum hast du mir denn nicht geschrieben ...«

Viktor blickte an ihr vorbei auf Toni und antwortete: »Sie haben mich freigelassen, ohne Vorankündigung, von einer Stunde zur anderen. Gleich am nächsten Tag bin ich mit Vicky und Mona über die Grenze.«
Nun erst begann Maria sich zu freuen. Sie weinte und fiel ihrem Mann um den Hals. Viktor Buresch verhielt sich reserviert. Wieder sah er Toni an, mit gerunzelter Stirn.
»Verzeihung«, Toni hatte sich gefangen, besann sich auf seine guten Manieren. »Ich bin ein Kollege und ein Freund von Franziska. Sie hatte mich gebeten, ihre Mutter nach Hause zu bringen. Nun habe ich sie ja wohlbehalten abgeliefert.« Er reichte Maria die Hand, verbeugte sich, verabschiedete sich auch von Viktor und beglückwünschte ihn zur Entlassung aus tschechischer Haft.
Maria stand verwirrt. Sie sah Toni nach und fragte leise: »Wie kommst du denn nach Hause?«
»Mit der ersten Straßenbahn«, er warf einen Blick auf die Uhr. »Sie geht in zwanzig Minuten.«
Leise schloß er die Haustür.
»Viktor«, Maria wandte sich ihrem Mann zu, sie konnte es nicht fassen – und nun freute sie sich tatsächlich. »Das ist aber eine Überraschung!«
Braune, kritische Augen blieben auf sie gerichtet, es waren auch Franziskas Augen, unter dunklen Brauen, an der Nasenwurzel zusammengewachsen. Die Falten in den Mundwinkeln waren neu. Eingefallene Wangen, der Blick unstet. Kaum zu verbergen der überstandene Schrecken und die maßlose Angst.
»Das gefällt mir nicht«, sagte Marias Mann.
»Was –?«
»Das mit diesem Herrn – wie heißt er? – Rosenberger, Toni. Warum duzt du ihn?«
»Gott«, Maria zuckte die Achseln, tat sehr beschäftigt, um sich nicht anmerken zu lassen, wie verlegen sie war. »Er ist Franziskas Freund, die Schauspieler duzen sich meistens.«
»Hat er was mit ihr?« Viktors Augen funkelten, er witterte Ge-

fahr für seine Tochter. »Der Mann ist so alt wie ich, er könnte ihr Vater sein.«
»Na ja«, Maria stellte die Bierflasche auf den Tisch, nahm das einzige Glas, das sie zur Verfügung hatte, goß ein, »sie fahren halt zusammen auf Tournee, jetzt bin ich ja fast immer dabei.«
Viktor blickte ihr fest ins Gesicht. »Und du – hast du was mit ihm?« Die alte, unbeherrschte Eifersucht brach wieder in ihm auf wie früher, als er aus Liebe zu der blutjungen Maria so sehr leiden mußte.
»Hör mal«, Maria schüttelte vorwurfsvoll den Kopf. »Wie kannst du nur so was fragen?! Du kennst dich doch, vermutest immer das Schlimmste.« Er seufzte und senkte den Kopf. »Erzähl lieber mal – komm, trink. Hast du was gegessen? Ja, Franzi geht es gut. Was, Vicky ist mit Mona nach Gardelegen? Georg will dorthin kommen? Ist er denn schon aus der Gefangenschaft entlassen?«
Es gab viel zu erzählen. Aber nicht sehr lange. Viktor war zu erschöpft, fiel ins Bett und schlief sofort ein. Maria wusch sich mit dem kalten Wasser in der Waschschüssel, sah ihren Mann an, schwankte zwischen Freude und Enttäuschung, dachte: Franziska hat es gut! Als ich so alt war wie sie hatte ich längst Mann und Kind. Ich möchte so leben wie sie, frei und ungebunden. Was machen wir nur mit Toni?
»Komm, bitte«, Viktor sprach im Schlaf und streckte die Hand nach ihr aus. »Ich habe so viel an euch gedacht! An dich und Franzi. Komm zu mir, Maria!«

Als Franziska am nächsten Tag von der Probe in ihr Zimmer zurückkehrte, saß der Vater mit der Mutter darin. Begrüßung, Freude, Tränen.
»Spiel was, bitte«, der Vater zeigte auf das Klavier. Nie zuvor hatte er sie gebeten, ihm etwas vorzuspielen. Wenn sie Gedichte sprach, eine Rolle oder etwas vorsang, hatte er immer nur abgewinkt und sich lustig gemacht. Darum war Franziska nun verwirrt.

»Willst du wirklich?« fragte sie ihn.
Er nickte. »Warum zweifelst du?«
Franziska hatte ihm vor Jahren ein selbstgemachtes Buch geschenkt. Ein dickes, handgeschriebenes Bändchen: »Für meinen geliebten Vater.« Eigene Gedichte, Erzählungen, Betrachtungen, Abhandlungen über Philosophie – so gut sie es eben verstand. Auch über Kunst und Liebe. »Hast du es gelesen?« hatte sie ihn gefragt. Immer und immer wieder. Tage, Wochen, Monate. »Noch immer nicht?« Die Trauer wuchs. Die Enttäuschung schnürte ihr die Kehle zu. Er: »Noch bin ich nicht dazugekommen!« Und sie: »Aber wann denn, wann?«
»Woran denkst du?« fragte der Vater, als ahne er den Grund. »An – das Buch?« Sie nickte. »Tante Vicky hat es aufgehoben und mir gegeben. Es ist in meiner Tasche.«
Franziska schluckte. »Hast du es gelesen?«
»Sehr eingehend. Immer wieder.«
»Und –?«
»Sehr schön. Du hast Talent, wirklich, aber das wissen wir ja.«
Sie wartete auf eine weitere Äußerung darüber, auf Lob, Tadel oder wenigstens eine Kritik. Doch der Vater wies nur lächelnd zum Klavier: »Bitte, ja?«
Sie holte das Opernalbum aus dem Notenständer, das sie im Rucksack über die Grenze geschleppt hatte, zwischen »Josef Kainz« und den Goethebänden. Schlug es auf. Ouvertüre »Evangelimann«. Ausschnitte: »O schöne Jugendtage« und »Selig sind, die Verfolgung leiden um der Gerechtigkeit willen, denn ihrer ist das Himmelreich …«
Was für ein pathetischer Blödsinn!
»Warum spielst du nicht weiter?«
»Genug«, Franziska stand auf. Das Opernalbum machte ihr längst keinen Spaß mehr. Sie hatte es wie den Heiligen Gral mit sich herumgeschleppt, gehütet und sich nach einem Klavier gesehnt, nun hatte es keinerlei Bedeutung mehr. Pubertätsanhängsel. »Ich muß wieder weg, zur Vorstellung.«

Der Vater wollte etwas sagen, runzelte die Stirn. Es klingelte. Toni kam, um Franziska abzuholen. Er war nicht mehr nüchtern. Zerzaust das Haar, der Anzug unordentlich, die Krawatte schief, die schönen Augen verglast. So hatte sie ihn noch nie gesehen! Sie schämte sich seinetwegen vor dem Vater. Doch der nahm das nicht sehr ernst, er lachte sogar. Verbrüderung der beiden Männer. Franziska fuhr Toni an, die Mutter versuchte sie zu beschwichtigen, der Vater lenkte ein: »Sei nicht so streng, Franzi, kann ja mal vorkommen, in dieser verrückten Zeit –!«
»Franzerl, bitte«, flehte Toni. Die Schnapsfahne umwehte ihn. Sie lief hinaus, schlug die Tür zu. Auf der Straße lehnte sie sich an die Mauer, holte tief Luft, schloß die Augen.
So erwartungvoll war ihr Herz, seit Jahren, und dann – immer nur Luschen, immer nur Luschen. Der Teufel hatte die Karten gemischt.
Nun war Frieden und die zerstörte Stadt bekam langsam rote Wangen. Der Wiederaufbau machte sich bemerkbar, nur zögernd, doch immerhin. Nur in ihrem Leben ging es nicht voran. Es sah darin aus wie in einer unaufgeräumten Stube.

Also entschied sie sich, Ordnung zu schaffen. Vorwärtsgang in kleinen Schritten. Sie fuhr nach Ebersbach. Zu E.G. Schneider. Älterer, etwas fetter Mann mit Glatze und müden Augen, doch – wie allgemein beteuert wurde – äußerst fähiger Intendant und Spielleiter. Breiter österreichischer Dialekt. Näselndes »Aaaah, das Fräulein Buresch! Von einigen Seiten empfohlen. Sprechen Sie mir was vor?« Vorsprechen war nicht gerade Franziskas stärkste Seite, doch welcher Schauspieler machte das schon gern? Trotzdem ging es gut. Vertrag, Händedruck, Bekanntmachen mit dem Ensemble. Nette, heitere Leute. Auch ein kleines Ballett war da. »Huppdohlen« nannte sie E.G. scherzend, mit einem gewissen Stolz.
Zweihundert Mark Monatsgage!
»Auf bald«, sie verabschiedete sich, trabte zurück zum Bahnhof. Der Ort war ein langgestrecktes Dorf mit einer Hauptstraße

und winzigen Nebengäßchen, die in die Wiesen führten. Hier also sollte sie ein Jahr zubringen. Ab August. Na fein. Keine Ruinen, gute Luft, gleich hinter den Häusern die Grenze zur ehemaligen Heimat.
Auf bald, auf bald!

Wenige Tage später reiste Viktor Buresch ab, nach Gardelegen, wo Schwester Vicki und Mona auf ihn warteten. Er wollte mit ihnen zusammenziehen, vorerst, bis Georg zurückkam. Bald eine Arbeit finden und einen Wohnraum, dann Maria zu sich holen. Solange sollte, mußte sie noch mit Franziska durch die Lande ziehen. Viktor stand am Zugfenster, hatte Tränen in den Augen und winkte den beiden zu. Er liebte sie, und er machte sich Vorwürfe, daß er seine Tochter immer nur abgewiesen hatte. Während der Haft im tschechischen Gefängnis, als er jeden Tag den Tod erwartete, denn die Erschießungen gingen willkürlich vor sich, dachte er viel darüber nach. Ihm wurde schmerzlich klar, daß Franziska stets zu ihm mit übervollem Herzen gekommen war, doch er hatte sie nie ernstgenommen. Hielt sie für verdreht. Die Leute, mit denen er umging, waren ganz anders. Allerdings: als die Schauspielschülerin Franziska bei einem Betriebsfest der Bergbaubehörde auftrat, war er sehr stolz gewesen. Sie hatte den »Zauberlehrling« von Goethe gesprochen und viel Applaus bekommen. »Talentiert«, das wurde sein Lieblingswort im Zusammenhang mit Franziska. »Ich habe eine talentierte Tochter!« Der Stolz hielt nie sehr lange vor. »Realität ist wichtiger als Phantasie«, auch das wurde zum geflügelten Wort. Nie wäre ihm der Gedanke gekommen, daß sich beides vereinigen lassen könnte, schon gar nicht bei Franziska. – Nur Vicky war immer auf ihrer Seite. »Laß sie«, pflegte sie zu sagen, »das Kind ist eben anders. Man muß ihr zuhören. Die Realität kommt von allein, wenn sie für sich selber einstehen muß.« Nun, es sah aus, als hätte Franzi es geschafft. – Und Maria? Er konnte nicht ohne sie leben, stimmt, doch im Augenblick zog es ihn zu Schwester Vicky. Sie hatte für ihn gekämpft, bei ihm ausgeharrt, war mit ihm den schweren Weg über die Grenze gegangen. Armut, Not, Hunger, ohne Ziel. Das hatte er mit Vicky durchgestanden. – Und Maria – die blieb ohnehin lieber bei der Tochter und den verrückten Schauspielern. Vorläufig, vorläufig.

Die Mühle von Lohmen

Christine Hausding schwebte auf Wolken. Claudius von Rügenau wollte sich scheiden lassen, sobald er seine Frau gefunden hatte, er wollte Christine heiraten und ein Theater übernehmen, irgendwo in Norddeutschland. Er sagte: es gäbe bereits Verhandlungen. Christine sollte ihm kräftig zur Seite stehen und natürlich alle großen Rollen spielen.
»Ich bin schwanger«, vertraute sie Franziska eines Tages an, als sie über den Albertplatz schlenderten. »Claudius ist selig. Er wünscht sich eine Tochter. Weißt du einen hübschen Namen?«
»Wie wär's mit Viola?« schlug Franziska vor. »Das ist doch deine Lieblingsrolle.«
»O ja«, Christine strahlte. »Viola von Rügenau! Kling unwahrscheinlich gut.« Sie hatte sich in letzter Zeit verändert. Die tragischen Rollen paßten nicht mehr so recht zu ihr. »Vielen Dank für den Tip.«
Sie umarmten sich. Franziska gratulierte ihr zu dem bevorstehenden meist »freudig« genannten Ereignis. Doch etwas in ihr war traurig. Christines Glück erweckte merkwürdige, zwiespältige Gefühle. Obwohl: eine erfüllte Liebe, die Aussicht auf ein Theater in einer norddeutschen Stadt im »Westen«, also fort von der Ostzone, das alles war wundervoll. Doch konnte sie sich den Rügenau nur schwer als Ehemann vorstellen – und schon gar nicht als Vater. Aber vielleicht irrte sie sich. Zu kritisches Urteil. Mußte sie sich abgewöhnen. Wirkte bremsend.

»Ich wünsche euch viel Glück«, sagte Franziska. »Das ist selten heutzutage, daß sich zwei Menschen finden. Meist geht alles in die Brüche.«
»Nicht alles«, widersprach Christine. »Es kommt neues Leben, siehst du?« Sie strich sich über ihren noch ganz schlanken Bauch. »Das bedeutet Zukunft: eine Zeit, die besser sein wird als die, die hinter uns liegt.«
Franziska wollte hinzufügen: »Und vor uns auch noch. Wir stecken mitten drin im Schlamassel.« Doch sie schwieg, wollte Christine nicht die Zuversicht nehmen.
»Woran denkst du?« Die werdende Mutter betrachtete Franzi liebevoll. Ihr Blick hatte jetzt ständig etwas Aufgeschlossenes, Herzliches. Liebe für die gesamte ungeordnete Welt.
»An Viola«, antwortete Franziska. »Vielleicht wird sie Schauspielerin – wie die Frau Mama.«
»Bloß nicht«, rief Christine erschrocken. Doch dann schien ihr der Gedanke zu gefallen. Sie lächelte. »Oder doch –?«

In wenigen Tagen sollten die Ensembles des Universum-Theaters ihre Tourneen starten. Jedes in eine andere Richtung. Franziska mit den Kollegen in die sächsische Schweiz, noch immer »Jugend« und »Glück auf der Alm«. Beide Stücke konnten in der gleichen Dekoration gespielt werden, in den gleichen Kostümen, mit den gleichen Darstellern.
»Du mußt was Warmes mitnehmen«, Maria half beim Packen. »An der Elbe könnte es noch sehr kühl sein. Wie lange bleibt ihr unterwegs? Zwei Wochen? Kann sein, daß ich für ein paar Tage nachkomme.«
Zur Zeit arbeitete sie stundenweise im Wald, half den Holzfällern beim Aufräumen, keine leichte Arbeit, doch sie mußte etwas tun, sonst hätte sie nicht länger in Dresden bleiben können, was sie aber unbedingt wollte.
Der alte Laster hatte eine neue Aufschrift bekommen: »UNIVERSUM-THEATER« stand da in großen, angeberischen Buchstaben. Doch er holperte wie eh und je über die schlechten

Straßen, warf die Leute in seinem morschen Innern hin und her, sie flogen nur so durch die Gegend. Oft kam es vor, daß einer auf den Knien des Gegenübersitzenden landete, von seinem Platz wie mit einem Trampolin hochkatapultiert. Dann gab es Gekreisch und Gelächter. Sie hielten einander fest wie auf dem Kettenkarussell.

Die Plane am hinteren Teil des Vehikels war offen. So konnten sie wenigstens etwas sehen. Franziska saß gleich beim Einstieg, hielt sich an der Ladeklappe fest und schaute hinaus. Zunächst noch Dresden, nun ja, den Anblick kannte sie ja schon. Überall Trümmer. Auf den Trümmern Frauen mit Schürzen und Kopftüchern, über der Stirn verknotet. Die Frauen bildeten lange Reihen, warfen sich die Steine zu und schichteten sie aufeinander. Aber dann – die Elbe entlang! Loschwitz, Blasewitz, Pillnitz. Das Schloß schimmerte durch die Bäume, so oft vom Raddampfer aus gesehen, wenn sie von Aussig nach Dresden gefahren waren. (»Schau nur, Franzi, das herrliche Schloß! Die Dächer so nach oben geschwungen, im japanischen Stil, nicht?«) Die Mutter konnte sich nicht sattsehen. Doch Franzi – es kam vor, daß sie mit anderen Dingen beschäftigt war. Zum Beispiel mit den neuen Schuhen aus buntem Stroh geflochten, mit Korkabsatz, einmalig! Alle schauten neidvoll auf die Schuhe. Kein Wunder, daß sie Franzi mehr beeindruckten als der Anblick von Schloß Pillnitz.

»Nachdenklich?« fragte Toni. Er streichelte leicht ihren Arm, um auf sich aufmerksam zu machen. »Wann kommt Maria – weißt du das schon?«

Er nannte die Mutter nur noch beim Vornamen, als handle es sich um Franziskas Freundin.

»Du bist wie meine Freunde aus Teplitz«, seufzte sie betont kummervoll. »Die waren auch in meine Mutter verliebt.«

»Aber geliebt«, schäkerte Toni und kitzelte mit dem Zeigefinger ihre Wange, »geliebt haben sie nur dich. Stimmt's?«

»Je nun«, Franziska fand, er rede Unsinn, doch sie war milde gestimmt. Sie hatte eine ihrer seltenen Kuschelstunden, lehnte

sich gegen ihn, ließ sich, wie ein verwöhntes Kind, ein wenig hätscheln.
Himmelschlüssel auf den Elbwiesen, blühende Bäume. Wie zu Hause hinter Aussig, in Lichtowitz oder Czernosek, wo außer den Kirschen auch noch Wein wuchs. So viele Blüten und Himmelschlüssel! Einmal hatte sie mit den Eltern auf einer der Wiesen gerastet, unter einer blühenden Baumkrone. Die Decke wurde aufgeschlagen, Salamiwurst aus dem Rucksack geholt (»Da iß!«), Brauselimonade angerührt (»Ich hab' noch immer Durscht!« – »Was das Kind aber auch trinkt, das ist doch nicht normal!«), dann legten sie sich lang, die Eltern schliefen ein, Franziska träumte in den Himmel, der durch die weißen Blüten schimmerte. Hummeln summten. Ein Flieger malte weiße Kondensstreifen in die tiefe Bläue. Lange hielt es Franziska nicht auf der Decke. Sie stapfte durch die Wiese, pflückte Himmelschlüssel, einen großen Strauß. Die Mutter sah es und sagte: »Die werden verwelken, ehe wir zu Hause sind.« Auch der Vater wurde wach. Er war von Natur aus gutmütig. Doch konnte es vorkommen, daß er einen dramatischen Gefühlsausbruch nicht zurückhalten konnte. Er sah Franziska stehen, mit den Himmelschlüsseln in der Hand, die waren schon nach wenigen Minuten schlaff, sahen erschöpft und sterbend aus, ließen die gelben Glöckchen hängen. Da dröhnte Viktor Buresch mit dem Pathos eines Heldendarstellers der Provinzbühne: »Was hast du getan –« er holte tief Luft und rief anklagend, daß es laut über die Elbe schallte: »Verbrecherin!« Franziska ließ den Strauß vor Schreck fallen. Die Mutter wies den Vater zurecht und meinte, er solle doch nicht so übertreiben. Es gab böse Worte, Streit. – Franziska weinte und dachte: »Der Vater liebt die Himmelschlüssel mehr als mich!«
»Wenn du willst«, sagte Toni zärtlich an ihrem Ohr, »pflücke ich dir nachher einen großen Strauß«, er hatte ihren nachdenklichen Blick gesehen. »Auch ein paar Kirschblütenzweige, wie ein verliebter Mann in Japan für seine Liebste.«
»Nett von dir«, Franziska lächelte schwach, »aber ich will nicht.«

Sie traten auf im Gasthof an der Elbe. In Rathen. Ludwig Richter hatte es vor hundert Jahren bereits gemalt und da sah es schon ziemlich alt aus. Auch mit der Schulklasse war Franziska hiergewesen, zu den Karl-May-Festspielen im Felsentheater. An der Kasse hatte eine lange Schlange gestanden. Sie als Schlußlicht. Die Lehrerin, Frau Reichelt, war noch lange nicht an der Reihe. Franziska haßte diese Warterei, sie wollte endlich Winnetou sehen und weitergehen. Außerdem hatte sie »Durscht«. Sie schubste das Kind, das vor ihr stand. Es fiel auf das andere davor – und so weiter und so fort. Die Reihe purzelte um wie aufgestellte Dominosteine, deren letzten man nur ganz leicht anstößt: ratsch! Ein Kind nach dem anderen fiel nach vorn, an Frau Reichelts stabiler Rückfront prallten sie ab. Doch auch sie kam ins Wanken. »Wer war das?!« Alle wandten die Köpfe, dem Schlußlicht zu. »Die Buresch, natürlich! Hätte ich mir ja denken können!« – Aber die Vorstellung war wunderschön. Wie die Pfeile durch die Luft sausten, hoch oben auf dem Felsen Winnetou zu Pferde, einmalig. Und wie schön Nschotschi war, mit ihrem langen, schwarzen Zopf und dem Stirnband. Auch der wackere Old Shatterhand gefiel ihr gut und ging ihr nicht aus dem Kopf. Vierzehn Tage lang schrieb Franziska wilde Indianergeschichten und las sie ihren Schulfreundinnen vor. So sehr beeindruckt war sie von dem Schulausflug nach Rathen gewesen.
Nun trat sie hier als Annchen auf. Viele Zuschauer kamen. Die Kekse lagen bereit, wie es sich gehörte. Steinmann hätte seine helle Freude gehabt.
Im Elbgasthof übernachteten sie. Franziska bewohnte ein Eckzimmer, mit Blick nach beiden Seiten: zum Wald und auf die Elbe. Was für ein zauberhaftes Panorama!
›Es ist schön, Schauspielerin zu sein‹, dachte Franziska glücklich. ›Trotz allem!‹ Erst gegen morgen, als die Sonne hinter den Bergen aufging, schief sie ein.

Sie spielten in Wehlen, in Rathewalde und in Pirna.
Als sie am vierten Abend in den Gasthof zurückkehrten, saß

Maria wartend im Lokal, ließ sich von Franziska und den Schauspielern freudig begrüßen. Toni umarmte sie, so laut und herzlich, daß die anderen lachten. Sie errötete. Etwas peinlich die Szene, fand sie, doch nicht unangenehm.
Am nächsten Tag war spielfrei. »Wir könnten wandern«, schlug Maria vor. »Du, Toni und ich.«
Franziska war einverstanden, freute sich sogar.
»Nehmt was zum Übernachten mit«, sagte Toni. »Wir wandern nach Lohmen. Dort gibt es eine Mühle, sehr romantisch, ganz so, daß Franzerl ein Gedicht schreiben könnte. Die vermieten Zimmer. Am nächsten Tag kommen wir dann zurück.«
»Aber pünktlich«, mahnte Harry. »Punkt dreizehn Uhr ist Abfahrt.«
Sie zogen los, alberten herum und unterhielten sich. Franziska lief voraus, ließ sich vom Wind streicheln, hätte sich am liebsten ganz ausgezogen, nur die nackte Haut in Sonne und Wind. »Geliebtes Leben!« dachte sie, fand es kitschig, doch sie konnte nicht anders, sagte es vor sich hin, immer wieder: »Geliebtes Leben, geliebtes Leben!« Eine Novelle wollte sie schreiben, mit Christine als Hauptfigur. Eine frohe Geschichte sollte es werden, mit viel Hoffnung und Heiterkeit. Ihre Lebensfreude erwachte so heftig, daß sie kaum atmen konnte. Ab jetzt – keine Luschen mehr, keine Luschen!
Sie blieb stehen und drehte sich um. Die Mutter und Toni winkten ihr lachend zu. »Franzi«, rief Maria wie früher, wenn Franziska als Kind vorneweg gelaufen war, »du bist ja außer Rand und Band! Komm lieber zu uns, laß uns miteinander reden, na komm, mach' schon!«
Zwischen Wald und Wiesen, in einem idyllischen Tal, lag die Mühle von Lohmen. Baumkronen wuchsen über das Dach, als wollten sie das Haus beschützen. Das Mühlrad drehte sich klappernd, über die Schaufeln rauschte das Wasser.
Es gab Kartoffeln mit Sauerkraut, auch eine Wurst dazu, ohne Marken.
»Viel ist bei uns nicht los«, die Wirtin setzte sich zu ihnen an den

Tisch und erzählte. »Früher hatten wir immer Sommergäste, vor allem aus Dresden und aus dem Sudetenland. Aber wer fährt denn heute noch in die Sommerfrische? Die Leute haben andere Sorgen. Soll ich Ihnen die Zimmer zeigen?«
Über dem Mühlrad das Doppelzimmer für die beiden Damen. Toni wohnte gegenüber in einem schmalen Raum, doch sehr behaglich. Überall viel Holz.

Sie lagen nebeneinander und erzählten sich allerhand. Eigentlich redete nur Maria. Franziska drehte sich auf die Seite, schob die Hand unter die Wange und beobachtete Marias Mund. Lustig, wie die Lippen sich bewegten. Ab und zu fuhr die Zunge schnell darüber, ohne die Rede zu unterbrechen. Vorher war es Franziska nie aufgefallen, wie gesprächig die Mutter war. Wer von ihnen hatte sich geändert – wer?
Groß stand der Mond über dem Wald. Wie hypnotisiert stieg Franziska aus dem Bett. Sie wollte allein sein, um nachzudenken, vor sich hinzuträumen und Zeit zu haben, mit der atemberaubenden Lebensfreude fertig zu werden.
»Ich mach' noch einen Rundgang«, sagte sie. »Draußen sieht es aus wie in einer Märchennacht.«
»Du bist doch schon ausgezogen?!«
»Macht nichts«, Franziska warf sich den karierten Regenmantel über den Schlafanzug, schlich die Holztreppe hinab, schob den Riegel zurück, trat in die nächtliche Stille.
Waldluft. Die nahe Elbe war zu erahnen: leichter Geruch nach Fisch und Tang, schnell wieder von Tannenduft verdrängt. Ein Käuzchen schrie. Es klang unheimlich.

»Dort unten in der Mühle
saß ich in süßer Ruh'
und sah dem Räderspiele,
und sah den Wassern zu.«

Justinus Kerner. In der Schauspielschule hatten sie es rezitiert.

»Vier Bretter sah ich fallen,
mir ward' ums Herze schwer,

ein Wörtlein wollt' ich lallen,
da ging das Rad nicht mehr.«

Nicht ans Sterben denken, nicht jetzt, nicht hier. Das Leben fing doch eben erst an!

Noch ein Mühlengedicht fiel ihr ein. Sie setzte sich auf einen Baumstumpf und rezitierte leise:

»In einem kühlen Grunde,
da geht ein Mühlenrad,
mein' Liebste ist verschwunden,
die dort gewohnet hat ...«

Eichendorff. Alles so traurig. Als wäre eine Mühle nicht was Heiteres, Schwungvolles! Dieses ständig sich drehende Rad, von kühlem, klaren Wasser berieselt: Sinnbild des Lebens.

Franziska blickte zum Haus zurück. Alles finster. Nein, nicht alles! Die Mutter hatte die kleine Nachttischlampe eingeschaltet. Dabei wollte sie doch schlafen?! Bestimmt wartete sie nun wieder, bis sie, Franzi, zurückkam. Niemals ließ sie ihr Kind los. Andere hatten sich längst abgenabelt. Doch die Mutter hielt sie fest umklammert – nein: umarmt natürlich.

Langsam ging Franziska zum Haus, verriegelte die Tür, schlich die Treppe hinauf. Was war das? Stimmen hinter der Tür. Flüstern. Nichts zu verstehen. Sie blieb in der Ecke, wollte nicht ins Zimmer hinein. Tonis Stimme, ganz eindeutig. Konnte er nicht schlafen? Wieso kam er nachts zu ihnen ins Zimmer? Und wenn – warum flüsterten sie dann miteinander?

»Nein, Toni, nicht«, hörte sie die Mutter sagen. »Geh jetzt! Du bringst mich noch in Teufels Küche.«

Schon wieder der Teufel. Was sollte die Mutter in seiner Küche? Toni antwortete, gar nicht mal so leise: »Ich hab' das Franzerl aber doch gesehen, sie ist in den Wald. Die dichtet und das dauert eine Weile. Bitte, Maria, ich hab' solche Sehnsucht ...«

»Du sollst gehen«, Franziska kannte den zischenden Ton der Mutter, nie wurde sie laut, wenn sie böse war, zischte sie nur. »Ich sag's zum letzten Mal – nicht jetzt, nicht hier. Geh endlich!«

Die Tür ging auf, Franziska drückte sich in die dunkle Ecke.

»Gute Nacht«, Toni warf eine Kußhand ins Zimmer. »Bis morgen, mein Schatz.«
Seine Tür schloß sich. Alles blieb still. Franziska ging in ihr Zimmer. Kein Licht. Die Mutter tat, als schliefe sie.
»Gute Nacht«, sagte Franziska. »Schläfst du schon?«
Die Mutter murmelte etwas, wie im tiefen Schlaf. Franziska saß auf dem Bett, hielt die Beine umschlungen und dachte: »Die betrügen uns beide, den Papa und mich.« Die Lebensfreude erlosch. Die Gewißheit, betrogen zu werden, nahm ihr fast den Atem. In dem Augenblick haßte sie die Mutter.

»Hör' ich das Mühlrad gehen:
ich weiß nicht, was ich will –
ich möcht' am liebsten sterben,
da wär's auf einmal still.«

Das Wasser plätscherte über die Schaufeln. Die Bäume rauschten im leichten Wind. Es klang wie schadenfrohes Gelächter.

Lügenmäulchen

Pünktlich kamen sie nach Rathen zurück. Harry, in seiner Funktion als Reiseleiter, wartete bereits. Harry wartete immer, auf irgendwas. Wenn er nicht mit aufgekrempelten Ärmeln vor, auf oder hinter der Bühne arbeitete, dann wartete er. Worauf? Auf den Beginn der Vorstellung, auf den Fahrer, den Laster, das gemeinsame Essen, auf die Abrechnung von der Direktion, auf die Abfahrt. Er war sehr gewissenhaft: Familienvater mit erwachsenen Kindern, Schalk im Nacken und nicht belastet mit einer allzu großen Begabung.
»Da ist ja unser Kleeblatt«, rief er erleichtert, immer das Trauma vor Augen, einer könnte zu spät kommen. »Einsteigen bitte, euer Gepäck ist schon verladen.«
Franziska ließ Toni neben der Mutter sitzen. Sie ließ sich nicht

das Geringste anmerken, o nein, diese Freude machte sie ihnen nicht. Neben Frau Mühl war noch ein wenig Platz, am hinteren Ende. »Darf ich?«
Die Mühl nickte. Sie sah erschöpft aus. »Noch zehn Tage«, seufzte sie, zog eine Tafel Schokolade heraus und bot an. »Möchten Sie?«
Franziska griff zu, mit spitzen Fingern, denn sie machte sich nicht viel aus Schokolade, wollte aber die Mühl nicht enttäuschen. »Der Hunger treibt's rein«, pflegte der Vater früher lachend zu sagen, wenn er sich mit gesundem Appetit über das Essen hermachte, auf das er sich besonders freute: Schweinebraten mit Kruste oder Sauerbraten mit böhmischen Knödeln. Franziska lief, als sie daran dachte, das Wasser im Mund zusammen. Süß lag die Schokolade auf ihrer Zunge. Zu süß.
Sie zuckelten in Richtung Königsstein.
»Niedergeschlagen?« fragte die Mühl.
»Ein wenig«, antwortete Franziska. »Ich würde so gern an einem festen Theater spielen, nicht immer nur mit dem Laster unterwegs sein, wie ein Sack Kartoffeln ein- und ausgeladen werden.«
Die Mühl lachte. »Ein Sack Kartoffeln ist heute etwas sehr Wertvolles, machen Sie da bloß keine Witze darüber.« Etwas ernster und sehr nachdenklich: »Das mit dem festen Theater kommt schon noch. Keine Angst. Wer hohe Türme bauen will, muß lange beim Fundament verweilen.«
»Aha«, sagte Franziska. »Wie lange haben Sie verweilt – beim Fundament? Wie hoch sind Ihre Türme geworden?«
»Das fragen Sie eine Achtzigjährige?« staunte die Mühl und dachte kurz nach. »Mal waren sie höher, mal niedriger. Auf und ab. So gesehen gab es für mich kein Fundament. Auch keine Schauspielschule. Die ist ohnehin sinnlos. Sprechen, ja, sprechen sollte ein Schauspieler lernen. Das ist sein Werkzeug. Das bringt die Praxis. Ich habe an der Schmiere angefangen, am Staatstheater gespielt, und ich höre an der Schmiere auf. Ein geschlossener Kreis.«

Franziska stellte sich vor, wie es sein würde, wenn sie so alt war wie die Mühl. Die Lebensfreude zu Asche geworden. Doch das ging wohl allen Menschen so, auch in anderen Berufen. Nur, daß der Komödiant mit Leib und Seele dabei ist – so jedenfalls sollte es sein. In diesem Beruf ließ man sich nicht pensionieren. Auf der Bühne sterben: ein frommer Wunsch.
»In der ersten Hälfte meines Lebens möchte ich eine gute Schauspielerin sein«, sagte Franziska. »In der zweiten würde ich gern schreiben.«
»Schreiben?« Die Mühl staunte. »Können Sie das denn?«
»Ich schreibe immerzu. Gedichte, Geschichten, schon als Kind. Demnächst eine Novelle. Aber leider –«, Franziska lächelte verlegen, »keine Schreibmaschine. Ich muß die Seiten abtippen lassen. Das kostet ganz schön. Meine Mutter macht mir Vorwürfe. Sie meint, das sei hinausgeworfenes Geld.«
Die Mühl legte ihre faltige Hand auf Franziskas Arm. »Lassen Sie sich nicht beirren«, tröstete sie. »Nutzen Sie Ihre Talente. Eines Tages werden Sie sich eine Schreibmaschine kaufen können.«
»Ja, eines Tages«, Franziska drückte Frau Mühls großmütterliche Hand, »ganz bestimmt. Sie sind übrigens die einzige, mit der ich darüber geredet habe.«
»Ich bin sehr stolz darauf«, die Mühl holte tief Luft, schloß die Augen und schlief ein. Die Hand auf Franziskas Arm wurde schwer, doch sie blieb, wo sie war.

Königsstein!
Wieder ein in die Jahre gekommenes Hotel am Elbufer, mit großer Veranda, auf der die Dielen knarrten, wenn man darüber ging. Viel Glas, viel Sonne. Im Geiste konnte man die Damen mit ihren langen Röcken sehen, die hier einst gewandelt waren, mit Schleiern an den Hütchen und Sonnenschirmen: wegen der vornehmen Blässe. Daneben betont redlich blickende Männer, die ihre Bärte zwirbelten. Lang war das her. Zwei Weltkriege lagen dazwischen.

Zimmer im ersten Stock. Maria stand auf dem kleinen, kastenähnlichen Balkon und sah hinauf zur Festung.
»Toni sagt, von da oben könnten wir bis in die Heimat sehen. Wir wollen hinaufwandern. Du kommst doch mit?«
»Ich möchte mich lieber hinlegen.«
»Seit wann legst du dich tagsüber hin?«
»Ich habe Kopfschmerzen.«
»Immer das gleiche mit dir«, die Mutter war ärgerlich. Sie wollte, daß sie alle drei zur Festung hinaufstiegen, es war ein so schöner Tag. »Dann habe ich auch keine Lust.«
Franziska betrachtete die Mutter mit kritischen Augen. Vielleicht meinte sie es ernst. Unselbständig wie sie war, brauchte sie stets einen Begleiter aus der Familie, zur Not sogar die verhaßte Schwägerin Vicky. Vielleicht aber log sie auch. Die Mutter log gern. Oft bewußt ungeschickt, mit der Absicht, der andere möge sie durchschauen: Glaub' es oder glaub' es nicht. Was willst du tun? Mir ist es egal.
Franziska antwortete nicht. Die Mutter konnte sich von einer Sekunde zur nächsten anders entscheiden, oft wechselte sie ihre Meinung, um zu irritieren. Zwecklos, ihr zuzureden oder abzuraten. Ihre Gedanken sprangen hin und her. Stellte sie eine Frage und wollte man antworten, war sie längst bei einem anderen Thema. Also schwieg Franziska. Doch leider konnte man sich darauf auch nicht verlassen, denn plötzlich stoppte die Mutter ihren Redefluß und fragte: »Was ist los? Redest du nicht mehr mit mir?«
»Aber ja, natürlich, mach' dir keine Gedanken um mich. Ich erwarte euch hier.« Sehr gern hätte sie mit der Mutter geredet. Zum Beispiel über das, was in Lohmen vorgefallen war. Doch auch das wäre sinnlos gewesen. »Du siehst Gespenster! Deine Phantasie macht dir was vor.« So oder so: Franziska hätte in jedem Fall den Schwarzen Peter gehabt.
Kurz darauf marschierten sie einträchtig hinauf zur Festung: die Mutter und Toni. Franziska sah ihnen nach. Sie paßten gut zusammen, doch, bestimmt. Früher war der Vater neben der

Mutter hergegangen, einkaufen oder ins Kaffeehaus. »Kommst du nicht mit, Franzi?« Lieber wollte sie allein sein. Nachdenken, schreiben, Rollen lernen.
Natürlich legte sie sich nicht hin. Am hellichten Tag ins Bett gehen, das kam ihr vor, wie – wie sich freiwillig zum Sterben hinlegen.
Sie schlenderte die Elbe entlang. Das Wasser glitzerte. Die Sonne spiegelte sich in den sanften Kräuselwellen, so grell, daß es die Augen blendete. Tiefeingeschnitten präsentierte sich das Tal, eingerahmt von bewaldeten Hügeln und steilen Felswänden. Der Lilienstein. Der Pfaffenstein. Der Königsstein: gefürchtete Festungen mit dicken Mauern und finsteren Kerkern, in denen Männer (auch Frauen?) an eisernen Ringen angeschmiedet geschmachtet hatten. Warum? Hatten sie nicht ordentlich Krieg geführt oder waren sie klüger als die Mächtigen? Mächtige gibt es nicht, sagte sich Franziska. Es gibt nur Macht, und Menschen, die sich ihrer bedienen. Wer Macht hat, tut Unrecht. Ein König, eine Partei, ein Führer, eine Religion. Voraussetzung für die Macht des einen ist die Dummheit oder die Feigheit – oder beides! – der anderen. Wer sich dagegen wehrt, wird eingesperrt. Der ist gefährlich.
Franziska sah zur Festung hinauf, die so viel Leid gesehen hatte. Doch die Landschaft ringsum war heiter – und jetzt spazierte die Mutter da oben herum, mit Toni. Gewiß unterhielten sie sich, lachten und dachten, Franziska hätte nichts bemerkt. Für wie dumm hielten sie die beiden?
Franziska warf einen Stein ins Wasser, um die aufschießende Wut zu beruhigen. Ihr war egal, was Toni trieb. Doch es war ihr nicht egal, was die Mutter tat.
Die Zeit verging, wie schnell, das merkte Franziska nicht. Sie mußte zurück zum Hotel. Harry hatte Essen bestellt, Marken dafür waren von jedem gleich nach der Ankunft abgegeben worden.
Der Mond erschien am Himmel, obwohl die Sonne noch längst nicht untergegangen war. Er konnte sein Stichwort nicht er-

warten und brachte sich dadurch um den Effekt seines Auftritts. Doch es sah hübsch aus, wie sich die zwei Gestirne rivalisierend gegenüberstanden.
Die Wut kochte noch immer in ihr, als Franziska zum Hotel zurückging. Doch sie nahm sich fest vor, sich nichts anmerken zu lassen.

Am nächsten Morgen fuhr die Mutter nach Dresden zurück. Franziska begleitete sie zum Bahnhof.
»Eigentlich hätte ich noch einen Tag bleiben können«, sagte Maria. »Aber du bist gar nicht nett zu mir, immer in Gedanken woanders.« Sie umarmte Franziska in ihrer nervösen Art, es war wie eine Umklammerung. »Paß nur schön auf dich auf, Franzi! Ich werde wieder Sehnsucht nach dir haben.«
Franziska löste sich aus den Armen der Mutter und erwiderte: »Du wirst es überleben!«
Maria stutzte. »Wie redest du denn mit mir?« Den Ton war sie nicht gewöhnt. So hatte Franziska noch nie mit ihr gesprochen. Schnippisch war sie früher zwar öfter mal gewesen, das schon, doch ironisch niemals.
»Da kommt dein Zug«, Franziska absolvierte einen Kuß, lachte, winkte, lief ein Stück nebenher. Alles wie sonst. Bis auf Marias prüfenden Blick. Und Franziskas Verstellung. Sie merkte, daß der Zorn nachließ. Daß eine Wand wuchs zwischen der Mutter und ihr, und daß Toni ganz bestimmt nicht der Anlaß war. Der Auslöser vielleicht. Sie begann die Mutter so zu sehen wie sie war. Und sie erschrak vor der Wahrheit, die sie lange verdrängt hatte.
Kleinhennersdorf. Ein Ort, der genauso aussah wie er hieß. Da saßen sie nun in dem uralten Gasthof und machten sich Sorgen. Harry hatte, wie mit der Direktion vereinbart, die Einnahmen der absolvierten Vorstellungen, unter Abzug der jeweiligen Saalmiete, nach Dresden überwiesen. Nun erwartete er die Abrechnung für Gagen und Spesen und Benzin, kurzum: das Geld, um die Ensemblemitglieder und den Fahrer auszah-

len zu können. Doch es kam nicht. Es war bereits zwei Tage überfällig.
»Wir hätten die Einnahmen nicht eher abschicken sollen, bevor die Gage eingetroffen ist«, tobte Peukert. »Was ist das überhaupt für ein verdammter Amtsschimmel: Geld hin, Geld her?!«
»Wir haben einen Vertrag«, erinnerte Harry. »So ist es nun mal abgemacht: wir rechnen täglich ab und das Büro schickt uns die Gagen.«
»Und die Spesen«, warf Frau Hetzel ein. »Na fabelhaft: du rechnest täglich gewissenhaft ab, Harry – und die in Dresden lassen uns hängen.«
»Die« – das waren Direktor von Rügenau und Frau Merkers. Zwar funktionierte seit einigen Wochen die Telefonverbindung, wenn auch nur unregelmäßig, doch wenn Harry das Büro erreichte, meldete sich keiner.
»Gibt es das Universum-Theater überhaupt noch?« spöttelte die Mühl. »Wir ziehen von Dorf zu Dorf und das Theater ist vielleicht schon den Bach runter.«
Harry versuchte, die Abteilung für Kultur zu erreichen. Doch dort gab es keinen Verantwortlichen. Niemand wollte zuständig sein. Kaum hatte sich einer eingearbeitet, verschwand er wieder: keine astreine Vergangenheit. Scharenweise wurden die Leute entlassen oder ausgetauscht. Linientreue Genossen kamen an ihre Stelle. Die meisten von ihnen hatten keine Ahnung von dem, was sie tun sollten. Die Entnazifizierungswelle lief auf Hochtouren.
Entnazifizierung!
Was für ein schauderhaftes Wort. Es erinnerte Franziska an Bezeichnungen wie »Entlausung« oder »Desinfizierung«. An das radikale Vernichten von Ungeziefer oder gefährlichen Bakterien. So was ähnliches war es ja wohl auch. Nur die Art und Weise wie diese Maßnahmen durchgeführt wurden, fand sie ebenso abstoßend wie den Krankheitserreger selbst. Vor einer Spruchkammer mußten die Verdächtigen antreten und, falls sich ihre Unschuld nicht beweisen ließ, mit schweren Strafen

rechnen: Internierung oder Gefängnis bis zu zehn Jahren, Amtsverlust oder – im besten Falle – Berufseinschränkung. War das Ensemble ein Opfer dieser Kampagne geworden? Harry war ratlos. Er schickte den Fahrer, einen netten Jungen namens Horstl – wie noch? Keiner wußte das! – nach Dresden, um nach dem Rechten zu sehen. Sie brauchten dringend Geld, um die Saalmiete zu bezahlen. Der letzte Spieltag brach an. Der Gastwirt erklärte sich bereit, den Saal zur Verfügung zu stellen, unter der Bedingung, daß die Miete sofort nach der Vorstellung bezahlt würde.

»Jaja«, Harry hätte alles versprochen, obwohl er doch wußte, daß das eingenommene Geld nicht reichen würde, falls keine Hilfe kam. Er hoffte unverdrossen auf Horstls Nachricht. Doch der meldete sich nicht und kehrte auch nicht zurück.

»Die haben uns vergessen«, meinte Frau Hetzel.

»Oder hat auf Dresden etwa wieder ein Angriff ...« Franziska schlug Pantsch auf den Mund. Es war schon trostlos genug, in diesem Nest festzusitzen, ohne Wagen, ohne Geld, mit Kulissen, Kostümkoffern, Requisiten und Scheinwerfern. Kein Bahnhof in der Nähe.

»Was könnten wir bloß machen?« Sogar Harry war am Ende. Die kleine Truppe hockte auf den Stufen des Gasthauses und hielt Kriegsrat.

»Wir brauchen unbedingt Geld«, stellte Franziska fest.

»Kluges Kind«, Peukert tätschelte ihre Schulter, nuckelte an seiner Pfeife und stieß furchterregende Qualmwolken aus. Er rauchte ein abscheuliches Kraut. »Mehr hast du uns nicht vorzuschlagen?«

»Also müssen wir schleunigst welches verdienen«, sie ließ sich nicht beirren.

»Verrätst du uns bitte wie?« fragte Peukert paffend.

»Mit dem, was wir können. Wir geben eine Vorstellung.«

»Heute abend, ja«, Harry nickte. »Und was tun wir bis dahin? Däumchen drehen?«

»Wir geben eine Kindervorstellung«, schlug Franziska vor.

»Heute nachmittag.« Verständnislose Blicke. »Wir könnten doch ein Stück spielen, zu dem wir die Dekoration und die Kostüme haben.«
»Wie stellst du dir das vor, Franzerl?« Toni starrte sie an, nun hatte er endlich Grund dazu.
»Ganz einfach«, sie wich seinem Arm aus, der sich um sie legen wollte, »wir machen eine Durchlaufprobe und improvisieren. Hauptsache, jeder kennt die Handlung. Wir haben noch fünf Stunden, falls wir um drei Uhr beginnen wollen.«
Es entstand zögerndes Interesse, gepaart mit Skepsis.
»Was denn für ein Stück«, erkundigte sich Pantsch. »Ein Märchen?« In seinem Gesicht stand Panik. Er haßte Überraschungen und alles, was in Arbeit ausarten könnte. »Hänsel und Gretel?«
»Dornröschen?«
»Schneewittchen?«
Jeder nannte ein Märchen.
»Wie wär's mit ›Lügenmäulchen und Wahrheitsmündchen‹?« Für Märchen war Franziska Expertin. Sie liebte und kannte sie alle.
»Kennen wir«, beteuerten die anderen. Doch keiner wußte, wie es ging.
Franziska erzählte in Stichworten. Zwei Väter kamen darin vor, ein Schmied und ein Schuster: Toni und Harry. Eine gute Fee: Frau Mühl. Zwei Mädchen, ein braves und ein böses.
»Lügenmäulchen bin ich«, sagte Franziska.
»Und wer ist das andere, das mit dem albernen Namen?« erkundigte sich Peukert. »Du wirst doch hoffentlich keinen Jungen daraus machen wollen?«
Pantsch wurde blaß. Bloß keine zusätzliche Rolle!
Franziska grinste. »Frau Hetzel«, sagte sie.
»Was?!«
»Frau Hetzel spielt das Wahrheitsmündchen.«
»Grauenhaft«, murmelte Peukert. »Jetzt ist die Tragödie vollkommen.«

Der Vorschlag wurde dennoch angenommen, es gab keine andere Wahl. Pantsch und Peukert, die nicht mitzuspielen brauchten, wurden weggeschickt, um die nötigen Dinge zu besorgen: eine Schusterschürze, einen Aufzug für den Schmied, ein Vorhängeschloß und andere Kleinigkeiten. Während die Kollegen probten, zogen sie mit einer Glocke – vom Bürgermeister gepumpt, sie stammte fast noch aus dem Mittelalter – durch das Dorf.
»Achtung, Achtung!
Heute um fünfzehn Uhr Kindervorstellung, im Gasthof ›Zum Elbufer‹. Eintritt für Erwachsene zwei Mark, Kinder zahlen die Hälfte.«
Wie zur Zeit Bajazzos! Klingeln, Ausrufen, Witzchen machen: hopplahopp! Leute strömten herbei, Fenster öffneten sich, Kinder hüpften um die Ausrufer herum.
»Gommen Sie nur bald, meine Freunde«, sächselte Pantsch und verschenkte sein Lächeln in alle Richtungen. »Das Universal-Theater spiel für Sie das Märchen ›Lügenmäulchen und Wahrheitsmündchen‹!«
Sie probten indessen im Blitzverfahren. Harry, unterstützt von Franziskas Inhaltsangabe, machte etwas ähnliches wie Regie.
»O Gott«, stöhnte Frau Hetzel, »ich und ein Kind spielen!«
Frau Mühl sagte überhaupt nichts mehr. Sie sollte zum Schluß als Fee erscheinen und dem schlimmen Lügenmäulchen ein Schloß an den Mund zaubern. Das war nicht einfach. Wie, bitte schön, zaubert man ohne technische Tricks ein Schloß an den Mund? Hinter einem Paravant am besten, das war Harrys Idee.
»Die Fee winkt. Lügenmäulchen verschwindet hinter dem Paravant, schreit, kommt hervor mit dem Schloß an den Lippen.«
»Wie soll ich denn das machen – ein Schloß an den Lippen festhalten?«
»Mit dem Mund logischerweise«, Harry machte es vor. »So ...« das schwere Eisending fiel polternd zu Boden.
»Ich werde mir die Zähne daran ausbeißen«, seufzte Franziska.

Die Lösung mit dem idiotischen Paravant war unmöglich. Doch hatte sie keinen besseren Vorschlag.
Frau Mühl brauchte nur zu sagen: »Komm her, und hol' dir deine Belohnung!« Doch sie sagte es zu früh oder zu spät oder sie vergaß den Satz.
Franziska schrieb ihr den Text auf. »Wir müssen alle improvisieren«, sie gab ihr das Blatt. »Wenn wir improvisieren, kann nichts passieren. Hauptsache, wir halten uns an die Handlung.«
Doch die schien Frau Mühl ebenfalls vergessen zu haben.
Franziska zog Rock, Bluse und Mieder an. Sie trug es als Amelie, als Annchen und nun auch als Lügenmäulchen. Frau Hetzel zwängte sich ebenfalls in ihr bewährtes Kostüm, das sie als Magd anhatte, als Dienstmädchen und nun als das liebe Kind ›Wahrheitsmündchen‹.
Die Bühne war aufgebaut. Eine gute Stube, die des Schmiedes, der Lügenmäulchens verzweifelter Vater war. Toni.
»Franzerl«, kurz vor Beginn nahm er ihre Hand. »Du bist so anders seit ein paar Tagen. Warum denn bloß – hängt es mit meiner Frau zusammen? Sieh mal, Cilly ist doch ...«
»Hör auf zu erklären«, Franziska wandte sich ab, spähte durch das Guckloch im Vorhang: der Saal war voll besetzt! Peukert verkaufte Karten und hatte keine einzige mehr übrig. Lärm im Saal, erwartungsvolles Geschrei, die Kinder waren außer Rand und Band. Nie, nie hatte es in Klein-Hennersdorf eine Märchenvorstellung gegeben. »Kennst du deinen Text?« fragte Franziska.
Toni hob die Finger zum Eid. Er hatte wieder zu viel getrunken. Verschwiemelter Blick, holprige Sprache: wenn das nur gutging.
»Lassen Sie sich ansehen«, Franziska bestaunte Frau Hetzel, das »brave Kind«. Sie hatte sich niedlich gemacht, eine rote Kappe aufgesetzt, Bäckchen gemalt, blonde Zöpfe angesteckt, riß groß die blauen Augen auf, patschte kindlich in die Hände und hüpfte, nur der Busen, der riesige Busen war nicht zu verbergen und hüpfte mit. Franziska versuchte mit einem Tuch zu

kaschieren, lässig über die beachtliche Brust geschoppt, das ging. Doch nun sah Wahrheitsmündchen kugelrund aus.
Vorhang auf. Erwartungsvolle Stille. Lügenmäulchen erschien, tat ihren bösen Willen kund, machte sich lustig über das ekelhaft anständige Wahrheitsmündchen, trat an die Rampe, ließ die Kinder mitspielen. »Soll ich mal . . .« »Jaaaa!« – »Glaubt ihr, daß ich . . .« – »Nein!!!!« Sie heizte die kleinen Zuschauer an. Das machte Spaß. Füllte die Zeit aus. Sogar die Erwachsenen machten mit.
»Da kommt es ja, das blöde Wahrheitsmündchen!«
Frau Hetzel kam angehopst, lieb und brav und zauberhaft lächelnd. Verblüfftes Raunen.
»Wie dick die ist, ph«, beugte Franziska vor, um davon abzulenken, daß Frau Hetzel dem Kindesalter längst entwachsen war. Seit mindestens vierzig Jahren.
Doch Kinder lassen sich nicht so leicht ablenken, wenn sie etwas entdeckt haben. Grausam sind sie obendrein.
»Die ist ja alt«, rief eine enttäuschte Kinderstimme. Andere fielen ein: »Och, die ist alt, ganz alt!«
Franziska sprang wieder an die Rampe, legte die Hand an den Mund, dämpfte die Stimme und sagte: »Die verstellt sich nur! Das ist ja die Gemeinheit! Die will uns nur damit ärgern. Aber wir tun so, als merkten wir es nicht. Einverstanden?«
»Jaaaaa!«
Das Publikum gewöhnte sich an Frau Hetzel. Harry und Toni spielten nette Väter, machten witzige Stegreifdialoge und bewiesen, daß sie bewährte Profis waren. Keiner bemerkte, daß Toni nicht mehr nüchtern war.
Alles ging soweit recht gut. Bis zum Auftritt der Fee. Sie kam nicht. Ohne sie ging das Stück nie zu Ende. Dreimal fragte Franziska: »Hat es nicht an der Tür geklopft?« Nichts. Sie fragte die Kinder: »Habt ihr nicht auch was gehört?« – »Nein!!!« Harry tat, als lausche er: »Ich glaube, da steht wirklich jemand draußen!« Er sah zum Pappmaché-Fenster hinaus, in der Hoffnung, die Mühl herbeizuzitieren. Keiner da. »Ist da jemand?« fragte Harry

fast drohend. – Franziska ergänzte verzweifelt: »Vielleicht eine Hexe oder ein Riese – oder –« ganz laut: »Sogar eine Fee?«
Nichts tat sich. Alle wechselten beschwörende Blicke und brüllten, so laut sie konnten: »Hallo – ist hier etwa eine gute Fee?!«
Die Tür ging auf. Frau Mühl erschien, von Kopf bis Fuß in Tücher gehüllt, eine Phantasiekappe auf dem Kopf, mit einem Schleier vor dem Gesicht. Sie blickte Lügenmäulchen drohend an – und sagte kein Wort. Der Text war wie weggeblasen.
»Bist du wirklich eine Fee?« erkundigte sich Lügenmäulchen keck und stiefelte neugierig um die Mühl herum. »Hol' dir deine Belohnung!« flüsterte Franziska ihr zu. »Belohnung, Belohnung!« Allmächtiger, wenn sie nicht redet, können wir den Vorhang fallen lassen, dann war alles umsonst! Der Angstschweiß brach aus.
Nun half auch die Hetzel. Sie hopste heran und zwitscherte: »Die kenne ich, bin ihr schon mal im Wald begegnet, ist wirklich eine Fee, Ehrenwort.« Sie stupste die zu Stein erstarrte Mühl an. »Stimmt's? Sag doch was, liebe, gute Fee!«
Die Mühl konnte nicht mal nicken. Sie ging aber auch nicht ab. Die Zuschauer dachten, es müsse so sein. Geister verhielten sich eben so.
»Du willst mir sicher etwas schenken«, Franziska tänzelte noch immer um sie herum, raunte: »Das Schloß, das Schloß!«
Endlich öffnete Frau Mühl den Mund. »Das Schloß«, wiederholte sie. »Der König wird ...« Sie war im falschen Märchen. Ein König kam gar nicht vor. Totaler Black-out.
Die zwei Väter entrollten eine Decke, die als Paravant gedacht war. Franziska verschwand dahinter, zog die Mühl zu sich.
»Um Himmels willen, das Vorhängeschloß«, flehte Lügenmäulchen. »Haben Sie es bei sich?!«
Die Mühl angelte es aus der Tasche. Aufschrei, Gezappel, Franziska hielt das Ding mit den Lippen fest, scheußlich, aber möglich, die Kinder jubelten vor Schadenfreude. Die Mühl stand noch immer da, obwohl sie ihre Funktion erfüllt hatte, sie hob

drohend beide Arme und rief: »Wehe, wehe!«, was gar nicht paßte.
Das Stück war zu Ende. Es hatte gefallen.

Am nächsten Tag erfuhren sie, daß Claudius von Rügenau verschwunden war. Mit all dem Geld. Über Nacht. Auch der Fahrer kam nicht mehr zurück. Horstl war wohl doch nicht ganz so lieb, wie sie angenommen hatten.
Harry organisierte mit viel Mühe einen Lastwagen, der sie mit den Requisiten zurückfuhr.
Frau Merkers weinte im leeren Büro. »Ich wußte ja gar nicht, daß er verschwinden wollte«, schluchzte sie. »Es wurde einige Male angerufen, dann kam ein Brief wegen der Entnazifizierung. Von der Spruchkammer. Mit denen habe ich dann telefoniert. Ich wußte ja nicht, daß er SS-Mann gewesen ist, er heißt gar nicht Rügenau. Ach, Gott, ach Gott . . ., hier geht es drunter und drüber.«
Franziska dachte: nun, so eine schlechte Menschenkennerin bin ich ja wohl doch nicht! Ein SS-Mann also. So sah er aus, genau so.
Auch das andere Ensemble war anwesend.
»Er wird eine Lösung finden«, prophezeite Christine Hausding. »Er kommt zurück, ihr werdet sehen: Claudius kommt zurück, mit dem Geld.«
Er kam nicht zurück. Ein Treuhanddirektor wurde eingesetzt. Sie spielten weiter. Rosa Mühl allerdings stieg aus. »Das ist alles viel zuviel für mich«, erklärte sie. »Ich ziehe mich zurück. Ins Maria-Seebach-Stift. Dort ist ein Platz für mich frei.«
Ein Stift für alte Schauspieler. In Weimar.
»Außerdem«, sie lächelte, »erwartet mich dort ein alter Kumpel.«
»Wer denn?« fragte Franziska.
»Steinmann, der Gute!«
Ein unglaublich starker Abgang. Zur rechten Zeit. Franziska umarmte die alte Dame gerührt und wünschte ihr alles Gute,

bestellte Grüße an Steinmann. Am liebsten hätte sie zum Finale applaudiert.

Claudius von Rügenau – oder wie er heißen mochte! – blieb unauffindbar. Christine sah blaß aus, die Freude auf den zu erwartenden Nachwuchs war erloschen.
»Ich mache mir Sorgen«, Mutter Hausding vertraute sich Franziska an. Sie probten auf der Ruinenbühne und machten kurz Pause. »Christine ist so still geworden. Sie wartet und wartet. Dieser Kerl kommt doch nicht wieder. Der hat sich irgendwo verkrochen. Gibt ja genug Kumpane von früher. Die halten zusammen. Irgendwann kommt er dann mal groß raus. Und kennt meine Christine nicht mehr.«
»Diese Zeiten«, Frau Hetzel gesellte sich dazu, um Frau Hausding, seltener Gast auf den Proben, zu begrüßen. »Einer haut den anderen übers Ohr. Wir lassen uns noch immer betrügen.«
Die beiden Frauen ergingen sich in Beschwerden über die Unzuverlässigkeit der Menschen. Christine winkte Franziska zu sich. Sie setzten sich nebeneinander auf ein Fleckchen Grün, das sich durch den Schutt im Hof energisch einen Weg gebahnt hatte. Sogar einige Gänseblümchen machten sich breit.
»Ich will das Kind nicht«, sagte Christine. Sie sah elend aus. »Warum hat Claudius mir das angetan?«
Die Gretchentragödie, dachte Franziska, heute noch! Da kommt einer, hält sich für Faust, ein Phrasendrescher, ein ausgewachsenes Lügenmaul, flüsterte einem sensiblen Mädchen Dummheiten ins Ohr, macht Versprechungen, kommt zum Ziel, betrügt, stiehlt und verschwindet.
»Vergiß ihn«, Franziska streichelte Christines dunkles, volles Haar. Es sah verschwitzt aus. »Dir bleibt dein Kind. Viola, deine Tochter, und das Theater. Ist das vorerst nicht genug?«
»Ja«, antwortete Christine und schaute in den frühsommerlichen Himmel. »Es ist genug.«
Am nächsten Tag wußten es alle: Christine war tot. Aus dem Fenster gesprungen. Sie wohnte mit der Mutter im dritten

Stock. Das Haus war als einziges in dieser Gegend stehen geblieben.

Was ist ein Kretscham?

Der Brief kam im Juli. Von E.G. Schneider. Aus Ebersbach. »Sehr geehrtes Fräulein Buresch,
die Proben beginnen am 20. August. Wir erwarten Sie am Morgen, neun Uhr, im Kretscham.«
»Im wo?« Franziska saß in der Küche bei Frau Escher. »Im Kretscham? Was ist denn das?«
Die Wirtin lachte. »Ein Kretscham ist eigentlich eine Gastwirtschaft. Das kommt aus dem Slawischen. In der Lausitz nennt man das so. Dort ist der Kretscham wohl gleichzeitig das Theater.«
»Immerhin ein festes Haus«, tröstete Franziska sich selbst. »Das Universum-Theater geht in die Brüche.«
»Und was wird mit Herrn Rosenberger?« erkundigte sich Frau Escher teilnehmend.
»Keine Ahnung!« Franziska seufzte. »Seine Frau hat Geld. Er trinkt und kann sie nicht leiden. Mir fehlt die Zeit, mich um ihn zu kümmern.«
»So geht es im Leben«, Frau Escher stellte eine Tasse frisch aufgegossenen Tee vor Franziska und tat sogar einen Schuß Rum hinein. »Wir Frauen, die wir unsere Männer lieben, warten ungeduldig, bis sie aus der Gefangenschaft kommen. Und andere Paare rennen auseinander oder feinden sich an, statt froh zu sein, daß sie einander haben.«
»Ja«, Franziska nippte an der Tasse. Das tat gut: schwarzer Tee mit Rum! Was für ein Labsal. »Haben Sie endlich Nachricht?«
Frau Escher schüttelte den Kopf. Leise sagte sie: »Ich weiß nicht mal, ob er noch lebt.«

Sie schwiegen und dachten daran, wie verrückt doch diese Zeit war.

Der letzte Tag. Abschied. Das Theater wurde aufgelöst.
»Ein kurzlebiges Kind«, sagte Peukert. Er ging in die Provinz, nach Anklam oder Rostock, Franziska hatte nicht genau hingehört.
Wolfgang Pantsch umarmte sein »Annschen« und meinte: »Das Theater kann mich mal ...« Er wollte Bühnenmeister werden, in Dresden bleiben und hatte schon etwas in Aussicht. Dem Theater ging kein großes Talent verloren.
»Franzerl«, Toni wich nicht von Franziskas Seite. Er wollte ein letztes Mal mit ihr nach Großenhain fahren. »Sei doch nicht so. Wir haben uns doch lieb gehabt – oder nicht?«
Franziska konnte das Gefühl, das sie für kurze Zeit mit ihm verbunden hatte, nicht definieren. »Es stört mich, daß du trinkst. War das schon immer so?«
»Quartalweise«, er wich ihrem Blick aus.
»Was heißt das?« Mit Süchtigen hatte sie keine Erfahrung.
»Wochenlang brauche ich keinen Alkohol. Dann, auf einmal, muß ich trinken. Und kann nicht aufhören. Das dauert einige Tage. Dann ist wieder Schluß.«
Im Augenblick sah er wieder recht gepflegt aus. Glatt rasiert und ordentlich gekämmt, wie am ersten Tag, als sie ihn im Treppenhaus vor dem Theaterbüro kennengelernt hatte. Sie gab ihrem Herzen einen Stoß.
»Toni«, sagte sie herzlich, »es war gar nicht mal so übel, zeitweilig. Doch, doch – ich meine es ernst. Ich war allein. Du bist für mich dagewesen.« Sie erinnerte sich an die kuscheligen Stunden in schäbigen Hotelzimmern, an die Nächte in Großenhain und an den Strauß Gladiolen, den er ihr zum Debüt geschenkt hatte. Für kurze Zeit war sie ihm wieder nahe. Vergessen der Auftritt mit seiner närrischen, alten Frau, vergessen der Betrug mit der Mutter, vergessen der Schnaps, der ihn veränderte.
»Franzerl ...«

Ihre Adresse sagte sie ihm nicht. In Ebersbach wollte sie neu anfangen. Wenn auch nicht allein, wenn auch mit der Mutter – vorerst.

Ein altersschwacher Autobus fuhr mit ihnen nach Ebersbach. Das war billiger als mit dem Zug, auch müheloser. Ein Rundfahrtunternehmen. Die Leute wurden abgeholt und abgeliefert, wo sie hinwollten. Frau Escher hatte das organisiert, ein Bekannter machte den Damen einen Sonderpreis.
Es ging die Königsbrücker Straße entlang, in Richtung Neustädter Bahnhof. Maria Buresch schmollte. Sie wollte sich von Toni verabschieden. Doch der war nicht mehr zum »Wilden Mann« gekommen. Sie beschloß, mit ihm bei Franziska einen Abschiedsschluck zu trinken. Doch Franziska ließ ihn nicht herein. Da halfen weder Tränen noch Drohungen.
»Warum du alle Leute vor den Kopf stoßen mußt«, beschwerte sich Maria. Sie hatte verquollene Augen. »Weißt du, was ich glaube? Du gönnst mir den Toni nicht!«
»Gönnen, ich dir?« Die Mutter verstand es noch immer, Franziska total zu verwirren. »Wieso –?« Sie sagte Dinge, auf die man keine Antwort fand. »Der Toni ist doch – er war doch mein Freund, mein Kollege.«
»Da kannst du sehen, wie du mit einem Freund umgehst!«
Die Mutter redete. Franziska zwang sich, wegzuhören. Was für eine Ironie! Menschen, die ihr nahegestanden hatten, wie Gerti und Julian, mußte sie verlassen. Andere wurden ihr aufgedrängt.
Plötzlich brach der Redestrom ab. Maria stieß Franziska an und sagte: »Schau mal, da!«
Über den Platz vor dem Bahnhof ging ein Mann. Toni! Neben ihm eine junge, blonde Frau. Sie trugen Taschen und leere Säcke.
»Der hat sich aber schnell getröstet«, Franziska lachte. »Es gibt wieder Kartoffeln aus Großenhain!«
»Du hast kein Herz«, Maria weinte lautlos in ihr Taschentuch.

»Du willst nicht, daß ich glücklich bin. Du hast Toni verscheucht.«
»Du bist – du warst mit Toni – glücklich?« Franziska konnte sich nicht länger beherrschen. »Und Papa?«
»Was hat denn das mit Papa zu tun?« fragte Maria mit kindlicher Arglosigkeit. »Er hat selbst gesagt, ich soll mir das Leben etwas leichter machen.« Immer schob sie die Verantwortung anderen zu. »Ich habe es schwer genug.«
»Und was ist mit mir?« fragte Franziska.
Die Mutter wandte den Kopf, um Toni mit seiner neuen Freundin zu sehen, solange es ging. »Mit dir?« fragte sie leichthin und zuckte die Achseln. »Du bist jung. Du hast, was du willst. Das Theater. Was anderes hast du doch nie gewollt.«
»Bist du verliebt in Toni?« Franziska wollte die Wahrheit wissen. Doch die Mutter hatte ihr trotziges Gesicht aufgesetzt, wie ein Kind, dem man sein Spielzeug weggenommen hatte.
»Ja oder nein?!«
Maria begann in der Tasche zu kramen, tat, als hätte es nie eine Meinungsverschiedenheit gegeben, sie lächelte sogar wie stets, wenn sie es geschafft hatte, den anderen durcheinanderzubringen. Franziska war aufgebracht. Aufgescheucht aus ihrer zuversichtlichen Vorfreude auf das neue Engagement. Das Kind war wieder nervös, wie früher. Maria holte ein belegtes Brot aus der Tasche und bot es an.
»Schön essen, Franzi, du bist so dünn geworden.«

Der Kretscham war das größte Haus in Ebersbach. Nettes Ensemble. Sie probten für »Minna von Barnhelm«. Franziska in ihrer Lieblingsrolle »Franziska«. Die rothaarige Vera mit den dünnen, hochgezogenen Brauen als »Minna«. Die Herren meist reifere Jahrgänge. Auch Major von Tellheim. E.G. Schneider führte Regie, spielte den Riccaut. Ein fetter, phlegmatischer Riccaut, doch nicht ohne schlitzohrige Eleganz.
Der Kretscham war uralt, finster und immer feucht. Ein Moloch, der den Schauspielern auflauerte, um ihre Aktionen zu schluk-

ken. Kein Echo war in ihm, keine liebenswürdige Atmosphäre, wie sie meist älteren Theatern anhaftet.
Franziska mochte den Kretscham nicht. E.G. Schneider lachte sie aus, als sie es ihm sagte.
»Ich habe auch schon schönere Theater gehabt«, sagte er. »Aber daß wir hier sind, hat einen besonderen Grund.«
»Wegen der Grenze, nicht?«
Er nickte. »So kann es nicht bleiben! Die Oder-Neiße-Linie wird von den Siegermächten nicht ewig akzeptiert werden. Dann kehren wir zurück. Übernehmen unsere Theater wie früher. Also heißt es: bereit sein.«
»Glauben Sie das wirklich?« Franziska dachte: »Der muß verrückt sein!« Doch die Schauspieler, alles Sudetendeutsche und Österreicher, stimmten ihm zu. Mit gläubigen Augen. Die wollten tatsächlich wieder zurück? Wie stellten die sich das denn vor? Nochmals alles von vorn – wieder Kampf auf Leben und Tod: Deutsche, Tschechen, vielleicht sogar auch Krieg?!! »Das kann noch dauern«, sie ging zum Schein auf die Hoffnungen der anderen ein. »Solange müssen wir es eben hier aushalten.« Sie lächelte die Kollegen an. Einige taten reserviert. Ein Jahr waren sie schon zusammen, bis auf die junge Schauspielerin, für die Franziska engagiert worden war. Die hatte sich abwerben lassen, obwohl sie aus Troppau stammte, war nach München gegangen. Verzichtete auf die verlorene, eventuell wiederzugewinnende Heimat. Kerstin hatte sie geheißen. Kerstin Rauh.
Kerstin war der Liebling aller gewesen. Auf Bildern sah sie Franziska ein wenig ähnlich.
»Ihr könntet Schwestern sein«, behauptete die rothaarige Vera, die sich arrogant gab und erkennen ließ, daß sie Franziskas Talent nicht so hoch wie das von Kerstin einschätzte. »Sie war etwas größer«, Vera musterte sie mit schmalen Augen, »hatte ein breitflächigeres Gesicht. Kam ausgezeichnet an auf der Bühne und auch sonst. Sie hatte viel Charme, nicht?« Die als Zeugen aufgerufenen Kollegen nickten. »Wo sind Sie aufgetre-

ten – in Dresden? Ach ja, an dem Theater, das Pleite gemacht hat. Der Direktor ist getürmt, mit allem Geld, war ein Hochstapler. Hat sich herumgesprochen.« Vera lachte, die anderen stimmten ein. Sie war wohl die Anführerin des Rudels.
Als »Minna« wirkte sie kalt. Keine gute Partnerin. Ohne den verschmitzten Humor, von dem das Stück doch lebt. Stichwortgeberin, mehr nicht.
»Franziska, wir sind auch sehr früh aufgestanden. Die Zeit wird uns lang werden.«

»Wer kann in den verzweifelten großen Städten schlafen? Die Karossen, die Nachtwächter, die Trommeln, die Katzen, die Korporals – das hört nicht auf zu rasseln, zu schreien, zu wirbeln, zu mauen, zu fluchen; gerade, als ob die Nacht zu nichts weniger wäre als zur Ruhe. – Eine Tasse Tee, gnädiges Fräulein?«

Das »gnädige Fräulein« Vera-Minna zeigte Franziska, daß sie nur eine Bedienstete war, was aber nicht stimmte. Franziska ist mehr: »Ich kam sehr jung auf den Hof und ward mit dem gnädigen Fräulein erzogen«, erklärt sie dem Wirt. Dramaturgisch gesehen ist sie das, was Shakespeare seine Narren sein läßt: die Klügste in einem Wirrwarr von Fehlentscheidungen und Borniertheit. Sie übernimmt die Regie, wenn sie auch zeitweilig ins Fettnäpfchen tritt. Sie ist gewitzter als ihr gnädiges Fräulein. Franziska geht der Sache auf den Grund.
»Man spricht selten von der Tugend, die man hat; aber desto öfterer von der, die uns fehlt.«
Was sagt Minna darauf?
»Siehst du, Franziska, da hast du eine sehr gute Anmerkung gemacht.«
Dieses gönnerhafte Lob hätte auch die Mutter aussprechen können, ohne auf den Sinn des Satzes – und was er bewirkte – näher einzugehen.
»Gemacht? Macht man das, was einem so einfällt?«
Nein, sie ist weiß Gott nicht nur eine Kammerjungfer.

Schneider, von allen nur E.G. sprich: Egee genannt, inszenierte im Sinne Lessings. Gegen Veras Einspruch.
»So wie er das macht«, sagte Gustl, ein netter, in die Jahre gekommener Buffo, der den Just spielte, »müßte das Stück ›Franziska‹ heißen, nicht ›Minna von Barnhelm‹.«
Vera hörte es mit Mißvergnügen. Franziska drehte auf wie in der Zeit, als sie mit Rohrbeck die Franziska geübt hatte, immer wieder geübt: »Pausen einhalten, keine Löcher im Dialog, nicht neckisch werden, nicht zuviel knicksen, dran denken: wenn Franziska knickst, tut sie es aus gutmütiger Ironie! Das Lächeln nicht vergessen, es sitzt immer irgendwo, auch wenn sie Ernsthaftes sagt; es sitzt in den Mundwinkeln, den Augen, der Körperhaltung.«
Die Premiere war ein großer Erfolg. Die Zuschauer kamen in Omnibussen von überall her, strömten in den Kretscham, der aussah wie ein Geisterhaus. Doch gespielt wurde darin ganz frisches, junges Theater.
Franziska schwamm oben. Vera konnte nicht länger die Überlegene spielen. »Besser hätte es Kerstin auch nicht machen können«, gab sie bei der Premierenfeier zu. Darauf E.G. Schneider: »Die Buresch ist besser als Kerstin. Ich glaube, das wißt ihr alle.«
Die Mutter saß dabei, hörte das Lob und freute sich. Da sie zur Zeit eine positive Phase hatte, war sie sehr stolz auf Franziska und schrieb ihrem Mann:
»Lieber Viktor! Du glaubst nicht, was für eine begabte Tochter wir haben. Alle sagen das und sie hat Erfolg. Endlich kann sie zeigen, was in ihr steckt. Ach, wärest Du nur hier. Hoffentlich sind wir bald wieder beisammen, alle drei.«

Falsche Wurst und echter Schnaps

Es war ein großes, kahles Zimmer, in dem sie wohnten: Auf jeder Schmalseite ein Bett, dazwischen viel Raum mit knarrenden Dielen, in der Mitte ein großer Tisch und vier unbequeme Stühle. Hier konnte Franziska ihre Rollen lernen, ihr Tagebuch schreiben – es war bereits das achte –, hier aßen sie, falls es etwas zu essen gab. In der einen Ecke eine Waschschüssel, in der anderen ein elektrischer Kocher.

Franziska konnte »Brotaufstrich« machen.

»Mit Nichts«, schwärmte die Mutter. »Franzi macht Brotaufstrich mit Nichts. Der schmeckt wunderbar, wirklich.«

Nun, mit Nichts war übertrieben. Hefe brauchte sie dazu, jede Menge Hefe: vorsichtig in einer Pfanne zergehen lassen, immer rühren, Salz dazu, eine Zwiebel und Majoran, falls vorhanden, doch meist ließ sich der benachbarte Gärtner erweichen. Die Masse kalt werden lassen. Schmeckte wie Leberwurst. Sie konnten nicht genug davon bekommen. Es gurgelte im Bauch, es schwemmte auf. Wenn Franziska auf der Bühne stand, im engen Kleid zum Beispiel, brauchte sie alle Energie, um den Bauch einzuziehen.

»Bist du schwanger?« erkundigte sich Egge in seiner unverblümten Art.

»Brotaufstrich«, antwortete Franziska.

Sie mußte das Rezept verraten. Nun hatten sie bald alle einen Bauch, der eine mehr, der andere weniger.

»Bei Ihnen riecht es immer so komisch«, beschwerte sich Frau Bräse. Sie war die Wirtin. Ihr gehörte das Haus und die große Wohnung. Daß sie es »nicht nötig« hatte, zu vermieten, verstand sich von selbst. Ihr Mann war Studienrat gewesen. Und nun brauchte die Witwe, die es »nicht nötig« hatte, dringend Geld. Darum hatte sie zwei Zimmer vermietet. In dem einen, zur Straße hinaus, wohnten zwei Tänzerinnen, die Martl und die Uschi. In dem nach hinten zum Hügel gelegenen Zimmer

wohnten die Damen Buresch. »Was machen Sie eigentlich, was da so komisch riecht?«
»Brotaufstrich von Hefe«, erklärte Franziska. »Davon ernähren wir uns zur Zeit.«
Frau Bräse untersagte kurzerhand die Herstellung von Brotaufstrich. Franziska bot ihr eine Kostprobe an. Die Witwe Bräse verzog das Gesicht, aß aber alles auf. Danach durfte die Herstellung, trotz des strengen Geruchs, wieder aufgenommen werden.
Die Mutter strickte Pullover für die Russen. Die brachten Wolle, in bunten Farben, gute Ware, und Maria strickte. Wenn sie frei hatte, half Franziska. Sie stellte die Farben zusammen, schwelgte in üppigem Rot, tiefem Blau und blendendem Weiß, sie strickte die Ärmel – das konnte sie noch von der Haushaltschule her: zwei rechts, zwei links! –, sie staunte, wie schnell es ging. In jeder Woche zwei Pullover. Dafür gab es zwanzig Mark. Eine gute Aufbesserung der winzigen Gage. Oft sangen sie beim Stricken: »Sah ein Knab' ein Röslein stehen« oder »Am Brunnen vor dem Tore ...« Sie verstanden sich zur Zeit recht gut. Wenn sie auswärts spielten, brachte Franziska meist ein Stück Brot mit heim oder ein paar Scheiben Wurst. Maria bereitete etwas zu essen vor, damit Franziska nicht hungrig ins Bett gehen mußte. Meist kam sie erst gegen Morgen zurück, weil der Laster – auch hier gab es noch keinen Autobus – nicht früher kommen konnte. Oft gab es Pannen, sie saßen auf der Landstraße fest, mußten schieben oder kilometerweit zu Fuß marschieren.
Von Toni wurde nicht mehr gesprochen. Das war vorbei. Maria wartete, bis Viktor sie zu sich holen würde, doch es schien ihm zu gefallen, mit seiner Schwester Vicky und der kleinen Mona zu leben. Er ging gar nicht auf ihre Fragen ein: »Wann denkst du, daß ich kommen soll?« Er hatte Arbeit gefunden, im Amt für Handel und Versorgung in Gardelegen. Täglich ein Fußmarsch von sechs Kilometern! Hin und zurück. Kein Zug, kein Bus – aber doch wenigstens Arbeit.

Auch Franziska arbeitete hart. Sie verstand sich gut mit den Kollegen. Gustl umgurrte sie auf freundschaftliche Art: »Wie muß der Mann sein, den du akzeptierst?« fragte er eines Tages, als sie in der Herbstsonne vor dem Kretscham saßen.
Franziska lachte. »So wie du!« Doch damit gab er sich nicht zufrieden, auf den Arm nehmen ließ sich Gustl nicht. Er war geschieden, der Beruf hatte ihn in alle Windrichtungen getrieben, nun lebte er allein, träumte von einem Mädchen wie Franziska, der er ganz ergeben war.
»Sag schon«, drängte er. »Oder willst du nicht darüber reden?«
»Ich weiß es einfach nicht«, sie umfaßte ihre Knie und hob den Kopf zur Sonne. Sie wärmte kaum noch. Es begann, kühler zu werden. »Über den Mann meines Lebens habe ich noch nicht nachgedacht.«
»Tu's jetzt«, bat er.
Sie schloß die Augen und überlegte. »Nun ja«, sagte sie nach einer Weile, »er muß begabt sein. Intelligent. Sollte sich nicht aufspielen und schon gar nicht was darauf einbilden, daß er ein Mann ist. Humor muß er haben, das in erster Linie. Er darf auch angriffslustig sein, ich pariere gern.«
»Und äußerlich?« Gustl sah sie gespannt an. Heimlich fragte er sich, wieviel von den genannten Vorzügen er wohl habe. »Wie soll er äußerlich sein?«
»Das ist mir gleich«, antwortete Franziska. »Wenn er begabt, gescheit und humorvoll ist, kann er meinetwegen aussehen wie Klein-Zack.«
Vera kam dazu, hörte die letzten Worte, lächelte kühl und meinte: »Etwas darstellen sollte ein Mann schon. Auch äußerlich.«
Egee kam über die Straße, er sah aufgeschwemmt aus, mit dem Blick eines schläfrigen Stiers, der zu müde zum Kämpfen war. Jeder wußte, daß Vera und er ... so sehr sie sich auch bemühten, es geheim zu halten. Denn es gab auch eine Frau Egee. Sie schrieb Theaterstücke, die außer ihrem Mann keiner aufführte. Damit zahlte er ein wenig von seiner Schuld zurück. Es beruhigte sein Gewissen.

Vera bemerkte Franziskas Blick. Sie seufzte und sagte: »Wo die Liebe hinfällt –!« Es klang wie eine Entschuldigung. Da mußte Franziska lachen und Vera stimmte ein. Das brachte sie einander näher, ein wenig jedenfalls.

Es ging voran, in winzigen Schritten. Ab und zu schrieb Franziska für die Lausitzer Zeitung Geschichten, Betrachtungen und Essays. Auch Lokalspitzen und Schnurren rund um den Kretscham. Es war nicht leicht gewesen, das Vertrauen der Kollegen zu gewinnen, dazu kannten sich alle zu gut und sie war in diese Runde wie ein Fremdkörper eingedrungen. Aber jetzt akzeptierten sie »die Neue«. Sogar Egee, der sich meist nicht gerade eines feinen Tones bediente, zeigte Franziska gegenüber eine gewisse Anerkennung. Seine müden Augen leuchteten auf, wenn sie in der Nähe war. Auch brüllte er sie nicht auf den Proben an, wie er es mit den anderen tat. Zu den Tänzerinnen: »Schwingts eure Haxen, ihr Trampel!« Oder mit verletzendem Spott: »Gustl, du bist ein Gigant« – und dann, wenn der arme Kerl strahlte –, »ein Gigant der Unfähigkeit!«.
Zu Franziska war er milde. Bis das Schreckliche geschah!
Als sie eines Nachts von der Vorstellung kam und in das kahle, große Zimmer mit den knarrenden Dielen trat, war die Mutter nicht allein. Toni saß bei ihr. Im Kachelofen brannte ein Feuer, denn es war kalt geworden, doch hatten sie noch keine Kohlenzuteilung bekommen. Auf dem Tisch lagen Kartoffeln, Eier, Würste und Salzheringe. Sie stanken schlimmer als der Brotaufstrich.
Die Mutter glühte mit dem Ofen um die Wette. Sie lachte glücklich: »Schau nur, wer da ist –!«
Toni erhob sich schwankend vom Stuhl. Die leere Flasche auf dem Tisch sprach Bände, er hatte sie so gut wie allein geschafft. »Franzerl!« Er streckte ihr die Hände entgegen.
Angewidert wandte sie sich ab.
»Das hat er für uns mitgebracht«, versuchte Maria zu erklären. Sie verbarg ihre Freude hinter einer aufgesetzt besorgten Mie-

ne. »Holz und Kohlen hat er kommen lassen. Frau Bräse hat uns eine Ecke im Keller eingeräumt, während du nicht dagewesen bist.« Ein Vorwurf? »Alles hat der Toni arrangiert. Und du bist so undankbar.«

Franziska konnte die Schnapsfahne nicht ertragen. Und wie er aussah! Zerstört vom Alkohol. Aufgeschwemmt das Gesicht, die Augen verglast, die Haare wirr. Unrasiert.

»Ich verstehe dich nicht«, sagte sie zur Mutter. »Siehst du nicht, in welchem Zustand er ist?«

»Nun ja«, Maria, die sonst nie bereit war, Schwächen zu entschuldigen, am wenigstens an ihrem Mann und ihrer Tochter, meinte: »Er freut sich halt so sehr. Er hat Sehnsucht gehabt, sagt er.«

»Nach wem?«

»Nach –« Maria lachte verlegen, »nach dir, Franzi. Stimmt's, Toni?«

»Nach euch beiden«, jubelte er und schwirrte mit ausgebreiteten Armen durchs Zimmer, als fühle er sich vogelfrei. Er wollte Franziska umarmen. Ganz plötzlich sah sie rot. Sie schrie ihn an. Es war ihr egal, ob die alte Bräse vor Schreck aus dem Bett fiel und die Tänzerinnen aufwachten. Die waren ohnehin nicht gut auf sie zu sprechen, weil Egee so schonend mit ihr umging.

»Ich möchte, daß du verschwindest. Und nie, nie wieder herkommst!«

»Aber wieso denn?« stammelte er verblüfft. »Ich habe doch alles für euch …« Er machte eine Bewegung zum Tisch, zeigte auf das Mitgebrachte, auf den Kachelofen, der das Zimmer wärmte.

»Wir kümmern uns um alles«, schrie Franziska ihn an. »Wir brauchen dich nicht. Nimm die Sachen und verschwinde!«

Im Korridor gab es Geräusche. Kein Wunder, daß die anderen aufgewacht waren, bei der Lautstärke.

»O Gott«, zischelte die Mutter fassungslos, »was sollen denn die Leute denken?!«

»Die werden denken: ein Betrunkener belästigt die zwei Frauen im Eckzimmer.« In Windeseile hatte Franziska die Sachen zu-

sammengepackt, auch die leere Schnapsflasche, und in Tonis Rucksack gesteckt. »Geh jetzt, aber schnell.«
»Wo soll er denn schlafen?« fragte die Mutter.
»Hier jedenfalls nicht«, rief Franziska, noch immer außer sich vor Empörung. »Hast du etwa gedacht in meinem Bett oder in deinem?«
»Franzi –!«
Sie sank auf den Stuhl. »Herrgott, ich bin totmüde, kaputt, ich will endlich schlafen. Seit acht Uhr früh bin ich unterwegs. Proben, lange Fahrten, zwei Vorstellungen. Es ist vier Uhr früh. Um neun fahren wir wieder ab, pünktlich vom Kretscham. Was glaubt ihr denn, was ihr noch alles mit mir anstellen könnt?!«
Die Mutter war blaß. »Du explodierst immer gleich«, sagte sie mit der für sie typischen Verallgemeinerung. »Der Toni hat es doch bloß gutgemeint.«
Nichts hatte sie begriffen, nichts, nichts.
Franziska drückte Toni den Rucksack in die Hand, schob ihn durch den geräumigen Korridor. Er wehrte sich gar nicht, war zu verblüfft, brubbelte vor sich hin, nannte immer wieder ihren Namen.
Türen schlossen sich, die Lauscher verschwanden fluchtartig. Bevor sie ihn auf die Straße setzte, kam eine Spur von Mitleid in ihr auf.
»Gegenüber vom Bahnhof ist ein Hotel«, sagte sie. »Dort kannst du schlafen, bis dein Zug geht.«
Als er draußen war, lehnte sie sich gegen die Tür. Geschafft! Die Schatten des vergangenen Jahres waren ausgesperrt. Hoffentlich für alle Zeit.
Die Mutter saß am Tisch und weinte. Sie tat, als sei Franziska nicht vorhanden. Nach einer Weile lachte sie auf, kurz und hart, und stieß hervor: »Du und allein für uns sorgen! Wie stellst du dir das vor?«
»Ich tu', was ich kann«, Franziska zog sich aus und wusch sich mit eiskaltem Wasser, was gut tat, denn ihr Körper glühte vor Empörung. »Willst du lieber mit einem betrunkenen, gescheite-

ren, alten Schauspieler Verbindung halten, nur wegen ein paar Kohlen und stinkender Salzheringe?«
»Er hat uns gern«, Maria sah die Tochter an, in ihrem Blick lag trotzige Auflehnung. »Du nimmst mir alles, was mir Freude macht.«
Der Satz war nicht neu. Franziska hatte ihn schon als Kind von der Mutter gehört, als er an den ratlosen Vater gerichtet war, immer dann, wenn er den hoffnungslosen Versuch unternahm, sich zu wehren.
»Wenn das so ist«, Franziska stieg ins Bett und zog die Decke über sich, »dann mußt du eben zu Papa ziehen. Hast du ihm erzählt, wie unentbehrlich Toni für dich ist?«
Die Mutter antwortete nicht. Erst als sie das Licht ausgeschaltet hatte und Franziska dachte, sie könne nun endlich, endlich schlafen, hörte sie Maria sagen:
»Nun bist du zweiundzwanzig Jahre. Das ist nicht mehr sehr jung. Welches gute Theater soll dich jetzt noch engagieren?«
Der Hieb saß. Wenn die Mutter zustieß, traf sie immer ins Schwarze: in die verwundbarste Stelle. Dafür verbrauchte sie alles, was an Energie in ihr war.

Pünktlich um neun kam Franziska zum Kretscham. Der Laster stand bereit, die Kollegen waren vollzählig versammelt. Gustl ging ihr entgegen, um ihr das Gepäck abzunehmen. Die Treppe wurde zur Laderampe geschoben. Als Franziska hinaufklettern wollte, hörte sie ihren Namen rufen.
Atemlos kam Toni angelaufen. Die Spuren der Nacht waren ihm deutlich anzusehen. Verwahrlost sah er aus. Er redete mit schwerer Zunge. Und er roch – noch immer oder schon wieder – nach Schnaps.
»Mein Franzerl«, blubberte er, »so kannst du doch nicht von mir gehen«, zu den Kollegen mit sonniger Miene: »Das ist nämlich mein Franzerl. Ich hab' sie lieb und sie mich auch.«
Es klang herzig, wie aus einer Wiener Operette. Doch es stand im krassen Gegensatz zu seinem Äußeren. Franziska sah

Gustls Gesicht erstarren und Egees ungläubigen Blick. Die Tänzerinnen kicherten. Vera zog die schmalen Brauen hoch.
»Ich sagte dir doch, du sollst zurückfahren«, Franziska versuchte Haltung zu bewahren. Um die Situation zu entschärfen, stellte sie ihn vor und fügte hinzu: »Er ist noch immer blau. Das liegt an dem Schnaps. Den ist er nicht gewöhnt.«
Toni sah strahlend in die Runde und bekannte: »Ich sauf' halt gern!«
Das ausbrechende Gelächter war für Franziska wie ein Schlag ins Gesicht. Dieser Vagabund da hatte nichts mehr von dem netten, gepflegten Herrn, den sie vor einem Jahr kennengelernt hatte. In der Jordanstraße. Der Mann mit den gütigen Augen. Und nun –?
Die Ladeklappe wurde geschlossen. Sie fuhren ab. Lange noch sah sie ihn stehen und dem Wagen nachblicken. Ekel war in ihr. Und Scham.
Keiner sagte ein Wort. Als Franziska zu einer Erklärung ansetzte, winkten sie ab. »Kann ja passieren!« Sie lächelten nachsichtig und eine Spur zu taktvoll.
Nur Gustl meinte enttäuscht: »So sieht er also aus, der Mann deiner Träume!«
»Geträumt habe ich nicht von ihm«, gab sie mühsam beherrscht zurück. »Er ist die Wirklichkeit. Die ist banal. Und sie stinkt nach Schnaps.«
»Na, dann Prost«, murmelte Gustl und schlug den Mantelkragen hoch. »Wo sind sie nur alle geblieben, die Romeos unseres Jahrhunderts?«
»Schon mal was vom Krieg gehört?« fragte Franziska. Der spitze Ton tat ihr leid, sie nahm Gustls Arm und seufzte: »Übrigens – Julias gibt es heute auch keine mehr.«
»Doch«, er sah sie an, mit großen, traurigen Augen. »Ich wüßte eine.« Und dann mit einem kleinen Lächeln. »Aber die hat Stacheln wie ein Kaktus.«
»Da siehst du es«, sie stieß ihn freundschaftlich in die Rippen, »Julia mit Stacheln – was kann man damit schon anfangen?«

Sicherheitsnadeln

Ein strenger Winter brach an, der kälteste des Jahrhunderts. Die eisigen Garderoben waren nichts Neues. Auch nicht das gefrorene Wasser im Waschbecken, nicht die Eimer, wenn einer mal mußte. Alles quetschte sich in einem Raum zusammen, zog sich darin an und aus und um. Die Männer pinkelten zum Fenster hinaus. »Singt mal ganz laut«, hieß es, wenn eine der Damen den Eimer benutzen mußte. Das unvermeidliche Plätschern wurde dann übertönt von lauthals gesungenen Schlagern: »Es liegt was in der Luft, in der Luft, in der Luft ...« oder: »In der Nacht ist der Mensch nicht gern alleine ...«

Maria Buresch strickte noch immer Pullover für die Russenfrauen. Franziska half nach wie vor. Doch sangen sie dabei nur noch selten. Toni war nicht wiedergekommen. Ab und zu stieß Maria einen abgrundtiefen Seufzer aus. Ihr Blick wanderte sehnsüchtig zum Fenster, an dem ein ansteigender Feldweg vorbeiführte. Doch außer einigen Kindern oder älteren Leuten war dort keiner zu sehen. Auch kein verlassener Toni Rosenberger, der wie der Bleiche Mann, mit hängenden Schultern und von innerem Feuer verzehrt, vor sich hinlitt.

Das hätte Maria gefallen. Da sie aber wußte, daß sich diese Art von Wünschen nie erfüllte, beschloß sie, für einige Tage in die Altmark zu fahren. Zu ihrem Mann.

Franziska genoß die Atempause. Keine spitzen Bemerkungen. Keine Sticheleien. Nur Ruhe. Ebersbach lag im tiefsten Winterschlaf und träumte unter einer hohen Schneedecke. Doch am Abend strömten die Zuschauer in den Kretscham, wenn das Ensemble nicht, wie so oft, unterwegs war: auf Abstecher. Groß gedruckt auf den Plakaten: »Franziska Buresch«. Sie spielte nun in jedem Stück, verschiedenartige Rollen, die ihr Freude bereiteten. Sogar Operette: »Auf der grünen Wiese«, mit Gustl als Buffo. »Ich möcht' von dir ein Foto«, sangen sie und tanzten dazu, »wär' es auch noch so klein ...« Der arme Gustl hatte seit dem Zwischenfall mit Toni Rosenberger den leidvollen Blick eines verlassenen Liebhabers. Er lief herum wie ein lebender Vorwurf, war aber immer für Franziska da, um ihr zu helfen. Wenn sie den Koffer stehenließ, die Brieftasche verlor oder nicht wußte, wohin sie das Rollenbuch gelegt hatte und die Probe deshalb nicht beginnen konnte, immer war es Gustl, der half.

»Ich muß etwas gegen meine Schusseligkeit tun«, sagte Franziska zu ihm. »So kann es nicht weitergehen.«

Schon in den wenigen Tagen, die Maria abwesend war, bedurften die ohnehin nicht zahlreich vorhandenen Kleidungsstücke der Reparatur: Hier ging ein Träger ab, da ein Straps, dort ein Knopf. Und was war mit dem Kleidersaum? Der hing herab und baumelte labil um die Waden. Zum Glück gab es Sicherheitsnadeln! »Chansonettenzwirn«, wie Egee sich spöttelnd auszudrücken beliebte. Mit ihnen konnte der Schaden schnell behoben werden. – Die Mutter mochte sein wie sie wollte, die Sachen hielt sie tadellos in Ordnung. Dadurch geriet Franziska in eine gewisse Abhängigkeit. (»Wenn du mich nicht hättest, würdest du wer weiß wie schlampig herumlaufen!«) Womit sie ausnahmsweise recht hatte.

Nach einer Vorstellung in irgendeinem Nest – die Kollegen waren längst umgezogen, das Gepäck verladen – suchte Franziska ihren Strumpfhaltergürtel. Er war spurlos verschwunden. »Ihr habt ihn bestimmt nicht eingepackt, seht doch mal nach, ich kann bei der Kälte doch nicht ohne Strümpfe ...« Die anderen zuckten die Achseln, trieben zur Eile, waren unmutig. Keiner half beim Suchen, nicht mal Gustl. Das hätte Franziska auffallen müssen. Verlassen hockte sie in der Garderobe, mit nackten Beinen und den Tränen nahe, den Pullover weit hinabgezogen. Er war aus Resten der Russenwolle gestrickt, zum Glück sehr lang und sehr warm. Doch wo, bitte schön, steckte der Strumpfhaltergürtel?

»Geh hörst«, raunzte Egee, »sollen wir deinetwegen hier übernachten?«

»Du mußt eben ohne Gürtel fahren«, schlug Vera vor, mit der Wärme eines ungeheizten Zimmers. »Halte die Strümpfe fest oder wickle ein Gummiband drumrum.«

Martl und Uschi kicherten, natürlich. Etwas stimmte nicht. Was war los – ein Komplott? Nun standen sie reihum, traten betont ungeduldig von einem Bein aufs andere, stöhnten, fluchten und schnitten Grimassen. Dabei machten sie durchaus nicht den Eindruck, als wollten sie unbedingt weg von hier. Im Gegenteil! Sie lauerten. Worauf? Franziska war auf der Hut. Hilfesuchend sah sie Gustl an. Sein Blick ging vorsichtig, ganz langsam hinauf zur Deckenlampe. Etwas Schwarzes, Schlaffes hing darüber, wie ein verendender Vogel. An Sicherheitsnadeln baumelten ausgeleierte Gummistrapse.

Der Strumpfhaltergürtel!

Die lieben Kollegen konnten nicht länger an sich halten. Eine Lachsalve donnerte durch die Garderobe, daß die baufälligen Wände schepperten.

Egee fuhr mit der Hand durch Franziskas Haar und sagte milde: »Sei nicht bös', bitte. Aber das, was da oben hängt, ist wirklich sehenswert. Das mußt du zugeben.«

Franziska lief feuerrot an, wie in den frühesten Tagen ihrer Schulzeit, wenn sie vor der versammelten Klasse gerügt wurde.

»Holen Sie ihn doch 'runter«, sagte Martl schnippisch.

»Was habe ich der getan?« dachte Franziska. »Warum ist sie so voller Haß gegen mich? Den Gefallen tu' ich ihr nicht, auch nicht den anderen.«

Als hätte er Franziskas Gedanken erraten, kletterte Gustl auf den Tisch und angelte das Schmuckstück herunter.

»Danke«, sagte Franziska. Sie hätte gern etwas Schnoddrig-Schlagfertiges von sich gegeben, um zu beweisen, daß sie über der Situation stand. Doch sie brachte kein Wort heraus. Sie war wütend, empört, beschämt. Nie hatte es eine größere Blamage gegeben.

Es war eine Pferdekur gewesen, doch sie half. Gegen Sicherheitsnadeln blieb Franziska von da an allergisch.

Der lädierte Zinnsoldat

Am nächsten Tag kamen zwei Briefe: einer von der Mutter, der andere von der Agentur Ladewig.
Die Mutter schrieb: endlich habe der Vater eine Unterkunft gefunden! Zwei kleine Zimmer in einem Bauernhaus, gleich neben dem Stall. Nach Weihnachten könne er einziehen. »Daß er nicht mehr mit Tante Vicky zusammenwohnen muß, freut mich sehr.« Hoffentlich freute es den Vater auch. Er verstand sich gut mit seiner Schwester, und sie sich mit ihm. Doch nun hatte er dem Drängen seiner Frau nachgegeben, sich selbständig gemacht, in der Annahme, Maria wolle demnächst zu ihm ziehen, doch sie dachte nicht daran. Mit Franziska schmiedete sie Pläne für die nächsten Jahre. Sie trieb ein doppeltes Spiel, Motto: »Mal sehen, wo es mir am besten gefällt!«
Der Agent Ladewig schrieb: »Das Stadttheater Glauchau sucht eine junge, vielseitige Schauspielerin. Fahren Sie hin und sprechen Sie vor.«
»Wo liegt – Glauchau?« fragte Franziska, als sie nach der Vorstellung in der Kantine eine Brühe tranken.
»Glauchau?« Vera runzelte die Stirn. »Liegt das nicht in Sachsen, bei Zwickau? Der alte Schröder ist dort Intendant, wenn ich mich nicht irre.«
Egee betrachtete Franziska finster. »Willst du uns verlassen?« fragte er. Von der Rückkehr in die verlorene Heimat war längst keine Rede mehr. Dennoch trug er sich mit dem Gedanken, das Theater weiterzuführen. »Wenn du uns verlassen willst, mußt du es mir rechtzeitig sagen. Ich richte den Spielplan nach dir aus, das weißt du, und nach den Rollen, die du spielen kannst.«
Martl und Uschi tauschten Blicke. Veras Miene erstarrte.
»Wer ist der alte Schröder?« erkundigte sich Franziska, ohne Egees Frage zu beantworten. Sie hatte bisher ihr Herz auf der Zunge getragen, ihre Freude herausposaunt, über ihren Kummer geredet. Allmählich lernte sie, vorsichtiger damit umzuge-

hen. Allzu bereitwillig gemachte Mitteilungen konnten zu Stolpersteinen werden oder gar als Waffe dienen. »Wo kommt er her?«
Die Frau von E.G. Schneider saß dabei. In letzter Zeit kam sie öfter, seit sie merkte, daß die Verbindung zwischen ihrem Mann und Vera festere Formen annahm. Sie war eine kleine, dralle Wienerin, ehemals bestimmt recht hübsch, mit puppigem Gesicht und schwarzem Gelock.
»Schröder, Schröder«, wiederholte sie. »War der nicht Intendant am Schauspielhaus? Doch, war er. Soll jetzt entnazifiziert werden.«
»Darum haben sie ihn nach Glauchau abgeschoben«, ergänzte Vera. »Dort baut er ein neues Ensemble auf.« Mit Ironie: »Auf Staatstheaterbasis.«
»Klingt nach Strafversetzung«, wandte Franziska ein.
Egee thronte wie ein Buddha zwischen den Damen. Da er weder Vera ansehen wollte noch seine Frau, konzentrierte er sich ausschließlich auf Franziska. Er sagte: »Morgen machen wir einen Vertrag für das nächste Jahr.«
»Damit warten wir noch«, auch das Widersprechen hatte sie gelernt. Sie ließ sich nicht mehr vor vollendete Tatsachen stellen. Sie wollte nicht länger diskutieren. Sie war müde. Sie war erkältet. Sie hatte Fieber. Und übermorgen kam die Mutter zurück.

Um die Weihnachtszeit wurde die Kälte unerträglich. Der Hunger ebenso. Zwei Wochen lang hatte Franziska hohes Fieber gehabt und trotzdem allabendlich gespielt. Egee ließ sie abholen, sie durfte neben dem Fahrer sitzen, bis zu ihrem Auftritt in der Garderobe langliegen. Doch einmal, als sie heftigen Schüttelfrost bekam, mußte in einem gottverlassenen Nest der Arzt kommen und ihr eine Spritze geben.
»Sie gehört ins Bett«, sagte der Arzt.
»Sollen wir die Vorstellung ausfallen lassen und das Publikum nach Hause schicken?« brauste Egee auf. »Außerdem leben wir von den Einkünften.«

»Man kann es nicht länger verantworten«, protestierte der Arzt.
»Schon gut«, Franziska rappelte sich auf, die Knie knickten ein, doch sie bemühte sich, kerzengerade zu stehen. »Mir geht es prächtig, wirklich.« Sie erinnerte sich an den Satz, den ihr Deggarter, ihr heißgeliebter Lehrer, mit auf den Weg gegeben hatte: »Wir Schauspieler treten erst dann ab, wenn wir den Kopf unter dem Arm tragen. Aber der ist dann vorsichtshalber schon geschminkt.«
»Danke«, Egee umarmte sie und hielt sie einen Augenblick lang fest. »Wir alle danken dir – du standhafter Zinnsoldat.«
Es war ihr unangenehm, vor den anderen gelobt zu werden. Sie wollte keinen Dank. Es herrschten ohnehin schon Spannungen, auch brachen oft unbegründet Streitereien aus. Kälte und Hunger demoralisierten sie, wenn sie sich nicht zusammennahmen. Franziska hatte Feinde und wußte nicht warum. Martl und Uschi mochten sie nicht. Als die alte Bräse neulich wieder mal aus dem Zimmer der Mädchen kam und Franziska im Flur traf, sagte die Wirtin: »Ihr Holz stinkt. Womit heizen Sie eigentlich? Auch meine anderen Mieterinnen stört der Geruch.«
Es handelte sich um ganz gewöhnliches Brennholz, aus derselben Quelle wie das der Bräse und der Tänzerinnen. Der Angriff war Schikane. Franziska hielt dem Blick der Alten stand und erwiderte in aller Höflichkeit: »Ach, lassen Sie uns in Ruhe, Sie Giftnudel!«
Worauf sie einige Tage später wegen Beleidigung vor den Friedensrichter zitiert wurde und sich verantworten mußte. Martl und Uschi traten gegen sie als Zeugen auf. – »Komm bitte mit«, hatte sie die Mutter gebeten. Doch Maria wehrte ab: sie habe schon genug Probleme, Franziska solle das nur allein hinter sich bringen. Und sich bloß nichts gefallen lassen. (»Ich an deiner Stelle ...«)
Eine winzige Amtsstube, überheizt, mit dumpfer Luft. Franziska auf der Anklagebank. Nach außen hin bewahrte sie Ruhe. Sie schilderte dem Friedensrichter – einem alten Mann, der sein Amt nur unlustig ausübte – in kurzen Worten die Situation. Er

hörte aufmerksam zu, sah die Bräse mit ihren Vasallinnen wie Verschwörer beieinander hocken, bemerkte ihre mißgünstigen Blicke, hieb mit dem Hämmerchen auf den Tisch und entschied: »Wenn Fräulein Buresch sagte: ›Sie benehmen sich wie eine Giftnudel‹, so ist das keine Beleidigung, sondern lediglich ein Vergleich, der ja nicht stimmen muß. Haben Sie es so formuliert?«
Er tauschte ein verständnisvolles Lächeln mit Franziska.
»Ich denke schon«, antwortete sie, dankbar für die Hilfe. Den dreistimmigen Protest überhörte der Herr Friedensrichter. Die Klage wurde abgewiesen, die Verhandlung geschlossen.
Von da an gab die alte Bräse Ruhe. Martl und Uschi hörten auf mit den Feindseligkeiten. Wenn sie Franziska im Flur begegneten, grüßten sie einigermaßen höflich. Sie luden sie sogar zu sich ein: »Selbstverständlich mit Ihrer Frau Mutter«, doch Franziska sagte: »Nein, danke.« Und dabei blieb es auch.

Der Heilige Abend rückte bedrohlich näher. Das ganze Land stöhnte unter der anhaltenden Kälte. Leitungen froren ein. Kohle konnte nicht transportiert werden. Es gab nicht mal Hefe für den Brotaufstrich. Kein Tannenbaum, keine Kerzen, nichts.
»Da ist ein Feld«, verkündete Maria stolz, weil sie etwas entdeckt zu haben glaubte. »Mit Saatkartoffeln. Da könnten wir ein paar ausgraben, für den Salat am Heiligen Abend.«
Der Acker war fest gefroren. Mit den Nägeln gruben sie die Kartoffeln aus. Die Angst, erwischt zu werden, der gemeinsame Hunger und die nicht enden wollende Kälte brachte sie einander wieder etwas näher. Triumphierend trugen sie die Beute in ihr kahles Zimmer.
Die Saatkartoffeln waren gefroren. Sie schmeckten süß.
»Scheußlich«, Franziska hatte den Kartoffelsalat in Essig ertränkt, doch die penetrante Süße war nicht zu dämpfen.
Heiliger Abend. Auf zwei Tellern versauerte der süße Salat, wirklich ungenießbar. Einige Tannenzweige sollten das Zimmer verschönern, doch sie schafften es nicht. Traurig nadelten sie auf dem Tisch vor sich hin.

Die Glocken begannen zu läuten. Eigentlich klang das recht feierlich.
»Wir könnten zur Mette gehen«, schlug Maria vor.
Franziska räumte die Teller weg. Vor Schreck wären sie ihr fast aus der Hand gefallen. »Im Ernst?«
Sie waren nie in die Kirche gegangen. Franziska hatte keine Beziehung zu dem, was allgemein »der Glaube« genannt wurde. Im Religionsunterricht gab es bunte Bilder und hübsche Geschichten. Viele erschienen ihr ungerecht. Zum Beispiel: was Gott mit den Ägyptern machte! Da war der Pharao, ein hartherziger Mann, der die Kinder Israels nicht ziehen lassen wollte. Mit einem Fingerschnippen hätte der allmächtige Gott ihn unschädlich machen können. Aber nein! Er entschloß sich, das Volk dafür büßen zu lassen und er schickte die neun Plagen. »Der ganze Strom verwandelte sich in Blut. Die Frauen, die am Ufer Wäsche wuschen, kreischten auf und rannten davon. Die Fischer warfen die Reusen weg, und Enten, Schwäne und Möwen flogen schreiend aus der grausigen Brühe.« Doch nicht nur der Nil hatte sich in Blut verwandelt, auch alles Wasser in Brunnen und Quellen, in Krügen und Tonnen: »Niemand konnte auch nur einen Schluck davon trinken.« Eine neue Plage schickte Gott: »Mücken, Fliegen und Ungeziefer befielen in Scharen Mensch und Vieh, mit dem Ungeziefer verbreitete sich die Seuche ...« Danach ließ der Allmächtige schwarzen Regen auf das Volk fallen: »Auf wessen Haut eine Rußflocke fiel, der bekam die Schwarzen Blattern.« Noch lange nicht genug. Gott verkündet: »Ich werde meinen Todesengel senden und die Erstgeburt der Ägypter schlagen. In jedem Haus wird der älteste Sohn sterben.« Und in jedem Haus Ägyptens lag ein Knabe oder ein Jüngling tot im Bett. Zum Schluß aber trifft er, den man den lieben Gott nennt, sich selbst: Er läßt das Volk der Ägypter vom Meer verschlingen. »Mit entsetzlichem Getöse stürzten die Wassermassen zusammen. Es erscholl ein tausendstimmiger Schrei. Über der Straße schloß sich eine Woge aus kochendem Gischt, darin wirbelten Men-

schen und Pferde und Trümmer ...« »Gottes Volk« aber stimmte ein Loblied an.
Diese grausamen, blutrünstigen Geschichten hatten Franziska von jeher zutiefst erschüttert. Wenn sie fragte, wieso dieser Gott quälte und tötete, auch die Unschuldigen, kam höchstens die Gegenfrage: »Wer bist du, daß du glaubst, Gott kritisieren zu dürfen?« Der Religionslehrer in der Schule lächelte milde auf sie herab. Dieses überheblich gönnerhafte Lächeln fand sie später in vielen Gesichtern. Oft auch Empörung über ihre Frage. Eine Antwort gab es nie.
»Die Rache ist mein«, sprach der Herr. Nun läuteten die Glokken ihm zu Ehren – und seinem zur Weihnachtszeit geborenen Sohn. »Friede auf Erden ...« Doch Rache und Frieden passen nicht zusammen. Sie sind ein Widerspruch. Nun, Gott erschuf den Menschen nach seinem Ebenbild. Das erklärte vieles.
Sie gingen dennoch zur Mette. Das Kirchlein lag auf einem Hügel und sah aus wie auf den Postkarten, die zu Weihnachten mit Vorliebe verschickt werden: unter der tiefverschneiten Kirchlein-Idylle in goldenen Buchstaben: »Ein frohes Fest« und auf der Rückseite: »... wünschen Tante Hilde und Onkel Emil.« Genauso sah die kleine Kirche von Ebersbach aus.
Sicher, es war gemütlich. Kalt zwar auch hier, doch flackerndes Kerzenlicht, das sich in den bunten Fensterscheiben spiegelte. Die üblichen Zeremonien: Klingelzeichen, bekreuzigen, in die Knie, bekreuzigen, hinsetzen, Klingelzeichen, bekreu... Der Pfarrer predigte: der Heiland sei geboren, um die Menschen zu erlösen. Ein Chor auf der Empore jubelte einen Choral. Als Franziska sich umdrehte, um die Sänger zu sehen, entdeckte sie in der ersten Reihe die alte Bräse.
»Es ist ein Ros entsprungen, mitten im kalten Winter ...«
So siehst du aus!
Nun war der Heiland geboren. Und die Welt blieb kalt seit fast zweitausend Jahren. In diesem Winter ganz besonders. Man mußte sehen, daß man sein Herz warm hielt und das bißchen

Verstand. Diese beiden waren eine gute Kombination, wenn man die Gebrauchsanweisung anzuwenden wußte.
»Woran denkst du?« fragte die Mutter auf dem Heimweg. Sie gingen in der Kolonne den Hügel hinab. Der Schnee knirschte unter ihren Füßen.
»Ans Weiterleben«, antwortete Franziska. »Ich glaube, wir müssen unsere Herzen anders erwärmen als in der Kirche.«
»Wie denn?« Die Mutter sah Franziska von der Seite an. »Du redest, als hättest du ein Rezept.«
»Es gibt keines«, Franziska sah hinauf zum klaren Sternenhimmel. Eine Nacht wie im Bilderbuch. »Jeder ist für sich selbst verantwortlich.«
»Gott kann aber Wunder tun«, warf Maria ein, weniger aus Überzeugung, mehr um Franziska herauszufordern.
»Hast du schon mal eines erlebt?«
»Ich doch nicht«, Maria dachte an all die unerfüllten Hoffnungen und die zahlreichen Enttäuschungen. Das Selbstmitleid überkam sie und sie liebte es, darin zu baden, um sich selbst zu beweinen.
»Mach' dir nichts daraus«, tröstete Franziska und hängte sich bei der Mutter ein. »Was nützt ein Wunder, wenn es weder die Menschen noch die Welt verändert? Es wird zum Selbstzweck und lebt von der Verzückung.«
»Das verstehe ich nicht«, Maria war viel zu sehr mit sich selbst beschäftigt, als daß sie einem bestimmten Gedankengang, der von ihr wegführte, hätte folgen können.
»Das macht nichts«, Franziska nahm sie fest am Arm, um sie zu stützen. Fast wäre die Mutter ausgerutscht und hingefallen. »Trotzdem: Frohe Weihnachten!«

Stadt mit Charme

Die Eisenbahnfahrt war gar nicht so schlimm, wie Franziska befürchtet hatte. Der Zug nach Glauchau war geheizt, überheizt sogar. Man fand wohl nie das richtige Maß: entweder eisig oder übermäßig warm. Die Erkältungen kamen und gingen und kamen, schwer festzustellen, ob es noch die alte Grippe war oder schon die neue.

Franziska fühlte sich ziemlich schlapp. Weite Fahrten, anstrengende Vorstellungen, Fieber und die ständige Gegenwart der Mutter – fast ein wenig zuviel, das alles. Behaglich kuschelte sie sich in die Ecke des Abteils, die Bank war hart und hölzern, doch der Trachtenmantel, aus einer weichen Decke genäht, hing am Haken und schmiegte sich angenehm um die Schultern. Langsam zuckelte der Zug durch die sächsische Industrie- und Bergbaulandschaft.

Wenn der Zug hielt, öffnete Franziska das Fenster und atmete tief ein. Frühling lag in der Luft. »Der alte Winter in seiner Schwäche zog sich in rauhe Berge zurück.« Nein, so schwach war der Winter auch wieder nicht, wie Faust während seines Osterspaziergangs festzustellen glaubte. Der Winter in diesem Jahr war ein kraftvoller, bösartiger Greis, der nicht weichen wollte. Hunger und Kälte hatten Land und Leute, noch immer geschwächt vom kaum überstandenen Krieg, zermürbt. Der Frühling kämpfte sich nur schwer voran.

»Zumachen, zumachen!« protestierten die Mitreisenden im Abteil. Der Zug fuhr wieder, Franziska war ganz in Gedanken gewesen. Schnell schloß sie das Fenster. Es war eben noch immer viel zu kalt.

Glauchau. Aha, hübscher Bahnhof, sauberes, unzerstörtes Städtchen, kein Schnee mehr, auch weniger Kälte als in Ebersbach. Ein milder Frühlingswind empfing sie, strich durch ihr Haar und nahm sie ans Herz. So kam es ihr jedenfalls vor. Mit ihrer Umhängetasche marschierte Franziska über den Platz

vor dem Bahnhof, die Hauptstraße entlang, vorbei an der Hauptpost. Eindrucksvolles Gebäude. Stilgemisch, vermutlich Gründerzeit. Erinnerte ein wenig an Teplitz. Freilich, dort waren die Häuser höher gewesen, zeigten schönere Fassaden, doch diese kleine Stadt hier hatte Charme. Sie lächelte Franziska an.
»Das Stadttheater?« Die Bewohner gaben freimütig Auskunft, betrachteten die Fragerin mit unaufdringlichem Interesse, in den Augen die unausgesprochene Frage: »Eine Neue?«
Über den Marktplatz zu einem kleinen Park. Das Rosarium. An den Büschen zeigte sich schüchternes Grün. Weidenbäume wiegten ihre Knospen im Wind. Franziska sah sich um. Hübsch mußte es hier sein, vor allem im Sommer. Das Theater lag direkt hinter dem Park: einfacher Bau, ohne Säulen und attraktive Treppen, die zum Musentempel führten. Der Bühneneingang an der Seite, verborgen hinter Büschen und Bäumen. Keine Portiersloge, kein Zerberus. Schmaler Gang, Treppen hinauf zur Bühne – kein Mensch zu sehen. Der Vorhang offen. Franziska trat an die Rampe und sah hinab in den Zuschauerraum. Er war nicht zu klein, aber auch nicht riesig und ungemütlich wie der Kretscham.
Die Akustik?

»Wenn wir Schatten euch beleidigt,
o so glaubt – und wohl verteidigt
sind wir dann! Ihr alle schier
habet nur geschlummert hier
und geschaut in Nachtgesichten
eures eignen Hirnes Dichten ...«

Der Puck aus dem »Sommernachtstraum«, eine der Lieblingsrollen. Ja, die Akustik war ausgezeichnet.

»Nun gute Nacht! Das Spiel zu enden,
begrüßt uns mit gewognen Händen!«

Franziska, von der Bühnenluft animiert, vollführte eine tiefe Verbeugung, klopfte sich auf die Schulter und lobte sich selbst: »Gut gemacht, Buresch!«

Jemand applaudierte im Saal. Sie erschrak, nahm eine normale Haltung an, versuchte etwas zu erkennen, sah nur die vagen Umrisse einer Gestalt im Seitengang.
»Wenn Sie Fräulein Buresch sind, dann werden Sie im Intendanzbüro erwartet«, sagte eine Männerstimme.
Franziska wußte nicht, was sie antworten sollte. Mit einem Schatten kann man nicht reden. Doch die Gestalt kam das Treppchen zur Bühne herauf. Im Halbdunkel erkannte sie zwei funkelnde Augen über einer beachtlichen Hakennase. Die Brauen waren auf merkwürdige Weise buschig nach oben gewachsen und gaben dem Gesicht etwas Mephistophelisches.
»Eigentlich ist die Reihenfolge ja anders«, sagte der Mann. »Erst Intendanzbüro, dann Vorsprechen. Fangen Sie immer verkehrt 'rum an?« Ehe Franziska antworten konnte, schob er sie von der Bühne, zwei Stufen hinab, in ein kleines, gemütliches Zimmer. Stühle, zwei Sessel, Rauchtischchen mit Aschenbecher, an der Wand das Schwarze Brett mit dem Probeplan und Informationen. »Unser Konservationszimmer«, stellte er vor. »Hier reagieren wir uns ab. Übrigens – ich bin Jochen Großmann, der Oberspielleiter, seit zwei Jahren.«
»Aha«, Franziska hatte endlich ihre Sprache wiedergefunden. »Freut mich sehr.« Auch sie nannte ihren Namen.
»Ich weiß, ich weiß«, antwortete Großmann. »Sie haben sich ja bereits dem Zuschauerraum vorgestellt und sich auf die Schulter geklopft.«
»Ziemlich albern«, Franziska war verlegen.
Großmann grinste. »Komödianten sind verrückte Leute. Ich mag Verrückte. Sie auch?«
»Nun ja, kommt drauf an ...«
Die Tür ging auf, herein kam ein Mann, ungefähr so alt wie Großmann, Anfang dreißig. »Hallo, Jochi«, grüßte er kurz. Franziska betrachtete er mit ernsten, grüblerischen, sehr grauen Augen. Sagte nichts. Stellte sich auch nicht vor.
»Tach Luk«, grüßte Großmann zurück. »Probeplan hängt schon.« Worauf »Luk« ans Schwarze Brett trat und den An-

schlag eingehend studierte, ohne noch einen Blick auf Franziska zu werfen. Sie stand unschlüssig und schaute ihn an.
Etwas war. Abneigung oder ein Draht zueinander, etwas war soeben explodiert. Mit einem lautlosen Knall.
Als sie mit Großmann durchs Foyer ging und sich umdrehte, stand »Luk« unter der Tür und sah ihr nach – mit einem ungläubigen, ja, fassungslosen Blick. Sie blieb stehen, zutiefst erschrocken, und wie immer, wenn sie sich unsicher fühlte, lächelte sie. Er lächelte nicht zurück. Auf seiner hohen Stirn stand eine tiefe Falte, als müsse er scharf nachdenken.

Intendant Schröder war ein fülliger alter Herr mit dichtem, weißen Haar. Daß er noch nicht entnazifiziert war, sah man ihm nicht an. Er wirkte gutgelaunt, etwas kurzatmig, doch mit klarem Blick.
Großmann verkündete mit großer Geste Franziskas Namen, ohne ihre Hand loszulassen. So standen sie vor Schröders Schreibtisch wie vor dem Traualtar.
Dann ging alles sehr schnell über die Bühne – im wahrsten Sinne des Wortes. Das leidige Vorsprechen war eher eine Frage der Routine. Nicht länger als zehn Minuten.
»Mein Freund Ladewig hat Sie mir empfohlen«, versetzte Schröder, »das genügt mir. Und Großmann meint, Sie seien ausgezeichnet. Sie hätten bereits dem leeren Saal vorgesprochen.«
»Wegen der Ak ...«
Schröder winkte ab, unterbrach sie und zeigte auf Großmann.
»Mit dem dürfen Sie sich nicht anlegen«, warnte Schröder humorig. Doch etwas schwang in seiner Stimme, das ernst zu nehmen war. »Er ist nämlich unser bestes Stück. Vielversprechender junger Mann, er kann spielen und Regie führen, er kann einfach alles. Wenn Sie mit dem Krach kriegen, fallen Sie in Ungnade, bei mir und bei den anderen.«
»Ich glaube«, wandte Großmann ein, »wir werden uns bestimmt vertragen!«

Und dann sagte Schröder den für Schauspielerohren schönsten aller Sätze: »Kommen Sie, wir machen Vertrag.« Zweihundert Mark Monatsgage. Zusätzlich sechzig Mark Kleidergeld, unversteuert. Denn die Kleider mußten selbst gestellt werden, für moderne Stücke.
»Gratuliere«, Großmann schüttelte ihr die Hand. »Wir sehen uns also dann zur neuen Spielzeit. Am dreißigsten August.«
»Fein«, freute sich Franziska. »Das ist mein Geburtstag.«

Sie sollte im »Christlichen Hospiz junger Männer« übernachten. Diese Tatsache amüsierte und irritierte sie so sehr, daß sie vor dem wackeren Haus stehen blieb und sich nicht zu klingeln traute, denn es zeigte sich sehr verschlossen. Doch, wie sich bald herausstellte, war es weder ein Hospiz, noch christlich, und von jungen Männern konnte keine Rede sein. Es war ein Hotel. Der Wirt brachte sie in ein kleines Zimmer.
»Hier übernachten alle Schauspieler, wenn sie zum ersten Mal in der Stadt sind«, erklärte er. »Ich wünsche eine gute Nacht.«
Schlafen konnte Franziska noch nicht, dazu war es noch viel zu früh. Außerdem fühlte sie sich zu aufgekratzt, als hätte sie Champagner getrunken. Sie beschloß, einen Streifzug durch die Stadt zu machen. Milde Dämmerung lag über den Straßen. Es war angenehm still, doch nicht ausgestorben wie die Steinwüste in Dresden oder das Dorf Ebersbach. Dieses Städtchen bestand aus Widersprüchen. Es gab sich bieder, aber mit einem heimlich verschmitzten Lächeln. Die Leute hatten heitere Gesichter. Viele lachten. Im ersten Stock ein Café, aus dem Musik erklang. Etwas weiter eine Tanzdiele mit bunten Lichtern, auch hier bekannte Töne: »Wenn bei Capri die rote Sonne im Meer versinkt …« Im Kino nebenan: »Der weiße Traum« mit Olly Holzmann. Den Film hatte Franziska mit der Mutter in Dresden gesehen. Nach der Vorstellung ging keine Straßenbahn mehr. Sie mußten viele Kilometer marschieren. »Kauf' dir einen bunten Luftballon«, sangen sie und versuch-

ten, der Sache etwas Vergnügliches abzugewinnen, obwohl sie von Trümmern umgeben waren, »nimm ihn fest in deine Hand …«

Der Krieg hatte auch in dieser Stadt Spuren hinterlassen, aber keine Wunden geschlagen. Vieles war heil geblieben. Eine winzige Brücke führte über einen Bach, mitten in der Stadt. Zwischen Häusern konnte man stehen bleiben, sich am Geländer festhalten und zusehen, wie sich das Wasser seinen Weg suchte. Auch in Teplitz hatte es, mitten in der Stadt, einen Bach gegeben, der unter der Straße weiterfloß, neben dem Café Concordia. Hier war alles eine Nummer kleiner, doch von ähnlicher Liebenswürdigkeit.

Ein Jahr würde sie also hier zubringen, mindestens, vielleicht auch länger. Neue Kämpfe, doch sicher auch Freude. Vorsicht! Dieser Großmann war schwierig: die Augen, die Brauen, die betont phlegmatische Art zu reden – man mußte sich vor ihm in acht nehmen.

Dann dieser ernste Mann mit dem grüblerischen Blick, dieser »Luk« …

An einer Litfaßsäule klebte ein Theaterplakat: »Don Carlos«. Ein gewisser Heinz Platte als Carlos, LUKAS RILKE als König Philipp. Das war bestimmt »Luk«. Es sah ihm ähnlich, daß er alternde Männer und Greise spielte, so ernst, wie er dreinschaute.

»Kardinal! Ich habe das Meinige getan. Tun Sie das Ihre.«

Ganz kalt und endgültig. Alles tot, auch die Königin. Abgang. Er hatte das Seinige getan.

Während Franziska weiterschlenderte, überkam sie eine kleine, törichte Hoffnung: König Philipp zu begegnen. Doch der war »auf Abstecher«, mit dem gesamten Carlos-Ensemble, das Stadttheater blieb an diesem Abend geschlossen.

Also zurück zum Christlichen Hospiz junger Männer. Den Vertrag stellte sie aufrecht an den Aschenbecher gelehnt, so, daß sie ihn vom Bett aus sehen konnte. Zum ersten Mal seit langer Zeit schlief sie tief und fest die ganze Nacht hindurch.

»Geht, lieber Marquis – Ruhe meinem Herzen
und meinen Nächten Schlaf zurückzubringen.«

Auch König Philipp war lange Zeit schlaflos gewesen. Viel zu lange.

Als Franziska zurückkehrte in das kahle Zimmer in Ebersbach, schwenkte sie stolz den Vertrag. »Lies mal, er ist unterschrieben und besiegelt – lies, lies!«

Die Mutter las nicht, es wäre ja auch zu schön gewesen. Sie machte eine sparsame Miene und sagte: »Ein Brief ist gekommen, aus Görlitz, von Rohrbeck. Er liegt da auf dem Tisch.«

»Und –?«

»Was weiß ich? Glaubst du vielleicht, ich lese deine Briefe?«

Oft genug war es vorgekommen! (»Es könnte ja was Wichtiges sein und du bist nicht da.«)

Es war etwas Wichtiges. Intendant Rohrbeck wollte sie engagieren.

»Die Vakanz ist frei«, schrieb er. »Sie können den anliegenden Vertrag unterschreiben. Hoffentlich haben Sie nicht bereits disponiert.«

Franziska sank auf den Stuhl, Brief und Vertrag in den flatternden Händen. Ein guter Vertrag, ein besserer als der von Glauchau. Mehr Gage. Mit Fachverpflichtung: »Erste jugendliche Liebhaberin«, keine Allesspielerin. Und vor allem eben – Görlitz.

»Ich muß ihm abschreiben«, sagte sie mehr zu sich selbst, denn die Mutter hörte ohnehin nicht zu, die packte zwei fertiggestrickte Pullover ein, um sie abzuliefern. »Verdammt«, murmelte Franziska, »schon wieder die falsche Karte gezogen!«

Was sie damals nicht wissen konnte: Hätte sie den Brief aus Görlitz einen Tag früher erhalten, wäre ihr Leben ganz anders verlaufen.

Einer der seltenen Kreuzwege. Die Nornen spinnen die Schicksalsfäden. »Da geht's lang«, sangen sie. Keiner hört sie, keiner sieht sie und doch mußt du in die angegebene Richtung stolpern.

An ihrem Geburtstag nahm Franziska Abschied von Gustl, der rothaarigen Vera und Egee, Abschied von den anderen, von Ebersbach und auch von der Mutter. Sie bestieg den Zug – und fuhr in die kleine Stadt mit dem häßlichen Namen und dem sanften Charme.

Kein Hund im Hirn

Sagen Sie einfach ›Muttl Jentsch‹ zu mir«, sagte die kleine mollige Frau mit den gutmütigen Augen. »Ich hoffe, es gefällt Ihnen bei uns.«

»Ich denke schon«, Franziska bezog das schmale Zimmer in dem gepflegten alten Eckhaus mit einem guten Gefühl. Das Zimmer und sie wurden auf Anhieb Freunde. Auch war »Muttl Jentsch« ganz anders als die alte Bräse!

»Sie können das Klavier im Wohnzimmer benutzen«, bot die Wirtin an, »Bad und Küche natürlich auch. Wir werden uns schon einigen. Wenn Sie wollen, kann ich auch für Sie kochen, sicher haben Sie viel auf Proben zu tun und außerdem ...«

»Ja, doch, ja«, Franziskas Herz hüpfte. »Ich fühle mich jetzt schon wohl bei Ihnen!«

Zu dem Haushalt gehörte noch ein Ehemann, sehr ernsthaft mit Brille, der sich zurückhielt, aber auch recht freundlich war: »Guten Tag, wie geht es Ihnen, gute Nacht ...« Mehr kam nicht, doch es war angenehm. Herr Jentsch störte nicht weiter.

Da war auch noch der halbwüchsige Sohn Walter, er hatte beim Sprechen Schwierigkeiten und schien etwas behindert. Wenn er Franziska sah, schaute er sie mit begeistertem Grinsen an – der Gedanke an Amandus, »Annschens« Halbbruder in »Jugend«, drängte sich auf, sie dachte: »So hätte Peukert ihn spielen müssen!« Doch Walter Jentsch war gutmütig und der jungen Untermieterin von der ersten Minute an ergeben. Er

durfte sie beim Vornamen nennen. Muttl Jentsch übrigens auch.
Die Spielzeit sollte Mitte September eröffnet werden. Und zwar mit einem bunten, literarischen Programm, in dem sich die »Neuen« vorstellen sollten. Mit einem Gedicht oder einem Lied. Franziska – und das war eine Auszeichnung – in einem Einakter von Curt Goetz: »Der Hund im Hirn.«
Sie sollte die junge Ehefrau spielen, die ihren Mann betrügt. Mit Herrn Tittori, der ihm das Wasser nicht reichen kann – und eben dies beweist der gehörnte Gatte mit Hilfe seines Dieners Johann. Regie: Jochen Großmann.
»Jochi« empfing sie mit ausgestreckten Armen, als hätte er sie seit Monaten sehnsüchtig erwartet. »Da sind Sie ja – na, wunderbar, gleich morgen geht's los, wir haben nicht viel Zeit zum Proben, aber was soll's! Ihr seid ja alle Profis.«
Franziska gab sich unbefangen, doch sie fühlte sich nicht so locker wie sie tat.
Im Foyer waren die Schauspieler versammelt. Der Intendant begrüßte sie mit einigen herzlichen Worten und bat, sich miteinander bekannt zu machen. Namen wurden genannt, Hände geschüttelt, Worte gewechselt. Eine ebenfalls neuengagierte Schauspielerin machte die Runde. Sie hatte langes, schwarzes Haar, ein wundervolles zartes Gesicht mit Wangengrübchen und war mindestens einen Kopf größer als Franziska. Susi Faßler. Sie hielt hof, ließ sich umschwärmen und hatte eine Menge zu erzählen. Offensichtlich fühlte sie sich schon hier zu Hause und tat, als gehöre sie seit Jahren zum Ensemble.
Lukas Rilke stand mit dem Intendanten und Großmann an der Tür, die zur Bühne führte. Alle drei waren in ein Gespräch vertieft.
Franziska unterhielt sich mit einem kleinen, dicken Kollegen. Er hieß Rolf Mang und sollte den »Herrn Tittori« spielen. Ihren Liebhaber. Sie merkte, daß Rilke sie ansah, doch wenn sie sich zu ihm umdrehte, wandte er sich schnell ab. Begrüßt hatte er sie noch nicht.

»Wie lange ist Lukas Rilke schon hier?« erkundigte sie sich.
Mang, bereits von Anfang an dabei, dachte kurz nach: »Seit dem Winter. Er ist aus der Kriegsgefangenschaft gekommen. Gleich groß hier eingestiegen. Oberspielleiter. Teilt sich die Arbeit mit Jochi. Prima Schauspieler, die zwei sind der Stamm des Theaters. Und natürlich Platte!«
»Platte?« Franziska überlegte. »Heinz Platte?« Sie hatte den Namen auf dem Carlos-Plakat gelesen. Er mußte den Marquis Posa gespielt haben. »Welcher ist es denn?«
»Der jetzt zu den Stützen des Theaters tritt«, Mang grinste. Doch in seinem Gesicht lag eine gewisse Ehrfurcht vor den Titanen, in deren Schatten er sein komödiantisches Dasein fristete.
Ein großer, ein sehr großer Mann stand lässig bei der Gruppe und überragte alle. Klassische Gesichtszüge, arrogante Miene: Marquis Posa in Nachkriegskleidung. »Das ist Ihr Ehemann«, sagte Mang. »Der spielt den Professor.«
»Der –?« rief Franziska erschrocken. »Lieber Himmel – wir passen doch gar nicht zusammen! Schon von der Größe her.«
Mang sah plötzlich ängstlich aus, tat vertraulich, flüsterte: »Er ist ein Snob. Sein Vater ist der bekannteste Sprech- und Schauspiellehrer Deutschlands. Sie sehen, hier ist die Elite vertreten!«
Platte löste sich von der Gruppe und sah sich um, in ihre Richtung. Franziska nahm an, er wollte seine Partnerin kennenlernen und ging ihm einige Schritte entgegen. Da blieb er stehen, machte ein verklärtes Gesicht und beugte sich herab. Zu Susi Faßler. Die schaute zu ihm auf, als hätte sie den Heiligen Geist erblickt. Romeos und Julias erste Begegnung auf dem Ball war dagegen eine flüchtige Episode. Sie tauschten Blicke und Worte, dann legte er den Arm um ihre Schulter und sie verließen einträchtig das Foyer.
Franziska sah ihnen nach und hatte kein gutes Gefühl. Warum, wußte sie selber nicht. Luk Rilke hatte wieder seine grauen Augen auf sie gerichtet. Er mußte die kurze Szene beobachtet haben. Irrte sie sich oder ging ein schadenfrohes Aufleuchten

über sein Gesicht? Kurzsichtig wie sie war, konnte sie es nicht genau erkennen.

Am nächsten Tag die erste Probe. Großmann war bereits da, auch Platte, Mang und – Lukas Rilke. Der spielte den Diener Johann.

»Sie kommen zu spät«, rief Großmann ihr entgegen. Feindseligkeit in der Stimme. Franziska sah auf die Uhr: tatsächlich – fünf Minuten zu spät!

Sie entschuldigte sich, doch außer Mang reagierte keiner, und der auch nur, indem er verlegen zur Seite blickte. Etwas war geschehen, hatte sich verändert. Daß sie fünf Minuten zu spät gekommen war, daran konnte es nicht liegen.

»Also«, Großmann hatte wieder dieses Funkeln in den Augen, doch nicht wie am Anfang ihrer Bekanntschaft, aus Anerkennung und Freude, sondern eher aus einer Art von Ablehnung, »ich weiß nicht, wie weit ihr euch alle kennt, um es kurz zu machen: Lukas Rilke, ein grandioser Schauspieler und erstklassiger Regisseur –« witzig gemeint: »Fast so gut wie ich!« Lukas nickte kurz, wirkte düster, wie Beethoven, als er die Missa Solemnis komponierte und schien eisern darauf bedacht, daß ihm kein Funke von Herzlichkeit entsprang. »Herr Platte kommt aus Berlin«, fuhr Jochi fort und versäumte natürlich nicht, den berühmten Vater zu erwähnen. Der attraktive Platte nickte ebenfalls nur flüchtig und fand es unter seiner Würde, an Franziska ein Wort zu verlieren. Auch der kleine, dicke Mang wurde vorgestellt, so ganz nebenbei. Dann holte Großmann tief Luft und verkündete mit einem deutlich abfälligen Ton: »Neu in der Runde ist Fräulein Buresch. Anfängerin. Das heißt: angefangen hat sie in Dresden. War's nicht so eine Art – Schmiere?«

»An der Sächsischen Landesbühne«, korrigierte Franziska. Sie fühlte wieder die Wut in sich brodeln, doch sie ließ sich nichts anmerken. »Ja, wir waren eine Wanderbühne. Es gab nämlich kein Haus mehr, in dem wir spielen konnten. Dann ging ich nach Ebersbach. Dort haben wir gutes Theater gemacht.«

»Ebersbach«, wiederholte Platte, fast ohne die Lippen zu bewe-

gen. Dabei machte er ein Gesicht, als nenne er eine tödliche Krankheit beim Namen.
»Ein Ausweichtheater, wie es heute viele gibt«, Franziska hielt seinem Blick stand, zuckte mit keiner Wimper. »Warum sind Sie denn hier, wenn Sie doch schon in Berlin gespielt haben?«
»Ich – ich ...« Nun hatte es ihm die Sprache verschlagen. Die Arroganz fiel aus seinem Gesicht, er sah nur noch dumm aus.
»Schon gut«, sagte sie freundlich, »wir können anfangen.«
Die erste Runde war an sie gegangen.
Sie probten, das Textbuch in den Händen: Durchsprechprobe. Gespannte Atmosphäre. Keine sehr gute Voraussetzung für ein Stück von Curt Goetz. Franziska gab, was sie konnte, doch ihre Partner verweigerten sich.
»Morgen früh, neun Uhr«, rief Großmann, womit die Probe beendet war.
Er stand im Zuschauerraum, an der Rampe. Franziska ging zu ihm und versuchte, ihn zur Rede zu stellen, doch er wich aus, sah hoch zur Bühne und fragte Rilke, der noch oben stand und sein Textbuch ordnete: »Wann kommt eigentlich Kupelius?«
»Bald«, antwortete Rilke. »In den nächsten Tagen.«
»Wo, zum Kuckuck, steckt er denn?«
»Jan ist noch in Berlin«, antwortete Rilke. »Behördenkram.« Ein Lächeln erhellte sein Gesicht, für eine Weile sah er fast zärtlich aus. »Er kommt, sobald er kann.«
Franziska blieb mit Mang zurück.
»Wer ist Kupelius?« fragte sie.
»Der kommt als Schauspieler und Dramaturg«, beide saßen am Bühnenrand und ließen die Beine baumeln, als säßen sie an einem Bachufer. »Kupelius war mit Rilke in Kriegsgefangenschaft. Ist jetzt erst entlassen worden. Luk hat nur unter der Bedingung hier abgeschlossen, daß sein Freund Kupelius auch engagiert wird.«
»Noch ein Feind mehr vermutlich«, seufzte Franziska. »Warum sind die so gegen mich?«

»Wissen Sie es wirklich nicht?« Mang sah sie an, als zweifle er an ihrem Verstand. »Haben Sie keine Augen im Kopf?«
»Wieso denn?«
»Der Platte und die Faßler ...«
Franziska, die sich bisher eingebildet hatte, die Menschen ein wenig zu kennen, fragte arglos: »Was ist mit ihnen?«
»Sie sind – nun ja, so was wie Liebe auf den ersten Blick.«
Plötzlich ging ihr ein Licht auf. »Er will, daß sie meine Rolle bekommt!«
»So ist es«, Mang blickte sich vorsichtig um, als fürchte er heimliche Lauscher. Mit gedämpfter Stimme: »Platte ist hier der Gott.«
»Und Großmann der König«, ergänzte Franziska. »Und Rilke?«
»Der ist sehr verschlossen. Aber ich glaube, Luk lehnt Sie auch ab.«
Feine Aussichten.
Franziska dachte nicht daran, aufzugeben. Sie hatte schon Schlimmeres überlebt als die Intrige dreier Schergen. – Am nächsten Morgen kam sie zur Probe, aufgeräumt und mit gespielter Selbstsicherheit, wenn auch mit innerem Zähneklappern. So war sie früher tagtäglich in die Schule gekommen, immer bestrebt, die Angst zu verbergen: Angst vor der starken Nabel Ilse zum Beispiel, die andere Kinder gegen sie aufhetzte und ihr eines Tages sogar eine Ohrfeige gegeben hatte. Ohne ersichtlichen Grund war das große Mädchen über sie hergefallen. Gefahr aus dem Nebel. Die Kinder aus der Klasse hatten zugesehen und gelacht.
Diese jahrelang erfolgreich bekämpfte, längst vergessen geglaubte Angst kam plötzlich wieder zurück. Wie konnte das sein, nach so vielen Jahren?
»Jetzt zeigt mal, was ihr könnt«, Großmann lümmelte im Zuschauerraum, die Arme weit auf die Lehnen der Nachbarsessel gebreitet und wartete. »Macht auf Atmosphäre.«
Was die Atmosphäre betraf – die war wie vor einem Gewitter. Ruhe vor dem Sturm. Lukas begann als »Johann«. Alles was er

mit seiner nun betont finsteren Miene sagte, fand Großmann umwerfend komisch. Lachsalven kamen aus dem Zuschauerraum. Na, und als Platte erst auftrat –! Kein Unterbrechen, kein Korrigieren, nur begeisterte Zustimmung.
Nun aber: Auftritt Franziska.
»Guten Tag, mein Täubchen«, sagte Platte als Professor. Er sagte es so, wie man das sagt, wenn man gerade ein Komplott geschmiedet hat. Laut Buch war das soeben geschehen.
Nur laut Buch?
Franziska mimte »Handschuhe abstreifen«, tiefstes Erstaunen und fragte: »Du bist schon zurück?« Darauf nochmals mit Nachdruck: »Du bist schon zurück?«
»Neiiiin!!!« Aufschrei Großmanns. »Nicht überzeugend. Noch mal – Stichwort!«
»Guten Tag, mein Täubchen!«
»Du bist schon zurück?«
»Fräulein Buresch, wollen Sie uns auf den Arm nehmen? Ich denke, Sie sind Schauspielerin?«
Franziska konnte alles spielen, das hatte sie bewiesen. Großmann hätte es wissen müssen, er war ja dafür gewesen, daß Schröder sie engagierte. Doch jetzt, hier und jetzt wollte er beweisen, wer der König und wer der gar nicht so liebe Gott war. Er nagelte sie auf den ersten Satz fest, immer und immer wieder. Platte trug eine eisige Miene zur Schau, die einwandfrei aussagte: »Mit solchen Antitalenten muß man sich nun abgeben!« Dazu Lukas Rilkes undurchdringliches Gesicht. Der dicke Mang zerfloß vor Mitleid, wollte es aber nicht zeigen.
»Noch mal!«
»Guten Tag, mein Täubchen!«
»Du bist schon zurück ... Du bist schon ...«
Großmann wimmerte, als bekäme er Flügel. Raufte sich die Haare. Dann, nach ungefähr einer halben Stunde vergeblichen Probierens, denn nun wurde Franziska wirklich miserabel, brüllte er flegelhaft:

»Wissen Sie was, Fräulein Buresch? Gehen Sie ab vom Theater und putzen Sie Klosetts!«
»Verdammt noch mal«, schrie Franziska, außer sich vor Wut, »Sie wollen mich fertigmachen, ich weiß auch warum! Hier wird ein anderes Stück gespielt, nicht ›Hund im Hirn‹.«
»Was wissen Sie?« fragte Großmann, plötzlich mit eisiger Ruhe. Und dann, als sie keine Antwort gab: »Die Rolle wird umbesetzt.«
Es war erreicht.
Franziska stürzte davon. In die Toilette. Nicht etwa, um den zynischen Rat des Scheusals Großmann zu befolgen, sondern um sich auszuheulen. Dann lief sie zum Intendanten. Der saß an seinem Schreibtisch und telefonierte. Die schöne, weiße Mähne schimmerte silbern. Bedachtsam legte er den Hörer auf die Gabel und fragte ahnungsvoll: »Was ist passiert?«
Franziska berichtete atemlos, von Schluchzen unterbrochen, sie war am Ende, konnte sich nicht mehr zusammennehmen. Alles war aus, alles. Was für ein Alptraum gleich am Anfang, in der kleinen Stadt mit dem heiteren Charme, auf die sie sich so sehr gefreut hatte. Sie erzählte nur die Fakten, nicht, was dahintersteckte. Das wäre Denunziation gewesen, Unterstellung, sie hätten es ohnehin abgestritten: der König und der Gott.
»Ich fürchte, da werde ich Ihnen nicht helfen können«, seufzte Schröder. »Großmann kann das Stück umbesetzen, wenn er es für richtig hält. Aber vielleicht kann Lukas Rilke etwas für Sie tun. Er ist der Oberspielleiter.«
»Rilke!« schnaubte Franziska und putzte sich die Nase. »Der hat dabeigestanden und sich nicht gerührt.«
»Tja, dann –!« Schröder hob ratlos die Arme. Nun zweifelte er wohl auch an ihrer Begabung. Sie verließ das Büro, unverrichteter Dinge.
Vor dem Theater standen runde Tische und Gartenstühle, wie in einem Parkcafé, nur wurde nicht bedient. Die Kantine öffnete erst am Abend. Franziska setzte sich unter die Kastanie und haderte mit dem Rest der Welt. Bunte Blätter tanzten durch die

Luft und blieben in ihrem Haar hängen. Noch immer blühten die Rosen, doch sie hatten ihren Duft verloren.
»Was für ein widerlicher Kerl«, schimpfte sie laut vor sich hin und schlug mit der Faust auf den Tisch. »Die werden mich noch kennenlernen, diese lächerlichen Gartenzwerge ...«
»Aber ja«, rief eine fröhliche Männerstimme, »lassen Sie sich nur nichts gefallen!«
Sie hatte den Mann gar nicht kommen hören und auch nicht gesehen, denn die Sonne blendete sie. Er stand vor ihr, schmal und nicht sehr groß, eine umgefärbte Uniform schlotterte um seinen Körper, die Schatten der Kastanienblätter tanzten auf seinem Gesicht. »Worum handelt es sich überhaupt?« Der Mund lächelte und hinter einer Brille schmunzelten pfiffige Augen. Ein aus Kriegsdiensten entlassener Harlekin. »Da kommt man hier an und was ist das erste, was man trifft? Ein weinendes Mädchen!«
›Der macht sich auch noch lustig über meinen Kummer!‹ dachte sie empört und begann wieder zu schimpfen: auf Großmann, auf den Intendanten, das Theater, die Stadt, auf die ganze Welt.
»Wissen Sie, was der mir geraten hat?« Mit erhobener Stimme: »Ich soll Klosetts putzen gehen. Ich: Franziska Buresch!«
Der Mann hörte amüsiert zu, schüttelte in gespielter Empörung den Kopf. »So was«, entrüstete er sich. »Das ist wirklich nicht sehr fein. Sie tun mir leid, Fräulein Buresch. Was kann ich für Sie tun?«
»Woher kennen Sie meinen Namen?« Sie war total durcheinander.
»Ich kann Gedanken lesen«, mogelte er, betrachtete sie eingehend und wartete gespannt, was sie noch zu bieten hatte: an Wut und Verzweiflung.
Doch sie schwieg und tat sich selber leid.
»Sie schwelgen«, sagte der Mann.
»Worin?«
»In Selbstmitleid.« Er stand noch immer vor ihr und störte ihre

Kreise. Offensichtlich konnte er wirklich Gedanken lesen. »Wenn Sie wissen, daß Sie eine gute Schauspielerin sind, dann geben Sie doch nicht gleich auf. Machen Sie sich meine Theorie zum Grundsatz. Die hilft.«

»Und die lautet?«

»Wer mich nicht genial findet oder auch nicht leiden kann, ist entweder krank oder verrückt.«

Sie mußte lachen. »Die Theorie eines Größenwahnsinnigen!«

»Pure Selbstverteidigung. Schutz gegen angreifende wirkliche Größenwahnsinnige, die man nicht hochkommen lassen darf, sonst ist man verloren.«

Franziska sah ihn an, sehr lange, sehr nachdenklich. Dann nickte sie. »Da ist was dran. Wegen eines Größenwahnsinnigen tragen Sie wohl auch diese Uniform, noch immer.«

»Wir werden noch lange daran zu knabbern haben«, versetzte er. »Wir hätten aufpassen müssen.«

»Wir zwei allein? Ob das genügt hätte?«

Er schüttelte den Kopf, wieder ein wenig lächelnd mit zur rechten Seite hochgeschobenem Mundwinkel, was ihm etwas Zärtlich-Ironisches gab.« Es hätte nicht genügt, nicht um die ganze Welt vor ihm zu schützen. Aber gegen das, was da drin passiert ist –« er zeigte in das kühle Dunkel des Theaters, »dagegen können Sie etwas tun. Übrigens heiße ich Jan Kupelius.«

»Ach«, sagte sie nur.

»Was heißt – ach?«

»Sie sind schon vermißt worden«, sie trocknete sich endgültig die Tränen und fühlte ihre Energie zurückkehren. »Der Mann aus der Kriegsgefangenschaft.«

»Vermißt – von wem?«

Ihre Miene verfinsterte sich wieder.

»Nein, nein«, rief er schnell, »bitte nicht mehr gewittern! Es ist genug.« Er lachte.

Franziska hörte dem Lachen zu wie einer Melodie von Mozart. Es klang, als käme es geradewegs aus dem Herzen. Sonne lag darin. Noch nie hatte sie ein solches Lachen gehört. Er legte da-

bei den Kopf zurück und lachte gegen den Himmel, direkt in die Krone des Kastanienbaumes hinein. Das gefiel ihr, sie lachte von jeher gern. Also stimmte sie mit ein.
Er unterbrach sich, sah sie an, sagte: »Wenn Sie lachen, werfen Sie den Kopf zurück.«
»Sie auch!«
Und wieder lachten sie im Duett.
»Jan!« Lukas Rilke trat aus dem Theater.
»Hallo, Luk!«
Sie begrüßten sich mit fröhlichem Hallo, Händeschütteln und Schulterklopfen. Ein Redeschwall folgte. Zuerst sprach nur Jan Kupelius. Alles an ihm geriet in Bewegung: die Hände flatterten auf wie Schmetterlinge, er trat von einem Bein aufs andere, während Luk mit hochgezogenen Schultern zuhörte und alles Düstere aus seinem Gesicht verbannt hatte. Sie waren so sehr mit ihrer Wiedersehensfreude beschäftigt, daß sie alles um sich herum vergessen hatten. Franziska saß noch immer auf dem Gartenstuhl und rührte sich nicht. Da sagte Kupelius: »Das Mädchen dort ist sehr verzweifelt. Welcher Idiot hat ihr geraten, Klosetts putzen zu gehen?«
»Großmann«, Luk schmunzelte, wie es schien, mit einiger Genugtuung. »Sie kam über den ersten Satz nicht hinaus.«
Wie elektrisiert sprang sie auf. »Sie wissen genau warum! Die Rolle soll eine andere haben, die Herrn Platte besser paßt als ich. Das war ein abgekartetes Spiel! Ich bin eine sehr gute Schauspielerin. Wer daran zweifelt, muß entweder krank sein oder verrückt!«
Kupelius zog die Augenbrauen hoch und einen Mundwinkel schräg nach oben. Lieber Himmel, nun hatte sie seinen Leitsatz hinausgeschmettert. Auch Rilke blickte wissend drein, sehr distanziert, provozierend überheblich. Franziska musterte ihn wütend. Markantes Gesicht, nun ja, ausdrucksvoller Mund, sinnliche Lippen und als Kontrast diese grüblerischen, grauen Augen – wenn schon! Dafür ein Herz aus Pappe.
»Läßt sich die Sache denn nicht einrenken?« erkundigte sich

Kupelius. »Bei den ersten Proben kann sich doch das Schicksal einer jungen Schauspielerin nicht entscheiden! Nicht für die ganze Spielzeit.«
»Wir werden sehen«, antwortete Rilke ohne Anteilnahme. »Komm endlich, der Intendant und Großmann warten auf dich.«

Nichts renkte sich ein. Kein »Hund im Hirn«. Doch am Abend, als die Spielzeit eröffnet wurde, stellte sich Franziska dem Publikum mit einem Gedicht von Eugen Roth vor:

Ein Mensch kriegt eine schöne Torte,
drauf stehn im Zuckerguß die Worte:
zum heutigen Geburtstag Glück!
Der Mensch ißt selber nicht ein Stück,
doch muß er in gewaltigen Keilen
das Wunderwerk ringsum verteilen.
Das »Glück«, das »heu«, der »Tag«
verschwindet,
und als er nachts die Torte findet,
da ist der Text nur mehr ganz kurz.
Er lautet nämlich nur noch: … »burts« …
Der Mensch, zur Freude jäh entschlossen,
hat diesen Rest vergnügt genossen.

Starker Applaus. Großmann hatte sie als Schlußlicht auftreten lassen. »Hund im Hirn« war schon vorbei. Doch stand Franziskas Namen auf dem Programm, als »Eva« im Einakter. Ein Überklebstreifen auf dem Plakat im Foyer informierte das Publikum, daß »Susi Faßler« die Rolle spielen werde.
»Ab!« rief Großmann von der Seite.
Sie ging nicht ab. Sie verneigte sich – noch immer ungern und mit starken Hemmungen –, sagte: »Und nun noch ein Gedicht. Die ersten zwei Zeilen sind von Eugen Roth, die anderen –« mit schuldbewußte Miene »von mir«.

Lachen im Publikum. Franziska rezitierte:

»Ein Mensch schaut in die Zeit zurück
und sieht, sein Unglück war sein Glück.
Ich darf allein vor Ihnen stehen,
muß nicht den kleinen Großmann sehen,
ich durfte nicht mit Platte spielen,
der ließ mich seinen Unmut fühlen,
ja, selbst der Rilke hat versagt
und seinen Einsatz nicht gewagt.
So wurde nun zu guter Letzt
die Rolle eilig umbesetzt.
Ich frage, liebes Publikum:
Was glauben Sie, weshalb – warum?«

Sie spielte auf die Besetzung Platte–Faßler an. Die Zuschauer verstanden. Es gab viel Beifall, Lachen und entspannte Stimmung.

Sturm hinter der Bühne. Großmann tobte: »Solche Eigenmächtigkeiten dulde ich nicht! Wissen Sie was, Fräulein Buresch? Verschwinden Sie – ich will Sie nie wieder sehen, ich pfeife auf Sie!«

Er wollte auf sie losgehen, sie schütteln und rütteln, da trat Kupelius dazwischen, hob den Zeigefinger, machte sein Harlekingesicht und zitierte ebenfalls Roth:

»Ein Mensch, will er auf etwas pfeifen,
darf sich nicht im Ton vergreifen.«

Alle, alle lachten. Großmann zog den Kopf ein, atmete schwer, als wolle er den Teufel aus sich herauslassen, schlug die Augen auf, schlang die Arme um Franziska und sagte: »Du Biest! Eines Tages bringe ich dich um!« Doch seine Miene sah nicht danach aus. Dann wandte er sich an Platte: »Weißt du, worüber ich froh bin? Daß sie nicht vom Theater abgegangen ist, um Klosetts zu putzen.«

Platte überwand sich und reichte ihr die Hand.

Franziska spielte ihre Kurzsichtigkeit aus und tat, als sähe sie es nicht.

Pferd im Topf

Jeden Monat gab es eine Extrazulage ohne Marken: ein Kilo Pferdefleisch. Abzuholen bei Alfred, dem Kantinenwirt. Alfred verteilte die in Zeitungspapier gewickelten Klumpen mit feierlicher Grandezza, als überreiche er die Kronjuwelen.
»Ich wünsche guten Appetit«, sagte er zu jedem Beglückten. Dabei zwinkerte er mit den Augen, als wolle er ihn auf den bevorstehenden Genuß vorbereiten.
»Nein, Franziska«, Muttl Rentsch sprach den Vornamen ihrer Untermieterin sehr klangvoll aus, vielleicht als Zeichen des Dankes, weil sie sie so nennen durfte. »Es reicht nicht, wenn Sie das Fleisch nur zwanzig Minuten kochen! Für ein Pferd schon gar nicht.« Widerwillig betrachtete Franziska den großen Topf, der auf dem Herd wild vor sich hindampfte. Sie haßte die Vorstellung: ein Pferd mußte sein Leben lassen, damit sie was zu Futtern bekam.
Ein Pferd!
Muttl Jentsch seufzte. Sie hatten schon öfter darüber gesprochen.
»Es sind ja nur Pferde, die verunglückt sind«, versuchte sie zu trösten.
»Merkwürdig, daß alle vier Wochen genau so viele Pferde verunglücken wie für die Sonderzuteilung gebraucht wird!« Franziska stellte das Gas ab, mit gemischten Gefühlen. Teils bereitete ihr dieser Gedanke Übelkeit, teils hatte sie Hunger. »Ich werde es eben versuchen«, sie tat es Muttl Jentsch zuliebe, weil die gar so bekümmert dreinblickte.
»Es ist aber fast noch roh«, warnte die Wirtin.
Wie immer aß Franziska in ihrem Handtuchzimmer, am Tisch vor dem Fenster. Dort konnte sie lesen, Tagebuch schreiben, Rollen lernen oder vorübergehende Passanten beobachten. Das kleine Radio – ihr eigenes! – spielte unentwegt. Zäh und dunkel lag der Brocken Fleisch auf ihrem Teller. Muttl Jentsch

hatte es sich nicht nehmen lassen, die Sonderzuteilung auf echtem Silber zu servieren. Sogar den fast täglichen Eintopf bedeckte sie mit einer schweren silbernen Haube, die Franziskas kulinarische Phantasie anheizte: Wenn ich die Haube hebe, finde ich darunter Gänsebraten mit Rotkraut und Semmelknödeln! Doch leider dauerte diese Vision nur kurze Zeit. Die rauhe Wirklichkeit präsentierte sich in »sauren Kartoffelstückchen« oder einem Paar Würstchen mit Salat oder gar wie jetzt, in einem ungenießbaren Stück Pferdefleisch.
Familie Jentsch saß im Eßzimmer, am anderen Ende des langen Korridors. Man hörte Tellerklappern und Walterchens aufheulende Stimme. So sprach er immer, es klang hohl und sehr laut, schreckte Franziska frühmorgens aus dem Schlaf.
Sie schlich in die Küche, wollte das Fleisch in dem Mülleimer verschwinden lassen, plötzlich stand Muttl Jentsch vor ihr.
»Zu hart, stimmt's?«
Franziska richtete sich verlegen auf, fühlte sich ertappt.
»Werfen Sie es nur weg. Im Topf ist noch was anderes für Sie.«
Die Gute hatte vorgesorgt. Franziska war gerührt und umarmte sie stürmisch.
»Was macht Herr Kupelius?« erkundigte sich die Wirtin und senkte die Stimme zu einem vertraulicheren Ton. Sie nahm gern teil am Leben ihrer jungen Untermieterin, das brachte Farbe in ihr Hausfrauendasein.
»Streitet sich mit mir«, Franziska schnitt eine Grimasse. »Wenn wir uns sehen, streiten wir. Macht aber Spaß, es ist nie langweilig.«
Muttl Jentsch seufzte, es stand Sorge in ihren großen braunen Samtaugen; sie war eine Glucke, die betreuen wollte, und Franziska ließ es sich gern gefallen. »Ihr seid euch beide sehr ähnlich. Von der Wesensart her. Wenn Sie mit Herrn Kupelius zusammen sind, denkt man, das Zimmer sei voller Menschen.«
»So einen Lärm machen wir?« fragte Franziska entsetzt.
»Keinen Lärm«, die Wirtin suchte nach richtigen Worten, fand sie nicht. »Es knistert irgendwie, so wie elektrisch geladen, eine

Art Nervosität, es ist so – na, lassen Sie es sich gut schmecken!« Sie wieselte zurück ins Eßzimmer.
Franziska aß das für sie Zurückgestellte und überlegte, was Muttl Jentsch wohl gemeint haben mochte, mit »es ist so ...« Unruhig oder was?! Zweimal war Jan hier aufgetaucht, ganz spontan hereingeplatzt, sie hatten heftig miteinander diskutiert, es stellte sich heraus, daß sie die gleichen Bücher liebten, die gleiche Musik. »Den Rosenkavalier«, sagte er mit Emotion, »Sie müssen den Rosenkavalier in Berlin sehen!«
Verrückte Idee. Als gäbe es keine anderen Sorgen! Berlin war weit, für sie, nicht für ihn, denn er war ja dort gewesen. Seine Eltern stammten aus Ostpreußen, wie fast alle »waschechten« Berliner (das behauptete jedenfalls Tucholsky). In jungen Jahren zogen sie weg und wurden seßhaft in Berlin. Wenn Jan Kupelius übermütig wurde, konnte er wie ein »Königsberger Klops« reden: »Marjellche, nu heern Se mal, was tun Se da ...«
Als er zum zweiten Mal bei ihr hereinplatzte, um ihr Bücher zu bringen und darüber etwas zu erzählen – er kannte viel mehr als sie, war ja auch zehn Jahre älter und in seiner Jugend hatte es keine verbotene Literatur gegeben, er durfte noch lesen, was ihm gefiel –, hatte Muttl Jentsch geklopft, den Kopf hereingesteckt und gefragt, ob sie nicht ins Wohnzimmer kommen wollten. Dort sei ein Klavier. Falls Franziska spielen möchte ...
Franziska machte Wunschkonzert. Für Kupelius und Muttl Jentsch. Walterchen gesellte sich dazu, er war verliebt in Franziska, irgendwie nahte er immer auf Tuchfühlung, wäre sie ein Känguruh gewesen, hätte er sicher in ihrem Beutel gesessen. »Was wollt ihr hören?« Das Opernalbum, das mühsam mitgeschleppte, kam zum Einsatz. – Zum Schluß setzte sich Muttl Jentsch ans Klavier und sang: »Du, du, du sollst der Kaiser meiner Seele sein ...« Sie hörten zu und spendeten Beifall.

Franziska probte für eine Komödie, in der sie die Hauptrolle spielte. Ihr Partner war – nein, nicht der arrogante Platte, sondern Georg Buhler. »Schorschi« war sehr lieb, sehr attraktiv, sehr … nun ja, schlichte Gemüter hatten einen Kindervers auf ihn gemacht:

»Schorschi Buhler
ist ein Schwuler!«

Wobei sie anzüglich mit Hinterteil und Händen wedelten, wie es Schorschi niemals tat. Er war intelligent und begabt. Franziska freundete sich mit ihm an. Sie besprachen ihre Probleme miteinander. Schorschi war mit Gabriel »verlobt«, einem jungen Kunstmaler, der ein Atelier bewohnte, in dem er fieberhaft versuchte, ein zweiter Michelangelo zu werden. Nie zuvor hatte Franziska einen schöneren Jüngling gesehen! Ab und zu holte er Schorschi vom Theater ab. Dann gingen sie beide Arm in Arm davon.

»Weißt du, ich mag dich ganz doll«, sagte Schorschi zu Franziska. Er stammte aus Celle und sprach ein wohlklingendes Hochdeutsch. »Du bist nicht weibisch«, was immer er darunter verstehen mochte, »du riechst auch nicht wie ein Weib!« Das Wort sprach er mit Todesverachtung aus.

»Ist das nun ein Kompliment oder eine Beleidigung?« fragte Franziska lachend.

Statt einer Antwort nahm er ihren Kopf behutsam zwischen seine Hände und küßte sie auf die Stirn. Eine für ihn beachtliche Gefühlsäußerung gegenüber einer Frau.

»Hochzeitsreise ohne Mann« hieß das Stück. Regie führte Großmann. Er hatte Franziska in seinen Hofstaat aufgenommen, hätte es gern gesehen, wenn sie mit einigen anderen Auserwählten um ihn herumgeschwirrt wäre, als Bewunderer, als Berater, als Gagmen, als der Stamm des Theaters sozusagen. Doch da sie nur ungern dienerte und keinen Hehl daraus machte, ernannte er sie zu seinem »Edelpagen«. Aber auch als Page war sie nicht zu gebrauchen. Also gab er ihr Narrenfreiheit. Somit hatte sie den gleichen Status erreicht wie Jan Kupelius.

Lukas Rilke sah dieser Entwicklung mit düsterer Miene zu. Es gefiel ihm nicht, daß Jan sich so sehr mit Franziska befaßte. Er sprach zu viel über sie! Ein Mädchen, schön und gut, das mußte sein. Oder eine deftige Frau, ein Weibsstück zum Anfassen – warum nicht? Es gab genügend junge Zimmervermieterinnen, deren Männer im Krieg geblieben waren, die brauchten wieder einen Mann, ab und zu. Aber doch nicht so ein Hineinschlittern in eine derartige Beziehung! Immer wieder rief Lukas den Freund zu sich, wenn er die beiden zusammen sah, ein Vorwand fand sich meist, ein Auftrag, eine persönliche Bitte. Er trennte sie mit Freuden.

Er warf einen Blick in den dunklen Zuschauerraum, Jan war nicht anwesend! Ein Wunder, da die Buresch doch auf der Bühne probte. Wie immer, wenn er sie sah, blieb Luk Rilke wie angewurzelt stehen. Da war etwas, das ihn wehrlos machte. Das ärgerte ihn. Sie entsprach nicht dem Bild der Frau, wie er es sich gern ausmalte. Auch Jan hatte sich etwas anderes vorgestellt, oft genug hatten sie darüber geredet, in den langen Monaten der Kriegsgefangenschaft, als sie, um der zermürbenden Realität zu entgehen, diskutierten, von Frauen träumten und für die Leidensgenossen Theater spielten. Jan und er – ein Team, das etwas auf die Beine stellen konnte, eine Freundschaft fürs Leben, die keine Frau zerstören durfte. Schon gar nicht ein Mädchen wie diese Buresch. – Luk seufzte und verließ den Zuschauerraum.

Die Probe verlief reibungslos, wenn man davon absah, daß Jochi wieder mal den Brüllaffen spielte. Er brauchte das, er schrie die Leute an, drehte sich um, grinste den Unbeteiligten zu, um gleich wieder in die entsprechende Richtung weiterzubrüllen. Ein Januskopf, ein Doppelantlitz. Längst ließ sich Franziska nicht mehr einschüchtern.

»Ja, Jochi, gut, Jochi, schrei nur, wenn es dir guttut. Sollen wir die Szene noch mal wiederholen?« Sie durfte ihn um den kleinen Finger wickeln. Er mochte das, wenn sich ihm jemand widersetzte, den er akzeptierte.

»Schluß für heute, Kinder«, er beendete die Probe wie ein Staatsoberhaupt die Audienz. »Lernt mir den Text anständig! Schorschi, du hast einen permanenten Hänger vor deinem Abgang. Denk' dran: Ein guter Abgang ist das Entree für den nächsten Auftritt.«

Als Franziska von der Bühne ging, die Stufen hinab zum Konversationszimer, spürte sie es sofort: Es war da! Ein Schwirren im Kopf, ein Schweben in den Füßen. Das Herz wurde unruhig und die Phantasie überschlug sich. Sie mußte einen Augenblick stehen bleiben. Ein Zusammentreffen mit Jan war wie ein Naturereignis. Die Funken stoben. Erst nach und nach glätteten sich die Wogen, milde Erschöpfung machte sich bemerkbar, auf beiden Seiten.

»Ah, Fräulein Buresch«, er saß in einem Sessel an der Wand und hatte die Tür, durch die sie kommen mußte, im Auge. Der spöttische Unterton gab ihr zu verstehen, daß sie sich auf einen Zweikampf gefaßt machen mußte. Sie wappnete sich gern, mit einer Art von sportlichem Ehrgeiz stieg sie in die Arena, das gehörte zum Spiel. Lust am Wortgefecht oder Notwehr, das wußte keiner von ihnen. Möglicherweise aus beiden Gründen. »Wie hell es hier plötzlich wird!«

»Das kommt durch Ihre Geistesblitze.«

»Wie kann ich blitzen lassen, wenn Sie da sind. Dagegen habe ich doch keine Chance.«

»Dann setzen Sie Ihren Charme ein, wenn Ihnen der Geist ausgeht.«

Die anwesenden Kollegen hörten mit Vergnügen zu. Wenn die zwei Kampfhähne aufeinander losgingen, sammelten sich die Zuhörer. Es sprach sich schnell herum. »Was, die beiden schon wieder?!« Auch Luk Rilke stand meist an der Tür, hörte mit unbewegtem Gesicht zu und hoffte, daß Franziska mit ihren schnellen Worten ins Stolpern käme. Aber sie hielt wacker durch.

Es kam selten vor, daß Jan kapitulierte. Doch wenn es geschah, überkam ihn tiefe Zufriedenheit. Der innere Motor, der bei ihm ständig auf Hochtouren lief, hielt plötzlich an. Kupelius sah sanft und ermüdet aus, wie nach einer geschlagenen Schlacht.

»Fertig mit der Probe?« erkundigte er sich ganz weich, ganz friedlich, fast zärtlich. »Na fein, dann bringe ich Sie noch ein Stück.«

Friedlich gingen sie nebeneinander her. »Wie wär's, wenn Sie mit zu mir kämen?« fragte er plötzlich, wie aus der Pistole geschossen. »Ich könnte von meiner Wirtin Pellkartoffeln machen lassen. Die macht tolle Pellkartoffeln, ganz ausgezeichnet. Ich möchte Ihnen nämlich was zeigen.«

»Und?« Sie blieb stehen. Gedanken wirbelten ihr durch den Kopf: Will der mich in sein Bett kriegen oder was?! Das ist doch ein Vorwand, von wegen ›was zeigen‹, warum macht er bloß so ein komisches Gesicht, ganz sicher möchte er mich vernaschen, da hat er sich aber geschnitten, ha ...

»Kommen Sie?« drängte er. »Ich habe interessante Fotos von Finnland, dort war ich als Soldat, unfreiwilligerweise. Ich kann Skilaufen, stellen Sie sich vor ...« Er ließ die Worte plätschern wie ein Wasserfall.

Der will mich überreden! Zum ersten Mal fühlte Franziska Angst vor einem Mann, ertappte sich dabei und ärgerte sich: Angst vor diesem zappelnden Harlekin? Lachhaft.

»Ich weiß nicht ...«

Er brach seinen Monolog ab, die flammende Begeisterung fiel aus seinem Gesicht, es wurde schmal, er zuckte die Achseln, sagte: »Na, dann eben nicht!«, machte auf dem Absatz kehrt und ging davon.

Verblüfft sah Franziska ihm nach. Sie dachte zunächst an einen Spaß. Doch er entfernte sich tatsächlich mit langen, schlaksigen Schritten.

Einige Tage sahen sie sich nicht. Er wartete nicht mehr im Konversationszimmer auf sie, und sie ging ihm aus dem Weg. Plötzlich aber rannten sie gegeneinander. Sie kam aus dem Theater und er wollte hinein. Beide wie immer mit Volldampf. Sie starrten sich an, zutiefst erschrocken. Für Sekunden verschlug es ihnen die Sprache. Er faßte sich als erster.

»Ich könnte ja, wenn Sie einverstanden sind, zu Ihnen kommen

und beim Klavierspielen zuhören«, sagte er versöhnlich. »Haben Sie ›Hoffmanns Erzählungen‹?«
»Leider nicht«, sie gab sich einen Ruck und stellte die Gegenfrage: »Haben Sie – Pellkartoffeln?«
Er stutzte, das Gesicht leuchtete auf, er nickte und fragte: »Wann?«
»Heute abend?«

Er wohnte unter dem Dach, in zwei Kammern. Von der Wohnung der Wirtsleute führte eine schmale Hühnertreppe hinauf. Viel Holz rundum. Das Schlafzimmer bestand aus einem Bett unter der schrägen Wand, einer Konsole mit einem unermüdlich spielenden Radio darauf.
Verlegen waren sie beide. Das großmäulige Wortgefecht entfiel. Die Wirtin brachte einen Topf voller Pellkartoffeln. Salz dazu. Sie aßen und lachten und futterten.
»Ich muß dir etwas sagen«, er druckste herum, versuchte einen Anfang zu finden. Franziska ermunterte: »Na –?« ohne sich beim Essen stören zu lassen. Die Wirtin mußte Nachschub bringen; als sie gegangen war, hatte Jan den Faden verloren. Er fragte: »Können wir ›du‹ sagen?« Sie nickte. Dann er mit Bewunderung: »Mann, kannst du reinhaun!«
»Kartoffeln mag ich«, gestand sie kauend. »In Dresden war ich mit einem viel älteren Kollegen liiert. Toni hieß er. Der besorgte mir Kartoffeln, erst mir, dann meiner Mutter, was aber egal war, denn wir teilten sowieso alles.« Sie machte eine kleine Pause, schüttelte die Erinnerung ab, zog sie ins Lächerliche. »Toni war ein netter Kerl. Nur – er hat getrunken. Schubweise. Wochenlang gar nicht und plötzlich Tag für Tag. Verheiratet war er auch. Seitdem –« sie schluckte den letzten Happen und strahlte ihn an: »Nie wieder einen Mann, der trinkt, und keinen, der verheiratet ist.«
»Ach ja«, er nickte zustimmend. »Bist du jetzt endlich satt?«
»Satt nicht. Aber ich kann aufhören.«
Es war ohnehin keine einzige Kartoffel mehr da. Franziska gab

sich ausnahmsweise hausfraulich, räumte die Teller zusammen, schüttete die Schalen in eine Schüssel, da kam schon die Wirtin und holte alles ab. »Satt geworden?«
»Danke, ja, wunderbar!«
Sie wünschte einen schönen Abend und balancierte das Geschirr die Hühnertreppe hinab.
»Tja«, sagte Jan.
»Tja«, auch Franziska suchte nach Worten. »Wir sind ziemlich verlegen, nicht wahr?«
»War ich eigentlich noch nie.«
»Ich auch nicht«, schwindelte sie. »Wolltest du mir nicht was sagen?«
»Wann?«
»Vorhin. Bevor die zweite Fuhre Kartoffeln kam. Da wolltest du mir etwas sagen.«
Er wich ihrem Blick aus. »Weiß nicht mehr.« Das »Du« wollte ihnen noch nicht so recht über die Lippen. Auch fiel ihnen keine schnodderige Bemerkung ein.
»Wo bleibt die Ironie?« fragte sie ihn. Er nahm Zuflucht zu einem wehmütigen Lächeln, das sie schon öfter gesehen hatte. Diese Mischung von eiskaltem Zyniker und erschöpft wirkendem Melancholiker brachte sie immer wieder durcheinander. »Ironie ist ein gewisser Schutz, manchmal, nicht?«
»Ein Schild um Angriffe abzuwehren«, stimmte er zu. »Vor allem für die leicht Verletzbaren. Ironie kann aber auch eine Waffe sein.« Er sah sie an, die Brillengläser funkelten, in seinen Mundwinkeln wieder das leichte Schmunzeln. »Mit dir ist es anders als sonst mit Mädchen. Die kommen, werfen sich lässig in einen Sessel, schlagen die Beine übereinander und fragen: ›Hast du vielleicht 'ne Zigarette?‹ Sex-Appeal nennen sie das, glaube ich.«
»Aha«, Franziska nickte sarkastisch. »Ich habe also keinen.«
»Was?«
»Sex-Appeal!« Sie stellte sich ernster, als sie war. Das Gespräch amüsierte sie.

»Doch, ja, natürlich ist er da, der ...« Jan sprang auf, lief hin und her und dozierte aufgeregt: »Sex-Appeal bis in die Zehen. So ein unaufdringlicher ist das, der immer nur glimmt, aber wenn's drauf ankommt, kann er lodern wie eine Fackel.«
»Ach ja«, machte Franziska langgezogen. »Woher willst du denn das wissen?«
»Was?«
»Daß er lodert wie eine Fackel, wenn's drauf ankommt?!«
Er brach seine Wanderung ab, griff in das Regal, auf dem eine Reihe von Büchern stand und zog ein Fotoalbum heraus. Es sah aus, als hätte es bereits Generationen überlebt. Um ihr die Bilder besser erklären zu können, kniete er sich neben ihren Stuhl und zeigte mit dem Finger auf die einzelnen Fotos. »Da bin ich in Finnland, auf Skiern.« Ihre Frage beantwortete er nicht.
»Du siehst fremd aus.«
»Ich hatte meine Brille verloren. Ohne Brille bin ich total hilflos, ich sehe einfach nichts mehr. Das war ganz schlimm. Ein Freund hat mir eine Ersatzbrille gebracht, eine ohne Bügel. Mit Gummibändern konnte ich sie hinterm Ohr festschnallen. Ohne diese Ersatzbrille wäre ich nicht mehr am Leben.«
Franziska betrachtete das Bild: schmal sah er aus, wie er da in der winterlichen Landschaft durch die Gegend fuhr. Dem Feind entgegen oder auf und davon? Sie wollte nicht fragen. Genug vom Krieg! Sie wußte ja nicht mal, was deutsche Soldaten in Finnland gemacht hatten. Er war jedenfall zurückgekommen, kniete neben ihr und sie fühlte die wärmende Nähe.
»Dann hat dir der Freund also das Leben gerettet.«
»Das darf man wohl sagen!«
»War es – Lukas Rilke?«
»Luk, ja«, er blätterte hastig weiter, kam zu anderen Fotos. »Ich liebe Finnland«, gestand er. Seine Hand flatterte zwischen dem Album und ihrem Arm, wußte nicht, wo er landen sollte, er entschloß sich für die Sessellehne.
Aus dem Radio über dem Bett kam Musik von Richard Strauss.

»Hör mal«, Jan lauschte verzückt. »Tod und Verklärung. Weißt du, was ich möchte? Ich möchte mit dir den ›Rosenkavalier‹ sehen, in Berlin.«
»Du und dein Rosenkavalier«, spöttelte sie. »Ich mag Mozart besonders gern. Die Kleine Nachtmusik – das erste, was ich ganz gut auf dem Klavier spielen konnte. Vor meiner Schulfreundin Gerti. Sie war mein dankbarstes Publikum. Danach schwor sie, ab sofort nur noch Mozart zu lieben.«
Jan teilte seine Aufmerksamkeit zwischen ihr, dem Album und dem Radio. Er stand auf und setzte sich neben sie. »Was ist aus Gerti geworden?«
Franziska seufzte. »Keine Ahnung. Wir sind in alle Himmelsrichtungen versprengt. Vielleicht, eines Tages, treffen wir uns wieder, irgendwo.«
»Wenn du Gerti siehst«, sagte er, »dann grüße sie von mir. Ich möchte mit allem verbunden sein, was du liebst. Hör mal, das Motiv!«
Ehe sie über seine Worte gerührt sein konnte, war er schon längst mit seinen Gedanken woanders. Er stellte sich nun ganz auf die Musik ein. Mit jedem Nerv. Sie ließ sich von seiner Begeisterung anstecken, rückte näher an ihn heran, als suche sie eine Stütze. Noch nie hatte sie diese Sehnsucht gekannt: sie wollte ihn umarmen, ganz bei ihm sein, sich mit ihm vereinigen, als wäre er die Hälfte, die sie – unbewußt – immer gesucht hatte. Ihm schien es ähnlich zu gehen.
Im Radio spielte sie nun die »Mondscheinsonate«. Sehr passend für zwei verschüchterte, sehr verliebte Leute. Sie saßen nebeneinander, doch nicht mehr auf den Stühlen, sondern auf der Bettkante, waren ausnahmsweise mit nichts beschäftigt, auch nicht mit Musikhören, denn sie überlegten angestrengt, wie es weitergehen sollte. Franziska hatte einen korallenroten Pullover an, der auf der linken Achsel mit sechs blümchenförmigen Knöpfen verschlossen war.
Jan, ziemlich verloren und ohne Mut, hätte diese verflixten Knöpfe öffnen sollen, das wäre eine gute Ouvertüre gewesen.

Doch was tat er? Spielerisch tippte er einen Knopf nach dem anderen an und sagte verzückt: »Mmmm, Himbeerbonbons!«
Franziska platzte lauthals heraus. Er schämte sich und war nun total ratlos. Ausgerechnet er, der doch sonst die heikelsten Situationen in den Griff bekam! Kurzentschlossen streifte sie den Pullover über den Kopf. Er atmete erleichtert auf und irgendwie landeten sie schließlich doch nebeneinander im Bett.
Die Mondscheinsonate spielte noch immer.
Jan umarmte Franziska. Franziska umarmte Jan. Für einige Minuten kam Ruhe über sie. Als segelten sie über ein stilles Gewässer. Sie hörten das Herz des anderen schlagen. Dennoch ging es nicht weiter. Es schien, als beobachteten sie einander. Hinter ihrer gemeinsamen Hingabe lauerte Kritiklust, die sie einander so ähnlich machte. Eigentlich, so kam es ihnen vor, lagen sie zu viert im Bett: zwei, die sich liebten und vereinigen wollten, zwei, die spöttisch zusahen. Vielleicht hätte sie es geschafft, die Störenfriede hinauszuwerfen, doch plötzlich war die Musik zu Ende. Die sachliche Stimme des Ansagers verkündete die Zeit: Vierundzwanzig Uhr! Danach Nachrichten.
War es der unerwartete Wechsel von sanfter Musik zur nüchtern klingenden Ansagerstimme, war es Überdrehtheit – es klappte nicht.
Jan stand auf.
Schweigend begleitete er sie nach Hause. Es schlug halb eins. Er war mit seinen Gedanken weit weg, strömte Kühle aus, Fremdheit. Franziska versuchte ein Gespräch in Gang zu bringen, doch er ging nicht darauf ein, blieb wortkarg, verabschiedete sich vor der Haustür und entschwand.
Am nächsten Morgen – sie probierten fürs »Schwarzwaldmädel« – lief er an ihr vorbei. Sah sie nicht an. Was hatte sie ihm getan?
Sie stand in der Seitengasse neben der Bühne und sah ihm zu, wie er als »Domkapellmeister« agierte. Eine hübsche Stimme hatte er, Naturtalent, was das Singen betraf. Die blutjunge Isol-

de M. spielte das Bärbele. Sie himmelte Jan Kupelius an, er ließ es sich gern gefallen.
»Was ist los mit euch?« Schorschi, der eine Antenne für Gefühlskatastrophen hatte, zog Franziska ins K.-Zimmer, das war leer. Sie berichtete kurz – und äußerst diskret –, was vorgefallen war.
»Er geniert sich«, stellte Schorschi fest.
»Weshalb denn?«
Schorschi geradeheraus: »Weil er nicht konnte.«
»Deshalb redet er nicht mehr mit mir?« erkundigte sich Franziska fassungslos.
»Das ist nun mal so«, Schorschi gab tröstende Küßchen auf ihren Hals und hinter das Ohr. »Versagen kann jeder Mann, für ihn ist das ein Weltuntergang, glaub' mir. Das passiert sehr oft, heute mehr denn je, hat was mit dem Krieg zu tun, manche sind impotent geworden.« Er seufzte abgrundtief, es klang herzzerreißend, und tröstete Franziska mit kleinen, keuschen Küßchen.
»Es könnte aber auch einen anderen Grund haben«, fuhr Schorschi fort. »Möglicherweise seid ihr gar kein Liebespaar, wenn ihr das auch noch so gern möchtet.«
»Was, meinst du, sind wir dann?«
»Zwei Pendants. Zwei harmonierende Versatzstücke, die sich zwar ineinanderfügen, aber eben einen anderen Gegenpol brauchen.«
»Zwei Versatzstücke?« entrüstete sich Franziska. »Deine Vergleiche –!«
»Oder der dritte Grund: Ihr liebt euch beide zu sehr!« Er sah sie bedeutungsvoll an mit seinen Don-Carlos-Augen: ein flammender junger Liebhaber, der Bescheid wußte. »Das halte ich für das wahrscheinlichste Motiv. Wenn man sich zu heftig nacheinander sehnt, ist zuviel Spannung da, die läßt nichts hochkommen. Das darfst du wörtlich nehmen.«
»Danke für die Aufklärung, Väterchen«, Franziska biß sich auf die Lippen, um ihn nicht auch noch mit einem stürmischen Lachanfall zu kränken. Auch bei Jan hätte sie gestern abend

nicht lachen sollen. Sie gab Schorschi einen Kuß auf seine wunderschönen, geschwungenen Lippen.
Genau in dem Augenblick kam Lukas herein, eingerahmt von zwei Tänzerinnen: der pummeligen Lissy und der schwarzhaarigen Rabea. Sie schäkerten mit ihm. Lukas hatte die Lippen zu einem Lächeln verzogen und sah Franziska in die Augen. Triumph in der Miene. Als Jan von der Bühne kam, an Franziska vorüberging, als wäre sie nicht vorhanden, wurde er von Luk empfangen wie jemand, mit dem man verabredet ist. Zu viert gingen sie davon.
Franziska begriff überhaupt nichts mehr. Warum wollte er sie verletzen, vor ihrem Erzfeind, seinem Freund?
»So ist die Liebe«, murmelte Schorschi in ihr Ohr. »Glaube mir, ich weiß das.«
»Wenn das Liebe ist«, Franziska wischte sich die Tränen ab, »dann sollte man keine Zeit damit verschwenden.«
»Ach Mädchen«, Schorschi legte den Arm um sie, »man muß eben Geduld haben. Wie – wie mit Seifenblasen.«
»Mit Seifenblasen?«
»Wenn die Oberflächenspannung überwunden ist, kann noch was daraus werden.«
Franziska nickte. »Eine wunderschöne, buntschillernde Seifenblase oder eine ebensolche Liebe!«
»Du hast es erfaßt.«
»Nur eines dürfen wir nicht vergessen: platzen werden sie beide, mit Sicherheit. Früher oder später.«
»Huch«, Schorschi stöhnte verzweifelt auf, »du willst aber hartnäckig leiden! Weißt du was? Ich hab' was für dich, das dich trösten wird.« Er verschwand in Richtung Garderobe und kam gleich darauf wieder, ein Päckchen schwenkend.
»Was ist das?« Sie dachte an ein Buch mit schönen Gedichten. Lyrik tröstet in allen Fällen.
»Ein Geschenk«, erwiderte er geheimnisvoll und stopfte das Päckchen in ihre Tasche. »Weil du doch immer so großen Hunger hast.«

»Sag' schon: was ist da drin?«
»Meine Ration Pferdefleisch«, antwortete er zärtlich. »Statt Liebe.«
Da sprang sie auf und stürzte davon.
Schorschi sah ihr glücklich nach und dachte: Mein Gott, sie freut sich so!

Iwan und Bärbele

Es war soweit! Intendant Schröder wurde vor den Entnazifizierungsausschuß befohlen. Die Mannschaft des Stadttheaters drückte ihm die Daumen, denn er war bei allen sehr beliebt. Einige Tage hörten sie nichts von ihm. Dann kam ein Brief. Die Sekretärin pinnte ihn ans Schwarze Brett:
»Meine Damen und Herren,
liebe Angehörige des Stadttheaters!
Leider ist es mir verboten worden, weiterhin Ihr Intendant zu sein. Der Prüfungsausschuß hat befunden, daß ich ›politisch nicht tragbar‹ sei und somit als Direktor eines Theaters nicht in Frage käme, mich aber wohl als Schauspieler betätigen darf. So kehre ich an das Schauspielhaus zurück, in der Hoffnung, daß meine künstlerische Tragfähigkeit ausreichen möge, den König Lear zu spielen.
Ich danke Ihnen allen für das mir entgegengebrachte Vertrauen und darf Ihnen versichern, daß ich mir keiner Schuld bewußt bin und stets nur versucht habe, ein guter Intendant zu sein.
Mit besten Wünschen für eine erfolgreiche Zukunft
Ihr R. Schröder.«
»Der war nie ein Nazi«, sagte Großmann. »Das Schauspielhaus war nun mal ein Staatstheater. Da blieb dem Intendanten nichts weiter übrig, als in die Partei zu gehen. Welche Idioten machen ihm das zum Vorwurf?«

Die anderen schwiegen. Besser, nichts zu sagen. Spitzel gab es überall. Man wußte nie – wer, man begann, einander zu mißtrauen.
»Was das Schlimmste ist«, fuhr Jochi fort, »wir brauchen einen Intendanten. Hat einer Lust? Zum ersten, zum zweiten und zum...«
Gequältes Lachen rundum. Es reichte nicht zur Lustigkeit. Die Zeit hatte einen Sprung, noch immer oder schon wieder, und der Sprung wurde größer von Tag zu Tag.
Das Konversationszimmer leerte sich. Zurück blieben Franziska und der dicke Mang.
»Also ich finde«, sagte Mang, »Schauspieler am Staatstheater ist besser als Intendant in einer Kleinstadt. Oder?«
Franziska antwortete nicht. Ihre Gedanken waren woanders. Bei Jan Kupelius, der nur flüchtig mit der Hand wedelnd an ihr vorbeigehuscht war.
»Was glaubst du, wer wird Intendant bei uns?« Mang sah Franziska an. »Wahrscheinlich ein Genosse mit Bonbon am Revers, ideologisch einwandfrei, das ist die Hauptsache, verstehen muß er nichts vom Betrieb. Sag mal, redest du nicht mehr mit unsereinem?«
»Ach Gott«, Franziska zuckte die Achseln, »mir ist es egal, wer Intendant wird. Was soll uns noch überraschen? Ich habe in der kurzen Zeit die verschiedensten Kaliber erlebt: einen uralten Kauz, Marke Schmierendirektor Striese. Einen ehemaligen SS-Mann, der mit der Kasse abgehauen ist. Einen Phlegmatiker, der sich einbildete, er könne die Oder-Neiße-Linie wegschippen und wieder an sein Theater zurück. Einen nichtentnazifizierten, nun verbotenen großen alten Herrn. Warum also nicht einen Genossen?«
So war es auch. Ein Mann namens Dölkers kam, stellte sich vor, hatte keine Ahnung davon, wie man ein Theater leitet, war aber guten Willens. Bonbon am Revers, nicht zu übersehen. Mang sollte recht behalten. Genosse Dölkers war politisch tragbar.

Auf der Bühne lief die Generalprobe vom »Schwarzwaldmädel«. Das Lustige war, daß Jan Kupelius den Domkapellmeister spielte, den alten Herrn mit dem junggebliebenen Herzen, der sich in seine Dienstmagd Bärbele verliebte – und daß Franziska seine Tochter spielte. Schwerer Kopfputz, weite Röcke, weiße Wadenstrümpfe, die sie abscheulich fand.
»Wie eine Tonne mit Kniestrümpfen«, stellte sie schaudernd fest.
»Das bildest du dir ein«, tröstete die Isolde M., die das Bärbele sang. »Immer meckerst du an dir herum.« Etwas leiser, sehr vertraut: »Du hast Liebeskummer wegen Jan, stimmt's?« Franziska seufzte nur. »Hast du ihn schon in Maske gesehen?« Isoldes Gesicht verklärte sich. »Er sieht phantastisch aus. Zum Verlieben! Er muß ein wundervoller alter Mann sein, später mal. Ich kann dich verstehen!«
»Du redest Unsinn! Zwischen uns ist nichts. Du kannst ihn gern haben.«
»Ich habe doch schon meinen Arno«, die kleine, sehr junge Isolde hatte sich in den Naturburschen Arno Fuchs verliebt. »Aber ich sehe doch, daß ihr beide leidet. Warum geht ihr nicht aufeinander zu und fallt euch um den Hals?«
»Ach, Iso...« Wenn das so einfach gewesen wäre! Während der Proben hatten sie kein Wort miteinander gewechselt und so getan, als wäre der andere nicht vorhanden.
»Er ist jetzt auf der Bühne«, drängte Isolde. »Geh rauf und sprich mit ihm!«
»Du bist verrückt.«
»Los, geh schon, geh!«
»Was hast du davon?«
»Er spielt besser, wenn ihr euch versöhnt«, Isolde lachte und schob Franziska aus der Garderobe.
Jan saß an dem Harmonium, auf dem er zu Beginn des Stückes spielen sollte. Er sah wirklich umwerfend aus! Die Haare grau gepudert, die Schläfen weiß, die leichten Wellen schimmerten silbrig. Ein schöner Kontrast zu dem schmalen, feinnervigen Gesicht mit der hohen Stirn.

Franziska lehnte an einem seitlichen Pfosten und betrachtete ihn selbstvergessen. Sie spürte ein Ziehen in den Armen, als wollten sie sich selbständig machen und nach ihm ausstrecken. Schwäche in den Beinen, die doch in den stabilen Bauernstrümpfen steckten. Lieber Himmel, ich kann nicht mehr ohne ihn ... Sie hob die Hand, winkte und lachte ihm zu.
Er trug keine Brille und erkannte sie nicht.
In der Pause wimmelte es im Foyer von Menschen. Alle im Kostüm der Schwarzwälder. Sie standen in Gruppen beieinander, redeten, rauchten, tranken Erfrischendes, die bei Generalproben unerläßliche Spannung löste sich. Etwas abseits stand Jan. Ganz allein, mit Brille, den Blick zur Tür gerichtet, in der Franziska stand. Sie sahen sich an. Einen Augenblick zögerte sie, dann warf sie die angesteckten Zöpfe zurück und marschierte auf ihn zu. Er kam ihr keinen Schritt entgegen, stand wie angewurzelt, die Miene fassungslos.
»Jan –«
»Ja?«
»So – so geht es nicht weiter!«
Seine Augen leuchteten auf, doch er wollte es ganz genau wissen, wollte es von ihr hören und er fragte: »Was geht so nicht weiter?«
»Daß wir aneinander vorbeilaufen«, antwortete sie.
Da sagte auch er: »Nein, so geht es auf keinen Fall weiter!«
Sie umarmten sich, mitten im Trubel, hielten einander fest und hörten nicht die Glocke, die zur Fortsetzung der Probe aufforderte. Das Foyer leerte sich. Sie hielten sich noch immer umarmt, kamen endlich zur Ruhe, sagten kein Wort.
»Wo ist der Domkapellmeister?« brüllte Großmanns empörte Stimme im Zuschauerraum. »Verdammt, kann man denn nicht einmal ...«
»Ich glaube, du solltest auf die Bühne«, neben ihnen stand Luk Rilke, wer weiß, wie lange schon, ein lebender Vorwurf.
»Ja, aber ja«, Jan lachte sein großartiges, ansteckendes Lachen, küßte Franziska auf den Mund und entfernte sich mit schlaksi-

gen Schritten, die nicht zu dem alternden Herrn mit den silbernen Haaren paßten.
Luk und Franziska standen voreinander, ganz nahe. Sie spürte die entwaffnende Wärme, die er ausstrahlte, ebenso ein starkes Verlangen, etwas wie eine Ur-Sinnlichkeit, die er mit feindseligem Verhalten tarnte. Franziska, eben noch im siebten Himmel, hatte das Gefühl, abzustürzen. Ein Wort hätte die Spannung gelöst, nur ein Wort. Aber wie immer schwieg Lukas.
»Ich glaube, ich sollte auch ...« Franziska murmelte Unverständliches, drehte sich um und lief zur Bühne. Was für ein unsinniger Abgang! Sie ärgerte sich darüber, sogar dann noch, als sie neben Jan auf der Bühne stand und er ihr glücklich die Hand drückte, was gar nicht zur Szene gehörte.

Am Abend nach der Premiere feierten sie in der Kantine. Alfred, der Wirt, hatte alle Hände voll zu tun. Seine Frau wärmte Würstchen, er schenkte aus. Die Türen zum Park wurden fest geschlossen, damit fremde Besucher nicht stören konnten.
Gegen Mitternacht klopfte es an die Tür.
Russische Laute, Gebrüll, Tritte mit Stiefeln.
Franziska erstarrte. Noch zu gut hatte sie das Gejohle der betrunkenen, vergewaltigenden Siegerarmee im Ohr, die schon fast bewältigte Angst brach erneut auf. Nicht noch mal, bitte nicht! Hört das denn niemals auf?
»Auf-ma-chen!« schrie es draußen. Das Klopfen und Treten verstärkte sich.
Alfred, der Wirt, ging zur Tür, um zu öffnen. Merkwürdigerweise hielt ihn keiner zurück. Fünf russische Offiziere stampften herein. Rote, runde Gesichter, grinsend von einem Ohr zum anderen. Winken, Händeschütteln. »Herzlich Willkommen!« sagte Lukas als stellvertretender Intendant, auch Großmann empfing die späten Besucher herzlich und wechselte mit ihnen einige russische Worte.
Mit kindlicher Freude sahen sich die Russen um. »Artista, Arti-

sta«, riefen sie, umarmten herzlich, verteilten Küßchen und schwenkten Wodkaflaschen.
»Was wollen die denn?« erkundigte sich Franziska. Ihre Kehle war trocken, sie mußte zweimal fragen, weil der Lärm um sie herum zu groß war und Jan sie nicht verstand.
Lukas hatte die Frage gehört. »Sie kommen meist zu Premierenfeiern«, erklärte er. »Sie lieben Künstler, vor allem Schauspieler, alles sind für sie ›Artisten‹!« Er lächelte ihr zu. Es waren die ersten Worte, die er mit ihr gewechselt hatte.
Einer der Offiziere kam auf Franziska zu, wiegte anerkennend den Kopf, hielt ihr die Flasche entgegen. Sie haßte es, aus Flaschen zu trinken, sie sagte: »Nur mit Glas!« Der Russe verstand nicht, Alfred der Wirt brachte Gläser. Es wurde eingeschenkt, die Besucher gaben sich zivilisiert.
Man stieß an. »Prost Aljoscha! Prost Dimitrij ...« Die Russen tanzten, die Schauspieler machten mit. Franziska trank. Sie war sehr glücklich an diesem Abend, die Angst war verflogen, Jan neben ihr. »Nicht so hastig trinken«, mahnte er liebevoll, sie hörte nicht, trank Wodka wie Wasser. Dann wurde ihr schlecht. Sie stand schwankend auf und wollte dahin, wo sie sich übergeben konnte.
»Komm«, jemand nahm sie um die Schultern und führte sie die Treppe hinauf ins Intendanzbüro. Sie wehrte sich schwach, ihr vernebeltes Unterbewußtsein signalisierte ihr, daß sie hier oben nichts zu suchen hatte und die Toilette eine Etage tiefer lag. »Da«, der hilfreiche Freund zeigte auf die Waschschüssel.
Höchste Zeit! Sie übergab sich. Himmel, so elend hatte sie sich noch nie gefühlt! Sie hielt Kopf und Arme unter die Wasserleitung, säuberte das Becken, jemand half ihr dabei, sie nahm das Handtuch, trocknete sich ab, richtete sich stöhnend auf und sah direkt in Luks Gesicht.
Er lächelte ganz wenig, die Augen blieben ernst.
Der wollte mich demütigen! – war das erste, was Franziska denken konnte. Der hat mir zugesehen, in der elendsten Minute

meines Lebens, jetzt kann er triumphieren und ich bin ihm ausgeliefert.
»Warum haben Sie mich hier herauf ...«
Er schüttelte leicht den Kopf, trocknete ihr nasses Haar, das Gesicht, mit kritischen Augen, als staube er den Schreibtisch ab. Dann hängte er das Handtuch wieder hin und blieb vor ihr stehen, ohne sie zu berühren.
»Es ist mir peinlich«, sagte sie.
Und er: »Du verträgst nicht viel.«
»Ich habe zu hastig getrunken.« Sie zeigte auf das Waschbecken. »Tut mir leid. Ausgerechnet im Intendanzbüro. Wenn Dölkers das wüßte –!«
»Dölkers wird es nicht erfahren. Komm jetzt. Du wirst erwartet.« Er vermied es, den Namen seines Freundes auszusprechen.
Die Russen waren zur Ruhe gekommen. Sie lümmelten herum und kauderwelschten mit den Kollegen.
Jan stand bereits am Eingang, Franziskas Mantel über dem Arm. »Wo steckst du denn?« Sein Blick fiel auf Lukas, der hinter ihr aufkreuzte, in den grauen Augen ein zufriedenes Leuchten.
»Hier hast du sie wieder! Ihr war schlecht.«
»Ich weiß.« Sie sahen sich an wie Feinde, einen Augenblick nur. Dann hob Jan winkend die Hand und rief: »Gute Nacht, allerseits!«
Franziska hängte sich bei ihm ein und sagte: »Jetzt gehen wir zu dir!«
»Nein«, antwortete Jan. »Heute nicht. Zuviel Wodka –!«
»Wir sind eben noch immer Opfer des verlorenen Krieges«, seufzte Franziska. »Ist das nicht schrecklich?«
»Nein«, Jan hauchte einen Kuß auf ihre Wange. »Das ist lediglich eine Ausrede. Für alles kann man die Russen nicht verantwortlich machen.«
»Der Wodka –!« stöhnte sie.
»Die Willenskraft«, plänkelte er. »Aber mach' dir nichts draus: ich habe auch nicht sehr viel davon. Ich tu' nur so.«
Die Stadt lag im Dunkeln, kein Licht mehr in den Häusern und

auf den Straßen. Wieder die Turmuhr, sie schlug einige Male, Franziska zählte nicht mit. Ihr ging einiges im Kopf herum. Die vielen zergrübelten Stunden, durchheulte Nächte und Selbstanklagen, ohne zu wissen, wo der Fehler lag. Auf einmal war sie stocknüchtern.
»Warum bist du an mir vorbeigelaufen«, fragte sie und zwang ihn stehenzubleiben. »Sag' schon.«
»Ich – habe mich geschämt.«
Es war also doch so, wie Schorschi Buhler gesagt hatte.
»Dabei gab es gar keinen Grund«, schimpfte sie. »Wenn man miteinander im Bett liegt und einer kann nicht – ich meine ... nun ja, deshalb muß man den anderen doch nicht links liegen lassen!«
»Liegen gelassen habe ich dich ja auch nicht«, flachste er.
»Sei mal ernst, bitte!« Er wollte ihr ausweichen, doch sie blieb unerbittlich. »Du hast dich benommen, als könntest du mich nicht leiden.«
»Kann ich auch nicht«, stimmte er zu und legte die Arme um sie. »Aber was soll ich machen? Ich fürchte dennoch ...«
»Na –?«
Er sprach nicht weiter.
»Und dann – schon vorher: mich einfach stehen lassen, nur weil ich kurz überlegt habe, ob ich zu dir mitkomme oder nicht.« Sie redete sich alles vom Herzen, es war höchste Zeit, sie wußte: Entweder mit Jan oder ohne ihn. Aber nie, nie wieder dieses Hin und Her. »Du hast auf dem Absatz kehrtgemacht und bist davongegangen. Warum?«
Er suchte nach Worten, nun ganz kleinlaut. »Ich kam mir so abgelehnt vor«, gestand er schließlich. »Ich mußte doch annehmen, daß du mich nicht magst. So lange zu überlegen ...«
»Ich habe überlegt, eben weil ich dich mag!«
»Mein Selbstbewußtsein ist leicht zu erschüttern.«
»Meines auch.«
Sie redeten lange, waren ratlos, fanden, daß sie sich doch ziemlich albern benommen hätten, sie stritten, wer mehr und wer

weniger, dann hatte Franziska es satt, wollte weglaufen, hinein in einen schmalen Seitenweg, stolperte über einen herumliegenden Stacheldraht, fiel auf die Nase, er wollte sie retten, stolperte ebenfalls – und da saßen sie nun beide und lachten, bis ihnen die Tränen kamen.
»O Gott«, stöhnte er, »an wen bin ich da nur geraten?«
»Und ich erst«, jammerte sie. »Habe ich das nötig?«
»Nein«, antwortete er. »Nötig haben wir es beide nicht!« Er hob den Kopf und machte dem Mond im sternenklaren Himmel ein Geständnis: »Weißt du, alter Freund – ich kann dieses verrückte Mädchen nicht ausstehe, nein, wirklich nicht, aber – ich liebe sie!«
»Mir geht es ebenso«, sagte Franziska. »Übrigens: du wolltest mir etwas sagen, als ich bei dir war. Doch dann kam die Wirtin mit den Pellkartoffeln. Was war das doch gleich?«
»Nichts von Bedeutung«, antwortete Jan Kupelius. »Ob ich dir jetzt wohl einen Kuß geben darf?«

Uran, Wismut und Blauer Engel

Wenn das Kreistheater auf Tournee gehen wollte, hatte der Reiseleiter viel zu tun. Er hieß Helmut Fein und war immer auf Achse. Auf mühseligen Rundfahrten schloß er die Verträge mit den Spielorten ab, verhandelte und kombinierte, um den Gewinn möglichst groß und die Entfernung möglichst gering zu halten.
Oft war es wie verhext! Hier ein freier Saal, doch keine Quartiere. Dort Unterkunftsmöglichkeiten, doch kein Spielsaal. Und der Transport –! Wenn die Operette unterwegs war, mußten achtzig Personen verladen werden: Zwölf Solisten, sechzehn Chorsänger, acht Tänzerinnen, achtundzwanzig Musiker und rund fünfzehn Personen technisches Personal – von Kulissen

und Kostümen ganz zu schweigen. Der Autobus hatte den Geist aufgegeben. Er war altersschwach und keine Werkstatt konnte ihm mehr helfen. Ein von ständigen Pannen bedrohter Lastwagen faßte nur zweiundzwanzig Personen. Also hieß es: mit dem Zug fahren.
Es gab Meutereien. Helmut Fein raufte sich die Haare.
»Was soll ich tun? Kann ich Busse aus der Erde stampfen, wächst mir ein Riesenfahrzeug in der flachen Hand?« Er selbst war mal Schauspieler gewesen und kannte seinen Schiller, was ihm jedoch nichts nützte. »So schlimm sind die Fahrten mit dem Zug doch gar nicht mehr!«
»Was – nicht schlimm?« empörte sich Niebeling, der Komiker, bei dem es nichts zu lachen gab. »Das letzte Mal haben wir noch eine Stunde laufen müssen, mit dem ganzen Gepäck!«
»Dafür habt ihr aber auch gutes Essen bekommen.«
»Wir nicht«, tobten die Musiker, die überarbeitet waren. »Wir sind erst um acht Uhr angekommen und mußten sofort anfangen. Nicht mal umziehen konnten wir uns!«
Es war Betriebsversammlung, jeder konnte vorbringen, was ihm am Herzen lag. Wie ein Angeklagter stand Helmut Fein vor der Belegschaft und wußte nicht weiter.
»Außerdem war das Essen kalt«, beschwerte sich Gitta, die erste Sängerin.
»Meine Schuld?« Helmut Fein verlor die Geduld. »Ich mußte das Essen ins Spiellokal bringen lassen und es gab keine entsprechenden Behälter.«
»Darum kam es auch in Waschkesseln«, warf Arno Fuchs ein, mehr amüsiert als vorwurfsvoll. »Vorher haben die Wirtsleute ihre Unterwäsche darin kochen lassen.«
»Guten Appetit«, kicherte Isolde und schüttelte sich.
»Wenn ihr nur Beschwerden habt –«, nun wurde der wackere Fein höchst unfein, »dann könnt ihr mich alle am A ...«
»Im«, korrigierte Jan pedantisch. »Laut Götz von Berlichingen heißt es: Im Arsche lecken! Klassische Zitate müssen wörtlich gebracht werden.«

»Und wir dachten, du kennst deinen Schiller«, setzte Niebeling abfällig hinzu.
Fein hatte endgültig genug. Er winkte ab und verließ die Versammlung. Franziska folgte ihm, er tat ihr leid.
»Sei nicht böse«, bat sie und streichelte ihn. »Wir alle sind überreizt. Hab' Nachsicht mit uns.«
Der Reiseleiter, sehr blond und körperlich alles andere als stabil, hatte Tränen in den Augen. »Da tut man, was man kann, man rennt, plant und telefoniert, und dann kriegt man nichts als Vorwürfe und Beschwerden. Die können mich alle mal am …«
Franziska hielt ihm schnell den Mund zu. »Du wiederholst dich«, sagte sie. »Außerdem heißt es ›im‹!«
Helmut Fein meinte: dies sei ihm schnuppe. Ob am oder im – nur die Aufforderung zähle. Daran könne auch sie, Franziska, nichts ändern. Er mache nun schon drei Jahre lang die Reiseleitung, von Anfang an. Sie sei so gut wie neu im Ensemble, und auch sie könne ihn im oder am …
»Weißt du was?« Franziska hatte mit ihm unlängst Brüderschaft getrunken, als sie nach der Vorstellung zufällig nebeneinandersaßen und feststellten, daß sie sich sympathisch waren. »Ich schreibe einen Artikel über dich, für das Programmheft, wie findest du das?«
Helmut Fein zögerte, sah sie an, Skepsis im Blick. »Über mich?« Sie nickte. »Mit Namen?« Sie bejahte. Das gefiel ihm. Er lenkte ein.
Jan, Luk und Jochi gesellten sich zu ihnen, waren auf alles gefaßt, wollten mit Fein verhandeln, ihn besänftigen, und nun staunten sie, weil er plötzlich so fröhlich schien.
»Hast du ihn becirct?« erkundigte sich Jochi.
Der Reiseleiter sagte anstelle von Franziska: »Sie schreibt einen Artikel über ich. Fürs Programmheft. Mit meinem vollen Namen.«
»Aha«, Jan runzelte die Stirn, nur ein wenig. »Das hätte ich ja auch machen können!« Eine seiner Nebenaufgaben war es, als

Dramaturg zu arbeiten, Stücke zu lesen, zu beurteilen, und Artikel für das Programmheft zu schreiben.
»Ich hab's als erste vorgeschlagen«, erklärte Franziska. Und daran gab es nichts mehr zu rütteln.

Der Artikel erschien im nächsten Heft. Helmut war zufrieden und verdoppelte seine Anstrengungen, bekam sogar einen Bus. Eine Zeitlang lief alles wie geschmiert, bis auf die üblichen Widersprüche, an die sie sich aber gewöhnten: sie gastierten in Burgstädt, wo Handschuhe hergestellt wurden. In Frankenberg, dort wurden künstliche Blumen gemacht. In Oelsnitz Gardinen. In Thalheim Strümpfe. Dichtbesiedeltes Industriegebiet – nur gab es nichts zu kaufen.
Wo kamen die Sachen hin?
»Das geht alles nach Rußland«, hieß es hinter der vorgehaltenen Hand. In die »Soffjettunschon«, wie der fanatische Genosse Walter Ulbricht in seinen mühsam vom Blatt gelesenen Reden zu zitieren pflegte. Allerdings in einem anderen Zusammenhang.
Nun fuhren sie nach Aue: einer kleinen Stadt mit Wismutgebiet.
»Du wirst sehen«, prophezeite Mang, der neben Franziska saß, »es ist sagenhaft in Aue! Die Kumpels tragen uns auf Händen.«
Franziska warf einen besorgten Blick auf Mangs rundliche Figur. »Hoffentlich heben sie sich keinen Bruch«, sagte sie.
Er überhörte die anzügliche Bemerkung und fuhr fort zu schwärmen: »Ein Theater mit allen Schikanen, hat Atmosphäre, wirst sehen! Die pumpen alles ins Wismutgebiet, um die Kumpels bei Laune zu halten.« Mit »die« meinte er die Leute an der Spitze des Staates, der noch keiner war, sondern immer noch »die Ostzone«. »Die Bergleute müssen tüchtig ran, wie die Kulis müssen die ackern, du weißt ja, das Uran.«
Viel wußte Franziska nicht darüber. »Wismut« das war so etwas wie eine Sowjetisch-deutsche AG. Jan hatte es ihr erklärt, der war gut informiert, steckte seine lange Nase ständig in Bücher und Broschüren und Lexika, mußte alles ganz genau wissen.

Fünfzig Millionen Rubel hatten die Russen locker gemacht, hieß es, um das Unternehmen Wismut zu gründen, zwecks Ausbeutung der Uranvorkommen. Sie beuteten aus, so viel die Erde und die Arbeitskraft der Verlierer hergab. Es ging das Gerücht um, daß die fünfzig Milliarden längst verdoppelt, verdreifacht, verzehnfacht ... nun ja, wer konnte das kontrollieren?
»Und das Hotel!« Mang verdrehte die Augen und grinste wie ein satter Buddha. »Der Blaue Engel – da ist was los! Wenn du nachts mal in den Flur rausguckst oder zur Toilette gehst, siehst du die Kollegen herumhuschen, von einer Zimmertür in die andere.«
»Du etwa auch?« fragte Franziska, die sich ein Liebesleben des dicken Mang nicht vorstellen konnte. Er aß zu gern. Außerdem war er ein viel zu netter Kerl. Nette Kerle sind gute Freunde und schlechte Liebhaber, fand Franziska, obwohl ihr die Erfahrung fehlte.
»So fragt man Leute aus«, Mang feixte wieder, faltete die Hände auf dem Bauch und schaute zum Fenster hinaus. Die Straße war holprig. Die Häuser hatten schäbige Fassaden. Transparente versuchten abzulenken und machten alles nur noch schlimmer.
Sie fuhren an einer Textilfabrik vorbei. Düsterer Bau, kaputte Fensterscheiben, abgeblätterter Putz, doch quer über das Haus ein riesiges Transparent:

»Wir spinnen für den Frieden!«

Gelächter, Kopfschütteln, Spöttelei.
Ein anderes Transparent:

»Vorwärts auf der Straße des Sozialismus!«

»Achtung, Schlaglöcher«, warnte Jan anzüglich.
Er saß ganz vorn, neben Jochi. Sie hatten etwas zu besprechen. Es ging um Abendregie und Umbesetzungen. Franziska sah Jochis Ohren glühen, und Jans flatternde, nervöse Hände. In der Sonne leuchtete sein leicht gewelltes Haar in der Farbe reifer Kastanien.
Ab und zu drehte er sich um, ruckartig und hastig, um Fran-

ziska zuzuwinken. Sie nickte zurück, bestrebt, den inneren Sturm zu verbergen, den er auslöste. Die Sehnsucht nach ihm wurde von Tag zu Tag stärker. Wenn er nicht bei ihr war, hatte sie das Gefühl in einer Eiswüste zu sein. Ganz allein und völlig verloren.

Der Blaue Engel war tatsächlich ein hübsches, gediegenes Hotel.
Franziska »doppelte« mit Isolde M., dem jungen Star der Operette, die als »Schwarzwaldmädel« sagenhaften Erfolg hatte und einstimmig zum Liebling des Publikums erklärt wurde. Für eine Anfängerin zwar erfreulich, für ihre Weiterentwicklung aber ungünstig, da es für sie keine Steigerung mehr gab. Die vor ihr liegende Spielzeit sollte es beweisen, doch vorläufig genoß sie den Triumph. Sie war ein reizendes Mädchen: nicht größer als 1,52, mit einem hübschen, ernsten Gesichtchen, gesundem Menschenverstand und einer hinreißenden, klaren Sopranstimme. Ihr Fehler: Sie konnte nicht ohne Männer sein!
Arno Fuchs, mit dem sie sich schon nach kurzer Zeit verlobt hatte, zeigte großen Respekt vor ihr, fast eine gewisse Angst, was sehr komisch wirkte, da er sie um das Doppelte überragte. Doch Arno, der Hüne, war nicht in Aue.
»Sollte ich heute zu lange aufbleiben«, sagte Isolde bittend, »dann hab' ein Auge auf mich, Franzi, ja? Du weißt, ich trinke zuviel und am nächsten Morgen habe ich keine Ahnung, mit wem ich am Abend vorher ... nun ja –« sie drückte sich vorsichtig aus, »geflirtet habe.«
Franziska versprach, auf sie aufzupassen. »Allerdings –« schränkte sie ein, »könnte es sein, daß ich auch ein Glas zuviel kippe – nach dem, was man von den wilden Nächten hier erzählt hat!«
»Du doch nicht«, lachte Isolde. »Und wenn, dann rezitierst du höchstens ›Gott und die Bajadere‹. Das ist zwar lang, aber ungefährlich.«
Leider hatte sie recht. Kaum schluckte Franziska einen Tropfen

mehr, schon wurde sie albern und begann mit dem Pathos alter Burgschauspieler:

»Mahadö, der Herr der Erde,
kommt herab zum sechstenmal,
daß er unsersgleichen werde,
mitzufühlen Freud' und Qual ...«

Viel weiter kam sie nicht, da sie meist unterbrochen wurde: vor allem von Jan, der darin eine besondere Geschicklichkeit zeigte. Er übernahm ihren schwülstigen Ton, übersprang die ellenlangen Verse und deklamierte die letzten drei Zeilen:

»Es freut sich die Gottheit der reuigen Sünder;
Unsterbliche heben verlorene Kinder
mit feurigen Armen zum Himmel empor.«

Dann fügte er im trockenen Ton eines Gewerkschaftlers hinzu: »Ende der Sitzung!«, legte den Arm um Franziska und entfernte sich mit ihr von der feuchtfröhlichen Runde.

»Es wird nicht leicht sein, dich loszueisen«, sagte Franziska zu Isolde. »Was soll ich tun, wenn du sagst: ›Laß mich in Ruhe!‹?«

»Dann zieh' mich an den Haaren fort«, flehte der kleine Star. Ihr junges, sehr ernsthaftes Gesicht wetterleuchtete vor Unternehmungslust.

›Talons‹ hießen die kostbaren Essensmarken.

»Wer hat noch keine Talons?« Helmut Fein wedelte mit den Papierchen, nach denen sich die Arme sehnsüchtig ausstreckten.

»Langsam, Freunde, die sind genau abgezählt!« Was ihn aber nicht abhielt, Franziska einige mehr zuzustecken.

Mit den Talons futterten sie sich in den Wismutkantinen quer durch das reichhaltige Angebot: Steaks, Rostbraten, Strohkartoffeln, Salate, marinierte Heringe in dicker Sahne mit Kapern und Gürkchen.

»Ich glaube, mir wird schlecht«, Franziska hielt sich den Bauch, doch sie konnte nicht aufhören: sie aß und aß, was in sie hineinging. Ah, dieses Wonnegefühl des Gesättigtseins! Selbst wenn der Magen fast platzte.

Auch Jan schaufelte eifrig die Teller leer.

Ringsum lärmten die Kumpels, manche kamen von der Schicht, mit schwarzen Gesichtern und verschmierten Kleidern, aber alle lachten. Sie freuten sich, daß die Schauspieler unter ihnen waren, begrüßten sie mit herzlichem »Glück auf, Kollegen!«, klopften ihnen auf die Schultern, wollten Getränke spendieren, verschenkten Sondertalons.
Etwas erschöpft vom Essen, Reden und Lachen schlenderte Franziska mit Jan über den Marktplatz, Hand in Hand. Sie bespöttelten sich selbst: »Wie Hans und Lieschen, wenn sie verliebt sind!« Ein wenig schämten sie sich, doch sie ließen nicht los.
Der Herbst war augenblicklich so sanft wie ihre Liebe, doch konnte das Wetter jederzeit umschlagen. Der Sturm hereinbrechen oder die Kälte. Der Himmel war rot, von einer unnatürlichen Farbe, als hätte ihn jemand angepinselt.
Die Sonne ging unter. Es wurde Zeit für die Vorstellung.

»Das Publikum möchte man am liebsten mitnehmen«, seufzte Großmann, als der Vorhang immer wieder hochgehen mußte. Auch viel Applaus für Franziska und ihr kleines Liedchen, das wie ein Atemholen von der Operettenhandlung gewesen war: »Scheint die Sonn' herein, in mein Kämmerlein, bin ich ganz allein – denk' dein ...« Texte in Operetten sind nie besonders geistreich. Doch sie kommen an, wenn man sie gut bringt. »Geh noch mal raus, Buresch'n!« Jochi schubste sie und sie verbeugte sich, Hand in Hand mit Jan, dem »Herrn Domkapellmeischter«, ihrem Vater.
»Und daß ihr mir keinen Inzest treibt«, rief Jochi ihnen warnend nach, als sie endgültig abgingen, um sich umzuziehen.
Im Blauen Engel gab es ein Konferenzzimmer. Es war hell, groß und sehr behaglich, mit einem altdeutschen Glasschrank, halb vollgestellt mit Büchern und Meißner Porzellan. In der Ecke schlug eine alte Standuhr alle viertel Stunden. Hier war für die Mitwirkenden ein langer Tisch gedeckt. Wie im Schlaraffenland.
»Na –?« Der dicke Mang blinzelte Franziska zu.

»Sagenhaft«, antwortete sie glücklich.
Dann bekamen sie Gesellschaft: einige russische Offiziere erschienen, viel nobler als die in Glauchau, offensichtlich Akademiker, die mit Uran zu tun hatten. Meist ältere Männer, sehr wohlerzogen, mit Handkuß und Verbeugung. Statt Wodka – Krimsekt. Kaviar in großen Dosen.
»Das wird ja immer aufregender«, staunte Franziska.
»Das ist erst der Anfang«, prophezeite Jochi und stieß mit seiner Braut an, die er ausnahmsweise mitgebracht hatte. Sie war Sängerin in Plauen, und hieß Edith Müller. Bildhübsche Person: langbeinig, schlank, mit stark erotischer Ausstrahlung. Die Erfahrung einer Lebedame in dem jungen Gesicht. Kein Wunder, daß die Herren Russen sich hauptsächlich mit ihr beschäftigten, das Sächseln in ihrer Stimme störte sie bestimmt nicht. Aber der »Oberste Sowjet« machte Isolde den Hof. Er war was ganz Hohes und benahm sich wie ein Offizier des Zaren. Ein junger Chorsänger namens Wilfried überwachte Isolde eifersüchtig und sprang sofort hinzu, wenn der »Oberste« Pause machte. Dann spielten einige der Herren Russen zum Tanz auf. Isolde verteilte ihre Gunst zu gleichen Teilen an Wilfried und den Obersten. Sie war am Umkippen.
Franziska, stocknüchtern (der Krimsekt war viel zu süß, mehr als einen Probeschluck hatte sie nicht genommen!), ging auf Isolde zu und sagte leise: »Komm jetzt mit 'rauf – bitte, Iso.«
Doch der kleine Star war störrisch, wie Franziska vorausgeahnt hatte. »Willst du mich bevormunden?« schimpfte Iso. »Kein Mensch kriegt mich jetzt schon ins Bett!«
»Da würde ich nicht so sicher sein«, warf Jan respektlos ein. Belustigt sah er zu, wie der kleine Star einen Arm um Wilfried legte, den anderen um den Obersten Sowjet und die Dreierrunde sich im Kreise drehte.
Jans Zimmer lag im zweiten Stock, ganz am Ende des Ganges. Beide plauderten sie lebhaft, stritten ein wenig, doch sie waren voller Sehnsucht. Die mißglückte Liebesnacht nach der »Mondscheinsonate« hatten sie längst nachgeholt, etwas zaghaft vor-

erst, mit der heimlichen Furcht, daß es wieder nicht funktionieren könnte. Doch nichts ging schief.
Nun waren sie ganz still. Sie umarmten sich, flüchteten aus ihrer Einsamkeit zueinander, mit aller Zärtlichkeit und sehr viel Unschuld.
Gedämpfter Lärm kam aus dem Konferenzzimmer: russische Lieder wurden gesungen und »Am Brunnen vor dem Tore«, Akkordeon und Klavier spielten dazu, dann noch eine Geige, sehr weit weg.
»Wir sind aus unserer grauen Welt gefallen«, flüsterte Jan in ihr Ohr. »Keiner erreicht uns mehr.«
»Die Engel träumen wieder«, Franziska rieb ihre Wange an seiner Brust. »Und der Teufel hat die Karten weggelegt.«
»Du sprichst in Rätseln«, sagte Jan und gab ihr einen Kuß auf die Nasenspitze. »Aber das macht nichts.« Dann ganz leise: »Ich liebe dich so sehr.«
Als Franziska ins Zimmer kam, saß Isolde kerzengerade im Bett. Mit ratlosem Gesicht.
»Was ist denn?«
»Ein Mann war heute nacht bei mir«, stammelte der kleine Star. »Er ist vor einigen Stunden gegangen, das weiß ich noch.«
»Und –?«
Isolde zog die Bettdecke bis zum Kinn. Ihre Augen wurden groß und rund. Tränen schimmerten.
»Ich weiß aber nicht, wer es war! Kannst du mir helfen?«
»Getanzt hast du mit zweien«, erinnerte Franziska. »Mit dem Obersten Sowjet und Wilfried.«
»Welcher Wilfried, um Himmels willen?«
»Der kleine Chorsänger.«
»Einer muß es gewesen sein«, Isolde fiel zurück, fuhr aber gleich wieder in die Höhe. »Oder –« sie wagte es kaum auszusprechen – »alle beide?« Sie wurde blaß wie ihr Laken. »Es lebe die deutsch-sowjetische Freundschaft – ausgerechnet in meinem Bett?!«

Franziska mußte trösten, half beim Anziehen, versprach, Arno nichts zu verraten. Die Wahrheit aber kam nie heraus.

Duell zu dritt

Jan war in ein größeres Zimmer gezogen, das Wand an Wand mit einem anderen lag. Das andere Zimmer gehörte zur Nachbarwohnung. Da wohnte Luk.

Wenn Franziska bei Jan war, fühlte sie sich merkwürdig beklommen. Als hätte die Wand, an der sein Bett stand, Augen und Ohren. Hin und wieder traf sie Lukas. Sie grüßten einander kurz, wechselten ein paar Worte, blieben unpersönlich. Kam der eine, ging der andere. Doch eines Tages blieben sie zu dritt beisammen. Sie unterhielten sich, brillierten voreinander, sprühten vor Witz und Schlagfertigkeit, es gab Rededuelle mit wechselnden Gegnern. Doch es war eine trügerische Harmonie. Spannung lauerte hinter den Worten, dem Lachen, brach jäh aus und dann schwiegen sie.

Lukas war eifersüchtig. Nur – auf wen: auf Jan oder auf sie? Franziska liebte Jan ohne Einschränkung. Ihr gefiel seine Fröhlichkeit, sein Einfallsreichtum, die Art, wie er – sonst frech wie Oskar! – sich ihr schüchtern näherte, um sie zu umarmen. Er war wie eine Wundertüte, voller Überraschungen. Oft stritten sie, daß die Wände wackelten. Dann erhob sich Luk mit zufriedenem Lächeln, sagte: »Hier wird's mir zu heiß!« und machte sich aus dem Staub.

»Er freut sich, wenn wir uns streiten«, sagte Franziska.

Und Jan: »Er ist in dich verliebt.«

»Er mag mich nicht, er denkt: ich nehme dich ihm weg!«

»Nun ja«, wie immer, wenn es um den Freund ging, zeigte Jan sich nachsichtig, »eine Frau kann eine bewährte Männerfreundschaft zerstören, das ist wahr.«

»Das ist eine Verallgemeinerung«, widersprach Franziska. Sie haßte Klischees. Von der Mutter hatte sie genügend davon gehört. »Ich will eure Freundschaft, wenn's geht, bereichern. Nicht zerstören!« Dazu war sie tatsächlich fest entschlossen.
Doch nach und nach ging eine Veränderung mit Jan vor. In manchen Stunden, ganz unerwartet, versiegte seine Zärtlichkeit. Als erstarre er.
»Was hast du?«
»Nichts.«
Doch, etwas hatte er! War Luks Einfluß daran schuld? Öfter denn je steckten die Freunde beisammen, planten Inszenierungen und Besucherfahrten zu anderen Theatern, gestalteten den Spielplan. Franziska fühlte sich ausgeschlossen.
An einem Abend saß Franziska mit der »Führungsrunde« im Intendanzbüro, was sie ursprünglich gar nicht wollte. Doch sie war Großmann über den Weg gelaufen, der hatte sie festgehalten, gesagt: »Komm mit, wir brauchen deinen Rat«, und sie mit sich gezogen.
Oben im Büro saßen die »leitenden Kräfte«, sie wurden tatsächlich so genannt. Als Franziska sie vor sich sitzen sah, abgekämpft und keineswegs mehr taufrisch, mußte sie lachen und sagte: »Ach ja – die leidenden Kräfte!«, wobei sie die Betonung auf das D legte. Das möbelte die Runde wieder auf. Ihre Anwesenheit verbesserte die Laune.
Es ging um einen alten Schauspieler: Heinrich Holtau. Er sollte entlassen werden.
Franziska mochte den Holtau, er erinnerte sie an Frau Mühl, die sich auch keinen Text mehr merken konnte, und an Schmierendirektor Steinmann, den die Sorge um das Theater fast das Leben gekostet hatte.
»Ihr könnt den Holtau nicht entlassen«, protestierte Franziska empört. »So geht man nicht mit alten Schauspielern um! Wißt ihr, was der neulich zu mir gesagt hat? ›Ich wünsche mir, auf der Bühne zu sterben! Das muß ein wundervoller Tod sein.‹ Das hat er gesagt.«

»Und das, meinst du, sollen wir riskieren?« Jan sah Franziska fassungslos an. »Deine Menschenfreundlichkeit in Ehren, aber das Theater hat auch eine Lebensberechtigung. Wir könnten Holtaus Gage zu anderen Zwecken gebrauchen.«

Intendant Dölkers blickte von einem zum anderen und spielte mit dem »Bonbon« auf dem Revers. Er äußerte nur selten seine Meinung, war hauptsächlich zuständig für die politische Schulung des Personals.

»Ihr wollt doch die ›Räuber‹ aufführen«, fuhr Franziska fort. »Warum laßt ihr ihn nicht den alten Moor spielen? Den hat er drauf.«

»Den alten Moor«, Lukas kaute auf seiner Unterlippe, was er immer tat, wenn er nachdachte. »Nehmen wir an, er schafft das mit dem Text. Was ist, wenn er uns auf der Bühne umfällt?«

»Er wird nicht umfallen«, versprach Franziska. »Ein Komödiant wie Holtau steht stramm, bis zuletzt. Warum habt ihr ihn überhaupt engagiert, wenn ihr ihn wie eine lästige Mumie behandelt?«

Jochi, der zu den Gründern des Theaters gehörte, antwortete: »Damals war er noch recht rüstig, hat aber jetzt stark abgebaut.«

»Wir sind kein Wohlfahrtsinstitut«, bemerkte der Genosse Intendant im Ton einer weisen Belehrung.

Franziska warf ihm einen vernichtenden Blick zu, sie konnte ihn nicht leiden, außerdem verwechselte sie ihn immer mit dem Kapellmeister, was aber nicht seine Schuld war, sondern an ihrem schlechten Gedächtnis für Gesichter lag. »Wenn Sie mal so alt sind, hoffe ich, daß man Sie nicht so fallen läßt wie Herrn Holtau.«

Der Intendant wurde unsicher.

»Nun ja«, lenkte Jan ein, »geben wir ihm die Chance: lassen wir den Holtau den alten Moor spielen.«

Franziska atmete auf und drückte ihm dankbar die Hand. Sie hatte Kopfschmerzen und ging hinaus. Die Luft in dem Büro

war wie elektrisch aufgeladen. Auf die Dauer konnte das kein Mensch aushalten.
Die Treppe, die zum Büro hinaufführte, war schmal und rund, wie der Aufgang zu dem Turm einer Ritterburg. Vor der kleinen Luke in der Mauer, einer Schießscharte gleich, blieb Franziska stehen und schaute auf den abendlichen Park. Es war Herbst geworden, endgültig. Kahle Äste, keine Blumen, nur dunkle Erde. Ihr war heiß. Sie lehnte den Kopf an die kühle, kalkige Wand, hörte eine Tür gehen, wußte, wer kam, spürte die Nähe. Ihr Körper brannte und sie konnte nichts dagegen tun.
Langsam, fast gegen ihren Willen, drehte sie sich um, schloß die Augen, kam ihm entgegen, spürte den Atem, seine Lippen, schlug die Arme um ihn, ganz fest. Sie strömten aufeinander ein. Ein Kuß wie eine Naturkatastrophe. Erdbeben, Feuersbrunst, Weltuntergang – alles zusammen.
»Du«, er brachte es noch immer nicht fertig, ihren Namen auszusprechen, »es mußte passieren ...« Er packte sie fester – da trat sie zurück.
»Luk – verdammt nochmal!«
Wieder dieses diabolische Lächeln, dem sie ausgeliefert war. Er tupfte sich die Lippen, sah sie dabei an; kühl wirkten sie nicht mehr, diese grauen Augen, eher lag eine Tragik darin, etwas, das ihr Angst machte. Er neigte den Kopf, zog die Schultern hoch und ging zurück ins Büro.
Franziska wollte ihm nach, blieb aber vor der Tür stehen und dachte: Jan wird es merken! Wie soll ich ihm unter die Augen treten? Er wird es mir ansehen, auf den ersten Blick. Nicht jetzt, nein, jetzt nicht.
Als trüge sie ein Brandmal.

Es war nicht sicher, ob Jan etwas merkte, wie es ja auch nicht sicher war, ob Luk den Mund hielt. Jedenfalls taten sie alle drei als wäre nichts. Immer häufiger kamen sie zusammen, nur selten war Franziska mit Jan allein. Der wurde immer fahriger. Manchmal brüllten sie sich an, wegen nichts. Doch kaum

waren sie getrennt, kamen sie fast um vor Sehnsucht nacheinander.
Holtau probte den alten Moor. Er wußte, daß Franziska sich für ihn eingesetzt hatte, jedenfalls schickte er ihr einen wundervollen Blumenstrauß auf die Bühne. Dafür bekam er einen ganz lieben Kuß, worüber er vor Freude aus dem Häuschen geriet. Karl Moor, den guten Sohn, spielte Platte. Franz, die Kanaille – Schorschi Buhler. Eigentlich hätte es umgekehrt sein müssen.
Jan und Luk inszenierten gemeinsam. Wenn sie Zeit hatte, saß Franziska im Zuschauerraum und sah sich die Probe an. Die beiden »siamesischen Zwillinge«, wie sie spöttelnd genannt wurden, arbeiteten gut miteinander, ergänzten sich. Zwei verschiedenartige Temperamente, die wie eine Einheit funktionierten. Franziska beobachtete sie, lauschte ihren Stimmen, nahm ihre Persönlichkeiten auf, überlegte, ob es möglich sei, zwei Männer zu lieben: die Keuschheit und die Zärtlichkeit des einen, der ihr so sehr ähnlich war in seinem Ehrgeiz, seiner Hast und humorigen Nervosität. Die Sinnlichkeit des anderen, die jeden Funken von Verstand auslöschte. – Zwei Männer lieben, mit zwei Männern leben – eine Vorstellung, die sie berauschte, bis die Vernunft sich wieder meldete. Nun gut, sie hatte einen starken Nachholbedarf. Dreiundzwanzig Jahre mußte sie alt werden, um zu wissen, wie es ist, von einem Mann fasziniert zu sein! Vorher hatte es keine Liebe für sie gegeben, höchstens Schwärmerei – und ein bißchen Gefummel. Mehr nicht.
Jan und Luk: jeder einzelne eine Explosion von Intensität. Beide zusammen: der ideale Mann.
Sie konnte das Spiel nicht fortsetzen, ohne Jan zu verraten. Das war unmöglich, dazu liebte sie ihn zu sehr. Es war angezeigt, das innere Feuer zu löschen, das sie überfiel, sobald sie nur an Luk dachte. Und das geschah leider viel zu oft.

Jan wollte für einige Tage nach Berlin fahren, zu seinen Eltern. Sie hatten ein Häuschen in Grünau, waren schon ziemlich alt und er fand es an der Zeit, sie zu besuchen.

Franziska brachte ihn zum Bahnhof. Leichte Fremdheit herrschte zwischen ihnen, wie so oft in letzter Zeit. Jan wehrte sich gegen sie, das spürte sie deutlich. Eigentlich schon von Anfang an. Vielleicht waren sie gar nicht geschaffen für ein Liebespaar, sollten nur Freunde sein, Geschwister, wer weiß.
»Meine Eltern wirst du noch kennenlernen, bestimmt«, er lächelte ihr zu mit leichter Melancholie, die sie nicht angebracht fand.
»Hoffentlich ist der Zug nicht so voll«, sagte sie und sie gaben sich einen Abschiedskuß, hielten sich kurz umschlungen, als wollten sie sich beim anderen entschuldigen. Wofür?

Im Theater traf sie Luk.
»Ist er weg?«
Sie nickte. »Ich soll dir Grüße bestellen.«
»Danke.«
Sie kamen ins Gespräch, zunächst über Belangloses, dann fachsimpelten sie, sprachen über Stücke, Inszenierungen, Rollen.
»Ich habe mir schon in der Schauspielschule gewünscht, das Gretchen zu spielen«, vertraute sie ihm an. Da sie wußte, daß der »Faust« demnächst unter Luks Regie auf dem Spielplan stehen sollte, fügte sie rasch hinzu: »Damit wir uns nicht falsch verstehen: ich möchte die Rolle nicht zugeschoben bekommen.«
»Zugeschoben?«
»Du wirst mich bestimmt nicht damit besetzen.«
»Nein«, antwortete er ohne zu überlegen. »Bestimmt nicht.«
»Weshalb eigentlich nicht? Du traust mir wenig zu, hältst mich für keine besonders gute Schauspielerin, stimmt's?«
Er wiegte den Kopf, was fast beleidigend war, zögernd antwortete er: »Du bist kein ›Gretchen‹. Die Rolle liegt dir nicht.«
»Weshalb nicht?«
»Kein Mensch glaubt dir das verführte Mädchen. Schon rein äußerlich nicht. Du bist ein Komödientyp, das kannst du, da kommst du an. Fürs Gretchen aber fehlt dir einiges.«

»Was zum Beispiel?«
»Die Bereitschaft zur Hingabe.«
»Die kann man spielen.«
»Das glaube ich dir nicht.«
»Ich habe sie als ›Annchen‹ auch gespielt, mit einem Partner der sächsisch sprach und wie ein Lama spuckte. Ich war – so hat es in der Zeitung gestanden – die ›Gestalt gewordene Sinnlichkeit‹.«
Er betrachtete sie ungläubig und sagte: »Das müßtest du mir beweisen.«
»Die Sinnlichkeit?« fragte sie kämpferisch.
»Daß du fähig bist, so was zu spielen. Du müßtest mich überzeugen.« Noch immer vermied er es, ihren Namen auszusprechen.
»Wenn dir daran liegt, erwarte ich dich heute nachmittag. Wir könnten einige Szenen durchnehmen. Das Haus kennst du ja.«

Am Nachmittag ging sie tatsächlich zu Lukas. Es kam ihr seltsam vor, nicht an der linken Tür zu klingeln, sondern an der rechten. Er öffnete sofort, schien erregt, doch heiter. Ließ von der Wirtin Kaffee machen. Sie war jung, ihr Mann war noch in Gefangenschaft, sie hatte zwei Kinder und hieß »Trudchen«. Ganz sicher war sie sein Verhältnis, denn Trudchen musterte Franziska mit eifersüchtigen Augen.
»Wir wollen nur ein paar Szenen üben«, sagte Lukas zu ihr. Es klang wie eine Entschuldigung, und es bestätigte Franziskas Vermutung.
Franziska spielte ihm einige Szenen vor: Gretchens Gebet – wie einst, als sie noch Theaterschülerin gewesen war. Luk sah ihr zu, bewegungslos, schweigend. Es war wie ein Tanz auf dem Vulkan. Während sie sprach, wirbelten ihre Gedanken durch den Kopf: ›Was tu' ich da? Ich spreche vor, wie eine Anfängerin, ausgerechnet meinem ärgsten Feind, der sich nicht entscheiden kann, ob er mich vernichten oder küssen soll?! Ein Vorwand von mir, um bei ihm zu sein?‹ Sie sprach Käthchen vor und Rautendelein und Klärchen aus Egmont. Sie war gut, sie merk-

te es, denn wenn sie nicht gut vorsprach, nicht in die Szene hineinkam, wußte sie es sofort. Sie stand neben sich und beobachtete sich kritisch. Doch, sie war gut.
Aber Lukas schüttelte den Kopf. »Du bist keine dieser Rollen«, erklärte er. »Mach' bitte kein so wütendes Gesicht, du wolltest doch meine Meinung hören, bist doch deshalb gekommen. Oder –?«
»Das war ein Fehler«, sie nahm ihre Tasche und wollte gehen. »Du legst es darauf an, mich zu verunsichern. Vom ersten Tag an. Als der blöde Platte mich fertigmachen wollte und der Großmann ebenso, da hast du nichts gesagt, nur schadenfroh zugesehen. Doch, doch –« unterbrach sie seinen schwachen Protest, »schadenfroh. Was hast du gegen mich? Eifersucht auf Jan konnte es nicht sein, den kannte ich noch nicht. Was aber war es dann?«
Er seufzte, kam hinter seinem Schreibtisch vor, blieb vor ihr stehen, suchte nach Worten und fragte schließlich: »Ist dir schon mal der Gedanke gekommen, daß du es bist, die mich durcheinanderbringt?« Es klang sogar ehrlich.
»Wieso denn ich?« Franziska war nicht die Frau, die einen Mann auf Anhieb umwarf, das wußte sie. Schon gar nicht einen Mann wie Lukas Rilke. Der stand auf Sex, Busen, Erfahrung; der mochte das, was Schorschi Buhler zum Schwulen gemacht hatte: animalische Weiblichkeit.
»Wieso gerade ich?« fragte sie nochmals.
Er senkte den Kopf, zuckte die Achseln, die steile Falte auf seiner hohen Stirn vertiefte sich.
»Kann sein«, sagte er leise und fast unwillig, »ich – ich habe dich – irgendwann mal – geträumt und jetzt wiedererkannt.« Er sah sie an, ratlos und verdutzt, wie bei ihren ersten Begegnungen.
»Ich bin gar keine Traumfrau«, antwortete sie, »schon gar nicht für einen Mann wie dich.«
Die innere Feuersbrunst brach wieder aus, eine erneute Naturkatastrophe bahnte sich an, sie machte einen Schritt auf ihn zu, er wollte sie umarmen, da drehte sie sich um und ging zur Tür.

»Diesmal nicht«, sie lächelte unverbindlich und reichte ihm die Hand, um einen einigermaßen versöhnlichen Abgang zu haben. »Vielen Dank für deinen Rat.«
»Aus dem du dir nichts machst!«
»Nein.« Sie wollte ihn endlich verlassen.
Er half ihr in den Mantel, trat höflich zurück und sagte ganz beiläufig: »Du weißt ja wohl, daß Jan verheiratet ist?« Mit dem harmlosesten Gesicht der Welt: »Seine Frau lebt in Berlin. Er ist bei ihr.«

Keine Ahnung, wie sie nach Hause gekommen war, vermutlich im Dauerlauf. Es gelang ihr, ungesehen an Muttl Jentsch vorbeizuhuschen und in ihr Handtuchzimmer zu stürzen. Sie fiel aufs Bett und versuchte, das Chaos in ihrem Kopf zu ordnen. Jan hatte sie belogen. Nein, nicht belogen! Nur etwas verschwiegen, etwas sehr Wichtiges. Nun war er nach Berlin gefahren, zu seiner Frau. Zu seinen Eltern hatte er gesagt!
Das also war diese wachsende Fremdheit gewesen: Schlechtes Gewissen, Angst, Feigheit.
Jan war eine Lusche. Eine von vielen.
Die Engel waren aus ihren Träumen erwacht und weinten.

Sie holte Jan nicht vom Bahnhof ab, natürlich nicht, er würde vorbeikommen, klingeln und mit unschuldsvoller Miene fragen: »Franziska, wo bist du gewesen? Warum hast du mich nicht ...«
Er kam nicht vorbei. Sie sah und hörte nichts von ihm. »Er ist krank oder tot«, dachte sie angstvoll. Und dann, rein zufällig, vor dem Schwarzen Brett, stand sie plötzlich neben ihm.
»Guten Morgen«, sagte sie. Das galt auch für die anderen Kollegen, die der Begegnung mit gespannten Gesichtern zusahen.
»Ach«, Jan wandte den Kopf, tat maßlos erstaunt, als wäre soeben eine Fliegende Untertasse neben ihm gelandet. »Franziska, na, guten Morgen, wie geht's denn?« Er lachte, notierte sich etwas, nickte ihr flüchtig zu und ging weg.

›Er muß verrückt geworden sein!‹ Franziska hatte ihm fassungslos nachgesehen, diesem Weltmeister im Weglaufen, dann erreichte sie die Bühne »mit Müh und Not«, setzte sich in eine dunkle Ecke auf einen Balken, kam keinen Schritt weiter. Der Schmerz, der sie ausfüllte, war kalt, die Trauer empfindungslos. Sie wußte, daß es eine Scheinruhe war und fürchtete den Augenblick, in dem alles hervorbrechen würde. Vor ihr ein Abgrund. Sie hielt sich am Balken fest, um nicht hineinzufallen.
»Himmel, wer ist denn da – Franzi!« Schorschi Buhler wäre fast über sie gestolpert. Mit einem Jammerlaut setzte er sich neben sie. »Du weißt es also?« Sie nickte. »Wenn du mich fragst«, fuhr er fort, »ich finde, er übertreibt.«
»Womit denn?«
»Mit diesem Mädchen.«
»Mit welchem ...«
»Allmächtiger«, Schorschi schlug sich auf den Mund. »Du weißt es also doch nicht!«
»Sag schon: was ist denn los?«
»Jan und Rabea ...«
Rabea – wer ist Rabea –, was ist das überhaupt für ein Name? Ach so, diese schwarzhaarige Tänzerin, der Carmen-Verschnitt, Hüftschwung und schwere Augenlider – Rabea also.
»Sind sie ein Pärchen?«
»Na ja«, Schorschi wollte kein Plappermaul sein, hatte schlechtes Gewissen, versuchte einzulenken. »Die ist ganz scharf auf Jan. Läßt ihn nicht aus den Augen. Vielleicht will er gar nicht – ich meine –, wir sind alle sehr erbost. Die kann dir doch nicht das Wasser reichen.«
»Ach Schorschi«, sie ließ den Kopf an seine Schulter fallen, »seid mal nicht erbost, nein? Das mit Jan und mir, das klappt eben nicht.«
»Ihr seid euch zu ähnlich«, stimmte Schorschi zu. »Ihr habt den gleichen Tonfall, die gleichen Bewegungen und überhaupt ...«
»Das ist nicht allein der Grund, Schorschi.«

Er ballte die Fäuste. »Da steckt Luk dahinter! Die sind ja immer zu viert: Jan mit Rabea, Lukas mit dieser Lissy.«
»Die dicke?«
»Genau. Puppengesicht. Speckringe um die Taille. Igitt!«
Merkwürdig, dachte Franziska, da wollte ich die zwei Männer miteinander verschmelzen, und nun haben die mich zweigeteilt und ausgetauscht! Sie steckte ganz tief im Schlamassel, tiefer denn je.
»Als ich hier ankam«, sagte sie, »da dachte ich: jetzt bist du raus aus dem Chaos. Nun läuft alles in geordneten Bahnen. Keine Ruinen mehr, Hunger und Kälte gebändigt, keine nervenaufreibende Mutter – nur noch Theater. Die eigenen Grenzen kennenlernen. Keine Rennereien von einer Behörde zur anderen, keine flegelhaften Bemerkungen über die Nutzlosigkeit unseres Berufes. Zur Ruhe kommen, neu anfangen. Und was ist –? Gefühlskatastrophen, Seelenmüll, unbefriedigende Rollen. Privat und auf der Bühne. Gibt's denn niemals mehr Frieden?«
»In menschlichen Beziehungen herrscht immer Krieg«, sagte Schorschi. »Nicht nur zwischen den Geschlechtern. Wir verstehen einander nicht. Und wenn wir reagieren, reagieren wir total falsch. Der andere auch. Das ist eine Kettenreaktion – und schon ist der Untergang da.«
»Aber es gibt doch bestimmt auch harmonische Verbindungen«, wandte Franziska ein. »Liebe, Freundschaft – sogar Familie.«
»Nicht auf die Dauer«, Schorschi seufzte, »und schon gar nicht in diesen Jahren. Wir haben die Vergangenheit längst nicht bewältigt, wir sind alle leicht angeschlagen und notdürftig gekittet. Es ist Nachkriegszeit – auch in den Gefühlen.«

Schon auf der Bühne, während der Vorstellung, fühlte Franziska dieses Prickeln. Sie wußte: Luk stand in den Kulissen und sah ihr zu. Ihr Körper dehnte sich, ihr war, als stiege sie aus den Kleidern, vor dem Publikum. Es paßte zur Rolle. Sie spielte eine junge Magd, in einem russischen Stück, die den Sohn des Hau-

ses verführte. Ihre Stimme klang verändert, nicht hell wie sonst: etwas rauh und belegt, eine fremde Stimme, über die sie sich wunderte. Sie spielte die Sinnlichkeit nicht, Arno Fuchs, der Hüne, wäre ohnehin nicht ihr Fall gewesen. Sie brannte lichterloh, weil sie wußte, daß Luk da hinten stand und daß etwas passieren würde. Heute abend noch.
Nach der Szene tupfte sich Arno Fuchs die Schweißperlen von der Stirn und pfiff durch die Zähne: »Mann«, stöhnte er, »du hast mir aber tüchtig eingeheizt!«
»Geil warst du«, sagte Isolde mit ehrlicher Anerkennung, denn davon verstand sie etwas. »Aus allen Poren geil.«
»Schon möglich«, Franziska wechselte einen Blick mit Lukas, der ihr langsam folgte. Sie zog sich schnell um. Als sie die Garderobe verließ, stand Luk vor der Tür und fragte mit den Augen.
»Ja«, sagte sie nur und lief aus dem Theater.
Noch hoffte sie zu entkommen.
Familie Jentsch war zu Verwandten nach Leipzig gefahren. Franziska hatte die Wohnung für sich allein, als müßte es so sein. Sie machte einen Kartoffelsalat im Eilverfahren. Stellte den Plattenspieler auf. Er gehörte Walterchen und sie durfte ihn benutzen. Von Jan hatte sie eine Platte: Richard Tauber sang eine Arie aus »Tosca«. Sie bewegte sich wie in Trance und tat doch jeden Handgriff mit erstaunlicher Sicherheit, als wäre er vorausgeplant.
Luk würde kommen! Das war nicht nur eine Ahnung, sondern Gewißheit.
Es klingelte, genau wie sie es sich ausgerechnet hatte. Vor ihr stand der dicke Mang.
»Was willst du denn hier?!«
Er wollte ihr ein Textbuch bringen, für die Probe am nächsten Tag. Großmann hätte ihn beauftragt.
»Nett von dir, danke, danke«, sie wollte ihn hinausbugsieren, doch er dachte nicht daran, zu gehen. Er hatte die Schüssel mit Kartoffelsalat entdeckt – ohne Zwiebel, die Kartoffeln viel zu

dick geschnitten und noch warm! –, doch immerhin: was zu essen.
»Erwartest du Besuch?«
»Tu' mir die Liebe und geh' jetzt bitte, ja?«
»Etwa Jan?«
Nie hätte sie gedacht, daß er so aufdringlich sein könnte.
»Ja, ja«, schwindelte sie.
»Der ist doch mit der Operette in Hohenstein-Ernstthal«, wandte er ein.
Sie bestach ihn mit einem Teller Kartoffelsalat, opferte ein Würstchen, das Muttl Jentsch ihr hinterlassen hatte. Er futterte, zeigte endlich Einsicht und stand auf. »Ein Küßchen?« Seine runden Wangen glänzten.
»Was ist denn in dich gefahren?«
»Du warst so toll auf der Bühne, wirklich, das haben die anderen auch bemerkt, du warst so – so …«
»Sag's mir morgen«, sie schob ihn energisch hinaus, »falls es dir bis dahin eingefallen ist!«
Dieser Mang wollte schmusen! Was dachte der sich eigentlich? Als sie die Tür schließen wollte, stellte er den Fuß dazwischen, schob den Kopf nochmals herein und grinste von einem Ohr zum anderen: »Du erwartest Luk, was? Deinen Erzfeind, wie?«
Bevor sie antworten konnte, war er verschwunden. Das mit dem Textbuch war wohl nur ein Vorwand gewesen. Großmann hatte ihn beauftragt, zu spionieren. Da war sie ganz sicher. Provinznest!
Die Unruhe trieb sie durch die Wohnung. Wenn er nicht bald kam … O Gott, ich muß verrückt sein! Franziska wollte sich zurückpfeifen, doch diesmal klappte es nicht. Sie war wie besessen von der Idee, mit Mephisto zu schlafen. Kam sich vor wie ein sauber gekleidetes Kind, das in eine Pfütze springen wollte, um sich zu besudeln. Es weiß, daß es Ärger bekommen wird, aber die Pfütze lockt, blendet, bleibt Sieger. »Nachher ist es egal«, denkt das Kind. »Nachher ist nicht jetzt. Und jetzt will ich da hinein!«

Wieder klingelte es. Sie öffnete. Luk.
Er kam mit ernstem Gesicht und unsteten Augen.
»Setz dich. Guten Appetit!«
Keiner konnte essen. Der Bissen blieb ihr fast im Hals stecken. Das war ihr seit der Kindheit nicht mehr passiert. Luk saß ihr gegenüber an dem kleinen Tisch im Handtuchzimmer, schaute sie wortlos an, mit dem für ihn typischen düsteren Blick, doch ein kaum wahrnehmbares Lächeln um den Mund.
»Eine Partie Schach?« bot sie an, um Zeit zu gewinnen.
Das Schachspiel stand auf dem runden Tischchen neben der Stehlampe, ein kleines Brettchen mit Steckfiguren. Jan hatte es ihr geschenkt, er hatte ihr auch das Schachspielen beigebracht.
›Nicht jetzt an Jan denken, sonst falle ich in das Loch und komme da nie mehr heraus!‹ dachte sie.
Die erste Partie gewann Franziska, die zweite Luk. Danach wußten sie nicht recht weiter, keiner wollte den Anfang machen. Die Lust aufeinander erschöpfte sie schon vor dem Sturm.
Nun die Tauberplatte: »Und es blitzten die Sterne und es dampfte die Erde, die Tür des Gartens knarrte, sie kam wie eine Gottheit ...« Cavaradossis letztes Lied. Danach wurde er erschossen.
Wer fragte schon nach dem Danach!
»... und ich liebte noch nie so sehr das Leben – das Leben ...« Tauber verhauchte den letzten Ton, die wunderbare Musik versickerte.
Länger konnten sie nun nicht mehr warten. Sie umarmten einander ohne Keuschheit und Unschuld. Eine rasante Talfahrt begann. Wenn sie sich küßten war es, als wollten sie den anderen leertrinken, als sie sich liebten war es wie ein Verbluten.
Als der Kampf zu Ende war, lagen sie still, versuchten das heftige Atmen zu beschwichtigen. Die Nacht war ruhig. Nur der Wecker auf dem Nachttisch tickte ziemlich laut, obwohl »Leisegang« darauf stand, was sich aber wohl auf die Firma bezog und nicht auf die Lautstärke.

Luk erhob sich. Sie sah ihm zu, wie er sich ankleidete. In ihren Ohren rauschte das Blut, das Herz hämmerte in harten Schlägen. Sie wandte den Kopf, weil sie wieder das satte Lächeln in seinem Gesicht sah, die tiefe Zufriedenheit.
»Sei nicht unglücklich«, sagte er leise, »es war nur eine Frage der Zeit. Das wußten wir beide von der ersten Minute an.« Er setzte sich zu ihr auf die Bettdecke, sah auf sie herab mit einem fast erbarmungslosen Blick und fügte hinzu: »Einer von uns dreien wird immer der Betrogene sein!«
Er durfte das sagen, denn er hatte recht. Er ließ sie zurück mit einem Gefühl des Ekels. Das Kind war in die Schmuddelpfütze gefallen, das Kleid besudelt – was wird die Mutter sagen? Die Angst vor den Schlägen gewinnt Übermacht. Das Kind läuft weg und möchte rufen: »Ich war das ja gar nicht! Das war ein anderer ...«
Doch das geht nicht. Man ist es immer selbst.
Franziska stand auf und schrieb in ihr Tagebuch: »Heute abend war Lukas bei mir. Es mußte sein. Nun weiß ich, daß ich Jan liebe. Was soll ich tun?«

Winterreise

Onkel Georg war aus der Kriegsgefangenschaft entlassen worden – nach drei Jahren! Mit vielen anderen kam er aus Rußland. Die Sieger entließen die Soldaten schubweise, keiner wußte wann und wohin, dieses grausame Spiel der Willkür war ein Akt der Rache, noch immer.
Tante Vicky schrieb an Franziska:
»Geliebtes Mädchen«,
so hatte sie die Nichte schon als Kind genannt,
»fast zehn Jahre hat er durch den Krieg verloren, und die gibt uns keiner mehr zurück. Onkel Georg ist gleich nach Regens-

burg gefahren, zu Onkel Franz, er hofft dort für uns eine Wohnung zu bekommen. Er möchte auf keinen Fall in die russisch besetzte Zone und meint, im Westen würde alles viel besser sein. So werden wir also, wie ich hoffe, bald unsere Zelte hier abbrechen. Wir zählen die Tage, Mona und ich. In diesem kleinen Nest, in dem wir jetzt wohnen, ist die Lage unerträglich. Ich helfe den Bauern so gut ich kann, so haben wir wenigstens etwas zu essen. Dein Vater ist längst ausgezogen und wohnt mit deiner Mutter vier Kilometer entfernt von uns. Wir vermissen ihn sehr, denn wir waren eine muntere Notgemeinschaft, trotz allem. Deine Mutter erlaubt nicht, daß er mit uns Kontakt behält, worüber ich sehr traurig bin. Er wehrt sich auch gar nicht gegen sie, er tut, was sie verlangt. Dabei sollten wir doch zusammenhalten in dieser schweren Zeit.«

Franziska ließ den Brief sinken. Hörten diese Feindseligkeiten denn niemals auf? Sie beschloß, in die Altmark zu fahren, vielleicht gelang es ihr, Frieden zu schließen. Im Theater war sie entbehrlich, außerdem brauchte sie dringend Abstand zu den Ereignissen der letzten Zeit.

Was den Reiseverkehr betraf – der hatte sich bisher nicht verbessert, jedenfalls nicht auf der langen Strecke von Sachsen in die Altmark. Die Züge, total überfüllt, gingen nur ratenweise, oft ohne Anschlüsse. Die Hamster- und Schieberwelle lief auf Hochtouren. Es hieß immer wieder aussteigen, umsteigen, streckenweise zu Fuß marschieren, Nebenlinien benutzen, Nachlösen an Schaltern. So vergingen zwei Tage, in denen Franziska nicht aus den Kleidern gekommen war und auch nicht geschlafen hatte. Die Beine taten weh vom langen Stehen, der Hunger rumorte im Bauch, der Magen gab die seltsamsten Geräusche von sich.

In Stendal ging ihr das Geld für die letzte Strecke aus. Es reichte gerade noch für eine Brühe im ungeheizten Wartesaal.

Was war zu tun? Zurückfahren ohne Geld war leider nicht möglich. Die Eltern hatten ihr angeboten, die Rückreise zu bezahlen, damit hatte sie gerechnet, doch dazu mußte sie erst mal bei

ihnen sein. Sie stützte die Hände auf den schmuddeligen, unabgeräumten Tisch und wünschte sich ein Wunder.
Ihr gegenüber saß ein älterer Mann und beobachtete sie.
»Verzeihung«, sagte er nach einer Weile, »ich mische mich nur ungern ein, aber Sie sehen ziemlich verzweifelt aus. Kann ich Ihnen helfen?«
Sie antwortete nicht gleich. Sollte sie dem Fremden sagen, daß ihr das Geld zur Weiterfahrt fehlte? Das hätte nach Bettelei ausgesehen. Doch der Mann gab keine Ruhe, er fragte und drängte, bis sie einen roten Kopf bekam und ihm sagte, worum es ging.
»Wenn's weiter nichts ist!« Er lachte, holte die Brieftasche heraus und legte einen Schein auf den Tisch. »Damit wäre das Problem gelöst, hoffe ich. Wird's reichen?«
Sie starrte das Geld an. »Aber – Sie kennen mich doch gar nicht!«
»Stecken Sie es nur ein. Sie können es mir ja zurückgeben.«
»Ich werde sofort – das heißt, es wird einige Tage dauern!«
»Wissen Sie«, sagte der Mann, »ich mag nicht, wenn jemand unglücklich ist. Und dabei – wohin man sieht: nichts als Jammer und Elend. Ich fahre zu meiner Tochter, die hat ein Baby bekommen, ich bin Großpapa, stellen Sie sich vor! Mein Schwiegersohn ist aus dem Krieg zurückgekommen, etwas lädiert, hat ein Bein verloren, aber nun ist das Baby da, ein Mädchen. Soll ich mich da nicht freuen über das Kind? Das ist doch wie eine neue Hoffnung.«
Franziska lauschte mit Tränen in den Augen. Sie gratulierte und wünschte, daß das Baby niemals einen Krieg erleben möge.
»Das hoffen wir alle«, versetzte der frischgebackene Herr Großpapa. »Davon haben wir genug. Vielleicht werden die Menschen doch noch ein wenig klüger.«
Eine Frauenstimme rief etwas über den Lautsprecher aus. Der Mann erhob sich, sagte: »Mein Zug!«, nickte zum Abschied und verschwand in der Menge, die sich zum Ausgang drängte.

»Ihre Adresse –!« Franziska wollte ihm nach, doch in dem Gedränge war es aussichtslos.
Daß es das noch gab! War dieser Fremde als Engel unterwegs, getarnt als liebender Großpapa mit Bauch und Brille? Franziska war gerührt. Diese Begegnung ließ sie wieder Mut fassen.
Spät nachts kam sie in Gardelegen an. Noch neun Kilometer Fußmarsch bis zu dem Dorf, in dem die Eltern wohnten! Sie schulterte den Rucksack, wie bei ihrer Ankunft in Dresden, marschierte die schnurgerade Landstraße entlang und schlug den Mantelkragen hoch. Über die flachen Felder fegte ein eisiger Wind. Kahle Bäume froren am Straßenrand, verdichteten sich zu einem Wald. Es wurde immer unheimlicher.
Plötzlich hörte sie Schritte hinter sich. Sie begann zu laufen, die Schritte paßten sich ihrem Tempo an. Auch das noch! Sie würde weder Tante Vicky wiedersehen, noch die Eltern, und in Glauchau mußten sie ihre Rollen umbesetzen. »Schade um sie«, würde Jan sagen, »war ein ganz nettes Mädchen!« Und Lukas: »Jetzt sind nur noch wir beide übrig!« Der triumphierende Ton in seiner Stimme würde nicht zu überhören sein.
Der Mensch, der sie offensichtlich verfolgte, war nun neben ihr. Ein Mörder? Er rauchte. Mörder, die rauchen, machen keinen besonders gefährlichen Eindruck. Nicht, wenn sie neben dem Opfer hergehen und fragen: »Kann ich Ihnen den Rucksack tragen?«
Sie blieb stehen und sah sich den vermeintlichen Mörder an. Ein junger Mann, dem der Vollmond ins Gesicht schien. Er sah harmlos aus. Und er wollte, wie sich herausstellte, auch in das Dorf Estedt, in dem Franziskas Eltern vorübergehend Unterkunft gefunden hatten. Nach ihrer Kehle griff er nicht, wohl aber nach dem Rucksack. Ein Bauernsohn, der nach Gardelegen in ein Tanzlokal gegangen war. Zu Fuß! Für ein Tanzvergnügen war ihm kein Opfer zu groß.
»Wir sind da«, ein fahler Morgen dämmerte herauf, ließ alles trostlos aussehen: die armseligen Gehöfte, die Häuschen am Straßenrand. In einem davon wohnten die Eltern. Der junge

Mann setzte den Rucksack vor der Tür ab, wünschte »schöne Tage!« und verschwand um die Ecke.

Maria Buresch hatte verweinte Augen. Das kam von den Sorgen, die sie sich um Franziska gemacht hatte: »Einen ganzen Tag später!« meinte sie vorwurfsvoll, als gäbe sie Franziska die Schuld an der Verzögerung.
Auch der Vater weinte, aber vor Wiedersehensfreude. Sie drückten und küßten sich, je älter sie wurde, um so näher kam sie dem Vater, vielleicht er auch ihr. Maria war eifersüchtig, schob Franziska zum Sofa und half ihr die Schuhe ausziehen.
»So viel Gesindel ist unterwegs, heutzutage«, sagte sie. »In der näheren Umgebung sind schon einige Morde passiert. Da marschierst du auf der einsamen Landstraße, so viele Kilometer – wenn du dem Mörder in die Arme gelaufen wärest –!«
Franziska meinte lachend: »Keine Angst! Heute sind nur Engel unterwegs!«
Die kleine Stube war warm, sehr warm: Küche und Wohnraum in einem, nebenan noch eine Schlafkammer. Dort lagen die Eltern. Der Vater schnarchte, daß die dünnen Wände wackelten.
Franziska lag auf dem Sofa, hörte das Schnarchen – aber auch noch ein anderes Geräusch. Die Tapete neben ihr schien lebendig zu werden. Dies war ein Spukhaus! Sie machte Licht. Himmel, die Tapete saß locker, schlug Wellen und die bewegten sich. Sie stürzte aufgeregt ins Schlafzimmer. »Was ist das?!« fragte sie atemlos.
Die Eltern, sonst gleich außer sich, blieben ruhig.
»Die Mäuse«, antwortete der Vater. »Überall sind hier Mäuse. Hoffentlich machst du dir nichts daraus.«
»Mäuse – gleich neben meinem Bett?« rief sie entgeistert.
»Die haben mehr Angst als du«, beruhigte sie der Vater. Er mußte ohnehin aufstehen und sich auf den Weg zur Arbeit machen. Inzwischen brauchte er nicht mehr zu Fuß nach Gardelegen zu marschieren, ein Bummelzug fuhr und der Bahnhof war nicht weit. »Du kannst dich in mein Bett legen.«

Kaum war sie eingeschlafen, weckte sie lautes Muhen. Vor dem Fenster standen Kühe und sahen zu ihr herein.
Die Mutter, inzwischen bereits angezogen, nahm es gelassen. »Nebenan ist der Stall. Wir haben uns daran gewöhnt.«
Franziska, sonst allen Tieren von Herzen zugetan, war erbost. Sie nahm ein paar Kartoffeln aus dem Korb und warf sie den Kühen an den Kopf. Die freuten sich darüber, muhten dankbar, fraßen sie auf und wurden noch zutraulicher.
Maria Buresch hatte sich recht gut den Verhältnissen angepaßt, was eigentlich sehr erstaunlich war. Ohne Jammern und Klagen. Einmal nur sagte sie: »Ich würde gern bei dir sein, mit den Schauspielern zusammenkommen und ins Theater gehen. Was hast du nur für ein interessantes Leben!«
»Am Theater gibt es auch Rindviecher«, sagte Franziska. Sie tat, als amüsiere sie diese Tatsache, doch dann fiel wieder der ganze Jammer über sie her und sie fragte sich, ob die Mutter es nicht besser getroffen hatte als sie.

Am nächsten Tag ging sie zu Tante Vicky. Das ließ sie sich nicht verbieten. Es gab Streit. Franziska ging dennoch.
Nach Schenkenhorst, wo die Tante mit der kleinen Mona wohnte, waren es nochmals vier Kilometer. Franziska trabte los, die Freude trieb sie vorwärts.
Das letzte Mal hatte sie Tante Vicky vor dem Haus in der Parkstraße gesehen, als Franziska in den Pferdewagen stieg, um in Richtung Grenze zu fahren. Neben der Tante stand die Mutter und die kleine Mona. »Was wirst du bloß anfangen?« hatte die Mutter geschluchzt, »wo es doch keine Theater mehr gibt?! Und wenn, glaubst du, die haben auf dich gewartet?« Und Tante Vicky, mit tapferem Lächeln: »Sie wird es schon schaffen!«
Dieses Bild und die Worte hatten sie in den letzten Jahren begleitet.
Einsamer konnte die Gegend nicht mehr werden: ein Dorf am Ende der Welt. Der letzte Bauernhof. Durch das Tor, an den Ställen vorbei, hinauf in den ersten Stock.

»Tante Vicky!«
»Mein geliebtes Mädchen!«
Dünn war sie geworden. Das hübsche Gesicht mit den klaren, blauen Augen schmal und eingefallen, die Haare leicht angegraut. Doch sie war fröhlich wie eh und je. Und die kleine Mona? Prall und rund, mit rosigen Wangen und kastanienbraunen Haaren. Zehn Jahre war sie nun alt.
Ach ja, der geliebte, vertraute Geruch, den Franziska von Teplitz her kannte, umgab sie wieder: undefinierbar, auf jeden Fall ein bißchen nach Zitrone – frisch und behaglich.
Sie erzählten und erzählten. Die Zeit verging viel zu schnell. Gern hätte Franziska den Kopf an Tante Vickys Brust gelegt und ihr alles berichtet: von Jan und Lukas, von den vielen Verwirrungen, in die sie sich hineinmanövriert hatte, wie groß die Sehnsucht nach Jan war und wie hoffnungslos diese Liebe. Doch viel wichtiger war: daß die Geschwister Vicky und Viktor sich aussöhnten.
»Ich fahre nicht eher weg, bis ihr wieder zusammen seid!« sagte Franziska.
»Das wird die Mutter nicht erlauben!«
»Ich werde mir schon was einfallen lassen!« tröstete Franziska. Sie erkundigte sich nach Onkel Georg. In Regensburg sah es für ihn nicht sehr rosig aus: keine neue Existenz, keine Aussicht auf Wohnung. Onkel Franz, der zweitälteste der Bureschbrüder, konnte ihm nicht helfen, er stand selbst vor einem Scherbenhaufen. Berufsoffizier, nichts anderes gelernt, zu alt für einen Neuanfang in irgendeiner Firma. Hätte seine Frau nicht die Idee gehabt, einen Kiosk zu eröffnen, mit Zigaretten, sauren Drops und Annahme der Lottoscheine, wären sie wohl kaum über die Runden gekommen.
Franziska dachte an den geliebten Lulatschonkel, der so gern lyrische Gedichte schrieb. Im Schrebergarten bei Wisterschan, unterhalb des Schloßbergs, hatte er sie und ihre Freundin Helga auf den Armen balanciert: ein Mädchen links, eines rechts, blonde Zöpfe, haselnußbraune Zöpfe. »Ich kann die hübsche-

sten Mädels auf den Arm nehmen!« hatte er geprahlt und so getan, als ließe er sie fallen. Das gab ein Geschrei! Doch er hielt sie natürlich fest, der liebe, gescheite Onkel Georg.
Er fehlte in der Runde. Sie dachten an ihn und seufzten, weil die letzten Jahre nicht sehr leicht gewesen waren, für keinen von ihnen. Franziska erschrak vor dem Gedanken: Lieber Himmel, ich fühle mich hier wohler als bei meinen Eltern.
Lieber Himmel!

Noch immer arbeitete Viktor Buresch im Amt für Handel und Versorgung, das – wie der Name ausdrückte – für die wichtigsten Dinge überhaupt zuständig war. Ab und zu konnte er etwas »Nahrhaftes« abzweigen. Zum Beispiel ließ er Bauern Schlachtscheine ausstellen, obwohl sie nicht an der Reihe waren. Die revanchierten sich mit Würsten, Speck und Eiern. Legal war das nicht. Doch durchaus vertretbar in dieser durcheinandergeratenen Zeit.
»Tante Vicky braucht euch«, sagte Franziska, als sie am Abend um den Tisch in der überheizten Küche saßen. »Sie hat uns beigestanden, bei sich aufgenommen, als wir Hals über Kopf aus der Wohnung mußten, hat den Papa aus dem tschechischen Gefängnis geholt – ihr könnt sie nicht einfach ausschließen, sie gehört doch ...«
»Jetzt bin ich da«, fiel die Mutter ihr ins Wort. »Ich habe auch viel Schweres mitmachen müssen. Denk' doch bloß an den Hunger und die Kälte in Dresden und Ebersbach.«
Franziska betrachtete die Mutter prüfend. Ein Gedanke ging ihr durch den Kopf, nahm Gestalt an, ein böser Gedanke, eine Art Erpressung, sehr gemein, aber vielleicht die einzige Möglichkeit, ein bißchen Frieden zu stiften.
»Wir hatten ja in der schlimmsten Zeit den Toni, nicht?« sagte sie mit Nachdruck und bewußt so, daß der Vater stutzig werden mußte.
»Der Toni?« Die Mutter lachte nervös.
Der Vater sah von einer zur anderen, setzte zu einer Frage an,

da klopfte es an die Tür. Frau Heiland, die Bäuerin, wollte wissen, ob Herr Buresch den Schlachtschein mitgebracht habe, er wisse schon ...
»Augenblick«, der Vater holte die Aktentasche und ging hinaus zur Bäuerin und ihrem Mann. Es gab Getuschel.
Franziska nutzte die Gelegenheit, zum Generalangriff überzugehen. Sie sagte der Mutter, was sie in der Mühle von Lohmen gesehen und gehört hatte.
»Du hast gelauscht!« rief Maria entsetzt.
»Habe ich nicht. Und wenn – darauf käme es jetzt auch nicht an.«
Die Art und Weise, den Spieß umzudrehen und auf den Angreifer zu richten, war auch nicht neu. Maria beherrschte diese Taktik von jeher.
»Du hast die Wahl«, drängte Franziska. »Entweder du nimmst den Kontakt mit Tante Vicky auf oder du läßt den Papa wenigstens zu ihr – oder ich verpetze dich.«
Im Treppenhaus verabschiedete sich der Vater. Er lachte, machte einen Witz, nun lachten alle, und dann kam er herein.
»Wie war das mit diesem Toni?« Sein Gesicht wurde ernst, eifersüchtig war er schon immer gewesen.
»Tante Vicky läßt grüßen«, Franziska wechselte schleunigst das Thema. »Sie würde sich freuen, wenn ihr am Sonntag zu ihr kämet. Sie macht einen Apfelstrudel.«
Maria protestierte: »Da gehen wir auf keinen Fall hin!«
»Ich schon«, der Vater sah aus, als fiele ihm ein Stein vom Herzen.
»Das läßt du bleiben!« befahl Maria.
Franziska verschränkte die Arme und legte sie auf den Tisch, als mache sie sich bereit für ein umfassendes Geständnis. »Also, die Sache ist so«, begann sie, ohne die Mutter aus den Augen zu lassen. »Wir sind in Lohmen gewesen, da gibt es eine Mühle –« Noch immer nichts? – »und in der Nacht bin ich aufgestanden und hinausgegangen, nichts ahnend.« Sie sah nun den Vater an. »Kannst du dir vorstellen, was da passiert ist?«

»Was wird schon passiert sein«, meinte der Vater arglos. »Wie ich dich kenne, hast du ein Gedicht gemacht!«
»Nein, aber als ich zurückkam, stand der Toni ...«
»Na gut«, unterbrach die Mutter hastig. »Wenn ihr glaubt, daß es so wichtig ist, dann gehen wir meinetwegen am Sonntag nach Schenkenhorst!« Den Namen der Schwägerin in den Mund zu nehmen, dazu konnte sie sich nicht überwinden. Mit erhobener Stimme fügte sie hinzu: »Aber den Apfelstrudel rühre ich nicht an!«
»Das kannst du halten wie du willst«, der Vater schloß sie dankbar in die Arme, sah Franziska an und sagte: »Eines verstehe ich nicht: Was hat das alles mit diesem Toni zu tun?«
»Gar nichts«, Franziska gab ihm einen Kuß und freute sich. »Du weißt doch, wie sprunghaft ich bin!«
Kopfschüttelnd meinte der Vater: »Ich werde nie erfahren, was in der Nacht in der Mühle passiert ist«, er dachte kurz nach. »Aber ich bin sicher: du hast doch ein Gedicht gemacht – oder eine Geschichte geschrieben! Stimmt's?«
»Du hast es erraten«, schwindelte Franziska. »Die Geschichte heißt ›Nächtlicher Besuch‹, und Toni spielt darin eine Rolle.«
Am nächsten Morgen, in winterlicher Dunkelheit, trat Franziska die lange Rückreise an. Der Abschied von den Eltern fiel ihr nicht leicht. Doch tröstete sie der Gedanke, daß der Kontakt mit Tante Vicky wiederhergestellt war, wenn auch mit nicht ganz fairen Mitteln. Der Zweck entschuldigt sie, hoffentlich.

Das Geständnis

Noch vor der Ankunft in Glauchau brach diese scheußliche Migräne aus. Schon als Kind hatte Franziska das Übel kennengelernt. Nach Prüfungen, Anspannungen, nach langen Proben und Vorstellungen fiel die Migräne über sie her – wie ein riesiger Raubvogel. Im Nacken fing es an, krallte sich über den Kopf bis in die Augenhöhlen und ließ rote Funken tanzen. »Rechtsseitig oder linksseitig?« erkundigten sich Leute, die keine Ahnung hatten und es genau wissen wollten. »Ganzseitig«, antwortete Franziska dann und erntete mitleidiges Lächeln. Migräne gäbe es nur einseitig, wurde sie von den ewigen Theoretikern belehrt. Nun, da sie keine halben Sachen mochte, schien die Migräne sich darauf einzustellen und tat so, als zerreiße sie ihr den ganzen Kopf. Übelkeit im Magen, das flaue Gefühl einer nahenden Ohnmacht.

Zwei Tage hatte die Rückfahrt gedauert, endlich kletterte Franziska aus dem Zug. Keiner holte sie ab. Natürlich nicht, es wußte ja niemand, wann sie ankam. Selbst wenn es einer gewußt hätte, wäre sie dennoch nicht abgeholt worden. Sie kam sich verlassen vor, wie ein Wanderer zwischen den Welten, der sich ins Niemandsland verirrt hatte. Wie sollte sie aus diesem Irrgarten herausfinden? Da hatte sie mit frohem Mut gekämpft, alle schweren Felsbrocken, die ihr im Wege lagen, beiseite geschoben, und nun war sie über einen Kieselstein gestolpert und auf die Nase gefallen.

Wer oder was aber war dieser Kieselstein? Ein Mann, ein Gefühl, ein unglückliches Zusammentreffen? Sie hatte ein kostbares Gefäß in den Händen gehalten, wie noch nie in ihrem Leben. Doch als sie daraus trinken wollte, war es heruntergefallen und zerbrochen. Wer war schuld daran? Einer betrügt, weil er sich vom anderen betrogen fühlt. So wächst das Mißtrauen, so entsteht Kampf, Haß, Feindseligkeit. Mit einer gescheiterten Liebe beginnt es und endet in einem Krieg.

Wie oft werde ich noch auf endlosen Straßen marschieren, den Rucksack auf dem Rücken? fragte sich Franziska. Wenn mir einer tragen hilft, dann ist es eine fremde Hand. Ich bin allein. Die kleine Stadt hatte ihren Charme verloren. Das lag wohl auch an dem eisigen Nieselregen, der wie mit Nadeln ins Gesicht stach.

Muttl Jentsch empfing sie freudig. Walterchen schwirrte um sie

herum, stieß aufgeregte Laute aus und wollte sie streicheln. Ein Wunder, daß sie Franziska überhaupt erkannten! Sie sah aus, als hätte sie tagelang vagabundiert, so ähnlich war die Zugfahrt ja auch gewesen. Sie bekam einen Teller heiße, würzige Kartoffelsuppe, schrubbte sich tüchtig ab und legte sich aufs Ohr. Kaum war sie eingeschlafen, hörte sie die Türklingel, ganz weit entfernt. Ihr Schlaf war schon immer sehr leicht gewesen. »Du hörst ja sogar die Fliege an der Wand!« behauptete der Vater immer, wenn sie als Kind aus ihren Träumen hochschreckte, weil sie glaubte, irgendein Geräusch gehört zu haben. Ihr erster Gedanke war: Wo bin ich eigentlich – und wie spät mag es sein? Sie wollte wieder hinüberdämmern, da klopfte Muttl Jentsch leise an die Tür und steckte den Kopf herein.
»Herr Kupelius ist da«, flüsterte sie. »Mit Herrn Rilke.«
»Was wollen die denn?« Die Migräne tobte stärker denn je.
»Sie haben nur gefragt: ›Ist sie schon da?‹ Was soll ich sagen?«
»Daß ich gestorben bin!« Franziska zog die Decke über den Kopf.
Nun drängte auch noch Walterchen herein und machte Faxen, wollte mit ihr albern.
»Bitte«, stöhnte Franziska, »laßt mich schlafen.«
Die Tür schloß sich vorsichtig. Franziska hörte Muttl Jentsch sagen: »Sie ist sehr müde, die Reise war anstrengend. Ich kann sie nicht wach bekommen.«
Endlich Ruhe.
Am nächsten Morgen Probe. Zum Glück für ein Stück, in dem keiner ihrer zwei Kieselsteine – wie sie Jan und Luk bei sich nannte – mit auftrat. Sie ließen sich auch nicht sehen, denn es gab eine Sitzung: Der Direktor sollte abgelöst werden. Die Sitzung fand im Rathaus statt und dauerte sehr lange.
Die Probe übrigens auch. Großmann führte Regie und wollte hinterher mit ihr unbedingt noch in die Kantine. Alfred, der gute Geist, mixte ein Heißgetränk, das ihnen einheizte. Eigentlich sollte auch Jochi in der Sitzung sein, doch er meinte: einer müsse sich ja um die Weiterarbeit auf der Bühne kümmern.

»Es wird sich einiges hier ändern«, sagte Jochi, zupfte an seinen abenteuerlich geschwungenen Brauen und grinste Franziska an. »Sieht aus, als würde Lukas Intendant.«
»Was?!«
»Genosse ist er ja schon. Einer von den Idealisten, die glauben, Karl Marx hätte den Stein der Weisen gefunden und danach ließe sich ein Staat aufbauen. Hast du das denn nicht gewußt?«
»Über Politik haben wir nicht gesprochen«, erwiderte Franziska.
Jochi blinzelte ihr zu. »Bald kannst du wählen zwischen dem Intendanten oder dem Oberspielleiter.«
»Der Oberspielleiter bist du doch! Stehst du etwa auch nach mir Schlange?« Die Frage klang sarkastisch.
Jochi winkte lachend ab. »Ich gehe nach Greifswald, arbeite hier nur noch als Gastregisseur. Oberspielleiter wird Jan. So ist es geplant. Ist mir sehr recht. Hast du Lust nach Greifswald zu kommen?«
»Am liebsten gleich!«
»Mit Jan natürlich, den nehme ich mit. Den brauche ich, den kann ich nicht entbehren. Ich engagiere euch beide für die nächste Spielzeit. Wie findest du das?«
»Klingt verlockend«, Franziska seufzte. »Aber Jan und ich – das funktioniert nicht. Das ist vorbei.«
»Du hast dich zwischen zwei Stühle gesetzt, mein Schatz«, sagte Jochi vorwurfsvoll. »So was geht nie gut aus.«
»Ich bin nur ein Stück weitergerückt, weil der eine Stuhl schon besetzt war«, verteidigte sie sich. »Mit einer Ehefrau. Aber das kannst du bestimmt nicht verstehen. Du bist ziemlich glücklich mit deiner Edith.«
»O ja«, Jochi zog die Stirne kraus und erinnerte Franziska an einen depressiven Widder. Der Haaransatz glich zwei Hörnern. »Wir streiten uns, daß die Fetzen fliegen. Aber was willst du dagegen tun? Liebe kommt oft in den seltsamsten Verkleidungen daher.«

»O ja«, sagte nun auch Franziska. Sie wich Jochis prüfendem Blick aus und war nicht bereit, sich weiter dazu zu äußern.

Muttl Jentsch riß die Tür auf, noch ehe Franziska den Schlüssel ins Schloß stecken konnte. »Herr Kubelius ist da!« verkündete sie strahlend und zeigte zum Handtuchzimmer. »Er wartet schon lange.«
Franziska atmete auf Stottern ein und bemühte sich um einen gelassenen Gesichtsausdruck. Dabei übertrieb sie ein wenig, sie »outrierte«, wie es in der Theatersprache hieß, und sie sah absolut gleichgültig aus, was Muttl Jentsch erschreckte.
»Nun seien Sie aber mal nett zu ihm«, flehte sie und betrachtete Franziskas eisgekühltes Gesicht mit ihren gutmütigen Rehaugen. »Wir können ihn doch nicht immer wegschicken.«
Franziska gab sich einen Ruck und trat ein.
Jan stand am Fenster. Die schmale Silhouette hob sich gegen das Licht deutlich ab, sah sensibel und verletzbar aus. Wenn er sich umdrehte, konnte er die Miene seines Gegenübers genau erkennen, während er selbst im Schutze der Dunkelheit blieb. Zufall oder Berechnung? Bei Jan konnte man nie wissen.
»Ah, du bist da«, sagte sie lässig. »Was ist los?«
Er blieb noch eine Weile stehen, wie um sich vorzubereiten, drehte sich um, sah sie an, sagte nichts.
»Ist die Sitzung schon aus?« fragte sie, um ihm zu helfen.
Er war ganz blaß und sehr dünn. »Ja«, antwortete er leise. »Lukas ist Intendant.«
»Das war vorauszusehen«, sie hielt sich kaum noch auf den Beinen, setzte sich. »Bist du deshalb hergekommen, um mir das zu sagen?«
»Nein, nicht deshalb.«
Sie wartete auf eine Einleitung, eine Erklärung, irgend etwas. Theoretisch müßte sie ja noch auf dem Bahnsteig stehen, um ihn abzuholen, vom Zug aus Berlin, wo er – wen? – ach ja: seine Eltern besucht hatte. Franziska dachte: »Ob er etwas weiß von Luk und mir?« Doch darauf kam es jetzt nicht mehr an.

»Setz dich«, forderte sie ihn höflich auf. »Du bist gestern mit Luk hiergewesen. Weshalb?«
»Um dich zu begrüßen.«
»Alle beide?«
»Ich habe mich nicht allein hergetraut«, er lächelte schwach. »Luk sollte mir beistehen. Das kann man ja wohl von einem Freund erwarten. Oder nicht?«
»Möglich.« Sie betrachtete ihn in Ruhe. Er hatte den Kopf gesenkt.
»Ich bin ein Esel«, stellte er überraschend ehrlich fest. »Ich muß dir etwas sagen.«
»Ich höre!«
»Heute abend ist ein Konzert im Theater. Unter anderem: Capriccio Italien. Gehst du hin?«
Das sollte wohl eine Einladung sein, eine Art Wiedergutmachung, ein Versöhnungsversuch. Sie war nahe daran, alles zu vergessen und laut »ja, ja!« zu rufen. Doch sie antwortete achselzuckend: »Kann sein.« Nach einer Pause: »War es das, was du mir sagen wolltest?«
»Nein«, er schaute sie an, als sehe er sie zum ersten Mal. Nicht nur Zuneigung lag in seinem Blick, da schwang auch etwas von Verzweiflung und Abschied mit. »Nicht das.«
Franziska hatte das Gefühl, als schütte einer eiskaltes Wasser über sie, mit glitschigen Fischen darin, als sollte sie das Gruseln lernen, wie der Junge im Märchen, das sie als Kind so oft gelesen hatte. – Wenn Jan sie verlassen wollte oder bereits verlassen hatte, warum kam er dann? Um sie zu quälen, eine Machtprobe zu versuchen, wollte er ihre Reaktion testen? Ein innerer Schüttelfrost brach in ihr aus, es war pure Angst und sie wußte: was jetzt kommt, wird mich umbringen. Der Kieselstein über den ich stolpern werde, um nie, nie mehr aufzustehen.
Doch sie hielt sich gut, zeigte keine äußere Regung, wartete nur. Endlich sagte er: »Ich bin verheiratet.«
»Ich weiß.«
»Du weißt? Seit wann!«

»Seit einigen Wochen«, antwortete sie.

»Von wem?«

»Hat sich herumgesprochen.«

Nun hatte sie es doch geschafft, ihn zu verwirren. Er verlor das Konzept und stöhnte: »Mein Gott, du hast es die ganze Zeit gewußt und kein Wort gesagt?«

Sie nickte und kam sich sehr edel vor. Eine Märtyrerin! Vielleicht eine Möglichkeit, ihn zurückzugewinnen.

»Wie muß dir zumute gewesen sein«, er nahm ihre Hand und drückte einen Kuß darauf, so reuevoll, daß es ihr zuviel wurde. Sie zog die Hand schleunigst zurück. Sein schlechtes Gewissen überwältigte sie, für kurze Zeit faßte sie neue Hoffnung.

»Ich hätte es dir sagen sollen«, fuhr er fort, »ich habe es ja auch versucht, am ersten Abend, als du bei mir warst, aber da ...«

»Da kam deine Wirtin mit den Pellkartoffeln«, ergänzte Franziska und lächelte schwach. »Warum hast du es mir nicht später gesagt, irgendwann?«

»Weil du mir das von dem verheirateten Mann in Dresden erzählt hattest, und daß du nie mehr so etwas durchmachen möchtest. Von da an habe ich in der ständigen Furcht gelebt, du könntest es herausbekommen und mich verlassen. Das hätte ich nicht ertragen.«

»Da bist du mir lieber zuvorgekommen und hast mich stehen lassen!«

Jan legte den Arm auf den Tisch und den Kopf darauf. Sie konnte nicht anders, sie streichelte sein Haar, es glänzte kupfern in dem einzigen müden Sonnenstrahl, der sich ins Handtuchzimmer verirrt hatte.

»Übrigens wäre das für mich kein Grund gewesen, mich von dir zu trennen«, gestand sie. »Liebst du sie sehr, deine Frau?«

Er schüttelte den Kopf, stand auf, sah wieder aus dem Fenster. Es fiel ihm wohl nicht leicht, darüber zu sprechen.

»Mit meiner Frau ist das so«, erzählte er dem Fensterriegel. »Sie wäre mir nicht passiert, hätte ich nicht Soldat werden müssen. Wir haben ganz schnell geheiratet. Ich dachte, es wird alles

leichter sein, wenn jemand da ist, der auf mich wartet, zu dem ich heimkommen kann, wenn alles vorbei ist, der mir schreibt und sich Sorgen macht. Verdammt noch mal«, er wandte sich um, »kannst du das nicht verstehen?«
»Nein«, antwortete sie.
»Irmgard ist zehn Jahre älter als ich!«
»Dreiundvierzig!« stieß Franziska hervor. Was war los mit den Männern? Heirateten sie alle viel ältere Frauen? Der eine, weil er ihr Geld brauchte, der andere, damit der Krieg leichter fiel.
»Sie ist Sängerin«, erklärte Jan. »Tingelt in Berlin.«
»Und du bist bei ihr gewesen«, Franziska bemühte sich, nicht erbittert zu klingen, auch nicht übertrieben vorwurfsvoll. Aus der Stunde der Wahrheit sollte keine Szene werden.
»Wir lassen uns scheiden«, gestand er offensichtlich widerwillig. »Deshalb bin ich nach Berlin gefahren. Wir haben alles besprochen. Sie möchte ebenfalls eine schnelle, faire Scheidung, lebt mit einem Mann zusammen, den sie heiraten will. Er paßt im Alter besser zu ihr. Tja«, Jan sah sie ratlos an, »das ist schon die ganze Geschichte.«
Wie komisch! Es hätte also überhaupt keine Komplikationen geben müssen. Vieles wäre nicht geschehen. Auch nicht die Stunde mit Lukas. Wirklich komisch. Nur – es lachte keiner.
»Was nun?« fragte Franziska. Noch immer der innere Schüttelfrost, obwohl, wie sie annahm, das Schlimmste überstanden war.
Er hatte noch etwas auf dem Herzen, wußte nicht, wie er es loswerden sollte. Seine Augen sahen rotgerändert aus. Er war wirklich in keiner sehr guten Verfassung. Wenn es die Sache mit Lukas war …
»Jan, hör zu«, Franziska nahm seine Hand, hielt sie an ihre Wange und genoß das Gefühl der Nähe. »Ich glaube, wir haben beide allerhand durchgemacht in der letzten Zeit, wir haben alle beide total falsch reagiert.«
»Du nicht, du nicht«, warf er ein und legte nun auch die andere

Hand an ihr Gesicht. Sie saßen ganz eng beisammen, erschöpft von all den Mißverständnissen und gemachten Fehlern.
»Ich auch, und darüber möchte ich mit dir sprechen.« Wenn schon Geständnisse, dann mußte alles gesagt werden. »Als du in Berlin warst, da habe ich mich so verlassen gefühlt, du bist ja vorher schon sehr merkwürdig mir gegenüber gewesen, verstehst du, ich habe mit Luk gesprochen, der war ja wohl in alles eingeweiht, und er meinte ...«
»Du wirst dich fragen, woher ich jetzt plötzlich den Mut nehme, dir alles zu sagen«, unterbrach Jan. Er hatte ihr nicht zugehört, war zu sehr mit seinen eigenen Gedanken beschäftigt.
»Ist doch egal«, sie wollte weiterreden, die Sache bereinigen, damit sie einander verzeihen und neu anfangen konnten.
»Ist nicht egal«, er nahm sie fest bei den Händen, zwang sie, ihm in die Augen zu sehen und sagte mit grausamer Offenheit: »Das verdanke ich Rabea.«
Sie zog ihre Hände zurück, glaubte, sich verhört zu haben oder in einem Alptraum zu sein.
»Ich habe ihr mein Herz ausgeschüttet. Sie hat mich verstanden. Jetzt kann ich sie nicht einfach im Stich lassen, verstehst du.«
Sie nickte. »Aber mich – mich kannst du ...«
»Du bist stark. Du gehst deinen Weg. Aber Rabea –«, er machte verklärte Augen, »Rabea hat sich ganz und gar auf mich eingestellt. Sie ist ein einfaches Mädchen. Hat mich gern. Sie tut mir gut.«
»Ich aber nicht!« warf Franziska ein. Er nahm sich nicht mal die Mühe zu widersprechen. Der Schüttelfrost, der in ihr tobte, wurde zu grenzenloser Wut. Sie sagte: »Du manipulierst deine Umwelt in die jeweiligen Rollen, die dir passend erscheinen. Das ist deine Art von Regie! Aber ich scheide aus, ich will nicht mehr eine deiner fehlbesetzten Hauptdarstellerinnen sein.«
»Du spielst, glaube ich, bereits in einem anderen Stück«, er stand auf und wollte gehen.
Sie nahm ihren Mut zusammen und fragte: »Was meinst du damit?«

»Du weißt es«, und dann ging er wirklich. Die Tür schloß sich und es klang sehr endgültig.
Franziska blieb zurück mit der halben Wahrheit: wußte er oder wußte er nicht?! Auch gut. Sie war nicht dazu gekommen, ihr Geständnis zu machen. Luk hatte Glück. Diesmal war *sie* die Betrogene. Und wie es schien, würde sie es bleiben.
Sie waren quitt.

Galerie, erste Reihe

Dennoch ging sie am Abend ins Konzert.
Sie wollte nicht allein im Handtuchzimmer bleiben, verdammt zur Untätigkeit, ausgeliefert den schlimmsten Vorstellungn ihrer Phantasie. Franziska wollte sich den Gegebenheiten stellen.
Für die Mitglieder des Theaters lagen Karten an der Kasse bereit. Sie bekam einen Platz auf der Galerie, erste Reihe. Mit fast übernatürlicher Deutlichkeit nahm sie alles um sich wahr, den Trubel, die Begrüßungen, stand Rede und Antwort, lachte sogar. Ihre Sinne waren gespannt, aber das Herz besinnungslos.
Lukas entdeckte sie, er schien sie erwartet zu haben, kam auf sie zu, wirkte aufgeschlossen, fast heiter, sagte: »Bitte, komm mit.«
»Wohin?«
»In die Intendantenloge.«
Richtig, er durfte ja nun seine neue Würde auskosten und sie sollte daran teilhaben. Franziska gratulierte ihm, zeigte sich überhaupt sehr herzlich und locker, es war eine gute Rolle, die sie da spielte.
»Ich möchte nicht in die Intendantenloge«, wandte sie ein. »Wir sitzen dort wie auf dem Präsentierteller. Das möchte ich nicht, laß mich auf meine Galerie.« Sie hielt ihm die Karte hin. »Siehst du, das ist mein Platz. Wir können uns ja zuwinken.«

»Augenblick«, Luk ging zur Kasse, holte sich eine Karte, den Platz neben ihr. Und weil Jochi soeben mit seiner attraktiven Edith vorbeiging, und die kleine Isolde mit ihrem großen, sehr verliebten Arno, sagte Lukas zu ihnen: »Wenn ihr wollt, könnt ihr in der Intendantenloge sitzen.«
Und ob sie wollten! Jochi nahm dieses Angebot sowieso wie eine ihm zustehende Ehre an. So kam es, daß Franziska neben Lukas saß. Der Saal war voll, das Publikum feingemacht und ausgehungert nach Musik.
Wunderbare Augenblicke, den Beginn zu erwarten, zuzuhören, wie die Instrumente sich einstimmten. Vertraute Töne für Franziska, es erinnerte sie an die Konzertabende in Teplitz, wenn sie mit ihrer Mutter erwartungsvoll dagesessen hatte oder gemeinsam mit den Freunden der Musik lauschte. So jung war das Leben noch gewesen, so voller Hoffnung und Daseinsfreude. Kokett gingen sie damals mit ihren Gefühlen um, hielten sie für überwältigend und ließen sich zu Gedichten inspirieren. Wenn sie litten, kamen sie sich vor wie in einer Oper von Puccini, imaginäre Musik umwehte sie und sie genossen es. »Mädchen, in deinen Augen liegt ein Zauber, der hält mich ganz gefangen...« hatte Julian vor der Haustür in der Poststraße gesungen, mit seiner schönen Stimme – und sie hatte dazu gelacht wie Musette. Glöckchenhell. Kitsch der Gefühle? Nein: Jugend.
Das Leben hatte ein anderes Gesicht bekommen. Das Herz einen Knacks. Es war nicht mehr so strapazierfähig wie vorher.
»Wie geht es dir?« erkundigte sich Lukas.
»Danke, sehr gut, wirklich«, und wenn es sie vor Schmerz zerrissen hätte, kein Ton der Klage wäre über ihre Lippen gekommen, am allerwenigsten vor Lukas. »Ich fühle mich wohl wie schon lange nicht mehr.«
Er schien es zu glauben. Das beruhigte sie. Denn sie traute ihm nicht. Saß er neben ihr, um Jan zu provozieren? Fühlte er sich tatsächlich zu ihr hingezogen? Wollte er auskundschaften – oder was?! Emotionsnebel rundum, als gäbe es nicht schon genug Schwierigkeiten. Den ganzen Nachmittag hatte Franziska

geheult wie ein Schloßhund, nein, sie hatte in sich hineingeweint, obwohl sie Tränen haßte – bei sich und den anderen. Dennoch konnte sie nicht aufhören. Nie zuvor hatte sie so viel geweint. – Als sie sich für das Konzert zurechtmachte, verbot sie sich kurzerhand jede weitere Träne. Im Spiegel sah sie, daß ihre Augenlider überhaupt nicht verschwollen waren. Wie kam das bloß? Sie hatte sich leergeweint und dann überfiel sie diese seltsame Starre. Sie machte sich zurecht, wie sie es liebte: Das Haar mit eine Samtschleife im Nacken zusammengehalten, sie gönnte sich diese altmodische Frisur, die ihr etwas Romantisches gab. Dazu ein schwarzes Band um den Hals. Jan mochte das Band. »Ah, Frau Geheimrätin«, pflegte er zu sagen und konnte sich nicht sattsehen. »Oder Madame Pompadour?« Und dann mimte er ihren königlichen Geliebten, klatschte in die Hände und befahl dem imaginären Hoforchester, Musik von Vivaldi zu spielen.

Nun, das war vorbei.

Lukas saß neben ihr und hatte ein bestimmtes Ziel ins Auge gefaßt. So auffällig, daß Franziska seinem Blick folgen mußte. Jan saß da unten, in der dritten Reihe. Trotz der Kurzsichtigkeit erkannte sie ihn sofort. Neben ihm ein dunkelhaariges Mädchen, wie Franziskas Double: die gleiche Frisur, ein ähnliches Kleid, das schwarze Band um den Hals: Rabea, die Tänzerin.

»Sie sieht aus wie ich«, stellte Franziska fest.

»Mach' dir nichts daraus«, tröstete Lukas, »Nachahmung ist die ehrlichste Form der Anerkennung.«

»Wie schmeichelhaft«, sie schluckte schleunigst die wiederaufsteigenden Tränen.

»Diese zwei Verliebten«, meinte Luk mit nachsichtigem Kopfschütteln. »Hat er dir alles erzählt?«

»Alles. Wir haben uns ausgesprochen, in aller Freundschaft. Du wärest wohl gern dabeigewesen?«

Er überging die Frage, schob seinen Ellenbogen an ihren Arm und erkundigte sich: »Hast du ihm auch alles gesagt?«

»Wenn du das meinst, was zwischen uns ... also nein, dazu gab es keinen Anlaß.«
»Wie wahr«, stimmte Luk mit befreitem Aufatmen zu. »Es bleibt ihm ohnehin nicht verborgen.«
In dem Augenblick drehte Jan sich um, hob den Blick, erkannte sie. Unwillkürlich rückte Franziska von Lukas ab, doch er legte den Arm um ihre Schulter. Jan wandte sich wieder um, neigte den Kopf zu Rabea und es entspann sich eine eifrige Unterhaltung. Die schlechte Kopie lachte, etwas zu laut, warf einen koketten Blick über die Schulter hinauf zur Galerie.
Unerträglich! Ein Schmerz, wie ein Boxhieb in den Magen. Franziska saß still, schloß die Augen und dachte: so vieles habe ich überlebt. Aber jetzt geht die Welt unter und ich mit ihr. Aber nein, noch nicht!
Der Kapellmeister kam, klopfte auf das Pult, das Licht im Zuschauerraum erlosch: Fanfarenklänge, gewaltig, sehr feierlich, danach die wundervolle getragene Melodie, volksliedhaft einfach, und schließlich die Tarantella: Capriccio Italien. Ein Meisterstück. Jan liebte Tschaikowsky und als besonderes Bonbon dieses Capriccio. Die Heiterkeit seines Wesens lag in der Musik.
In der Pause wurden sie von Kollegen umringt, Franziska wollte für einen Augenblick Atem schöpfen, allein sein, das Gesicht machen dürfen, das ihrer Stimmung entsprach, sie ging ins Konversationszimmer, das war leer, sie warf sich in den Sessel, er war schäbig und stank nach kaltem Rauch, und als sie aufschaute, sah sie direkt in Jans Gesicht. Er war ebenso erschrokken wie sie, zögerte einen Augenblick, wollte fliehen, blieb aber dann doch.
»Ich wollte nur mal zum Schwarzen Brett – da ist etwas geändert worden ...« Er tat sehr beschäftigt, vermied es sie anzusehen.
»Du mußt dich nicht entschuldigen«, sagte Franziska. »Jeder kann hier sein, wann er will. Gefällt dir das Konzert?«
»Ja, ja«, er schob die Brille zurecht, studierte die Anschläge, tat, als notiere er Wichtiges. Franziska lehnte sich zurück, ruhig »bis

ans Herz hinan«, sah ihm zu, als agiere er auf einer Bühne. Was für ein lächerlicher, poetischer, vom Gewissenswurm geplagter Liebhaber –! Wie er zappelte mit seinen fahrigen Handbewegungen, die unterschwellige Ängstlichkeit kaschierte, sich aus seiner Schwäche in kleine Bosheiten rettete und in verzweifelte Witze. Zum ersten Mal sah sie ihn so, wie er war.
Er drehte sich um, so jäh, daß auch sie aus ihrer überlegenen Pose auffuhr. Sie tasteten sich mit den Augen ab. Dann fragte er: »Hatte ich dir eigentlich schon die Novelle zurückgegeben, die ich lesen sollte?« Sie schüttelte den Kopf. »Ist keine schlechte Geschichte: von dem alten Professor, der sein Leben überdenkt und Bilanz zieht: er erinnert sich an die gescheiterte Ehe, an die junge Studentin, die er liebte und die viel zu früh starb, in seinen Armen, bei einem Walzer von Chopin, etwas rührselig vielleicht, aber doch recht hübsch«, lobte er, ganz Fachmann, ganz Dramaturg. »Wie bist du darauf gekommen?«
Franziska war sofort bereit, über ihre Novelle zu sprechen. Sie hatte sie Jan zur Beurteilung gegeben und freute sich, daß er sie gelesen hatte.
»Ich kannte diese junge Frau«, antwortete sie, »wenn die Geschichte auch völlig anders verlaufen ist: eine Schauspielerin, die sich in einen Betrüger verliebt, der sie sitzen läßt. Daß sie ein Kind von ihm erwartete und er einige Zeit unser Direktor war, der uns andere auch sitzenließ und mit dem Geld verschwand, das nur nebenbei.«
»Was ist aus ihr geworden?« erkundigte sich Jan.
Nach einigem Zögern erwiderte Franziska: »Sie sprang aus dem Fenster. Aus dem einzigen Haus, das in ihrer Straße stehen geblieben war.«
Jan schien beeindruckt. »*Diese* Geschichte hättest du schreiben sollen!« sagte er.
Und sie: »Ich erfinde lieber meine eigenen Geschichten. Das Leben ist kein guter Dramaturg.«
»Da bin ich anderer Ansicht«, widersprach Jan. »Diese Novelle wirkt konstruiert. Überleg mal: Der alte Mann sitzt am Fenster.

Fliederhecke im Garten, Gewitter dazu, warum nicht, ist ein Effekt, na schön. Doch dann – ich habe es nicht mehr wörtlich im Kopf –, dann schreibst du: ›Plötzlich öffnete sich die Wolkenwand und heraus schwebte die weiße Taube der Erkenntnis.‹«
Er schwieg vorwurfsvoll.
»Ja und –?« Auf den Schluß war sie besonders stolz. Er war wirkungsvoll und symbolträchtig.
»Abgesehen davon«, fuhr Jan ohne Rücksicht auf ihr sensibles Dichtergemüt fort, »daß dieses komische Vieh klitschnaß werden würde, denn es regnet ja, wie du schreibst – woher weiß der alte Mann, daß es der Vogel der Erkenntnis ist? Und was, bitte schön, soll erkannt werden? Der Alte stirbt und der Leser denkt: ›Was, zum Teufel, ist denn nun passiert?!‹ Könntest du das bitte erklären?«
»Nun«, Franziska ereiferte sich, »der Professor fühlt sich schuldig. Er hat vieles falsch gemacht. Das erkennt er kurz vor seinem letzten Atemzug. Er denkt über seine Bewußtseinsgrenze hinaus, sein Sinn weitet sich, darum öffnet sich für ihn der Himmel.«
»Die Wolkenwand«, berichtigte Jan.
»Der Himmel hinter der Wolkenwand. Das wollte ich damit sagen.«
Jan zuckte verständnislos die Achseln. »Warum sagst du es dann nicht?«
Diese Unverschämtheit verschlug ihr die Sprache. »Das habe ich ja getan! Der intellektuelle Leser wird wissen, was der Autor meint.«
»Je nun, ich bin ein ganz durchschnittlicher Leser«, nun kam auch Jan in Fahrt. »Der Schriftsteller schreibt nicht nur für Intellektuelle. Wenn ich etwas lese, will ich es einfach gesagt bekommen. In klaren Worten! Das Pseudo-Tiefsinnige ist lächerlich. Vereinfache die Sache. Laß die komische Taube weg, erzähle den Kern der Geschichte, so schlicht es geht.«
»Du blockierst mein Talent«, empörte sie sich und sprang auf.
»Du hast mich nach meiner Meinung gefragt. Ich habe sie dir gesagt.«

»Das war Vernichtung, keine Kritik!«
Sie standen wie zwei Kampfhähne voreinander, merkten nicht, daß Lukas erschien, auf der Suche nach Franziska. Er blieb verdutzt stehen. Auf alles war er gefaßt gewesen: auf Tränenausbrüche, Vorwürfe, Bekenntnisse und eine dramatische Abschiedsszene. Nicht auf Krach.
Er schüttelte den Kopf, wie ein Vater, der seine Kinder bei einer Prügelei ertappt. »Kann man euch denn keine Minute allein lassen?«
Sie dämpften augenblicklich ihren Zorn, taten heiter, machten etwas verkrampft auf locker und alberten die kämpferische Stimmung hinweg. Hinter Luk erschien Rabea. Franziska entdeckte sie sofort. Sie nahm sich zusammen und sagte zu Jan, so nett sie konnte: »Danke für deinen Rat. Ich werde die Erzählung noch einmal schreiben. Ohne Taube.«
Er antwortete: »Ach, laß nur. Sie ist auch so recht gut. Ich bin zu kritisch gewesen, verzeih.«
»Nein, nein«, fast hätten sie sich erneut in den Haaren gelegen. Es klingelte zum zweitenmal. »Wir müssen gehen«, sagte sie zu ihm. »Das Konzert geht weiter.«
Es war, als stünden sie auf zwei verschiedenen Bahnsteigen und jeder wartete auf seinen Zug, der in die entgegengesetzte Richtung fuhr.
»Bei Gelegenheit gebe ich dir das Manuskript zurück. Ich könnte es ja beim Portier hinterlegen.«
»Tu das bitte.«
Jan ging zu Rabea, drehte sich nochmals nach Franziska um und sagte abschließend: »Denk' daran, was immer du schreibst oder auf der Bühne machst: Die höchste Kunst ist dann erreicht, wenn man nichts mehr weglassen kann.«
»Komm schon«, drängte Rabea, »wo bleibst du denn so lange?!«
Als sie verschwunden waren, meinte Lukas: »Weißt du, wie ich mir vorkomme? Als hätte ich einer Liebesszene beigewohnt.«
»Du hast eine seltsame Vorstellung von Liebe«, spöttelte Franziska.

»Ihr greift an, weil ihr so verwundbar seid!«
»Er greift an. Ich verteidige mich nur.«
Sie wollte in den Zuschauerraum, es klingelte das dritte Mal, doch Luk hatte noch etwas zu klären.
»Hör zu: Jan ist eine Rechnung, die nie aufgeht«, warnte er. »Ich kenne ihn länger als du, und doch überrascht er mich immer aufs neue.« Seine Stimme klang belegt und sehr eindringlich. »Ich liebe dich Franziska, das habe ich noch nie zu einer Frau gesagt. Ich bin nicht so schwierig, wie es aussieht«, er lächelte etwas befangen. »Wir kämen beide gut zurecht. Du könntest mich aus meiner Ecke holen, du hast den Schlüssel. Ist es so schlimm, mich auch ein wenig zu lieben?«
Er sah ganz entspannt aus, gar nicht mehr dämonisch.
Statt einer Antwort fragte Franziska: »Diese Rabea – was will er von ihr?«
»Er braucht sie«, antwortete Lukas. »Wie ich Lissy oder Trudchen oder sonstwen. Bei ihnen erholen wir uns von unserer Liebe.«
»Wenn Liebe Erholung braucht«, sagte Franziska, »dann sollte sie bleiben wo sie ist. Im letzten Winkel verkümmern.«
Das Orchester spielte längst. Zu spät, die Plätze einzunehmen. Es war das erste Konzert, das Franziska nicht bis zu Ende hörte. Lukas brachte sie heim. Vor der Haustür verabschiedeten sie sich.
»Laß mir Zeit, Luk, ich muß nachdenken.«
»Wie lange?«
»Sagen wir: bis zum Heiligen Abend.«
»Das ist in acht Tagen! Ich erwarte dich, bei mir.«
Franziska war einverstanden.
Nein, kein Kuß bitte, nur eine Umarmung zum Abschied, das Feuer war verschüttet. Zuviel Schmerz. Der mußte bewältigt werden.
Franziska weinte die ganze Nacht, ohne Pause. Am nächsten Morgen wußte sie, daß sie sich entschieden hatte, vorerst, für den wichtigsten Menschen ihres Lebens: für sich selbst.

Sie hörte auf zu weinen. Doch das machte die Sache nicht leichter.

Vorsicht, Glatteis!

Franziska lag auf dem Bett und las einen Brief von den Eltern. Der Vater wollte weg von dem kleinen Nest am Ende der Welt. Ein Bekannter arbeitete in Freiburg, im Schwarzwald, an der Sparkasse. Auch Viktor Buresch könnte dort anfangen, zwar nicht als Beamter, aber doch als Angestellter. Auch Onkel Georg sah eine Chance für sich und seine Familie.

Maria Buresch schrieb:

»So werden wir, wenn alles gutgeht, in Freiburg eine neue Heimat finden. Doch am liebsten, mein Kind, möchte ich zu Dir! So ein Leben am Theater ...«

Ein Fleck auf dem Papier zeigte, daß die Mutter beim Schreiben wieder geweint haben mußte, geweint um ihr vergeudetes Leben, wie sie es zu nennen pflegte.

Nun, so würden sie also nach Freiburg gehen, alle zusammen, und sich hoffentlich gut vertragen. Aber in diesem Punkt sah Franziska nicht sehr rosig, was die Zukunftspläne der Familie betraf. Doch es war ein neuer Anfang.

Am Heiligen Abend kam die Kälte. Ein frostklarer Tag, funkelnd wie ein Diamant. Das Sonnenlicht hatte etwas Gleißendes, Gewalttätiges, tat den Augen weh.

Franziska hatte das kleine Radio angestellt, es schepperte und klirrte, doch wenigstens kam Musik ins kleine Handtuchzimmer.

Jan hatte ihr das Manuskript der Erzählung zurückgegeben, hinterlegt beim Portier, wie angekündigt. Einige Zeilen lagen dabei:

»Laß die Taube drin«, hatte er geschrieben, »ändere nur den

Text. Alles knapper, kürzer, das wirkt ehrlicher. Quäle die Sprache nicht. Ach, Queck ...« den Spitznamen, abgeleitet von »Quecksilber« benutzte er nur in guten gemeinsamen Stunden, »wie wär's mit einem kleinen Gruß vom großen Kollegen Heine?« Es folgten zwei Verse, säuberlich geschrieben mit exakter Handschrift:

»Sie liebten sich beide, doch keiner
wollt es dem andern gestehn.
Sie sahen sich an so feindlich
und wollten vor Liebe vergehn.

Sie trennten sich endlich und sahn sich
nur noch zuweilen im Traum,
sie waren längst gestorben,
und wußten es selber kaum.«

Unter dem Gedicht stand: »Soll nichts bedeuten, nur: *wenn* du schreibst, dann schreibe *so*! Jan.«

Da saß sie nun mit diesem doppeldeutigen Brief. Typisch Jan: Mit einer Hand gab er, mit der anderen nahm er alles zurück. Schreiben wie Heine – wie zynisch, so was zu sagen! Schreiben wie Franziska Buresch, das würde genügen, doch mußte sie den Weg noch finden.

Ohne ihn?

Ja, ohne Jan.

Am liebsten wäre Franziska an diesem Abend allein geblieben. Keine Lust zu Luk zu gehen! Er setzte alle Hoffnungen auf Weihnachten.

Aus der Küche, wo Muttl Jentsch herumwirtschaftete, kamen würzige Düfte. Sie reizten den leeren Magen. Am späten Nachmittag klopfte die Wirtin an die Tür.

»Haben Sie denn gar nichts vor heute abend?«

»Ich glaube nein.«

»Kommt denn Herr Kupelius nicht oder Herr Rilke?«

»Nein.«

»Gehen Sie nicht hin?«

»Keine Lust.«
Muttl Jentsch betrachtete sie mitleidig. »So schlimm ist es?«
»Ich sollte mich heute entscheiden«, sagte sie und legte das Buch, in dem sie geschmökert hatte, beiseite. »Da Jan aber aus dem Rennen ist, möchte ich mich nicht mit Herrn Rilke ... Sie verstehen schon.«
Für Muttl Jentschs einfaches Gemüt war das alles viel zu kompliziert. Sie hatte ihren Mann kennengelernt, geheiratet, einen Sohn bekommen, und es gab andere Probleme. Wenn sie Sehnsucht bekam, nach irgend etwas Unbekanntem, dann setzte sie sich eben ans Klavier und spielte: »Du, du, du sollst der Kaiser meiner Seele sein ...« Danach war ihr dann wohler, als hätte sie etwas Verbotenes getan. Aber dieses Hin und Her, das verstand sie nicht. Sie bot Franziska an, mit ihrer Familie zu feiern, im Wohnzimmer stehe ein Baum, das alles sei sehr gemütlich. Man könne dann auch Weihnachtslieder gemeinsam singen.
Doch dazu verspürte Franziska keine Lust. Sie lehnte ebenso höflich wie konsequent ab.
»Na schön«, sagte Muttl Jentsch. »Dann darf ich Ihnen wenigstens einen Topf Kartoffelsuppe spendieren! Falls Sie Hunger bekommen, können Sie alles auffuttern.«
Hunger brauchte Franziska nicht erst zu bekommen, den hatte sie schon. Es schien ihr, als gähne dort, wo sich der Magen befand, ein Loch, das ständig gestopft sein wollte.
»Danke, Muttl Jentsch, sehr lieb von Ihnen!«
Als die Familie im Wohnzimmer feierte, lief Franziska immer wieder in die Küche. Der Topf besaß eine eigenartige Anziehungskraft. Sie lupfte den Deckel, schnupperte mit geschlossenen Augen, betrachtete sehnsüchtig das Würstchenpaar. Dann zündete sie die Gasflamme an und ließ die Suppe heiß werden. Die Sehnsucht nach Jan wurde stärker. Sie sah ihn vor sich, in seinem Zimmer, ganz dünn geworden vor Hunger und Elend, so wie sie ihn in den letzten Tagen gesehen hatte, bei schnellen Begegnungen, ohne Rabea.

Ohne Rabea?
Wohl nur ein Zufall, sicherlich. Sie war jetzt bei ihm, keine Frage. Nun, immerhin wartete Luk. Auch Lukas hatte Hunger, wenn auch nicht so sehr, denn als Intendant gab es für ihn die eine oder andere nahrhafte Beziehung. Das hatte er bereits angekündigt: Trudchen machte einen Gänsebraten. Fragte sich nur, ob Trudchen bereit war, das Schlemmermahl mit Franziska zu teilen, obwohl die Gans von Lukas besorgt worden war.
Franziska überlegte eine Weile. Dann zog sie den Mantel an, wickelte den heißen Topf in Zeitungspapier und machte sich auf den Weg zu dem Haus am anderen Ende der kleinen Stadt.
Die Kälte schnitt ihr ins Gesicht. Durch den viel zu dünnen Mantel – es war noch immer der Trachtenmantel aus der eingefärbten Decke – drang der Wind. Fest preßte Franziska den Topf an sich, genoß die Wärme an Händen und Magen.
Die Straße war spiegelglatt und vereist so daß Franziska nur ganz vorsichtig gehen konnte, langsam vorankam, ständig in Angst, sie könnte ausrutschen und den kostbaren Inhalt verschütten. Schritt für Schritt balancierte sie über den Marktplatz, auf dem der Lichterbaum stand, nur zaghaft beleuchtet, ein Weihnachtsbaum des Friedens.
Hinter den Fenstern brannten Kerzen. Lieder wehten heraus. Die Familien waren beisammen. Kein schönes Gefühl, am Heiligen Abend durch eine dunkle, vereiste Stadt zu stapfen, mit einem Topf Suppe vor dem Bauch, ohne zu wissen, zu wem man eigentlich geht.
Die Kirchturmuhr schlug acht. So spät schon. Die Ohren froren, die Nase war kaum noch zu spüren.
Da, das Haus, ein neuerer Bau, in der letzten Straße. Gegenüber nur Gärten. Franziska blieb stehen, sah hinauf. Im zweiten Stock brannte Licht, über die ganze Etage. Zwei Fenster links, da wohnte Luk. Zwei rechts: Jan. Der saß bestimmt mit Rabea beisammen. Oh, du Fröhliche . . .! Da konnte sie nicht hin. Was nun? Klingeln und den Topf vor die Tür stellen? Schnell weglaufen, zurück ins Handtuchzimmer?

Ihr Herz schlug bis zum Hals. Eine Frau kam angetrabt, mit rutschsicheren Gummigaloschen, sie hatte den Haustürschlüssel in der Hand und fragte: »Woll'n Se rein?!«
Franziska stieg zwei Treppen hinauf, redete sich Mut zu. War Weihnachten nicht ein Fest, an dem man sich versöhnen sollte? Im letzten Augenblick hatte sie eine Idee: sie sollten alle zusammen feiern, als Freunde, als Kollegen: Jan, Lukas und Franziska. Sollte Rabea da sein, nun gut, dann eben auch sie. Zu essen gab es jetzt genug: Gänsebraten und Kartoffelsuppe. Die Würstchen konnten geviertelt werden.
Mit festen Schritten stieg sie die letzten Stufen hoch, holte tief Luft, betrachtete die Klingelschilder – da öffnete sich die Tür auf der rechten Seite. Luk! Ganz in Schwarz, Rollkragenpullover bis zum Kinn.
»Ich habe dich kommen sehen«, er sah unbeschwert aus, ohne die innere Spannung, die ihm sonst deutlich anzumerken war. In dem Augenblick öffnete sich die Tür auf der anderen Seite. Nein, sie wurde aufgerissen! Jan stand vor ihr, feingemacht, mit seinem feierlichsten Gesicht, als sei ihm soeben das liebe Christkind höchstpersönlich erschienen.
»Willkommen«, er streckte ihr beide Arme entgegen und zog sie in die Wohnung. Ehe er die Tür schloß, rief er munter: »Frohe Weihnachten, Luk!«
Franziska machte zwei Schritte, ganz behutsam, als beträte sie einen Traum. Wohlige Wärme umfing sie. Auf einem kleinen Weihnachtsbaum brannten Kerzen. Er stand auf dem Tisch und war liebevoll dekoriert. Darunter eine Schale mit Zuckerzeug und Nüssen.
Es war wie ein Heimkommen nach einer Expedition vom Nordpol.
Jan nahm sie in die Arme, sagte leise: »Ich wußte, daß du kommen würdest«, schob sie zurück und fragte: »Was hast du denn da unter dem Mantel?«
»Kartoffelsuppe, von Muttl Jentsch.«
Sie aßen, legten immer wieder den Löffel in den Teller, sahen

sich an, schüttelten verwundert den Kopf, lachten verlegen. Wenn Glück ein Gesicht hatte, dann sah es so aus. Nur so. Dennoch einige Schatten.
»Wo ist Rabea?«
»Ich habe sie weggeschickt, es ist vorbei. Was soll sie mit mir, was ich mit ihr? Es war eine Notlösung, weil ich so ...«
Sie legte die Hand auf seinen Arm, er schwieg sofort.
»Wenn sie aber verzweifelt ist, wenn sie dich liebt, wenn sie mit dir ...«
Auch er legte die Hand auf ihren Arm, auch sie schwieg sofort.
»Und Lukas?« fragte er.
Sie zuckte die Achseln, fühlte sich schuldig, fragte: »Wollen wir ihn bitten, herüberzukommen?«
»Du glaubst, er käme?« Jan schüttelte den Kopf. »Du hast ihn stehen lassen, wie – wie ...«
»Wie du Rabea.«
Sie knackten Nüsse auf, schälten sie, einer für den anderen, knabberten und seufzten.
»Immer muß man jemandem weh tun«, sagte Franziska. »Immer ist einer der Betrogene. Es gibt ein Bild, ich habe es in Dresden gesehen: zwei Menschen umarmen sich, ein dritter steht abseits und schreit.«
Von nebenan hörten sie Stimmen. Lautes Lachen. Kinder jubelten.
»Siehst du«, meinte Jan, »Lukas schreit nicht. Er feiert Weihnachten mit Trudchen und ihren Kindern.«
Sie fielen sich endlich in die Arme, lachend und auch ein wenig weinend, glücklich, daß alles überstanden war.

Butterkönig und Menschenfreund

Gitta, der nicht mehr taufrische Operettenstar, heiratete den Kapellmeister und zog in sein Haus. Ihre Wohnung, zwei große möblierte Zimmer in einer alten, behäbigen Villa, wurde frei. Jan mietete sie, und Franziska verabschiedete sich mit Tränen in den Augen von Muttl Jentsch und Walterchen.

»Sie wollen also wirklich mit Herrn Kupelius zusammenziehen?« fragte die Wirtin.

»Wir versuchen es«, antwortete Franziska. »Wenn es gutgeht, bleiben wir zusammen. Auch in Greifswald.«

»Ist das schon fest?«

»Wir haben die Verträge schon. Im Juni fängt das Engagement an. Sommertheater, bis zum Beginn der Spielzeit. Dann macht Großmann eine große Inszenierung mit uns: ›Der Schatten‹, von J. Schwarz. Ein russisches Stück, nach einem Märchen. Wir freuen uns sehr.«

Walterchen umkreiste sie, er war in den letzten Monaten gewachsen, überragte sie um einen Kopf, zupfte an ihr herum wie an einem Museumsstück. »Schade«, sagte er immer wieder, »schade, schade.«

»Wir werden Euch besuchen«, versprach Franziska. »Ach, Muttl Jentsch, wenn Ihre Kartoffelsuppe nicht gewesen wäre –!«

Noch eine letzte Umarmung, dann nahm sie ihren Koffer und den Rucksack und ging.

Mit Jan zu leben, war Leben ohne Pause.

Sie arbeiteten gemeinsam an Texten und Rollen, sie lachten und stritten sich, sagten sich unverblümt die Meinung. Wenn Franziska am Klavier saß und spielte, während Jan am Schreibtisch arbeitete, konnte es geschehen, daß er aufsprang, sie auf den Nacken küßte und sagte: »Ich bin sehr glücklich mit dir!« Wenn sie sich umdrehte, um darauf einzugehen, saß er bereits wieder am Tisch und tat, als sei nichts geschehen.

Leben mit Überraschungen. Mit Kameradschaftlichkeit, Fröhlichkeit, Zärtlichkeit.
»Komm ins Bett!«
»Schäm dich, du Mini-Casanova!«
»Nur zuhören!«
Im Radio spielte die Rhapsodie in Blue. Franziska lernte Gershwin kennen und war begeistert. Sie lagen nebeneinander und lauschten. Oder sie hörten den Prager Frühling. Smetana: »Mein Vaterland«, den ganzen Zyklus. Dann dachte Franziska an das Land, in dem sie geboren war, an die Himmelschlüsselwiesen und die blühenden Bäume im Elbtal. Immer wieder kamen ihr diese Bilder vor Augen, ein heftiges Heimweh packte sie, dann erzählte sie Jan davon, er hörte zu, gerührt sagte er: »Wir werden hinfahren, bald. Oder als alte Leute, wackelköpfig. ›Hier‹, wirst du sagen, ›habe ich meinen ersten Kuß bekommen.‹«
»Das werde ich dir nicht auf die Nase binden! Ist ja auch schon längst Vergangenheit.«
»Vergangenheit«, sagte Jan, »ist nur eine leiser und dunkler gewordene Art von Gegenwart.« Als sie antworten wollte, hielt er ihr den Mund zu, ganz sanft. »Hör mal, dieses Motiv ...«
Immer wieder Musik.
Im Februar fuhr Jan nach Berlin – und kam wieder als »Geschiedener«. Das wurde gefeiert. Die Trennung von Irmgard war schnell und fair über die Runden gegangen.
Und Lukas?
Lukas hatte viel zu tun: als Intendant, als Schauspieler, als Regisseur. Die Partei schickte ihn zu einem vierwöchigen Lehrgang, einer »Schulung«, damit aus ihm ein zuverlässiger Genosse werde. Ansonsten gingen sie sich aus dem Weg. Die Freundschaft mit Jan, so sehr Franziska sich auch bemühte, den Riß zu kitten, die wurde nichts mehr, blieb in Ansätzen stecken.
Nur ab und zu, wenn er und Franziska sich trafen, sahen sie sich an wie elektrisiert. Ganz ausgestanden war die Sache nicht.

Susi Faßler, Franziskas Konkurrentin auf der Bühne, hatte Platte, den König, verlassen. Die langbeinige, wunderhübsche Susi war einem jungen Mann begegnet, einem Metallarbeiter, der aussah wie aus einem Stück von Brecht. Er hatte sich in sie verliebt, als sie auf der Bühne stand, war immer wieder in dasselbe Stück gegangen, sprach sie an und auch bei ihr funkte es. Von Stund' an veränderte sie ihr Äußeres: einfache, dunkle Kleider, Haare aus der Stirn, Kopftuch umgebunden wie eine Kolchosenbäuerin. Der stolze Schwan verwandelte sich in ein häßliches Entlein, heiratete seinen Schatz und verließ das Theater. König Platte hatte das Nachsehen. Und Franziska ließ ihrer Schadenfreude freien Lauf. Eine Geschichte, wie geschaffen für ein Land, das vom Kommunismus regiert wurde.
»Vorbildlich, in der Tat«, lobt Jan, der Spötter. »Man sollte ein Stück daraus machen.«

Jochi brach langsam die Zelte ab, um nach Greifswald zu gehen, schon im Mai. Doch solange er noch im Theater herumwirbelte, kamen sie aus dem Feiern nicht heraus.
»Heute abend bei Guido«, sagte er nach der allerletzten Probe zu Jan und Franziska. »Er läßt heute nacht eine Orgie steigen, ich soll euch mitbringen.«
Sie waren noch nie bei Guido gewesen. Hatten aber schon viel von ihm gehört. Guido (»Schido«) war eine stadtbekannte Persönlichkeit. In seinem noblen Haus befand sich ein Lager von Lebensmitteln, von denen jeder nur träumen konnte. Guido, ein Schieber größten Formats, wurde allgemein »der Butterkönig« genannt. Keiner konnte ihm an den Wagen fahren. Al Capone von Glauchau.
Viele Kollegen waren gekommen, und die Tänzerinnen, natürlich schwirrte auch Rabea herum, von Guido seit einiger Zeit als Favoritin auserwählt.
Riesiges Büfett, Kaviar und Champagner in Mengen. Jeder durfte sich bedienen, doch Guido war noch nicht aufgetaucht. Jan sah sich die Szene an, hatte die Augen überall, betrachtete

die Gemälde an den Wänden, die Kunstgegenstände, faßte mit seinen schmalen Fingern an die Brille und sagte: »Großartig gemacht. Das Stück möchte ich inszenieren!«
»Warte erst mal auf den Hauptdarsteller«, warnte Franziska.
Endlich erschien Guido. Ein Aufjauchzen begrüßte ihn. Einige Mädchen flogen ihm in die Arme. Er war ein kleiner, rundlicher, älterer Mann mit einer Vollglatze, die den Charme einer frisch polierten Billardkugel ausstrahlte.
»Da seid ihr ja, meine Kinder!« Der Auftritt erfolgte mit Weltumfassungsgeste. »Nun macht's euch mal hübsch gemütlich, stärkt euch, das soll eine tolle Nacht werden!«
Der Butterkönig war ein Menschenfreund. Vor allem, was seine Güte den weiblichen Wesen gegenüber betraf. Er schob die Mädchen beiseite und marschierte schnurstracks auf Franziska zu. Die war neu in der Runde. Die kannte er von der Bühne. Die fand er »niedlisch«, mit ihr wollte er in den Keller.
»In den Keller?« Franziska sah Jan fassungslos an. »Wenn der ein Bett im Keller hat, mit rotem Baldachin und einem großen Spiegel ...«
»Geh nur«, Jan nickte ihr aufmunternd zu. Eifersüchtig war er nicht. Er sah sich soeben konfrontiert mit einer Anzahl appetitlicher Ölsardinenbrötchen und ging langsam zu den Schinkensemmeln über. »Wenn was ist, schrei!«
Guido lachte gutmütig. »Ich du ihr doch nischt«, tröstete er und ging vor ihr eine breite Freitreppe hinab, die in einen unterirdischen Saal führte, der als »Keller« bezeichnet wurde. Regale vom Boden bis zur Decke, und die waren alle, alle vollgestopft mit Büchsen, Gläsern, Flaschen, Würsten, Butter und Kaffee.
Zwei Tänzerinnen kamen nach, eine davon war Rabea. Sie kicherten und nahmen Franziska in die Mitte. Rabea sah nun nicht mehr aus wie ein Double. Sie trug ihr langes, schwarzes Haar offen, glich eher der Carmen auf einer Provinzbühne, sehr schön, mit dem vollen Mund und den schweren Augenlidern. Sie hatte sich längst getröstet mit einem schmucken Jungen vom Chor, der viel besser aussah als Jan und sie nicht

mit für sie unverständlichen Redensarten und Bonmots attakkierte.
»Sag ihm nur, was du möchtest«, flüsterte ihr Rabea zu. »Der rückt mit allem raus, jetzt ist er in Stimmung, geht schnell vorbei...«
Sie standen vor den Senfgurken. Wie tote Quallen lagen sie in den Gläsern. Guido nahm einen Korb mit Henkel und räumte etliche Gläser Senfgurken hinein. »Die nimmste mit«, ordnete er an, legte noch Kaviar und Butter dazu. Auch etliche Tafeln Schokolade und Sekt.
Wie Rotkäppchen erschien Franziska im Wohnzimmer, mit dem Korb am Arm und dem bösen Wolf Guido an der Seite. Er glänzte rundum vor Stolz – und er schwitzte mörderisch.
»Nu sagt selber«, rief er, »is das Leben nich schön? Wir können essen, wir können trinken, wir können lieben soviel wir wollen!«
»Mit letzterem dürfte er Schwierigkeiten bekommen«, sagte Franziska leise zu Jan, stellte den Korb neben ihren Sessel und setzte sich.
Jan lachte, verzichtete auf jeden Funkenflug von Witz, gähnte und meinte: »Ich kann's nicht ändern, solche Abende ermüden mich!« Worauf er so tat, als schliefe er ein.
»He, Kupelius!« Guido tat alles, um Jan zum Wachwerden zu ermuntern. »Nu guck doch mal, die vielen schönen Mädchen!« Er winkte zwei Tänzerinnen heran und spazierte mit ihnen hin und her, wie in einer Tanzrevue. Dann klatschte er in die Hände und rief: »Zieht euch aus, Mädels!«
»Ich wußte, daß das wieder kommen würde«, stöhnte Jochi. Er war schlechter Laune, denn er vermißte seine Edith. Die hatte ein Gastspiel in Zwickau, und sie dachte nicht daran, mit ihm nach Greifswald zu gehen. Edith sah aus wie eine flotte Französin, pikant und äußerst anziehend, doch blieb sie die geborene Glauchauerin. Norddeutschland war Ausland für sie. Eine Trennung stand bevor, was Jochi – wenigstens an diesem Abend – in den Suff trieb.

Musik erklang. Plattenspieler mit Lautsprechern, es hörte sich an, als hätte Guido das Orchester hinter den Wänden versteckt.
Rabea trat auf, tanzte, begann sich zu entkleiden. Sehr anmutig, sehr exotisch und erotisch, behielt nur den Slip an. Schöner, praller Busen. Jan wurde für einige Augenblicke etwas munterer, hob den Kopf und betrachtete das Dargebotene mit sachverständigen Blicken.
Dann tanzte die rothaarige Regina, doch sie behielt zum Schluß den BH an, was Protest auslöste.
»Jetzt du!« Guidos Finger deuteten auf Franziska. Sie hielt ein Sektglas in der Hand und erschrak so sehr, daß der Inhalt überschwappte.
»Ja, die Franzi«, stimmte Jochi zu und machte sinnliche Augen.
Franziska schaute auf Jan.
Der grinste. »Wie du willst«, sagte er nur. Mehr nicht.
Das ärgerte sie. Zwar ließ sie sich ihre Freiheit nicht einschränken, auch nicht von Jan, doch in diesem Falle hätte ein gütiges Kopfschütteln genügt, dann wäre sie aus dem Schneider gewesen. Jan aber dachte nicht daran.
Sie stand auf. Die anderen klatschten. Inzwischen waren noch andere Gäste eingetroffen, sogenannte Geschäftspartner Guidos, meist ältere Jahrgänge, die ihre abflauende Potenz offensichtlich aufwerten wollten, in der Hoffnung, zu retten was zu retten war.
»Na schön. Ein paar Minuten Geduld.«
Franziska verschwand ins Eßzimmer und überlegte.
»Was hätt'ste denn gern für 'ne Musik?« rief Guido.
»Jan soll sagen«, rief sie zurück.
Mal sehen, was er sich einfallen lassen würde. Natürlich kam es darauf an, was für Plattenrepertoire zur Verfügung stand.
»Oh«, hörte sie Jan ausrufen, »paßt haargenau!«
»Ach das«, sagte Guido abfällig. »Hat mal so 'ne verrückte Tante dagelassen. Ist nichts Flottes.«
»Paßt ausgezeichnet«, Jan rief: »Gib acht, Queck, es geht los!«

Seltsame Musik! Sie lauschte: Richard Strauss zweifellos. Aus einer Oper – was war das? »Salome«, richtig: Tanz der sieben Schleier.
Gute Idee, wenigstens kein oberflächliches Gedudel. Auf einem unbenutzten Tisch in der Ecke lag eine Spitzendecke in abenteuerlichem Lila.
Franziska, in schnellem Aus- und Ankleiden geübt (denn zwischen den Auftritten blieb meist nur wenig Zeit!), stieg aus dem Kleid und drapierte die Decke um ihren Körper – ein Spiegel fehlte! –, doch mit einem geschickten Griff konnte sie das Ganze halten. Schuhe aus, Haare auflockern, Schultern nackt bis zum Brustansatz, Rücken nackt bis zum Po.
Jetzt raus.
Gedämpftes Licht.
»Ah«, ein Raunen, Jans freudiger Begrüßungsruf.
Franziska tanzte. Improvisieren hatte sie in der Theaterschule gelernt, das konnte sie, es war ein Vergnügen, nach dieser Musik zu tanzen. Mit einer Enthüllung wurde es natürlich nichts, doch durch einige gekonnte Raffungen des Spitzenfummels gab es ab und zu ein schnelles Aufblitzen diskreter Stellen, mehr geahnt als tatsächlich sichtbar.
Anhaltender Applaus. Als sie umgezogen zurückkam, sah Jan ihr verliebt entgegen. Nicht ohne Stolz. Guido starrte sie an, ging auf sie zu, zerfloß in einem Handkuß und sagte: »Menschenskinder, das war ja viel aufregender als nackt!«
Nun brach eine heftige Debatte unter den anwesenden Männern aus, weshalb eine geheimnisvoll verhüllte Frau viel erotischer wirke als eine nackte. Rabea protestierte. Sie meinte: in Afrika tanzten die Negerinnen auch völlig nackt und es gebe doch eine hohe Geburtenziffer! Diese Bemerkung löste hellen Jubel aus. Es klang ein wenig aufgeschnappt, was Rabea da von sich gab, doch wirkte die Naivität, mit der sie es hervorbrachte, recht anziehend. Franziska konnte Jans Interesse für das Mädchen sogar verstehen.
Guido lief auf Hochtouren. Er wollte mit Franziska unbedingt

nochmals in den Keller, doch sie hatte keine Lust. Es war spät. Sie wollte nach Hause.
Der stumpfe Guido aber war scharf geworden. Nun bearbeitete er Jan.
»Laß sie mir ab«, bettelte er, »nur für eine Stunde, bitte.« Es war wie auf dem Sklavenmarkt. »Ich zahle dir, was du willst!«
Jan nickte dem Glatzkopf freundlich zu, legte den Arm um Franziska, sie kuschelte sich hinein und dann sagte er: »Diese Frau kann mir keiner abkaufen. Eine so hohe Summe gibt es gar nicht. Und überhaupt –!«
Sie gingen. Der Morgen war schon angebrochen, die Luft sanft wie ein Gruß vom Frühling.
So ins Morgenrot zu gehen …
»Danke, Jan.«
»Wofür?«
»Für dein Vertrauen. Hoffentlich verdiene ich es.«
»Du wirst mich doch nicht mit Guido betrügen?« witzelte er.
»Guido ist ein Menschenfreund, auf seine Weise«, überlegte Franziska. »Wie aus einer Posse von Raimund oder Nestroy. Was tun solche Leute, wenn die Zeit sich normalisiert?«
»Eine normale Zeit gibt es nicht«, versetzte Jan. »Manchmal verstellt sie sich nur und tut so als ob –! Ein Platz für Butterkönige und Menschenfreunde findet sich daher immer. Wackelt ihr Thron, klettern sie auf den nächsten. Steigbügelhalter gibt es eine Menge. Sie sind bestechlich, vor allem, wenn der Hunger umgeht. Ach herrje!« Er schlug sich an den Kopf. »Wir haben den Korb stehenlassen!«
»Schade um die schönen Sachen«, bedauerte Franziska. »Kaviar, Sekt, Speck, Schinken und – die Senfgurken!«
»Die Senfgurken!« Jan brach fast zusammen und behauptete, eine Schwäche für tote Quallen zu haben, und es sei ein Elend, eine vergeßliche Frau zu lieben!
Erst als sie nebeneinander im Bett lagen, um den versäumten Schlaf nachzuholen, gestand Franziska: »Ich habe den Korb gar nicht vergessen. Ich wollte ihn bloß nicht haben.«

»Was?!« Er fuhr auf, tat wütend, klagte sein Leid der Zimmerdecke, legte sich hin, nahm Franziska in den Arm und flüsterte ihr ins Ohr: »Ich habe ihn übrigens auch nicht vergessen.«

Sterntaler

Lukas war von der Schulung zurückgekommen und hatte sich, was seine Einstellung zur Partei betraf, ziemlich verändert. Als hätte er eine Gehirnwäsche hinter sich. Aus dem intellektuellen Marxisten war ein praktizierender Genosse geworden.

»Die einzige Möglichkeit, ein Volk glücklich zu machen, ist ein Arbeiter- und Bauernstaat«, predigte er bei Versammlungen, die regelmäßig stattfanden und an denen alle Mitglieder des Theaters teilzunehmen hatten. »Der höchste Sinn des künstlerischen Schaffens liegt in dem Nutzen für das Volk. Am Aufbau des Kommunismus teilzunehmen, ist die heiligste Pflicht jedes fortschrittlichen Künstlers.«

»Das hieße die Kunst mißbrauchen – als propagandistisches Mittel für eine Partei, die wir nicht gewählt haben!« Jan war sein eifrigster Widersacher, doch es hatte keinen Sinn mehr, mit Lukas zu diskutieren, nicht über dieses Thema. Sie lieferten sich heiße Wortgefechte und es schien, als spräche jeder eine andere Sprache. Als Jan während einer Versammlung den Kommunismus, so, wie er sich darbot, mit dem Nationalsozialismus verglich, war es aus. Es gab fast eine Revolte. Die Genossen und Gewerkschaftsleute wiesen Jan aus dem Saal. Franziska schloß sich an, auch noch andere Kollegen gingen mit ihm.

Als sie sich allein begegneten, sprach Luk ein ernstes Wort mit Franziska. »Wenn du Einfluß auf Jan hast, dann halte ihn davor zurück, unprofilierte Dinge zu sagen, die ihm schaden könnten.«

»Er sagt seine Meinung. Ist es schon wieder soweit, daß keiner mehr seine eigene Meinung sagen darf?«
»Wir müssen umdenken«, redete Lukas auf sie ein. »Alles wird sich ändern. Jeder muß wissen, wo er steht.«
»Wer sagt das – die Partei?«
»Die Vernunft. Der Kapitalismus ist unser Feind. Er beutet das Volk aus. Er muß vernichtet werden. Jeder muß kämpfen.«
Während er sprach, betrachtete Franziska ihn mit ungläubigem Staunen. Was er sagte, paßte nicht zu ihm: dem Grübler, dem verhaltenen Denker, dem leisen Philosophen. Was für hochtrabende Parolen, so abgedroschen, so großmäulig, so eingebläut!
»Weißt du«, sagte sie, »ich traue keinem ›Ismus‹ und ich werde mich hüten, den einen mit dem anderen zu bekämpfen.«
»Es gibt Unterschiede«, warf er ein.
»Nicht für mich. Ich habe mich nicht manipulieren lassen, als ich fünfzehn war. Warum sollte ich es heute tun? Viele denken da wie ich.«
»Ihr könnt nicht entkommen«, warnte Luk. »Ihr müßt, wie alle anderen, Farbe bekennen.«
»Und die muß unbedingt rot sein? Nein, Luk, ich lasse mir nicht vorschreiben, wofür ich zu kämpfen habe. Und warum, bitte schön, muß überhaupt gekämpft werden?«
»Du hast nichts begriffen«, meinte er bekümmert.
»Ich hoffe, ich habe vieles begriffen. Die Zeit ist ein guter Lehrmeister. Woher nehmen gewisse Leute das Recht, für ein ganzes Volk denken zu wollen? Das ist Entmündigung.«
»Das ist Weitsicht. Du kannst nicht ausweichen.«
»Ich kann es bestimmt, und Jan auch.«
»Dann werdet ihr scheitern. Es wäre ratsam, gleich einen Strick zu nehmen!«
»So gefährlich ist Eure Sache?« Sie zuckte die Achseln. »Wir werden auch das überleben. Darauf sind wir trainiert.« Dann reichte sie ihm die Hand. »Ich wünsche dir alles Gute, Genosse Intendant. Du hast sicher eine steile Karriere vor dir.«
»Schade«, sagte er traurig, nahm ihre Hand und drückte einen

Kuß darauf, was ganz bestimmt nicht im Sinne Stalins war. »Ich hätte dich so gern an meiner Seite gehabt.«
»Hand in Hand mit mir, gegen den Kapitalismus«, sie konnte sich die Ironie nicht verkneifen. »Ein erhebender Gedanke!«
Sie verließ ihn und ihr war zumute, als müsse sie gleich in Tränen ausbrechen.

Am 18. Juni luden sie ihr Gepäck auf einen Karren und fuhren damit zum Bahnhof. Die kleine Stadt badete im Sonnenschein. Jan schob den Karren, Franziska ging, beladen mit Taschen, auf dem Gehsteig. Einige Kollegen erwarteten sie vor dem Theater: der große Arno, die kleine Isolde, der dicke Mang und Schorschi Buhler, dem der Abschied besonders nahe ging. Alle wollten sie mit zum Bahnhof.
»Grüßt Jochi«, baten sie. »Und schöne Tage in Berlin!«
»Adieu, Adieu«, sie winkten, solange sie sich sahen, »Hals- und Beinbruch für alles!«
Jan und Franziska saßen sich gegenüber, aufatmend, vom vielen Abschiednehmen etwas wehmütig, doch auch sehr glücklich. Sie freuten sich auf Berlin: In der Staatsoper den »Rosenkavalier« sehen! Ein Traum sollte Wirklichkeit werden.
Sechshundert Mark hatten sie gespart! Sie fühlten sich wie Krösus höchstpersönlich. Um die kleine Gage etwas anzureichern, hatte Franziska an anderen Theatern gastiert und Jan Inszenierungen übernommen für zusätzliches Geld. Während der Fahrt schmiedeten sie Pläne. Sie wollten Jans Eltern in Grünau besuchen. Sich das politische Kabarett »Schwarzer Jahrmarkt« ansehen, das so viel von sich reden machte. Sie wollten im westlichen Teil der Stadt wohnen und Restaurants ausfindig machen, in denen es besseres Essen gab als in der Kantine des Stadttheaters.
Franziska glühte vor Erwartungsfreude. Als sie vierzehn war, hatten die Eltern mit ihr eine Fahrt nach Berlin gemacht. In einer preiswerten Pension gegenüber des Anhalter Bahnhofs übernachteten sie. In einem Café ›Unter den Linden‹ aßen sie

Torte. In der Friedrichstraße kauften sie Ansichtskarten. Mit der Droschke fuhren sie zum Kurfürstendamm, bummelten zum Nollendorfplatz und sahen ein überwältigendes Programm in der weltberühmten »Scala«. Sie besuchten Potsdam und das Schloß Sanssouci. »Siehst du«, hatte der Vater nicht ohne Stolz gesagt, »nun kennst du Berlin!«
Alles lag in Trümmern, darauf hatte Jan sie vorbereitet. Doch an Ruinen war sie gewöhnt. Die schreckten sie nicht mehr.
Der Zug war ziemlich leer, an diesem Tag fuhren nur wenige Leute nach Berlin. Ein Mann trat ins Abteil, er schien sehr aufgeregt, nickte ihnen zu und fragte: »Wissen Sie es schon?«
»Was denn?«
»Soeben haben es die Militärregierungen im Radio verkündet: Die Währungsreform ist in Kraft getreten!«
Von einer Währungsreform war schon lange die Rede gewesen. Die entwertete Reichsmark sollte irgendwann umgetauscht werden, das hatte ihnen natürlich einige Sorge bereitet. Doch Jan war von einer Angestellten der Bank beruhigt worden: Vorerst keine Gefahr. Nicht für die nächsten Wochen.
»Was bedeutet das?« erkundigte sich Franziska besorgt. »Eine Währungsreform? Wie wird die Währung reformiert?«
»Es wird neues Geld geben, schon morgen. Wenn Sie Glück haben, kriegen Sie noch ein paar alte Scheine los, aber nur zum Wert von 1:10!« Der Mann tupfte sich die Schweißperlen von der Stirn und ging weiter, um die Hiobsbotschaft zu verkünden.
»Dann haben wir nicht mehr sechshundert, sondern nur noch sechzig Mark in der Tasche«, rief Franziska.
Jan blieb gefaßt. »Abwarten«, beschwichtigte er sie. »Es wird nichts so heiß gegessen wie … na, du weißt schon!«
Sie nahmen sich fest vor, obenauf zu bleiben. Ankunft: Anhalter Bahnhof. Er sah nicht besser aus als der Hauptbahnhof in Dresden. Mit der U-Bahn fuhren sie zum Wittenbergplatz, suchten, da es schon spät war, ein Zimmer in der Nähe. Passauer Straße, gleich hinter dem KaDeWe standen noch drei Häuser.

»Pension«, lasen sie auf einem schwarzglänzenden Schild, das schon bessere Zeiten gesehen hatte.
Im ersten Stock öffnete ihnen eine Frau mittleren Alters. Sie hieß Sanders und war stark geschminkt: ein Doppelzimmer, aber ja. Was für Zeiten, nicht wahr?! Haben Sie auch Geld? Zwanzig Mark pro Person, für drei Nächte wären das einhundertzwanzig Mark.
Jan zog die Brieftasche, hielt die Scheine hin. Frau Sanders starrte sie an, als zeige er ihr eine Kobra.
»Ach, wissen Sie«, überlegte sie, »wenn das Geld morgen nichts mehr gilt, habe ich auch nichts davon. Sie bekommen pro Kopf vierzig Mark Umtausch, ich will nicht so sein. Passen Sie auf: Geben Sie mir für beide achtzig Mark in der neuen Währung und Sie können bleiben.«
Am nächsten Morgen, in aller Frühe, fuhren sie in die sowjetisch besetzte Zone, um ihr »Kopfgeld« zu bekommen. Vor den Banken Menschenschlangen, sie zogen sich durch die Straßen, sahen aus wie ein riesiges Ungeheuer, das nicht vorwärtskam. Endlich waren sie an der Reihe.
»Ihren Lebensmittelabschnitt?«
Sie sahen sich an.
»Wir sind auf der Durchreise«, erklärte Jan.
»Und?«
»Das heißt, wir haben nur Reisemarken«, Franziska legte zwei Bogen aneinandergezahnter Marken hin.
»Da gibt es keinen Abschnitt.«
Die Leute hinter ihnen wurden ungeduldig, schimpften: rücksichtslos so was – wenn alle so lange brauchten! Die Frau hinter dem Schalter zuckte die Achseln.
»Ich muß Ihren Abschnitt haben, um ihn zu stempeln«, sagte sie. »Sonst könnte ja jeder das Geld tauschen, so oft er will. Das sehen Sie doch ein, oder?«
Auf Reisen bekam keiner auch nur ein Stäubchen Zucker auf die herkömmlichen Lebensmittelmarken, die galten nur für den Wohnort. Darum wurden Reisemarken ausgestellt.

»Es muß doch aber eine Regelung geben, die ...«
»Tut mir leid«, versetzte die Frau.
Sie wurden weggedrängt, liefen zur nächsten Bank – umsonst. Die Stunden vergingen, die Beine taten weh vom vielen Laufen und langen Anstehen. Was nun?
Die Künstlergewerkschaft! Wo war die? Beim Schlesischen Bahnhof. Schnell in die Straßenbahn und hingezuckelt. Die Schlange dort war nicht ganz so lang, sie wurden sogar äußerst höflich empfangen, saßen in tiefen, bequemen Sesseln, atmeten auf, ein äußerst liebenswürdiger Kollege, ehemaliger Magier, nun Gewerkschaftler, zuständig für »in Not geratene Künstler«, hörte ihnen geduldig zu. Mißverstand zunächst.
»Ihr habt also kein Engagement und wollt ...«
Abwechselnd erklärten Jan und Franziska die Lage.
»Ach soooo«, der Ex-Magier dachte nach, blätterte in Unterlagen, telefonierte, schüttelte den Kopf, seufzte mitfühlend und verkündete: »Tja also – es gibt keine Regelung für Durchreisende. Da kann ich nicht helfen, Kollegen!«
»Aber wir sind doch sicher nicht die einzigen auf der Durchreise«, wandte Jan ein. »Es werden doch auch noch andere mit Reisemarken unterwegs sein!«
»Bisher seid ihr die ersten«, antwortete der Gewerkschaftsmensch. Er betrachtete sie mitleidig, sein Ton wurde noch vertraulicher: »Seht mal, daß es eine Währungsreform gibt, ist doch schon lange im Gespräch. Das war täglich zu erwarten. So sicher wie – wie das Erdbeben in San Franzisko.«
»Soll das heißen, daß keiner mehr nach San Franzisko fährt, wegen des Erdbebens?« erkundigte sich Jan.
»Das nicht, aber er muß mit einem Risiko rechnen.«
Sie wollten ihr Geld umgetauscht bekommen – und nun sprachen sie über San Franzisko. Nicht zu fassen!
»Ich will damit sagen«, fuhr der Herr Magier fort, »daß man in solchen Zeiten seine Heimat nicht verläßt. Und wenn, sollte man schnellstens zum Zielort reisen. Warum seid ihr hiergeblieben, wo es brodelt wie auf einem Vulkan?«

Sollten sie ihm sagen, weshalb: daß sie den »Rosenkavalier« sehen wollten, vor allem den, aber auch den Schwarzen Jahrmarkt? Er hätte sie für verrückt erklärt. Gab es nicht andere Probleme, als sich geheime Wünsche zu erfüllen? Unverrichteter Dinge verließen sie das Gewerkschaftshaus.
Inzwischen war es fast Abend geworden. Mit letzter Kraft schleppten sie sich die Treppen zur Pension hinauf. Jan hielt einen Stoß Zeitungen unter dem Arm, die er am Kiosk gekauft hatte. Der Teufel war los! Ein Kalter Krieg begann: Westzone gegen Ostzone. Die einen sperrten den anderen den Strom ab, diese revanchierten sich, indem sie das Wasserwerk dichtmachten. Das »Neue Deutschland« schrieb von einem tückischen Schachzug der Westmächte, der eine totale Trennung des Landes nach sich ziehen wird. Es wurde gezetert, geschimpft und gedroht.
Franziska hielt sich die Ohren zu, während Jan vorlas.
»Hör auf, ich kann es nicht mehr hören! Es reicht schon, daß man diese Schikanen ertragen muß.« Menschen in einem Land, die sich aufführten wie Vandalen. Erdrückt von zwei Großmächten, die sie manipulierten wie Marionetten. »Wir sind wieder mal mitten in die Turbulenzen geraten«, sie warf sich aufs Bett und wäre am liebsten nie wieder aufgestanden.
Jan setzte sich zu ihr und dachte nach. Nach einer Weile meinte er: »Wir müssen Frau Sanders sagen, daß wir nicht bezahlen können.«
»Das machst *du*, mit Charme, geh ihr um den Bart.«
»Sie hat ja gar keinen«, ulkte Jan galgenhumorig. »*Du* wirst es ihr sagen, behutsam, von Frau zu Frau.«
»Nein, du: von Herr zu Dame!«
Sie stritten ein wenig, endlich erklärte Jan sich bereit, das schwierige Amt zu übernehmen. Er blieb eine halbe Stunde weg, kam gutgelaunt wieder, die Hand voller Kaffeebohnen.
»Was sollen wir denn damit?« erkundigte sich Franziska.
»Eine Spende von Frau Sanders«, Jan lächelte verschmitzt, »gegen Müdigkeit.«

»Na fabelhaft! Und was ist mit der Miete?«
»Die können wir von unserer ersten Gage bezahlen. Ich habe ihr den Vertrag gezeigt, aber sie wollte ihn gar nicht sehen. Wir dürfen bleiben. Sie hat uns sogar ein Lokal genannt, in dem wir essen können: eins zu zehn. Ausnahmsweise. Sonderregelung für ihre Gäste.«
Tagsüber hatten sie bereits zu diesem Kurs Kaffee getrunken und dafür vierzig Mark hingelegt. Wenn Franziska zur Toilette mußte, legte sie der Klofrau eine Mark auf den Teller. Das sauer verdiente Geld!
»Schade, daß ich nicht rauche«, bedauerte Jan.
»Weshalb?«
»Dann könnte ich mir die Zigaretten an einem Geldschein anzünden. Das habe ich mir schon immer gewünscht. He, Queck, woran denkst du?«
Franziska stand am Fenster und sah den Tauben zu, die auf dem Fenstersims gurrten und neugierig hereinäugten.
»An Lukas.«
»An Luk, jetzt – weshalb?«
»Er sagte: wir könnten nicht ausweichen, wir müßten uns bekennen, er meinte damit seine Partei, oder einen Strick nehmen.«
»Stricke sind rar«, gab Jan vergnügt zurück, »darum werden wir diesen freundlichen Rat nicht befolgen. Ich weiß etwas viel Besseres: Wir machen uns fein, gehen in die Staatsoper und sehen uns den ›Rosenkavalier‹ an.«
»Bist du verrückt?«
»Nein, wieso? Ist das etwa Bedingung?«
Die Staatsoper spielte im ehemaligen »Admiralspalast« in der Friedrichstraße, da das Haus UNTER DEN LINDEN zerstört worden war. Hier hatte es früher die großen Revuen gegeben: Fritzi Massary, Max Pallenberg und andere waren im Admiralspalast aufgetreten. Jan erzählte viel von dieser Zeit. Als kleiner Junge hatte er sich oft in den Orchesterraum geschlichen, um zuzuhören, vor allem bei den Proben. An dem Por-

tierfenster war er vorbeigekrochen und so ungesehen in das Theater geschlüpft. Auch Konzerte konnte er sich auf diese Art anhören, viele Jahre, bis ein gestrenger Mann ihn entdeckte und hinauswarf: einen dünnen Berliner Jungen mit Brille.
Im Hof vor dem Eingang drängten sich gutgekleidete Menschen: Besatzungsoffiziere, Parteifunktionäre mit ihren Frauen, Leute, die »am Ball« waren, denen niemals die Luft noch das Geld ausging.
»Und was ist mit Karten?« erkundigte sich Jan, als Franziska zielstrebig dem Foyer zumarschierte.
»Ganz einfach«, erwiderte sie. »Du gehst zum Intendanten, schilderst ihm unsere Lage und bittest ihn um Karten. Von Mann zu Mann, ganz souverän. Du kannst das!«
Er schüttelte lachend den Kopf. »Diesmal bist du dran«, er blieb unerbittlich. »Von Frau zu Mann!«
Da sie ihre Verbindung auf Fairneß aufgebaut hatten, sich zumindest darum bemühten, konnte sich Franziska nicht gut drücken.
Das Intendanzbüro lag im ersten Stock. Dort saß der damals fast schon legendäre Ernst Legal, Intendant der Staatsoper. Die Sekretärin wollte sie nicht zu ihm lassen. Franziska drehte den letzten Rest ihrer Energiequelle auf. Träume müssen erkämpft werden! Man kann nicht warten und schwärmerisch zum Himmel sehen, bis sie in den Schoß fallen, wie die Sterntaler dem kleinen Mädchen ins aufgehaltene Hemdlein. So was gibt es nur im Märchen, das wußte Franziska längst.
Ernst Legal, der kleine große Mann, empfing sie mit väterlichem Wohlwollen. Er hörte sich ihren Bericht an, nahm gerührt zur Kenntnis, daß sie nur deshalb in den Schlamassel geraten waren, weil sie unbedingt die Vorstellung in seiner Oper sehen wollten, er schüttelte verwundert den Kopf, griff zum Telefon und gab Anweisung, zwei Ehrenkarten bereitzulegen. Ehrenkarten kosteten nichts!
Franziska fand keine Worte, um zu danken. Als er sie zur Tür

brachte, fiel sie ihm um den Hals und gab ihm einen Kuß. Daß sie dabei ein wenig heulte, war aus reiner Freude.

In der ersten Reihe saßen sie, zwischen Offizieren aller vier Besatzungsmächte, umweht von schwerem Parfumduft. Die begleitenden Damen mußten ihn flaschenweise über sich geschüttet haben.

Franziska und Jan lehnten eng aneinander, verschränkten die Finger und hielten sich fest. Alles Häßliche – das Unrecht und das Chaos – blieb draußen. Die zerstörte Welt ruhte aus.

Diese Musik –!

Wenn ein Ton besonders schön war, drückten sie die Ellenbogen aneinander, schluckten und hielten den Atem an. Zwischendurch knabberten sie Kaffeebohnen, um die schwere Müdigkeit zu bekämpfen. Der nächste Morgen war ganz, ganz weit weg. Gehörte einem anderen Leben an.

Auf der Bühne stand Oktavian mit Sophie Hand in Hand. Sie sangen:

»Ist ein Traum, kann nicht wirklich sein,
daß wir zwei beieinander sein,
beieinand für alle Zeit
und Ewigkeit.«

Doris Jannausch

Als hätten die Engel im Sande gespielt

Kindheit und Jugend in Böhmen

Langen Müller

320 Seiten · Efalin

Aninka Gräfin Bellavitis

Wir haben das Korn geschnitten

Erinnerung an Ostpreußen

Langen Müller

250 Seiten · Efalin

Esther Gräfin v. Schwerin

Kormorane, Brombeerranken

Erinnerungen an Ostpreußen

Langen Müller

296 Seiten mit zahlreichen Fotos · ·Efalin

Rotraud Schöne

Schlesisches Himmelreich

Roman

Herbig

350 Seiten · Efalin